# LE POLONAIS FOU

DES MÊMES AUTEURS

*MORTE LA BÊTE*, Actes Sud, 2011 ; Babel noir n° 60.

*LE PRIX À PAYER*, Actes Sud, 2012 ; Babel noir n° 98.

*LE CERCLE DES CŒURS SOLITAIRES*, Actes Sud, 2013 ; Babel noir n° 135.

*LA FILLE DANS LE MARAIS DE SATAN*, Actes Sud, 2018 ; Babel noir n° 250.

*LE POLONAIS FOU*, Actes Sud, 2022 ; Babel noir n° 303.

Titre original :
*Den sindssyge polak*
Éditeur original :
Gyldendal, Copenhague

ISBN 978-2-330-18515-2

LOTTE ET SØREN HAMMER

# LE POLONAIS FOU

roman traduit du danois
par Frédéric Fourreau

BABEL NOIR

# PARTIE 1

# LA VISITE EN BATEAU

# 1

*Christianshavn,*
*dimanche 22 août 2010*

L'homme se tenait sur un pont, sur l'île d'Amager, et regardait en direction de la Marmorkirken, dont le dôme et la coupole dorés reflétaient l'éclat du soleil. Cela faisait des années qu'il n'avait pas mis les pieds dans une ville. Il s'y sentait mal à l'aise, vulnérable, et préférait les endroits inhabités, surtout les forêts. Il se retourna et scruta la courte portion de canal qui s'étendait jusqu'à Erdkehlsgraven, avant de bifurquer vers l'est et de disparaître entre Frederiksholm et Refshalevej. Les berges étaient envahies de hautes herbes. Il y avait aussi des buissons épars et un bouleau solitaire, au tronc arqué, qui s'accrochait à l'escarpement. Quelques enfants se baignaient dans le canal, il pouvait les entendre rire. Il estima la distance à au moins cinquante mètres. Ils seraient incapables de le décrire. Il les observa un moment, puis détourna la tête.

Lorsqu'il regarda de nouveau le canal, le bateau-mouche avait fait son apparition. Il prit une profonde inspiration. Il y avait des enfants à bord. Beaucoup d'enfants. Ils n'étaient pas censés être là, ce n'était pas ce qui avait été convenu.

L'espace d'un instant, il envisagea de renoncer à sa mission, puis il serra les dents et les poings. Il avait une dette envers elle. Elle l'avait aidé et, maintenant, c'était à son tour de l'aider, il ne pouvait pas en être autrement. Loyauté, solidarité, amitié, rien d'autre n'avait d'importance.

Le saut fut bien plus court et plus facile que ce qu'il avait imaginé. Il atterrit en douceur et en parfait équilibre sur le toit d'une cabine, à la proue du bateau. De là, il bondit sur le pont, où il se laissa rouler entre deux rangées de sièges et se cacha. Peu après, il vit passer les trois mâts du *Georg Stage*, loin au-dessus de lui, tandis que la guide, en anglais, expliquait aux touristes qu'il s'agissait d'un bateau-école. Il essuya la sueur sur son front avec son avant-bras et compta lentement jusqu'à dix, tandis que son pouls retrouvait son rythme normal. Puis, avec difficulté à cause du manque de place, il se défit de son sac à dos, sortit son couteau et attendit tranquillement, tandis que le bateau se mettait à tanguer plus sensiblement. Il se dirigeait vers Bumløbet, où il virerait à tribord et mettrait le cap au nord, en direction d'Yderhavnen. D'une voix à la fois lasse et ironique, la guide raconta ensuite une anecdote à propos du sous-marin légendaire qu'ils pouvaient à présent voir sur leur droite, le *Phoque*, désormais transformé en musée, mais qui avait autrefois participé à la guerre d'Irak, les autorités danoises ayant eu la brillante idée de soutenir la coalition en envoyant un sous-marin faire la guerre dans le désert. Elle répéta la chute de son histoire, comme si elle en était particulièrement fière :

— Un sous-marin pour faire la guerre dans le désert !

L'homme caché entre les rangées de sièges s'y connaissait en histoire militaire. Ainsi, il savait que le fier *Phoque* avait déjà plus de quarante ans et qu'il n'était plus vraiment de la première fraîcheur quand on l'avait envoyé dans le golfe Persique en 2003. En cours de route, son système de climatisation était tombé en panne, si bien que son équipage avait dû supporter pendant plusieurs jours une chaleur de cinquante-cinq degrés, avec pour conséquence des mycoses, des abcès, des inflammations et des allergies. Dès sa mission terminée, le sous-marin avait été rapatrié à bord d'un navire de fret allemand. Mais le gouvernement était satisfait et des discours grandioses avaient été prononcés. Le Danemark aussi avait fait sa part du travail contre le terrorisme et la dictature, bravo ! Chapeau, le *Phoque* ! La rhétorique politique était de niveau international, tandis que l'appareil militaire jouait en quatrième division. Putain, cela le rendait malade.

Il écarta ces pensées et, à la place, se concentra sur une formation nuageuse de forme allongée qui dérivait dans le ciel. Lorsqu'elle eut tourné d'environ quatre-vingt-dix degrés, il se leva. D'un pas rapide, mais sans courir, il commença à remonter l'allée centrale du bateau. Avant que la guide ne le remarque et ne se mette à hurler, il avait déjà fait ses deux premières victimes. Le pilote eut tout juste le temps de tourner la tête avant d'être tué à son tour. L'homme s'effondra mollement sur le volant, tandis que son sang se déversait sur le tableau de bord. Ensuite, d'un mouvement vif, l'assaillant mit fin aux hurlements de la guide, d'abord en l'éventrant, puis en lui portant un coup à la nuque, alors que, stupéfaite, elle se recroquevillait et tentait de retenir ses entrailles. Alors, il se retourna et repéra le dernier passager adulte encore vivant. C'était une femme, une Asiatique, japonaise ou chinoise, il n'aurait su le dire. Il ne savait pas non plus s'il devait la tuer. Il ne ferait pas de mal aux enfants, c'était certain. Mais elle ? Il était dans le doute. Elle mit fin à son dilemme en sautant d'elle-même par-dessus bord. Il la vit battre des bras et crier dans une langue qu'il ne comprenait pas. Il jeta son couteau dans l'eau. Quel gâchis, un si bon couteau ! Il en était tellement content.

Il retourna auprès de son sac à dos et se déshabilla rapidement, dévoilant le maillot de bain qu'il portait sous ses vêtements. Les enfants le fixaient, en état de choc, plusieurs d'entre eux étaient blottis les uns contre les autres, mais aucun ne dit le moindre mot. Évitant leurs regards, il rangea ses habits et ses chaussures dans son sac imperméable, mit celui-ci sur son dos et réajusta légèrement les sangles. Puis il enfila ses palmes, plaça son tuba dans sa bouche, regarda une dernière fois autour de lui et se laissa tomber à la renverse par-dessus le bastingage.

Il s'éloigna vivement du bateau à la nage. Lorsqu'il atteignit le môle au sud du fort de Trekroner, il s'empressa de gravir les rochers, plongea de l'autre côté et se remit à nager, sans efforts, cette fois, en direction du parc éolien offshore de Middelgrunden. À mi-chemin, il virerait à gauche et passerait au large de Nordhavn, le port de Copenhague, puis il longerait la côte à distance, vers le nord, jusqu'à ce qu'il arrive en vue des batteries d'obusiers du fort de Charlottenlund. Une longue route l'attendait, entre huit et dix kilomètres, mais la température de l'eau était de quinze degrés, si bien qu'il ne risquait pas l'hypothermie. De plus, il avait prévu des provisions de bananes, de barres énergétiques et d'eau, et puis il aimait nager.

# 2

*Au large du port de Copenhague,*
*dimanche 22 août 2010*

Le capitaine du *Pearl Seaways*, le ferry assurant la liaison avec Oslo, était fatigué. Il se frotta les yeux pour chasser les étoiles qui scintillaient à la périphérie de son champ de vision, tandis que, de son autre main, il tournait légèrement la barre pour ajuster la trajectoire du bateau. Le ferry devrait effectuer un demi-tour avant de reculer jusqu'au quai de la compagnie DFDS, une manœuvre qu'il avait exécutée tellement souvent qu'elle faisait depuis longtemps partie de la routine. Malgré tout, c'était une tâche qu'il tenait toujours à effectuer lui-même. Il réprima un bâillement et demanda à son second, qui se tenait derrière lui et observait le port, de lui apporter une nouvelle tasse de café.

La nuit avait été longue, et le capitaine n'avait pas beaucoup dormi.

On l'avait réveillé à 3 heures. Un des passagers, un petit garçon de quatre ans, était alité avec de la fièvre, des maux de tête et une suspicion de raideur de la nuque. Il s'était habillé à la hâte et précipité au pont n° 7 pour voir l'enfant. Et après avoir joint par radio l'hôpital d'Esbjerg, il avait décidé d'appeler un médecin *via* les haut-parleurs du bateau. Son annonce avait perturbé le sommeil de plus d'un millier de passagers, mais s'était révélée fructueuse. Quatre médecins s'étaient rapidement présentés au point d'information, et l'un d'eux avait confirmé que le garçonnet souffrait d'une méningite et insisté pour qu'il soit évacué au plus vite vers un hôpital. Un hélicoptère avait décollé de Göteborg, tandis que le capitaine arrêtait le ferry et le positionnait de manière à ce que l'orientation de l'hélisurface soit optimale en vue de l'évacuation. L'opération s'était déroulée sans accroc et, bien qu'il n'y eût rien d'autre qu'il puisse faire, le capitaine était resté dans la timonerie jusqu'à ce qu'ils reçoivent un appel de l'hôpital de Göteborg, un peu avant 5 heures du matin, les informant que le garçon était hors de danger, mais qu'il s'en était fallu de peu. Et lorsqu'il avait enfin regagné son lit, il n'était pas parvenu à s'endormir. La pensée qu'il s'en était "fallu de peu" était glaçante et difficile à oublier.

Le capitaine s'empara de sa tasse de café et constata, à sa grande surprise, qu'elle était vide. Pendant un instant, il se demanda s'il avait réellement demandé à ce qu'on lui en serve une nouvelle ou si sa question en était tout simplement restée au stade de la pensée. Il regarda pardessus son épaule et vit que son second était toujours figé dans la même position, ce qui l'étonna.

— Tu rêves ou quoi ? Quelque chose ne va pas ?

— Le bateau-mouche, là, tu ne le vois pas ?

Bien sûr que si, il le voyait. Il répondit, d'un ton un peu sec :

— Eh bien, qu'est-ce qu'il a ?

— Qu'est-ce qu'il fait ici ? Il ne devrait pas être aussi loin.

Le capitaine se concentra sur le bateau-mouche. Celui-ci se dirigeait droit sur eux et serait bientôt obligé de changer de cap. Sans se retourner, le capitaine ordonna à son second :

— Regarde dans tes jumelles.

La timonerie était perchée à une hauteur de cinq étages et son large pare-brise panoramique aux vitres inclinées offrait une vue à 180 degrés vers l'avant. Le second s'avança et prit son temps avec les jumelles. Le capitaine attendit, les sourcils froncés. Le bateau-mouche s'approchait rapidement, on n'avait pas besoin de jumelles pour le voir. En guise d'avertissement, il donna cinq coups de corne de brume qui, même derrière les vitres épaisses, firent un vacarme épouvantable. Au loin, sur le quai, quelques manutentionnaires portant des casques et des tenues de travail jaunes se tournèrent vers le ferry, mais le bateau-mouche ne réagit pas. Il donna cinq nouveaux coups de corne de brume, sans plus de succès. Pour finir, le second dit :

— On dirait que le pilote est couché sur son volant et…

La suite resta en suspens, tandis que le second continuait de regarder dans ses jumelles.

— Et quoi ? Je veux des faits.

— Il y a des enfants à bord.

— Temps, distance, vitesse d'approche !

— Ce ne sont pas des enfants danois, ils sont asiatiques.

Le capitaine avait quarante-cinq ans. Il avait atteint précocement le sommet de sa carrière. Il commandait un équipage de presque deux cents personnes, avait la responsabilité d'un bateau d'une valeur de plusieurs millions de couronnes, mais c'était avant tout un marin, et un marin particulièrement compétent – sans quoi il ne serait jamais arrivé aussi haut.

— Envoie un maître d'équipage avec un talkie-walkie sur le pont avant et dites-moi à combien on est de ce bateau.

Plus tard, durant l'enquête sur l'accident, le capitaine reçut des éloges. Dans une situation extrêmement stressante, il avait compris que s'il virait à bâbord tandis qu'il augmentait la vitesse de son bâtiment autant que possible, il gagnerait les quelques nœuds et degrés qui permettraient au ferry de croiser la trajectoire du bateau-mouche juste avant que la collision n'ait lieu. Mais les choses se passèrent différemment. Le capitaine n'avait pas pris en compte la dérive du bateau-mouche. Le courant et la houle faisaient que sa trajectoire n'était pas linéaire, mais incurvée, et sa vitesse avait fortement augmenté au cours de la dernière minute. Et cela, personne n'aurait pu le prévoir.

Les rapports du maître d'équipage étaient effrayants :

— Cinquante mètres. Un instant plus tard : Quarante mètres, peut-être moins. Puis : Merde, on n'arrivera jamais à l'éviter.

Le bateau-mouche avait disparu du champ de vision du capitaine, si bien que, pendant les trente ultimes secondes, il ne put rien faire d'autre qu'attendre. Les mains cramponnées à la barre, il se mit à réfléchir à une prière… en attendant de pouvoir dire que tout s'était bien passé, même s'il s'en était "fallu de peu".

Dans un premier temps, le maître d'équipage annonça la catastrophe de manière étonnamment sobre :

— On va le couper en deux. Puis sa voix prit un ton hystérique et devint presque inintelligible : Stoppez les hélices, bordel ! Ils vont se faire aspirer par les hélices !

Le capitaine mit fin à la communication et songea que chacune des deux hélices faisait presque cinq mètres de diamètre, mais il avait oublié combien elles pesaient.

Il n'avait aucun moyen d'accéder à la requête du maître d'équipage. Les lois de la nature ne fonctionnaient pas ainsi.

# 3

*Marmormolen, port de Copenhague,*
*dimanche 22 août 2010*

L'inspecteur Konrad Simonsen plissa les yeux et scruta le port. La mer grouillait d'activité. Une bonne quinzaine d'embarcations prenaient part à l'opération de sauvetage. La plupart étaient des zodiacs avec à leur bord deux à quatre hommes, dépêchés sur les lieux du drame par des organisations telles que la garde côtière, la société de secours Falck, la police portuaire et la marine royale danoise, basée à Holmen. Deux bateaux-pilotes du port de Copenhague remorquaient les plus gros débris du bateau-mouche jusqu'au quai, tandis que les zodiacs se concentraient sur la recherche de survivants et le repêchage des cadavres. Sur le quai, une demi-douzaine d'ambulances étaient garées, pendant que deux hélicoptères survolaient le bassin du port. L'un était un Sikorsky de la garde côtière, facilement reconnaissable à sa porte latérale jaune canari marquée de l'inscription *RESCUE*. Il volait à environ dix mètres au-dessus de l'eau et inspectait minutieusement la zone. Le second hélicoptère, envoyé par une chaîne de télévision, se trouvait à une altitude plus élevée, du côté de l'Øresund. Une femme appartenant à l'autorité portuaire de Copenhague coordonnait l'opération. Elle était postée à proximité des ambulances et, de temps à autre, l'inspecteur l'entendait aboyer des ordres dans son talkie-walkie.

Konrad Simonsen était un homme d'une soixantaine d'années, grand et robuste, d'un tempérament calme et aux manières directes. Il ressemblait exactement à ce qu'il était : un chef habitué à être obéi dans des situations critiques. Il commença à se diriger vers la responsable des opérations, mais, arrivé à une certaine distance, il s'arrêta et attendit pour ne pas la déranger. Quelques minutes plus tard, elle trouva le temps de lui parler. Sa voix était enrouée.

— Vos experts de la Scientifique et vos enquêteurs vont devoir patienter jusqu'à ce qu'on ait terminé. Je n'ai pas envie qu'ils débarquent maintenant. La situation est déjà bien assez confuse comme ça.

— Combien ça va prendre, d'après vous ?

— Une heure, peut-être deux. Je vous préviendrai.

— Il y a des survivants ?

— Non, pas encore.

— Combien de victimes, enfants et adultes ?

— Je ne sais pas. Les hélices ont agi comme une moulinette géante, alors on n'est pas en mesure de le dire pour l'instant.

Konrad Simonsen acquiesça avec bienveillance, bien qu'il sût qu'il était rare que des hélices de bateau hachent des corps en morceaux. C'était déjà arrivé, mais ce n'était pas une chose courante. L'exagération de la femme était le signe de la pression à laquelle elle était soumise. C'était un phénomène qu'il avait déjà constaté par le passé.

— Quand je suis arrivée, c'était le chaos total, pire que maintenant. Mais au moins, tous les corps, ou tous les morceaux de corps, ont été envoyés au Rigshospital. Je l'espère. Ça commence à faire un moment qu'on n'a… rien retrouvé. Et je suis désolée si je n'ai pas plus de temps à vous consacrer. Je vais devoir vous demander de bien vouloir attendre avec votre collègue.

Avant de retourner à son travail, elle désigna un homme à l'entrée du quai.

Arne Pedersen avait quarante-trois ans et était enquêteur à la police de Copenhague depuis dix ans. Pendant pratiquement tout ce temps, il avait été le bras droit de Simonsen, un rôle qui avait été officialisé récemment, avec sa nomination en tant que directeur adjoint de la brigade criminelle, ce qui l'avait rendu plus fier qu'il ne voulait bien l'admettre. Il était perdu dans ses pensées et ne remarqua pas tout de suite son supérieur.

— Ah, bonjour, Simon. Oui, je sais, je suis là à me tourner les pouces, mais on ne peut pas encore se mettre au boulot. Ils ont bien voulu me laisser passer, mais pas les autres. Nos techniciens sont obligés d'attendre à l'extérieur de la zone portuaire jusqu'à ce que toute l'opération soit terminée. Et ce caméraman de la télé, tu as réussi à en tirer quelque chose ?

Plus tôt dans la journée, un caméraman s'était présenté à la brigade criminelle avec une vidéo. C'était un passager du ferry en provenance d'Oslo et il était sorti sur le pont fumer une cigarette pendant que le navire se préparait à accoster. Là, il avait remarqué le bateau-mouche et s'était étonné de le voir dans le bassin du port. Après être allé chercher sa caméra, il avait zoomé sur le bateau et constaté qu'il y avait au moins trois adultes morts à bord. Il avait alors continué de filmer jusqu'au moment de la collision et, une fois débarqué, s'était rendu directement à la préfecture de police. Tout de suite après avoir visionné la vidéo, Konrad Simonsen avait envoyé son adjoint sur les lieux du drame.

— Non, il ne savait rien de plus. Apparemment, ça tourne en boucle à la télé, mais ils ne parlent pas encore d'un crime. La Comtesse est à l'institut médico-légal. Bien entendu, Klavs a interrompu sa formation et sera de retour demain matin. Quant à Pauline, elle est en vacances, comme tu le sais, et ne répond pas au téléphone.

Ces trois policiers constituaient avec Arne Pedersen le noyau dur de la brigade criminelle et étaient les collaborateurs privilégiés de Konrad Simonsen.

La Comtesse, dont le vrai nom était Nathalie von Rosen, était l'épouse de Konrad Simonsen. Leur mariage était relativement récent et, jusque-là, ils étaient parvenus à concilier leur travail et leur vie privée sans trop de difficulté. Klavs Arnold avait rejoint la brigade criminelle quelques années plus tôt, quand il avait quitté Esbjerg pour s'installer à Copenhague, et participait actuellement à un séminaire à Odense. À seulement trente ans, Pauline Berg était la plus jeune du groupe, mais son comportement posait problème depuis qu'elle avait été victime d'un enlèvement en 2007. Il y avait de longues périodes où elle était partiellement, voire totalement inopérante.

— Est-ce qu'on ne pourrait pas juste laisser Pauline profiter de ses vacances ? demanda Pedersen. Je suis sûr qu'elle en a besoin.

C'était exprimé de manière diplomatique, mais le fond de sa pensée était clair. Konrad Simonsen répondit quelque peu sèchement :

— Si c'était ce que je pensais, je n'aurais pas essayé de l'appeler. Mais assez parlé d'elle. Tu sais si le bateau-mouche a coulé ?

Au lieu de répondre, Arne Pedersen alla jusqu'au bord du quai et pointa du doigt.

La proue du bateau-mouche se balançait contre le quai. Le bateau avait été coupé en plein milieu. On aurait dit que les planches de la coque avaient été tranchées par une hache géante. Il manquait plusieurs des sièges en plastique blancs réservés aux passagers.

— L'autre moitié, la plus lourde, où il y avait le moteur, a coulé.

— Si c'est possible, je voudrais qu'on la remonte aujourd'hui. Préviens les techniciens, de manière à ce qu'ils fassent venir des plongeurs et qu'ils se procurent l'équipement nécessaire.

— C'est déjà fait. Tout est prêt. On n'attend plus que la permission d'y aller.

— Parfait. Il y a autre chose ?

— Non. Les zodiacs sont en train de repêcher les restes, et ce n'est pas franchement beau à voir. Je ne suis pas mécontent de devoir garder mes distances.

— D'après ce que j'ai compris, ils vont bientôt avoir fini.

— Tant mieux.

— On sait combien il y a de victimes adultes ?

— Seulement celles qu'on a vues tous les deux sur la vidéo du caméraman, alors trois, j'imagine. Mais je n'ai eu aucune confirmation. Qu'est-ce que c'est ?

Arne Pedersen indiqua le môle au nord de Trekroner, un des deux longs amas de rochers destinés à protéger le port. Des membres du dispositif de secours avaient été positionnés le long du môle, à intervalles réguliers, et scrutaient les eaux du port. Konrad Simonsen ne distingua rien de particulier. Son adjoint devait avoir une meilleure vue que lui.

— Il se passe quelque chose, là-bas, insista-t-il.

Simonsen le laissa et se dirigea vers les ambulances. En chemin, il croisa une secouriste.

— On a trouvé un survivant, peut-être deux. Des enfants, dit-elle à voix basse.

# 4

*Zealand du Sud,*
*dimanche 22 août 2010*

*C'est étrange comme un événement peut en entraîner un autre*, se dit l'homme tandis qu'il regardait par le pare-brise en souriant, bien que la situation ne prêtât nullement à sourire. Il regarda la femme qui conduisait la voiture et se rappela que, la dernière fois qu'il lui avait rendu un service, les choses ne s'étaient pas passées comme prévu. C'était d'ailleurs pour cette raison qu'ils étaient là maintenant. À sa grande surprise, il s'aperçut que ses souvenirs étaient toujours précis, et l'incident lui revint clairement en mémoire, même s'il remontait à deux ans. Il n'y avait pas repensé récemment. En réalité, il l'avait complètement oublié.

Il avait montré le couteau à la jeune femme, et elle et l'enfant l'avaient suivi sans résister. Ils avaient marché à travers les dunes, la fillette cueillant des fleurs pour sa mère, des petites choses roses et fragiles qui semblaient ramper sur le sable. Lorsqu'ils avaient atteint la cuvette, il avait ligoté la femme délicatement, de manière à ce qu'elle ne se fasse pas d'ecchymoses si elle chutait. Il avait apporté quatre piquets, qu'il avait enfoncés profondément dans le sable. Il avait passé dans les manches du coupe-vent de la femme la corde qui lui entravait les bras et utilisé les lacets de ses chaussures pour lui attacher les pieds aux piquets. Et puis il avait eu un coup de chance : elle portait une jupe, ce qui lui avait grandement facilité la tâche.

*Ouvre les yeux et écoute attentivement. Mads Eggert. Tu ne dois pas t'approcher de lui. Tu avais pourtant été prévenue. Alors, maintenant, je vais devoir employer la manière forte. Tu m'écoutes, Juli ?*

C'était ce qu'il lui avait dit. Mot pour mot. Et la fillette était assise à une certaine distance d'eux, et creusait dans le sable avec une petite pelle jaune. Il s'en souvenait clairement, mais il n'avait pas envie de penser au reste. Les choses avaient dérapé, il y avait eu un accident. Quelque chose qu'il n'aurait jamais pu prévoir.

Il avait fait le ménage derrière lui et appelé les secours avec le portable de la femme en utilisant son pouce. Il n'avait rien pu faire d'autre.

Il balaya ce souvenir.

— Tu m'as attendu longtemps ?

La femme s'apprêta à acquiescer, mais se ravisa. Avant d'aller à la plage, elle était passée à Rødovre pour récupérer quelques affaires, mais il n'avait pas besoin de le savoir.

— Comme j'avais tout mon temps, je me suis arrêtée pour boire un café dans un bar, alors ça faisait moins d'une heure que j'étais sur la plage.

L'homme n'avait pas bu de café depuis des années, si bien qu'il en avait quasiment oublié le goût.

— Tu as hâte de retrouver ta forêt ?

Il dit que oui. Il avait hâte de la retrouver.

# 5

*Institut médicolégal, université de Copenhague,*
*dimanche 22 août 2010*

La Comtesse était adossée au mur de la salle d'autopsie B. C'était la plus grande des quatre salles d'autopsie de l'institut, qu'ils utilisaient normalement dans le cadre de leurs affaires, et qui, de ce fait, était justement nommée la "salle des homicides". La Comtesse avait une quarantaine d'années, et tout le monde la considérait comme professionnelle, travailleuse et agréable. Sept autres personnes étaient présentes. Il y avait la pathologiste – une femme que la Comtesse ne se rappelait pas avoir déjà rencontrée –, deux photographes – un de l'institut et un de la police –, un assistant en médecine légale, un inspecteur de sa propre brigade, le directeur de l'institut et un Japonais d'un âge indéterminé qui était lui aussi adossé au mur, à seulement un mètre d'elle. Tous portaient des blouses, des couvre-chaussures blancs, des charlottes et des masques stériles devant la bouche.

Le corps d'un enfant japonais était étendu sur une table en métal au milieu de la pièce. L'assistant venait d'ouvrir le garçon, d'extraire ses organes et de les déposer sur une table d'autopsie au fond du local. À présent, il était occupé à inciser la peau du cou. Lorsqu'il eut terminé, il la décolla jusqu'au front et se mit à découper le crâne de manière à retirer le cerveau. La scie émit un son grave et discret. *Autrefois, elle devait faire un bruit plus strident*, songea la Comtesse, car ils la surnommaient en interne la Nonne Hurlante.

Le Japonais se racla la gorge. Elle le regardait, pensant qu'il allait dire quelque chose. Mais il garda le silence. Il se retrancha au contraire derrière son masque impénétrable, et elle ne pouvait déterminer s'il était concentré sur l'autopsie ou s'il était plongé dans son propre monde.

Le corps du garçon fut retourné sur le ventre et photographié sous divers angles. Six profondes entailles parallèles allant des épaules jusqu'aux mollets témoignaient de la rencontre de l'enfant avec une des hélices du ferry. Le directeur de l'institut médicolégal expliqua à la pathologiste les caractéristiques de ces lacérations. Elle opina, posa quelques questions, puis se rendit jusqu'à son bureau, dans un angle de la pièce, et marmonna quelques phrases dans son dictaphone. Pendant ce temps, la Comtesse essaya en vain de capter le regard du directeur de l'institut, qu'elle connaissait bien et qu'elle appréciait.

Son nom était Hans Holgersen. Il était médecin-chef à l'hôpital et anatomopathologiste, et elle l'avait souvent rencontré, que ce soit à l'occasion d'autopsies ou sur des scènes de crimes. Pendant de nombreuses années, il avait été le plus proche collaborateur du légendaire professeur Arthur Elvang. Toutefois, contrairement à son ancien chef, Holgersen était d'un caractère aimable et facile à vivre.

Au fond de la pièce, la pathologiste était en train de prélever des échantillons de tissus sur les organes de l'enfant. Plus tard, ils seraient analysés et les résultats présentés sous forme de schémas. C'était la procédure standard et ils ne s'en écartaient jamais. Tandis que la pathologiste travaillait sur les organes, l'assistant appliqua de l'encre sur les doigts du garçon à l'aide d'un petit rouleau, afin de prendre ses empreintes digitales.

Lorsque la Comtesse réussit enfin à capter le regard de Hans Holgersen, elle lui fit signe et lui demanda s'il avait deux minutes à lui accorder. Il dit quelques mots à la pathologiste, qui les rejoignit immédiatement.

La femme ôta son masque. Malgré ses rondeurs, elle avait une allure étonnamment androgyne avec sa blouse blanche, ses mollets nus et ses bottes en caoutchouc. Et maintenant que son masque ne recouvrait plus la moitié de son visage, sa fatigue devint manifeste. Elle retira ses gants en latex avec aisance, et ceux-ci décrivirent une courbe parfaite lorsqu'elle les lança dans une poubelle dans le coin de la pièce.

La Comtesse prit la parole :

— Il faut que vous me donniez des informations sur la manière dont sont morts les adultes qui étaient à bord, même si elles ne sont pas définitives. On ne nous a même pas encore confirmé à combien s'élevait le nombre de victimes.

La femme hésita et répondit, visiblement peu sûre d'elle :

— Ce n'est pas à moi de vous communiquer ces informations.

Puis elle sembla se raviser, ou peut-être avait-elle reçu un signe de Hans Holgersen sans que la Comtesse le remarque. Elle entraîna la Comtesse hors de la pièce en murmurant :

— OK, venez, mais n'oubliez pas que tout ça n'est que provisoire.

D'un pas rapide, la femme la conduisit dans un bureau où elle jeta sa blouse dans un panier à linge sale, changea de chaussures et sortit un calepin d'un tiroir.

— Les enfants décédés peuvent être répartis en quatre groupes : ceux qui sont morts dans la collision avec le ferry, ceux qui se sont noyés, ceux qui ont été happés par les hélices du bateau et enfin ceux qui se sont vidés de leur sang dans l'eau à cause de leurs blessures.

La Comtesse acquiesça et s'abstint de rappeler que ce n'étaient pas les enfants qui l'intéressaient dans l'immédiat. La pathologiste enchaîna :

— Nous avons quinze enfants, tous des écoliers ou des collégiens, âgés d'environ onze ans, d'après nos estimations, et tous sont asiatiques.

Le chiffre annoncé ne correspondait pas au décompte qu'ils avaient effectué à la brigade criminelle, en se basant sur la vidéo du caméraman. Il manquait deux enfants. La pathologiste lui fournit des explications :

— Il y a deux survivants, un garçon et une fille. La fille est en soins intensifs et son état est critique. Je ne sais pas où est le garçon en ce moment, mais il est blessé.

La Comtesse l'ignorait. Mais ces nouvelles étaient plutôt bonnes, étant donné l'étendue du drame.

— Et les adultes, que sait-on sur eux ?

— Ils sont au sous-sol. On ne va probablement pas pouvoir s'occuper d'eux avant un bon bout de temps.

— Mais j'imagine que vous êtes descendue les voir ?

Elle opina.

— Cinq adultes, une femme asiatique d'une trentaine d'années, qui s'est noyée, deux hommes et deux femmes de race blanche, qui semblent tous avoir été poignardés à mort. Les deux femmes et un des hommes ont dans les trente ans, l'autre homme plutôt la cinquantaine. Et il… est en plusieurs morceaux.

La Comtesse l'interrompit.

— Cinq adultes, pas quatre, vous en êtes sûre ?

Même si sa question sous-entendait que la pathologiste ne savait pas compter, il fallait que la Comtesse sache.

— Cinq, je confirme, et quatre d'entre eux ont été identifiés. Seule une des femmes ne l'est pas.

La pathologiste consulta son calepin et lui lut les noms. D'abord celui du capitaine, puis celui de la guide, celui de la Japonaise et, pour finir, celui du passager masculin.

La Comtesse eut la sensation de recevoir un coup de poing à l'estomac.

— Vous pouvez répéter le dernier nom ?

— Jonas Ziegler. Il avait son permis de conduire sur lui.

— Il faut que je voie les victimes. Tout de suite !

Elle se dirigea aussitôt vers la porte, tandis que la pathologiste hésitait. La Comtesse avait élevé la voix, renonçant à toute forme de courtoisie professionnelle. La pathologiste lui emboîta le pas, puis la conduisit à travers le couloir en direction de l'ascenseur, manifestement mécontente. La Comtesse ignora ses timides protestations.

Il ne faisait sans doute pas plus de cinq degrés dans le sous-sol. La pathologiste frissonnait, mais la Comtesse ne ressentait pas le froid. Elle avait l'impression de brûler de l'intérieur.

La pièce dans laquelle elles étaient entrées était vaste, peu accueillante et baignait dans la lumière agressive des néons du plafond. Les corps étaient alignés sur des chariots en acier et recouverts de draps blancs. La Comtesse passa rapidement devant les premiers corps, qui étaient clairement ceux d'enfants. Elle s'arrêta devant les adultes et attendit que la pathologiste la rejoigne.

— Le corps de la femme qui n'a pas été identifiée. Où est-il ?

La pathologiste lui indiqua l'avant-dernier chariot.

— Vous voulez que je… ?

— Oui, s'il vous plaît.

La pathologiste s'approcha et écarta le drap du visage de la défunte.

La Comtesse la remercia et lui déclara en se forçant à rester calme qu'elle était en mesure de l'identifier, mais qu'elle allait d'abord devoir passer un coup de fil. Elle sortit son téléphone et appela Konrad, mais il ne répondit pas. Puis elle contacta la brigade criminelle et leur demanda de faire en sorte qu'il la rappelle immédiatement. S'il était en réunion, ils devaient l'interrompre, même si celle-ci était importante. Il la rappela à peine trente secondes plus tard.

Alors, elle lui dit :

— Pauline Berg est morte. Poignardée. Elle était sur le bateau-mouche.

# 6

*Préfecture de police,*
*lundi 23 août 2010*

La salle de conférences était pleine à craquer. Konrad Simonsen constata que plusieurs de ses collègues, qui avaient parfois fait un long voyage – certains même depuis le Jutland –, ne disposaient d'aucune chaise où s'asseoir. Personne ne leur avait ordonné de venir, personne n'avait rien organisé. Les policiers s'étaient présentés à la préfecture de police, ce matin-là, poussés par le désir d'aider. Il était extrêmement rare qu'un policier soit tué au Danemark, mais quand cela se produisait, cela engendrait toujours un immense élan de solidarité. Tout le monde se portait volontaire, on n'hésitait pas à annuler ses vacances ou ses week-ends, à travailler de nuit ou à faire des heures supplémentaires.

Simonsen connaissait certains des policiers présents. Mais il n'avait jamais vu la plupart d'entre eux, surtout les nombreux jeunes policiers qui croisaient son regard, impatients de se mettre au travail. Il fut surpris de voir certains visages, notamment celui de sa propre fille, Anna Mia, qui était assise au milieu de la salle en compagnie d'une demi-douzaine de jeunes collègues de la police de Vestegnen. Il savait qu'elle aurait dû partir en voyage, ce jour-là, avec son petit ami, dix jours à Prague, mais elle avait dû tout annuler. Elle lui sourit. En guise de réponse, il la salua d'un hochement de tête maladroit. Il était mal à l'aise. Poul Troulsen était aussi là. C'était l'ancien directeur de la brigade criminelle, désormais à la retraite, un homme sec, méthodique et efficace, dont Konrad Simonsen n'avait réellement commencé à apprécier les qualités qu'après son départ. Il en aurait certainement besoin cette fois. La préfète de police et le directeur général de la police étaient également présents. Ils étaient assis au dernier rang et essayaient, sans succès, de se fondre dans la masse.

La Comtesse se leva de sa chaise et le rejoignit. Elle lui chuchota qu'il devrait commencer par une minute de silence en hommage aux victimes. Il savait que c'était la bonne chose à faire, même s'il avait envie d'entrer directement dans le vif du sujet. Il avait demandé à son équipe de venir à 7 h 30, ce matin-là, de manière à ce qu'Arne Pedersen ait le temps de déployer leurs collègues dans les rues se trouvant le long du trajet du bateau-mouche exactement vingt-quatre heures après le départ de celui-ci. De nombreuses personnes avaient leurs petites habitudes ou empruntaient le même chemin tous les jours, aussi était-ce le meilleur moyen de trouver des témoins potentiels. Le problème, c'était qu'ils disposaient d'environ cinq fois plus de policiers qu'ils n'en avaient besoin, ce qui était évidemment une bonne chose, mais il fallait du temps pour organiser une telle troupe. Simonsen résolut le problème en modifiant son ordre du jour, après quoi il leva les bras pour imposer le silence à son auditoire. Il commença par une minute de silence, comme le lui avait suggéré la Comtesse, et improvisa quelques phrases sobres à propos du drame de la veille et des victimes. Ce n'était pas son point fort, songea-t-il en joignant les mains et en penchant légèrement la tête afin de pouvoir continuer à voir la grande horloge sur le mur du fond. La trotteuse se déplaçait avec une lenteur exaspérante.

Pour Konrad Simonsen, ces dernières vingt-quatre heures avaient été rudes, aussi bien sur le plan professionnel que sur le plan émotionnel. Le pire avait été atteint quand, avec la Comtesse, il s'était rendu chez les parents de Pauline Berg pour leur annoncer que leur fille avait été tuée. Ces visites à domicile avaient toujours constitué un des aspects les plus pénibles de leur travail, mais le fait qu'ils connaissaient la victime avait rendu les choses encore plus éprouvantes. Plus tard dans la soirée, il y avait eu des conférences de presse, et ce n'est qu'après minuit que la Comtesse et lui avaient enfin pu rentrer chez eux, à Søllerød. Puis il avait été réveillé au milieu de la nuit par un coup de téléphone de Kurt Melsing, le responsable de la police scientifique. Celui-ci avait des révélations à lui faire sur le passager masculin. Ce n'était pas, à strictement parler, dans les attributions de Melsing de collecter de telles informations, et il ne lui avait pas non plus expliqué comment il les avait obtenues, mais étant donné la gravité de la situation, cela n'avait aucune importance. La victime était un vendeur domicilié dans le quartier de Nordvest, à Copenhague, et s'appelait Jonas Ziegler. Tout cela, Konrad le savait déjà, mais Kurt Melsing avait autre chose. Jonas Ziegler avait auparavant travaillé comme garde forestier au sein du service des forêts et de la nature de la commune de Halsnæs. C'était dans ce cadre qu'il avait fait la connaissance de Pauline Berg. C'était en raison de cette connexion que Kurt Melsing s'était permis d'appeler Simonsen en pleine nuit.

Pauline Berg était obsédée par un décès que tout le monde considérait comme naturel, mais qu'elle s'obstinait à qualifier d'homicide. Elle avait passé le plus clair de son temps libre, ainsi qu'une bonne partie de son temps de travail, à enquêter sur cette histoire. Et c'était à cette occasion qu'elle était entrée en contact avec Jonas Ziegler. Maintenant, Konrad Simonsen allait être forcé de se pencher sur cette non-affaire de meurtre, comme Pauline Berg et Jonas Ziegler lui avaient maintes fois demandé, en vain, de le faire.

Comme la Comtesse aussi était réveillée, il lui avait rapporté la conversation qu'il venait d'avoir avec Kurt Melsing.

— Est-ce que c'est le nom de Jonas Ziegler qui t'a fait penser que Pauline pouvait être une des victimes ? lui avait-il ensuite demandé.

— Probablement. Est-ce que ça change quelque chose ?

La voix de sa femme était triste. Il ne répondit pas et, pendant plusieurs minutes, ils étaient restés couchés dans le noir, incapables de trouver le sommeil. Pour finir, elle lui avait posé une question évidente.

— À quoi est-ce que tu penses ?

— Je me demande si Arne, Klavs et toi n'êtes pas trop impliqués émotionnellement dans cette affaire, et si je ne devrais pas vous faire remplacer.

Elle s'était redressée brusquement, mais n'avait pas répliqué tout de suite.

— Et toi, alors ? Et tes émotions ?

— Ce ne sera pas un problème.

Elle avait pris une profonde inspiration, furieuse.

— Putain, Simon.

Il était extrêmement rare qu'elle jure. Puis elle s'était rallongée, en lui tournant le dos cette fois, et avait ajouté à voix basse.

— Parfois, tu peux être un vrai connard, tu sais.

Dans la salle de conférences, la trotteuse de l'horloge murale acheva son tour et Konrad Simonsen rompit le silence d'un bref "Merci". Puis il confia l'organisation de la recherche de témoins à Arne Pedersen, et rectifia aussitôt : au commissaire divisionnaire adjoint Arne Pedersen. De nombreuses personnes sourirent, dont Pedersen lui-même.

Le commissaire divisionnaire adjoint prit la suite, et Konrad Simonsen en profita pour sortir avec la Comtesse, Poul Troulsen et Klavs Arnold. Arne pouvait très bien se débrouiller sans eux. Dans le couloir, Simonsen ne perdit pas de temps. La Comtesse avait hérité de la tâche la plus compliquée. Il lui tendit un plan.

— Prends tous les hommes dont tu auras besoin, mais laisse-moi quelques-uns des enquêteurs les plus expérimentés. Veille à récupérer les enregistrements de toutes les caméras de vidéosurveillance situées dans les rues que j'ai marquées en rouge, et même dans les rues adjacentes, si tu as assez de personnel. Et fais-le rapidement, de préférence aujourd'hui. Il faut que tu récupères tout, pas seulement les enregistrements de nos propres caméras, mais aussi ceux des stations-services, des zones industrielles, des centres commerciaux, des écoles, des distributeurs de billets et des bureaux de change, des banques, des hôtels, des restaurants, des taxis, des bus, des gares, des quais, des radars et de tout ce que j'aurais pu oublier. En bref, je veux tout. C'est du travail de fourmi à grande échelle, mais c'est absolument crucial. Contacte aussi Malte et dis-lui de classer les enregistrements par ordre chronologique et de les charger de manière à ce qu'on puisse les visionner sur nos ordinateurs.

La Comtesse protesta mollement.

— Malte est en congé d'études, ses examens sont pour bientôt, mais je peux demander à nos informaticiens de nous fournir une application SIG.

Malte Borup était l'étudiant stagiaire de la brigade criminelle. Il avait quasiment terminé ses études d'informatique et le temps qu'il lui restait à faire avec eux était limité.

— Non, ça n'ira pas. Avec le service informatique, ça prend toujours une éternité. Si tu peux trouver un arrangement avec l'université pour qu'ils le libèrent, alors vas-y. Mais ramène-le ici. J'ai besoin de lui.

Klavs Arnold renchérit :

— Et puis notre service informatique est nul en piratage.

La Comtesse acquiesça.

— OK. Autre chose ?

Comme c'était tout, elle retourna dans la salle de conférences.

Ce fut ensuite au tour de Poul Troulsen de recevoir ses ordres. Konrad Simonsen commença par lui dire qu'il était content qu'il soit de retour, puis lui fit un résumé de l'affaire.

— Il est trop tôt pour dire si le tueur fait partie des victimes. Mais c'est une éventualité qu'on ne peut pas exclure…

Poul Troulsen l'interrompit.

— J'ai cru comprendre qu'un enfant avait survécu ?

— Le garçon est en état de choc et ne peut pas être interrogé. Il se trouve à l'ambassade du Japon. Ils ont promis qu'ils contacteraient le ministère des Affaires étrangères dès qu'ils auront du nouveau.

Poul Troulsen parut contrarié. Simonsen poursuivit :

— Si le ou les tueurs étaient des passagers clandestins, si je peux m'exprimer ainsi, alors la grande question est de savoir comment ils sont montés sur le bateau. Rien n'indique qu'ils aient embarqué à Gammel Strand. On le sait grâce à des témoins, notamment la guichetière. Mais ce n'est pas ta seule mission. Il faut aussi que tu te procures tous les renseignements possibles sur ce bateau-mouche : ses spécifications techniques, sa configuration, sa vitesse, son système de sonorisation, ses procédures de sauvetage en cas d'urgence, etc. Commence par contacter la compagnie maritime. Procure-toi une nouvelle carte de police, si tu en as besoin, trouve-toi un bureau inoccupé et prends autant de collègues que tu voudras pour t'aider.

Poul Troulsen répéta minutieusement et avec une lenteur exaspérante les instructions qu'il venait de recevoir, déclinant successivement la carte de police, le bureau et les renforts. Konrad Simonsen continua de sourire, mais poussa un grand soupir de soulagement lorsque Poul Troulsen s'en alla.

Les policiers avaient commencé à quitter la salle de conférences. Simonsen entraîna Klavs Arnold un peu plus loin dans le couloir et lui parla de Jonas Ziegler et de son précédent emploi, en tant qu'agent technique forestier, à la mairie de Halsnæs. Le Jutlandais fit aussitôt le rapprochement. Il avait accompagné Pauline Berg quand elle s'était rendue à Melby pour rencontrer un garde forestier qui, finalement, n'était jamais venu. Klavs y était allé avec elle uniquement pour lui faire plaisir, pour lui témoigner un peu de soutien dans son égarement. Contrairement à la Comtesse, il ne se souvenait pas du nom de Jonas Ziegler, en revanche il se rappelait autre chose.

— Pauline le qualifiait de "technicien forestier", pas d'"agent technique forestier". J'en suis certain.

— Garde forestier, agent technique forestier, technicien forestier, qui connaît la différence ? Si tu penses que ça peut avoir une quelconque importance, alors renseigne-toi de ton côté.

Klavs Arnold ne répondit pas. Puis, tout à coup, il sembla comprendre ce qu'impliquait sa mission. Il demanda, bouleversé :

— Alors, tu crois que Pauline, malgré tout… enfin que, peut-être…

Ses mots restèrent coincés dans sa gorge, et Simonsen l'interrompit. Il était trop tôt pour le dire. Et puis il ne croyait rien du tout.

— Putain, ça va foutre un de ces bordels, Simon.

Konrad Simonsen ignora sa remarque.

— Commence par fouiller l'appartement de Pauline, et procure-toi son relevé téléphonique. Vérifie aussi si elle avait pris des notes concernant son… enquête. Elle l'a probablement fait, alors retrouve-les. Dès que tu as quelque chose, préviens-moi. Et une dernière chose : tu veux bien emmener Anna Mia et peut-être quelques-uns des collègues de son commissariat avec toi ? Ça ne me plaît pas tellement qu'elle soit là, mais si elle est avec toi, au moins je saurai ce qu'elle fait.

Klavs Arnold fronça les sourcils.

— Ta fille a aussi le droit d'aider, non ? Après tout, elle connaissait bien Pauline.

Simonsen pointa un doigt sur lui.

— Tu n'as pas compris ce que je viens de te dire ?

Le Jutlandais opina.

— Alors mets-toi au travail.

# 7

*Préfecture de police,*
*lundi 23 août 2010*

La journée de Konrad Simonsen fut relativement calme. Chaque groupe se consacra à sa tâche et on ne le contacta que pour lui annoncer les nouvelles les plus importantes. Malte Borup, qui n'avait pas hésité à mettre ses études de côté pour aider l'enquête, arriva à 9 heures. Konrad Simonsen l'informa brièvement de la situation, après quoi l'étudiant stagiaire se mit au travail.

Ils ne tardèrent pas à obtenir des biographies succinctes des quatre adultes qui, outre Pauline Berg, s'étaient trouvés à bord du bateau-mouche. Le cas de l'enseignante japonaise était très simple. Elle et trois autres professeurs étaient venus à Copenhague avec un groupe d'élèves de CM2 dans le cadre d'un programme d'échange entre le Japon et le Danemark. Les enfants et leurs enseignants étaient originaires de la ville de Sendai, au nord de Tokyo, sur la côte Pacifique, et ils étaient arrivés à Copenhague le jeudi de la semaine précédente, soit neuf jours plus tôt. Plusieurs témoins avaient vu l'enseignante sauter par-dessus bord près de Søndre Toldbod. Peu après, le bateau-mouche avait viré à quatre-vingt-dix degrés et continué en direction d'Yderhavnen. Cette information était intéressante car elle suggérait que l'enseignante avait été tellement terrifiée par le tueur qu'elle avait choisi de se jeter à la mer. Tandis qu'elle se débattait dans l'eau, trois témoins avaient plongé pour tenter de la secourir, mais elle avait sombré avant qu'ils parviennent à la rejoindre. Ces déclarations, couplées aux autres témoignages selon lesquels tout semblait normal sur le bateau au moment où celui-ci avait traversé Stadsgraven, sur l'île d'Amager, permirent d'établir avec une certaine précision à quel endroit la tuerie avait eu lieu.

Pauline Berg, Jonas Ziegler, le capitaine et la guide avaient tous été tués près de Søndre Toldbod aux alentours de 9 h 30. Le corps de l'enseignante japonaise fut repêché à Langlinje juste après 11 heures, autrement dit une heure et demie après qu'elle avait sauté par-dessus bord.

Ni la guide touristique ni le capitaine ne semblaient être d'un grand intérêt pour l'enquête. Le capitaine était un père de famille de cinquante-deux ans domicilié à Greve, dont la vie était visiblement sans histoire. La guide était une femme de vingt-trois ans qui étudiait l'anglais à l'université de Copenhague et vivait seule dans un appartement du centre-ville. Ni l'un ni l'autre n'avaient d'antécédents criminels, et Konrad Simonsen avait du mal à les considérer autrement que comme des dommages collatéraux. Toutefois, leurs vies seraient passées à la loupe au cours des jours suivants, et peut-être qu'il serait amené à changer de point de vue – comme c'était déjà arrivé par le passé. Mais en attendant, il était convaincu que, si le tueur avait été animé d'un mobile quelconque, sa cible avait plutôt dû être Pauline Berg ou Jonas Ziegler. Ou les deux.

Ziegler était né en 1977 et avait grandi à Halsnæs. Après avoir quitté l'école, il avait entamé une formation en apprentissage à l'aciérie de Frederiksværk en 1992. Il avait obtenu un diplôme de forgeron et travaillé à l'aciérie jusqu'en 2002, date à laquelle il avait été mis en arrêt maladie de longue durée à cause de problèmes de dos. En janvier 2003, Jonas Ziegler avait été engagé en tant que jardinier paysagiste aux services techniques de la mairie de Frederiksværk. Deux ans plus tard, il avait changé d'employeur, mais pas de profession, et avait commencé à travailler pour l'office des forêts de Halsnæs. Il y était resté jusqu'à l'automne 2009, quand, à l'occasion d'un nouveau changement de carrière, il était devenu vendeur dans un des magasins de l'enseigne DagligKøb à Tune, où il était encore en poste au moment de sa mort. En dehors d'une condamnation pour conduite en état d'ivresse en 1998, Jonas Ziegler avait un casier judiciaire vierge. En novembre 2009, il avait quitté son logement de Halsnæs pour s'installer à Copenhague, dans le quartier de Nordvest.

Alors qu'il venait de parcourir le rapport sur Jonas Ziegler pour la seconde fois, Konrad Simonsen reçut un appel de Klavs Arnold. Son collègue se trouvait dans l'appartement de Pauline, à Rødovre, où les autres enquêteurs l'avaient informé de leurs découvertes. Il y avait eu trois conversations téléphoniques entre Pauline Berg et Jonas Ziegler au cours des deux semaines passées. Les deux premières fois, c'était elle qui l'avait appelé, la troisième c'était lui. Le dimanche 22 août, ils étaient arrivés ensemble à Gammel Strand et avaient embarqué sur le bateau-mouche. Ils s'étaient assis côte à côte vers le milieu du bateau.

Konrad Simonsen le remercia, et à peine avait-il raccroché que Kurt Melsing l'appela pour lui faire un rapport préliminaire. En se basant sur les tests ADN réalisés sur des échantillons prélevés dans les plaies des quatre corps, il était possible d'établir dans quel ordre les passagers du bateau avaient été frappés, le couteau ayant transféré le sang de chaque victime aux suivantes. Jonas Ziegler avait été tué le premier, d'un unique coup à la gorge. L'angle de la blessure montrait qu'il était assis et son agresseur debout. Pauline Berg avait ensuite été frappée dans le dos à deux reprises. Un des coups avait pénétré son cœur. Elle avait eu le temps de se lever avant de succomber, mais s'était effondrée entre les sièges, ce qui expliquait pourquoi elle n'était pas visible sur la vidéo du caméraman. La victime suivante avait été le capitaine, qui avait eu la gorge tranchée. Le tueur l'avait attaqué par-derrière alors qu'il était assis. Enfin, la guide avait été tuée alors qu'elle était debout, puisqu'elle avait été éventrée avant d'être poignardée dans la nuque. L'arme utilisée par le tueur était vraisemblablement un couteau de combat de l'armée, mais ils n'étaient pas encore en mesure de l'affirmer avec certitude.

Les informations fournies par Kurt Melsing prouvaient que le tueur n'était pas une des quatre victimes, ce que vint plus tard confirmer un bref rapport, dans lequel il était indiqué que l'enfant survivant avait déclaré qu'un homme avait poignardé les adultes danois, puis quitté le bateau après que l'enseignante eut sauté par-dessus bord.

Il était précisé dans ce rapport que la police danoise serait autorisée à interroger le garçon, mais seulement après son retour au Japon.

Comme il le faisait toujours quand il avait besoin d'une pause, Simonsen alla se placer devant la fenêtre de son bureau et se mit à observer la rue, le regard dans le vide. Il avait l'esprit ailleurs.

Sa peine et ses regrets ne profiteraient ni à Pauline Berg ni aux autres victimes. Aucun sentiment inutile ne devait interférer avec leur enquête. Il attendait de ses plus proches collaborateurs qu'ils montrent de l'envie et de l'enthousiasme, et s'ils n'en étaient pas capables, alors il n'avait pas besoin d'eux. C'était aussi simple que cela. De l'envie et de l'enthousiasme.

Konrad Simonsen garda à l'esprit ces mots lorsque, quelques instants plus tard, il entreprit de rédiger son rapport sur l'obsession de Pauline Berg pour la mort de Juli Denissen, qu'elle s'entêtait à qualifier d'homicide. Alors qu'il n'y avait lui-même jamais cru, cette affaire se retrouvait soudain au centre de leur enquête sur la tuerie du bateau-mouche, et il n'était pas impossible qu'elle en constituât la clé. Il se souvenait de la plupart des faits et n'eut quasiment pas à rechercher la moindre information, ce qui lui facilita grandement la tâche.

Pauline Berg avait intégré la brigade criminelle en 2006, à l'âge de vingt-sept ans. À l'époque, c'était une jeune femme travailleuse, douée, avide d'apprendre et incroyablement ambitieuse. Cela avait duré environ un an, jusqu'à ce qu'elle soit enlevée et séquestrée dans un bunker, dans le Zealand du Nord, par un homme qui était suspecté dans une affaire d'homicide. Finalement, elle avait échappé de peu à la mort, mais sur le plan mental, elle avait payé sa survie au prix fort. Après une longue période d'arrêt maladie, elle avait fait son retour à la brigade criminelle. Elle avait récupéré physiquement, mais sa personnalité avait changé. Elle n'en faisait plus qu'à sa tête, acceptant les ordres uniquement quand cela lui chantait, et avait développé une allergie prononcée à l'autorité. Elle avait même tenté de mettre fin à ses jours au moins une fois.

Elle s'était profondément investie dans cette affaire. C'était probablement la seule à laquelle elle s'était réellement intéressée après son retour. Pendant l'enlèvement de Pauline Berg, une jeune femme avait contacté la brigade criminelle pour leur communiquer des informations qui allaient se révéler cruciales pour leur enquête. Cette femme était Juli Denissen et elle habitait à Frederiksværk. À peine un an plus tard, le 10 juillet 2008, elle avait été retrouvée morte dans la lande de Melby, un lieu pittoresque surplombant les eaux du Kattegat. Elle avait été découverte par Jonas Ziegler, qui travaillait au même moment dans la forêt voisine et qui avait entendu les pleurs de l'enfant de la femme. Il avait appelé les services d'urgence, comme Juli Denissen avait probablement tenté de le faire elle-même, ses empreintes digitales ayant été relevées sur son téléphone portable, mais le temps que l'ambulance arrive, elle était décédée.

La cause de la mort de Juli Denissen ne faisait aucun doute : elle avait succombé à une hémorragie cérébrale, ce que l'autopsie réalisée à l'hôpital de Hillerød avait plus tard révélé. Une hémorragie cérébrale causée par une violente crise de panique, certes, mais de toute façon, cela l'aurait vraisemblablement tuée tôt ou tard.

Par la suite, la brigade criminelle avait été contactée par une demi-douzaine de proches de Juli Denissen qui étaient persuadés qu'elle avait été victime d'un crime. C'était par pure coïncidence que Konrad Simonsen avait demandé à Pauline de s'en charger. Son intention était d'amener ces gens à comprendre qu'ils faisaient fausse route et, ainsi, de se débarrasser d'eux. C'était peut-être la plus grosse erreur de sa carrière. Pauline Berg avait en effet totalement adhéré à cette folle théorie du complot, même si Konrad Simonsen était parvenu à convaincre les autres membres du groupe de pression autoconstitué que Juli Denissen était décédée de manière naturelle. Il avait obtenu ce résultat en persuadant Arthur Elvang, professeur en médecine légale et ancien directeur de l'institut médicolégal désormais retraité, de parcourir le rapport d'autopsie avec eux. Seule Pauline Berg avait refusé d'accepter la version officielle. Elle était devenue obsédée par cette affaire, au grand désarroi de ses collègues de la Criminelle, en particulier de Konrad Simonsen, qui avait échoué à ramener sa jeune subordonnée à la raison. Pour finir, tout le monde, même lui, s'était résigné à accepter l'intérêt obsessionnel de Pauline Berg pour la mort de Juli Denissen. La seule alternative aurait été de la congédier, mais la direction de la police leur avait clairement fait savoir qu'elle y était opposée, et Simonsen n'avait de toute façon jamais envisagé sérieusement cette solution. Au lieu de cela, lui et ses plus proches collaborateurs avaient commencé à se relayer, sur leur temps libre, pour "aider" Pauline dans ses efforts futiles pour tenter de résoudre son affaire fantôme. De cette manière, ils savaient au moins ce qu'elle faisait. Au sein de la Criminelle, cette affaire avait été surnommée la "non-affaire Denissen", et son évocation était généralement accompagnée d'un petit sourire ironique.

Konrad Simonsen croisa ses mains sous son menton. Évidemment, il n'était plus aussi sûr que ce soit une "non-affaire", mais tandis qu'il rédigeait son rapport, il eut l'étrange sensation que ces doutes avaient déjà brièvement émergé en lui par le passé. Seulement, il était incapable de se souvenir quand et où cela s'était produit.

Il boucla son rapport, lui attribua un numéro et le transmit à quelques-uns de ses collègues.

Un quart d'heure plus tard, quelqu'un frappa prudemment à sa porte.

— Entrez ! aboya-t-il.

Une jeune femme brune, grande et carrée, avec un visage dur, apparut dans l'embrasure.

— Je peux m'asseoir ? demanda-t-elle d'une voix profonde.

Simonsen fronça les sourcils.

— Ça dépend de qui vous êtes et de ce que vous voulez.

À sa grande surprise, elle le gratifia d'un sourire désarmant et s'assit sans qu'il l'y eût autorisée. Ce changement d'expression avait totalement transformé son apparence. Elle était presque belle, maintenant.

— Je suis désolée, mais mes jambes n'en peuvent plus. Je m'appelle Anica Buch et j'ai récemment intégré la brigade criminelle de Glostrup. Aujourd'hui, je me suis portée volontaire pour chercher des témoins avec mes collègues. J'espère qu'un jour je travaillerai sous vos ordres, mais ne vous inquiétez, je vous promets que je ne serai pas longue.

— Je ne suis pas inquiet. Que voulez-vous ?

Elle lui exposa la raison de sa visite. Il venait juste de communiquer son rapport sur Pauline Berg, et elle l'avait lu sur l'ordinateur de son chef. Avec sa permission, souligna-t-elle. Si elle avait décidé de venir le voir, sur sa pause, c'était parce que son supérieur lui avait interdit d'envoyer un mail au directeur de la brigade criminelle, au motif qu'elle n'y était pas habilitée.

Konrad Simonsen l'interrompit avec une esquisse de sourire.

— Mais il ne vous a pas interdit de venir en personne ?

— Non, en effet, il ne l'a pas précisé.

— Qu'aviez-vous à me dire, donc ?

— Qu'il n'y a pas de local d'autopsie à l'hôpital de Hillerød. Alors, quand vous écrivez que la jeune femme qui est décédée sur la lande de Melby, cette Juli Denissen, a été autopsiée là-bas, c'est impossible. Peut-être que ça n'a aucune importance, mais au moins, maintenant, vous le savez.

Konrad Simonsen était déçu. Elle avait piqué sa curiosité et il avait espéré que son intervention serait plus pertinente. Mais elle se trompait. Pendant certaines périodes particulièrement chargées, l'hôpital de Hillerød servait à désengorger le Rigshospital. Et cette information, il la tenait de la source la plus fiable qui soit : le professeur Arthur Elvang lui-même. Il le dit à Anica Buch et s'attendit à ce qu'elle se retire, quelque peu honteuse. Mais au lieu de cela, elle insista :

— Qui que soit la personne qui vous a dit ça, elle s'est trompée. Quelles périodes chargées ? L'été 2008, quand Juli Denissen est morte ? En plus, la capacité d'un hôpital à mener des autopsies est limitée uniquement par le nombre de salles adaptées dont il dispose, pas par le nombre de légistes. Au Rigshospital, ils sont capables de pratiquer quatorze autopsies par jour. Vous voyez bien que cet argument n'a aucun sens.

Malgré la justesse du raisonnement d'Anica Buch, son agacement ne fit qu'augmenter. Il avait une copie du compte rendu d'autopsie de Juli Denissen quelque part. Il mit cinq minutes à le retrouver. Pendant tout ce temps, Anica Buch resta immobile sur sa chaise. Il posa bruyamment le dossier devant elle, sur son bureau. Le logo de l'hôpital de Hillerød apparaissait clairement dans un angle du document.

Mais Anica Buch n'abdiqua toujours pas :

— Ça prouve uniquement que l'autopsie n'a jamais eu lieu ou que le compte rendu a été rédigé sur une feuille avec le mauvais en-tête. Parce qu'elle aurait dû être pratiquée à Copenhague, à Odense, à Aarhus ou à l'étranger. Point final. Il n'y a pas d'autres possibilités.

Simonsen se rassit.

— Point final ?

Elle acquiesça d'un air hésitant, mais confirma :

— Oui, point final. Bien que vous soyez le directeur de la Criminelle et moi une simple…

Il l'interrompit.

— D'accord. Dans ce cas, je vous laisse démêler cette affaire. Contactez le légiste. Son nom figure sur le rapport. Et tâchez de savoir ce qui s'est passé. Vous pouvez vous installer là.

Il lui indiqua une pièce adjacente à son bureau, qui avait été aménagée pour lui, quelques années plus tôt, quand il avait repris le travail après avoir été opéré du cœur. Elle se leva, se dirigea vers l'annexe, puis fit volte-face.

— Mon chef va péter un câble si je ne suis pas de retour dans un quart d'heure. Et il sera encore plus furax s'il découvre que je suis ici.

Konrad Simonsen la rassura et lui dit qu'elle n'avait pas de souci à se faire. Personne ne péterait de câble.

Elle revint le voir vingt minutes plus tard, alors qu'il parcourait un rapport, et s'assit sans l'interrompre. Il leva les yeux et dit :

— Alors ?

Elle lui fit un compte rendu bref et précis, sans fanfaronner bien qu'il s'avérât qu'elle avait eu raison. Le nom du légiste en question était Hans Arne Tholstrup. Lui et sa femme, qui était aussi légiste, avaient travaillé à l'institut médicolégal de Copenhague jusqu'au printemps 2008, quand elle l'avait quitté pour son amant. À la suite de cet événement, il avait obtenu un congé d'une année. Une année durant laquelle il avait été employé par l'hôpital de Hillerød où, le 10 juillet 2008, il avait reçu le corps de Juli Denissen et déclaré son décès.

Toutefois, la police du Zealand du Nord avait insisté pour que soit pratiquée une autopsie de la jeune femme, d'une part à cause de son âge, d'autre part à cause des circonstances de sa mort. À cette époque, l'épouse de Hans Arne Tholstrup avait quitté son amant et il avait très envie de la revoir. Il avait alors contacté son ancien responsable et obtenu la permission de pratiquer l'autopsie au Rigshospital plutôt qu'à Hillerød. Il avait réalisé l'examen *post mortem* dès le lendemain et rédigé le compte rendu le jour d'après, mais, entre-temps, il avait regagné son bureau, à Hillerød, ce qui expliquait pourquoi il avait utilisé le papier à en-tête de cet hôpital.

— Il y avait aussi deux pathologistes en formation, ajouta Anica Buch. J'ai parlé à l'une d'elles, et elle se souvenait parfaitement de cette autopsie à cause des circonstances particulières dans laquelle elle s'est déroulée.

— Vous n'avez pas parlé à Tholstrup ?

— Il est mort. Il s'est suicidé en janvier quand sa nouvelle fiancée l'a largué.

Konrad Simonsen garda le silence. Il avait de nouveau des doutes, sans vraiment savoir pourquoi. Peut-être était-ce lié à cette autopsie qu'Anica Buch venait de déterrer. Mais il avait la sensation qu'il s'agissait d'autre chose, de quelque chose de plus important. Il se leva pour la raccompagner jusqu'à la porte.

Elle dit :

— Les plongeurs qui sont dans le port en ce moment pour remonter l'autre moitié du bateau-mouche…

— Oui, eh bien quoi ?

— Vous leur avez aussi demandé d'examiner le fond du bassin ?

— Pourquoi ?

— Les portables des enfants. Peut-être qu'ils ont filmé quelque chose qui pourrait nous… vous être utile.

Il la regarda sans rien dire. Elle avait débarqué au culot, en s'imposant presque, avec ses airs de Mme Je-sais-tout et ses suggestions. On aurait dit qu'elle faisait tout pour qu'il la remette à sa place.

— Vous avez des manières agaçantes. Vous devriez peut-être revoir votre attitude, finit-il par lâcher.

— Et vous n'en avez pas tenu compte ?

— Si, j'essaie de faire des efforts. J'essaie tous les jours.

Elle sourit. Elle semblait sincère.

— Envoyez-moi vos coordonnées par mail. Et merci pour votre aide.

Il referma la porte derrière elle et pensa de nouveau à Arthur Elvang. Pourquoi le professeur lui avait-il menti ?

# 8

*Préfecture de police,*
*lundi 23 août 2010*

En fin d'après-midi, l'autre enfant japonais qui avait survécu à la catastrophe décéda. C'était une fillette. Elle avait onze ans. Le bilan total était désormais de vingt et une victimes.

Konrad Simonsen accueillit la nouvelle de la mort de l'enfant sans réellement manifester d'émotion. Il mit brusquement fin à l'appel et informa Arne Pedersen, qui était assis de l'autre côté de son bureau. Simonsen consulta sa montre. Il était presque 17 heures.

— Poul Troulsen ne devrait plus tarder à arriver. Je te laisse examiner ses résultats avec lui. Je serai de retour dans une heure, et quand je reviendrai, il devra avoir terminé, même si, pour ça, tu es obligé de le foutre à la porte.

Arne Pedersen ne se plaignit pas, même s'ils savaient tous les deux qu'il allait devoir faire preuve d'une bonne dose de patience et que les raisons de l'absence de Simonsen n'étaient sans doute pas purement professionnelles. Et en effet, elles ne l'étaient pas.

— Je vais dîner en avance et prendre un peu l'air. Assure-toi que Troulsen revienne demain matin, je vais avoir besoin de lui. Et puis tu peux t'attendre à devoir rester plus longtemps ce soir. J'arriverai tôt demain matin pour parler avec Troulsen. Des questions ?

Pedersen secoua la tête. La proposition paraissait honnête et il n'avait aucune question.

Poul Troulsen avait réalisé une enquête de tout premier ordre : détaillée, systématique, d'une précision presque maniaque, et son exposé fut aussi prolixe qu'Arne Pedersen l'avait redouté. La compagnie maritime avait mis un bateau-mouche et un pilote à la disposition du policier à la retraite et, ensemble, les deux hommes avaient refait quatre fois le trajet emprunté par le bateau lors de son voyage funeste : les deux premières pour permettre à Poul Troulsen de se faire ses premières impressions et d'établir le timing, les deux suivantes pour déterminer si le tueur avait pu sauter sur le bateau alors que celui-ci avançait au ralenti, et si oui, à quel endroit.

Troulsen avait apporté une carte maritime du port de Copenhague, sur laquelle il avait tracé au stylo rouge l'itinéraire du bateau-mouche, qui s'achevait sur une croix rouge entre Søndre Toldbod et Nyholm, tandis qu'une ligne bleue indiquait le reste du chemin que le bateau aurait dû parcourir.

Après le rapport, Arne Pedersen libéra Poul Troulsen, mais garda la carte maritime comme support en vue du compte rendu qu'il ferait plus tard à Simonsen et à la Comtesse.

— Le tueur a dû sauter dans le bateau depuis un pont, leur dit-il à leur retour. Il n'y a pas d'autre possibilité.

À moins qu'il ne soit monté à bord dès le début de la visite, mais j'ai divers témoins qui contredisent cette version.

Il expliqua que le bateau-mouche était passé sous six ponts au cours de son trajet marqué en rouge, quatre sur l'île de Zealand et deux sur celle d'Amager, mais les quatre premiers se trouvaient en plein cœur de Copenhague et étaient bien trop fréquentés pour que quiconque ait pu sauter dans un bateau-mouche sans se faire repérer. Un photographe belge avait pris une série de clichés du bateau-mouche au moment où celui-ci passait sous le dernier pont, sur l'île de Zealand. Il était au Danemark pour écrire un article sur les Danois et leurs habitudes de cyclistes et avait photographié un groupe de personnes à vélo en train de franchir le pont avec le parlement de Christiansborg et la Bourse en arrière-plan, ainsi que le bateau-mouche sous le pont au premier plan. On ne voyait aucun homme en train de sauter sur ces photos. Il ne restait donc plus que deux ponts, l'un, anonyme, reliant l'île de l'Arsenal à Frederiksholm, l'autre étant le pont de la Batterie, entre Frederiksholm et Nyholm. Ces deux ponts se trouvaient dans la même rue : Danneskiold-Samsøes Allé. Pedersen plaça le bout de son index sur la carte.

— Le pont de la Batterie. C'est de là qu'il a sauté, Troulsen en est persuadé, et moi aussi. Je n'ai pas encore trouvé beaucoup de témoins, seulement deux jusqu'à présent. Mais c'est un endroit tranquille, idéalement situé. Le tueur voulait atteindre la pleine mer pour limiter les risques d'être vu depuis la terre ferme pendant qu'il mènerait son attaque. Et en sautant dans le bateau à cet endroit précis, il était visible pendant seulement quelques minutes.

La Comtesse demanda, non sans une certaine incrédulité :

— Et c'est possible de sauter comme ça dans un bateau en mouvement ?

— Absolument. Poul a tenté l'expérience quatre fois avec un collègue, et c'est beaucoup plus facile qu'on pourrait le penser. La distance entre le pont et le bateau est d'environ trois mètres, mais si tu t'accroches au garde-corps et que tu te laisses glisser du pont au bon moment, tu peux quasiment te poser sur le toit de la cabine qui se trouve à l'arrière du bateau. Celle où sont stockés les gilets de sauvetage. La seule chose à ne pas oublier, si tu optes pour le côté est du pont, c'est que tu dois sauter du toit tout de suite après avoir atterri. Sinon, tu vas te cogner la tête contre le pont. Ça reste malgré tout la meilleure option, parce que c'est le moment où les passagers passent sous le pont, et ils ont généralement le réflexe de regarder devant eux. Et surtout, le guide lui-même est assis, alors que, normalement, il est debout, tourné vers l'arrière pour pouvoir s'adresser à son auditoire.

Simonsen demanda :

— Je suppose que Poul a fait examiner le garde-corps du pont par les gars du labo avant de procéder à son expérience ?

Pedersen confirma.

— Est-ce qu'il a découvert d'autres choses ?

— Oui. Plein. Par exemple que le bateau-mouche a été construit en 2001 au chantier naval de Gilleleje, et que sa capacité était de cent soixante-sept passagers, hors guide et pilote. Il était propulsé par deux moteurs électriques de marque Leroy Somer, mesurait vingt mètres de long et cinq mètres vingt de large et pesait... OK, j'ai oublié. Mais la raison pour laquelle il a été fabriqué avec du bois et non de la fibre de verre, c'est que le bois correspond davantage à l'image traditionnelle du bateau-mouche, ça lui donne un air plus rustique pour visiter une ville médiévale. Il était aussi équipé de cent quatre-vingts batteries lithium-ion rechargeables, et leur autonomie était de huit...

Konrad Simonsen coupa la parole à son adjoint.

— Autre chose d'important, Arne ?

Pedersen secoua la tête.

— Non, mais tu devrais lancer un appel à témoins à la télé, ce soir, Simon. Il faut que tu demandes à toutes les personnes qui se trouvaient sur le pont de la Batterie juste avant 9 heures et demie hier matin de nous contacter.

Simonsen éprouva une pointe d'agacement. Il détestait passer à la télévision. D'un autre côté, il savait que Pedersen avait raison.

La Comtesse étudiait la carte depuis un bon moment.

— Il y a trois îles, l'île de l'Arsenal, Frederiksholm et Nyholm, et quatre ponts, dont un est réservé aux bus. Je pense qu'avec les enregistrements des caméras de vidéosurveillance qu'on a rassemblés, on a de bonnes chances de reconstituer le trafic sur les îles. Même si ce sera une tâche complexe. Tu permets que j'engage des statisticiens ou des mathématiciens de l'université ?

Simonsen lui donna son consentement. Selon lui, le budget ne devrait pas être un problème, étant donné la gravité de l'affaire. Arne Pedersen et la Comtesse échangèrent des sourires complices. Pour leur chef, le budget n'était jamais un problème de toute façon.

— Il y a autre chose que nous savons, dit Simonsen. Une chose importante. À moins que notre tueur ne soit un psychopathe, nous pouvons supposer que sa cible était soit Pauline, soit Ziegler. Ou alors les deux. Dans ce cas, il devait être connu, au moins de l'un des deux, et peut-être même craint.

Ses subordonnés approuvèrent. Il aurait été beaucoup plus simple pour le tueur de monter à bord dès le départ, à Gammel Strand, comme les autres touristes. Il aurait facilement pu éviter les témoins et la caméra situés en face, sur Højbro Plads, en portant des lunettes de soleil, une casquette et en tournant la tête au bon moment. S'il s'était donné autant de mal, c'était probablement parce qu'il craignait d'être reconnu par un des passagers.

Arne ajouta sur un ton attristé :

— Ce qui nous ramène à Pauline.

# 9

*Søllerød,*
*lundi 23 août 2010*

Klavs Arnold et Anna Mia arrivèrent au domicile de Konrad Simonsen et de la Comtesse aux alentours de 22 heures ce soir-là. Simonsen avait décidé qu'ils se rencontreraient en privé plutôt qu'à la préfecture de police dans une tentative pour éloigner sa fille de la brigade criminelle.

Anna Mia embrassa la Comtesse et déposa un gros baiser sur le front de son père. Elle était d'excellente humeur et débordante d'énergie, malgré une journée de travail de plus de quatorze heures. Klavs, en revanche, avait déjà les yeux cernés au bout de deux jours d'enquête.

Il commença par leur parler des fouilles menées dans l'appartement de Pauline et dans son bureau, à la préfecture. Les résultats obtenus étaient bien maigres. Dans sa cave, ils avaient découvert six cartons de déménagement contenant des effets qui avaient appartenu à Juli Denissen, surtout des livres et des magazines, mais aussi son iPad, ses agendas, son téléphone portable et ses papiers personnels. Il y avait également plusieurs photos de l'appartement de Juli, à Frederiksværk, tel qu'il était au moment de sa mort. C'était le groupe de pression, dont Konrad Simonsen avait eu tant de peine à se débarrasser, qui avait pris les photos et convaincu la famille de Juli Denissen de confier ses affaires à Pauline Berg. Anna Mia interrompit Klavs Arnold :

— On va revenir sur ces photos, papa, parce qu'elles sont intéressantes. Oh, pardon, je voulais dire papa et Comtesse.

Les yeux de la jeune femme luisaient d'excitation, et la Comtesse ne se rappelait pas l'avoir déjà vue faire preuve d'un tel… Comment dire ? Un enthousiasme presque puéril. Peut-être qu'en rejoignant la police, comme son père, elle avait trouvé sa vocation, même si cela pouvait sembler banal. Klavs Arnold accepta stoïquement son intervention, et la Comtesse nota que ce n'était pas la première fois de la journée qu'elle ne parvenait pas à réfréner son ardeur. Il eut un sourire indulgent, ou peut-être sarcastique, c'était difficile à déterminer. Puis il poursuivit.

— On sait que Pauline utilisait des agendas papier, mais on n'en a retrouvé aucun. On sait aussi qu'elle avait un ordinateur portable, mais lui non plus on ne l'a pas retrouvé. Et on est convaincus que Pauline gardait deux dossiers sur la "non-affaire Denissen"… qu'on ferait peut-être mieux de renommer, d'ailleurs… mais là encore, aucune trace. On pense que quelqu'un les a volés dans son appartement, et que ça s'est passé hier matin, parce que son voisin jure avoir entendu sa porte claquer et des bruits de pas dans la cage d'escalier à une heure où nous savons que Pauline était déjà morte.

Cette théorie avait été corroborée par la sœur de Pauline, à qui l'on avait demandé de bien vouloir inspecter l'appartement. Elle avait rapidement indiqué que deux dossiers avaient disparu de la bibliothèque du salon. Elle se souvenait même de leur couleur – ils étaient rouges – et ils portaient les mentions *Juli I* et *Juli II* sur le dos. Et plus important encore : elle les avait vus seulement quatre jours plus tôt, la dernière fois qu'elle était passée voir Pauline chez elle.

La Comtesse déclara pensivement :

— Quand Pauline a emménagé dans son appartement, elle a fait poser un nouveau verrou haute sécurité sur sa porte. Ça la rassurait, comme vous le savez, après son enlèvement. Je l'ai même aidée à l'acheter, et je sais qu'elle avait seulement une paire de clés, qu'elle gardait dans un endroit sûr.

Elle regarda Klavs Arnold. Le Jutlandais acquiesça. Ils avaient retrouvé les deux clés, l'une dans l'appartement de Pauline, bien cachée au dos d'un tiroir, et l'autre dans son sac, qui avait été repêché dans le port. La Comtesse conclut sur un ton maussade :

— Il faut des outils spéciaux et une sacrée expérience pour crocheter une serrure de ce genre. J'imagine que vous l'avez constaté quand les collègues de la Scientifique vous ont fait entrer ?

Ils confirmèrent tous les deux.

— En effet, dit Klavs Arnold, j'ai appelé les gars du labo, évidemment, et j'ai aussi récupéré les enregistrements de toutes les caméras de vidéosurveillance du quartier. Son immeuble est protégé, mais les caméras sont positionnées bien en vue et on peut aisément les éviter. Alors je ne suis pas très optimiste… Elle ne s'est pas fait cambrioler par un junkie qui passait dans le coin par hasard.

Konrad Simonsen poussa un grognement approbateur, puis il y eut un silence jusqu'à ce qu'Anna Mia comprenne que c'était à son tour de parler. Elle commença par un résumé de la vie de Juli Denissen, ou du peu qu'ils en savaient.

Juli était née en 1985 à Frederiksværk et avait une sœur cadette. La vie à la maison était compliquée, ses deux parents buvaient, mais ses résultats scolaires étaient plutôt bons et elle avait obtenu un BEP au lycée de Frederiksværk. Elle s'était mariée en 2004 et le couple avait acheté l'appartement dans lequel elle vivait encore au moment de sa mort. Elle avait eu une fille en 2005 et avait divorcé un peu plus tard la même année. Elle avait eu quelques emplois temporaires. Elle avait notamment travaillé comme enseignant suppléant, Atsem et barmaid. Elle avait aussi connu plusieurs périodes de chômage. En 2008, son conseiller à l'emploi l'avait plus ou moins forcée à entreprendre une formation d'aide-cuisinière au lycée technique de Frederiksværk. Mais son rêve ultime était de devenir architecte. Anna Mia enchaîna, exaltée :

— Donc, rien de suspect, rien qui saute aux yeux, elle menait une petite vie ordinaire et fade. Mais en apparence seulement. Vous voulez bien enlever vos tasses ?

Elle tira quatre photos de son sac, les déplia et les déploya sur la table basse. Elles étaient au format A3 et d'assez bonne qualité. Elles avaient toutes été prises dans l'appartement de Juli Denissen.

— J'ai découvert quelque chose en examinant ces photos, quelque chose de frappant, de vraiment étrange. Qu'est-ce que c'est d'après vous ?

Jusque-là, Simonsen n'avait pas dit grand-chose, que ce soit pendant le compte rendu de Klavs Arnold ou pendant celui d'Anna Mia. Tout à coup, il se redressa, captant automatiquement l'attention de tous. Il demanda le silence et sembla réfléchir à quelque chose. Lorsqu'il eut terminé, il se tourna vers sa fille.

— Si tu as découvert quelque chose d'intéressant, alors dis-le-nous tout simplement, pas besoin de toute cette mise en scène. Et quand on fait partie d'une équipe, on dit *nous avons* découvert, pas *j'ai* découvert.

Anna Mia, choquée, regarda son père, puis la Comtesse, dont l'expression ne laissait aucun doute sur le fait qu'elle était du même avis que son mari. Une pause pesante s'ensuivit. Jusqu'à ce que Klavs Arnold se porte au secours de sa nouvelle partenaire en s'adressant d'abord à elle, puis à son supérieur.

— Ton père a raison, tu as encore beaucoup à apprendre. Maintenant, ne te vexe pas. Tu participes à une enquête criminelle et nous n'avons pas le temps pour ce genre de choses. Mais, Simon, s'il te plaît, écoute ce qu'on a découvert. Ensuite, tu pourras nous féliciter parce qu'on l'a bien mérité.

Anna Mia se ressaisit et expliqua en pointant les photos du doigt :

— La lampe sur le bureau de Juli Denissen était une PH 3/2, une lampe de table de designer à environ six mille couronnes. Sur le rebord de sa fenêtre, elle avait un cache-pot de la Porcelainerie royale. Valeur estimée :

quatre mille couronnes. Et dans sa bibliothèque, il y avait une pendule française de style Empire qui coûte au moins dix mille couronnes. Dans son couloir, il y avait un tapis persan bakhtiari, du genre qui ne doit pas se vendre en dessous de huit mille couronnes. Et enfin, le clou de sa collection…

Anna Mia leur montra une photo sur son téléphone et éleva la voix.

— Voilà ! *Contes racontés pour des enfants*, de Hans Christian Andersen, une première édition, qui comprend "La princesse au petit pois" et "Les habits neufs de l'empereur". Le livre est en parfait état, comme vous pouvez le voir, et signé de la main de l'auteur. Le commissaire-priseur de chez Bruun Rasmussen Kunstauktioner à qui j'ai parlé m'a fait une estimation très prudente à cent mille couronnes minimum.

La Comtesse demanda :

— Tu es allée chez Bruun Rasmussen pour le faire estimer ?

Bien sûr que non. Elle avait envoyé une photo depuis son téléphone. La Comtesse eut soudain l'impression d'être une relique du passé. Quelle question idiote !

Anna Mia conclut :

— Certes, Juli Denissen travaillait au noir pour un crémier du coin et faisait le ménage chez quelques particuliers, mais il est impossible que ses revenus lui aient permis de s'acheter de tels objets. On peut toujours discuter de ses goûts, mais ça ne change rien à leur valeur. Il y avait sûrement d'autres objets coûteux chez elle. On a passé pas mal de temps à examiner les photos de son appartement, et on n'a même pas encore terminé, mais on a découvert le livre d'Andersen dans la cave de Pauline, alors ça nous a un peu facilité la tâche.

— Et ses vêtements ? demanda la Comtesse. On peut facilement dépenser une fortune dans sa garde-robe, j'en sais quelque chose.

Mais non. D'après ce qu'ils savaient, les vêtements de Juli Denissen étaient bon marché et provenaient de la grande distribution, comme ceux de sa fille. Anna Mia ajouta :

— Mais on aimerait bien aller à Frederiksværk discuter avec son conseiller bancaire. Ce serait possible demain, papa ?

Simonsen jugea que ces informations n'étaient pas dénuées d'intérêt. Il avait rencontré Juli Denissen quand elle avait contacté la police pendant l'enlèvement de Pauline. À l'époque, elle possédait un téléphone portable défectueux et elle lui avait dit qu'elle n'avait pas les moyens de s'en offrir un autre. Cela ne concordait pas avec le tapis persan à plusieurs milliers de couronnes, et il voulait savoir pourquoi. Toutefois, il dit à sa fille :

— Tu ne devais pas aller à Prague ? Que va dire Oliver ?

— S'il m'aime, Oliver dira que si c'est tellement important pour moi de participer à cette enquête, alors on n'aura qu'à partir en vacances une autre fois.

Klavs Arnold déclara en plaisantant qu'il était bien content de ne pas être un jeune homme aujourd'hui.

— L'affaire Juli Denissen vaut-elle vraiment la peine que tu y consacres plus de temps, Klavs ? demanda Simonsen. Je ferais peut-être mieux de demander à la police locale de s'en charger, tu ne crois pas ?

Klavs Arnold était dans le doute, ce qu'il admit franchement. La Comtesse était aussi indécise. Quant à Anna

Mia, on ne sollicita pas son avis. Simonsen réfléchit soigneusement avant de trancher.

— Demain, tu rassembleras quelques collègues et tu leur demanderas de passer la vie de Juli Denissen au peigne fin. Je veux qu'ils passent tout en revue : sa situation financière, ses relevés téléphoniques, ses mails, ses agendas, son iPad, Facebook, ses amis, ses camarades de classe, ses professeurs, ses petits copains, ses amants, son ex-mari, sa famille… Bref, tout. Si tu as besoin d'Anna Mia, n'hésite pas.

Klavs l'interrompit.

— Je vais avoir besoin d'elle.

— Parfait. Mais si tu mets la main sur des personnes dont tu juges que les témoignages pourraient être cruciaux pour ton enquête, je te conseille quand même de prendre un partenaire plus expérimenté. Et toi, ma fille, tu feras tes rapports à Klavs et uniquement à lui. Et tiens-toi à distance de la brigade criminelle parce que, si tu ne le fais pas, ça pourrait facilement être mal interprété. Maintenant, je dois reconnaître que le boulot que vous avez réalisé jusqu'ici est excellent. Comme je m'attends à ce qu'il le soit quand vous travaillez pour moi.

Klavs Arnold rit. Ce qu'il avait fait ce jour-là n'était ni meilleur ni moins bon que les autres jours, mais Anna Mia rayonnait. C'était exactement ce qu'elle avait désespérément désiré : la reconnaissance professionnelle de son père. Konrad Simonsen estimait que ces félicitations étaient méritées et que sa fille l'avait aidé plus qu'elle ne le pensait. Il avait enfin obtenu la réponse à la question qui l'avait hanté pendant toute la journée. Quelques années plus tôt, quelqu'un d'autre avait eu des doutes à propos de Juli Denissen, ou plus exactement à propos du rapport de son autopsie, qui était en apparence aussi simple et banale que son existence l'avait été. Pendant un bref instant, le professeur Arthur Elvang avait secoué la tête en signe d'agacement en examinant pour lui le compte rendu à l'institut médicolégal. Manifestement, quelque chose ne collait pas. À l'époque, Simonsen n'avait pas suivi son intuition. Il n'avait pas questionné le médecin légiste. Mais cette fois, il avait bien l'intention de le faire.

# 10

*Préfecture de police,*
*mercredi 25 août 2010*

Lorsque Konrad Simonsen apparut à la télévision pour demander aux témoins qui se trouvaient aux alentours du pont de la Batterie, dimanche matin, de se manifester, les Danois se ruèrent sur leurs téléphones et la brigade criminelle fut submergée d'appels. Ils souhaitaient ardemment aider la police et clamaient leur haine du tueur d'enfants que tous voulaient voir arrêté le plus vite possible. La vaste majorité des appels étaient sans intérêt, un grand nombre de gens appelant simplement pour dire qu'ils n'avaient rien vu ou qu'ils se trouvaient trop loin du pont pour pouvoir voir quoi que ce soit. Certains donnèrent aux policiers des conseils bien intentionnés mais inutiles, tandis que d'autres dénonçaient leur voisin, leur gendre ou leur facteur.

Au bout d'une journée et demie de travail, le nombre de pistes prometteuses fut réduit à deux. Quelques personnes avaient appelé, indépendamment les unes des autres, pour signaler une ambulance, ce qui était étrange dans la mesure où cela ne semblait pas avoir de lien avec l'homme sur le pont. Konrad Simonsen chargea Anica Buch, la jeune policière qui était venue le trouver deux jours auparavant, d'établir d'où venait cette ambulance et dans le cadre de quelle urgence elle était intervenue.

Il s'était renseigné sur elle et avait apprécié ce qu'il avait appris. D'après ses collègues et ses supérieurs, c'était un élément consciencieux, intelligent et doué, mais elle avait aussi les dents extrêmement longues. Ce dernier point ne le dérangeait guère, Simonsen appréciant les policiers ambitieux. Ce n'était pas une Danoise de naissance. Sa mère et elle avaient fui l'ancienne Yougoslavie en 1990. Sa mère avait occupé un poste important au sein de la police de sécurité de son pays avant de tomber en disgrâce. Elle s'était remariée au Danemark et son époux avait adopté sa fille, qui était âgée de onze ans à l'époque. À cette occasion, son prénom Danica avait été transformé en Anica et elle avait pris le nom de famille de son père adoptif. Un an plus tard, elle avait obtenu la nationalité danoise.

L'autre piste paraissait plus prometteuse. Une femme d'un certain âge était sortie promener son chien au bastion Charlotte Amalie, derrière Refshalevej, à environ deux cents mètres du pont de la Batterie. Vers 9 heures, 9 h 15, elle n'était plus très sûre, elle avait remarqué une voiture qui arrivait de Frederiksholm et roulait en direction de Nyholm. Le véhicule s'était arrêté sur le pont pour y déposer un homme, tandis qu'une autre voiture le dépassait. La femme n'y connaissait rien en automobiles et était incapable de dire de quels modèles il s'agissait. Elle n'avait même pas prêté attention à leur couleur, mais la voiture qui avait dépassé la première avait un énorme sticker sur le côté, un genre de publicité. Mais une publicité pour quoi, elle l'ignorait. Elle ne fut pas en mesure de fournir un signalement précis de l'homme qu'elle avait vu sur le pont, si ce n'est qu'il était grand et qu'il portait un sac à dos. Un petit sac à dos de randonnée, même, elle en était certaine. En soi, ces informations étaient bien maigres, mais ajoutées au travail de l'équipe chargée de reconstituer le trafic routier dans la zone ce matin-là, elles finirent par payer.

Les enquêteurs s'étaient fixé l'objectif ambitieux d'identifier chacun des véhicules qui avaient circulé sur Nyholm entre 7 heures et 11 heures le dimanche 22 août. Ce n'était pas une mince affaire, et ils ne pouvaient espérer y parvenir avec exactitude car il était possible d'aller et venir de Nyholm sans être filmé par les caméras en empruntant un itinéraire sinueux et illogique. Leur mission se trouva encore compliquée du fait que certaines caméras étaient de si piètre qualité que leurs enregistrements étaient à peine exploitables. C'était notamment le cas d'une caméra située à un endroit crucial – un distributeur automatique de billets – dont la définition permettait tout juste de distinguer la couleur et la forme des véhicules qui passaient, mais pas d'en définir le modèle.

Il était en revanche bien plus aisé de repérer une voiture avec une publicité sur le côté. Konrad Simonsen obtint bientôt des images de trois véhicules qui étaient allés et venus de Nyholm et qui portaient une publicité sur leur carrosserie. L'un était un bus, qu'il put immédiatement éliminer. Les deux autres étaient une camionnette appartenant à une société de fourniture de bois, qui se révéla rapidement n'être d'aucun intérêt, et une Ford S-Max gris métallisé arborant l'affiche de campagne d'un candidat au

Parlement. D'après la Constitution, l'élection ne devait avoir lieu que l'année suivante, mais tout le monde s'attendait à ce qu'elle soit anticipée. La photo du véhicule fut présentée à la vieille femme, qui confirma aussitôt que c'était celui qu'elle avait vu. La police contacta ensuite le candidat, qui les informa que la S-Max appartenait à son frère, dont il leur fournit le nom et l'adresse. L'appel suivant fut pour le propriétaire de la voiture. L'homme confirma qu'il possédait bien une Ford S-Max gris métallisé avec une affiche de campagne sur le côté, mais nia catégoriquement s'être trouvé à Nyholm à l'heure en question, insistant sur le fait qu'ils avaient dû se tromper. Les choses s'annonçaient mal.

Lorsque Simonsen fut informé de la réponse du propriétaire de la Ford, il examina à nouveau la photo. Quelqu'un était assis à la place du passager, dissimulant le visage du conducteur, quelqu'un qui, malheureusement, tournait aussi la tête à la caméra. D'après sa coiffure, il s'agissait d'une femme, et elle semblait agiter la main devant elle, comme si elle était en train de discuter avec le conducteur. Il nota le nom et l'adresse de l'homme au dos de la photo, la plia et se rendit dans le bureau de son adjoint.

Arne Pedersen affichait un air satisfait et prit la parole dès que Simonsen se fut assis. Les techniciens de la Scientifique avaient obtenu une correspondance entre de l'ADN prélevé sur la balustrade du pont de la Batterie et des échantillons provenant d'un siège à l'arrière du bateau-mouche. Hélas, la fiabilité de ces tests n'était pas optimale, l'échantillon d'ADN prélevé sur le bateau étant incomplet, mais c'était un indice suffisamment sérieux pour être présenté en tant que preuve devant un tribunal. Et il y avait encore mieux : sous la balustrade, ils avaient trouvé des empreintes digitales d'excellente qualité qui avaient probablement été déposées par le tueur au moment où il s'y était accroché avant de sauter sur le bateau. Malheureusement, la comparaison avec les empreintes du registre n'avait rien donné.

Et ce n'était pas tout : jusque-là, les plongeurs avaient repêché deux téléphones portables dans le port. Leur tâche était extrêmement difficile. Le bassin faisait une dizaine de mètres de profondeur et était constitué de sable et de boue, des conditions qui favorisaient la turbidité, si bien que les plongeurs devaient littéralement tâtonner à travers les détritus et n'avaient pour l'instant fouillé que la moitié de la zone. Cependant, les techniciens devraient avoir débloqué les téléphones dans le courant de la soirée.

Pedersen poursuivit :

— Et il y a encore autre chose. On a établi que le tueur avait utilisé un poignard de combat. Comme leurs laboratoires possèdent des experts des poignards de combat, Kurt Melsing a contacté le FBI à Washington et le SKL* à Stockholm, et ils nous ont rapidement fait un retour.

Il expliqua que, normalement, ce type d'investigation aurait abouti à une longue liste de couteaux potentiels, mais pas dans ce cas. Les Suédois comme les Américains avaient suggéré le NR-40, un couteau de combat soviétique de la Seconde Guerre mondiale, en raison de son concept unique. Il était doté, entre la poignée et la lame, d'une garde inversée en forme de S. L'empreinte de cette

* Centre national suédois de police scientifique et technique. *(Toutes les notes sont du traducteur.)*

garde était clairement visible sur deux victimes, le tueur ayant enfoncé la lame jusqu'au manche. D'après les mesures réalisées dans les blessures, il avait été possible de déterminer les dimensions de la lame et d'identifier formellement le couteau. Il avait été fabriqué par l'usine Zik de Zlatooust dans l'Oural. Arne Pedersen se lança dans des explications à propos de la garde inversée, les soldats soviétiques ayant l'habitude de tenir leurs couteaux… Simonsen l'interrompit en secouant la tête et résuma :

— Donc, ce couteau est particulier ?

— Exactement. D'après le compte rendu de Melsing, ce modèle est devenu une rareté, un couteau réservé aux connaisseurs. Mais j'ai réfléchi à quelque chose, Simon. Le tueur est un bon nageur, il possède un couteau de combat rare, il est athlétique et maîtrise les techniques du combat au corps à corps. Ça pourrait être un soldat de profession ?

Simonsen ne commenta pas sa théorie, mais demanda :

— Et le petit garçon japonais ?

— Il est à Tokyo. Je prendrai de ses nouvelles demain, mais tu as une mission à me confier, pas vrai ?

Il pointa du doigt le papier dans la main de Simonsen. Celui-ci lui fournit quelques explications, puis dit :

— Je voudrais que tu ailles le voir sur place. Tu peux partir ce soir ?

Arne Pedersen accepta volontiers.

# 11

*Ballerup,*
*mercredi 25 août 2010*

À Rydtoften, une paisible rue résidentielle située entre le Ring IV* et Hareskoven, dans la banlieue de Copenhague, Arne Perdersen s'évertuait à convaincre le propriétaire de la Ford S-Max qu'il avait tout intérêt à collaborer avec la police. L'homme, âgé d'environ quarante ans, semblait particulièrement mal à l'aise. Tous deux étaient assis sur la terrasse. Arne lui montra une image capturée par la caméra de vidéosurveillance.

— Qui est la femme à côté de vous ? Vous voulez bien me le dire ?

Il avait depuis longtemps deviné qu'il s'agissait d'une énième version de la liaison extraconjugale qui poussait si souvent d'honnêtes citoyens à se détourner de leurs devoirs civiques. La réaction de l'homme confirmait la théorie d'Arne Pedersen. Il regarda à peine la photo, puis lança un coup d'œil nerveux vers la maison, craignant

* Un des périphériques de Copenhague.

manifestement que sa femme ne sorte. Il retourna la photo. Arne Pedersen dit sur un ton conciliant :

— Nous pouvons être très discrets. Ce n'est pas le travail de la police de se mêler des affaires de couple. Je veux juste obtenir certaines informations. Ensuite, je partirai.

L'homme secoua la tête.

— Ce n'est pas ma voiture. Et je n'ai rien à dire.

Il agita une main devant lui, sans grande conviction. Arne Pedersen feignit la surprise.

— Vous comptez aussi me faire avaler que vous n'avez jamais eu une affiche de campagne sur votre voiture ? J'ai vu dans votre garage que vous l'aviez retirée.

L'homme se lança dans des explications interminables. Il avait enlevé l'affiche, c'était exact, mais ce n'était qu'une coïncidence, et il avait un alibi pour le dimanche, un alibi indiscutable. Il exerçait la profession de chiropracteur et avait pris part à un séminaire pendant tout le week-end dans une autre région du Danemark, si bien qu'il ne pouvait pas se trouver à Copenhague à l'heure en question. Arne Pedersen le laissa parler. Lorsque l'homme se tut enfin, l'inspecteur de la Criminelle lui répondit de manière brutale.

— Je commence à être fatigué, maintenant, et aussi en colère. J'enquête sur le meurtre de seize enfants, et j'ai des choses plus importantes à faire que de gaspiller mon temps à écouter vos salades. C'est vrai que vous avez participé à un séminaire sur la chiropraxie à Trelleborg à partir de 13 heures vendredi, mais vous avez quitté le centre de conférences samedi après-midi vers 16 heures et n'êtes rentré chez vous que le lendemain, autrement dit dimanche, sur les coups de midi.

Il avait demandé à trois collègues de vérifier l'alibi de l'homme, qui était probablement plus destiné à son épouse qu'à la police. Par ailleurs, l'équipe chargée de reconstituer le trafic avait communiqué à Pedersen une nouvelle photo du véhicule, de face et nette. Certes, elle avait été prise à une certaine distance du pont de la Batterie, sur l'autoroute, mais cela n'avait pas d'importance. Sur le siège passager, à côté du conducteur, était assise une charmante jeune femme, ou plutôt une charmante adolescente. Le reste n'était guère difficile à imaginer. Arne Pedersen avait envoyé deux collègues à l'hôtel Galion, le seul hôtel de Nyholm, et cela avait payé. Ils avaient aussi obtenu d'autres photos.

— Vous voici, vous et la fille – dont je souhaiterais connaître le nom –, sur l'autoroute, direction Copenhague, dimanche à 10 h 15. Vous avez passé la nuit ensemble à l'hôtel Galion, dans la chambre n° 64. Vous avez déclaré être père et fille et vous êtes fait enregistrer sous les noms de Ole et Pia Jensen et sous une fausse adresse. Là, vous avez été photographiés dans le hall de l'hôtel à votre arrivée, samedi 21 août, et là, une bonne heure plus tard, alors que vous alliez dîner. Vous semblez très proche de votre "fille", je dois dire, et d'une manière plutôt douteuse. Mais encore une fois, ce ne sont pas mes affaires. Vous avez quitté l'hôtel à 9 heures dimanche matin, et réglé la note de 1655 couronnes avec votre carte de crédit, pour la chambre et le minibar, mais vous êtes revenu dix minutes plus tard parce que la jeune femme avait oublié son sac. Là, on peut vous voir faire le plein à une station-service située non loin de l'hôtel. La photo est en noir et blanc, mais votre plaque d'immatriculation est parfaitement lisible.

L'homme s'affaissa, ses yeux se mirent à briller. Pourtant, il n'abdiqua pas.

— Ces photos sont truquées. Vous les avez fabriquées de toutes pièces. Je n'ai pas envie de vous parler, allez-vous-en !

Arne Pedersen resta assis et attendit longuement, en vain. L'homme était imperturbable. Alors, il décida de changer de tactique et se mit à crier d'une voix contrôlée :

— Maintenant, ça suffit, les conneries ! Vous croyez qu'il s'agit d'un jeu ? Si vous ne me donnez pas immédiatement le nom de la fille et si vous ne dites pas ce que vous avez vu sur le pont de la Batterie, dès demain matin je ferai passer un avis de recherche aux infos et je veillerai à ce que votre sale tronche soit diffusée partout dans les médias.

Ces menaces le firent enfin craquer. Arne Pedersen le sut bien avant que l'homme ne commence à parler. Celui-ci tenta bien de résister encore un peu.

— On n'a rien vu de spécial sur le pont. Une voiture était arrêtée le long du trottoir et un homme en est descendu. Je l'ai dépassée, mais on ne se souvient ni de la voiture ni de l'homme. Sinon, on se serait manifestés, évidemment.

— Le nom, l'adresse et le numéro de téléphone de la fille. Tout de suite !

L'homme renifla et bafouilla.

— Emilie… Emilie Damgaard.

Il s'y reprit également à plusieurs fois pour le numéro de téléphone, qu'il connaissait manifestement par cœur. Arne Pedersen enchaîna, intraitable :

— Et quel âge a Emilie ?

— Quinze ans.

— Petit veinard, commenta-t-il sarcastique. Et son adresse ?

Ce fut le coup de grâce. Il se couvrit les yeux avec les mains et posa les coudes sur la table.

— C'est la fille de mon voisin. Vous voulez bien me laisser tranquille, maintenant ?

Arne Pedersen n'en avait pas l'intention. Il continua de l'interroger jusqu'à ce qu'il eût la certitude que l'homme n'avait plus rien à lui apprendre.

# 12

*Halsnæs,*
*jeudi 26 août 2010*

Anna Mia n'aurait pas pu rêver mieux pour ses débuts en tant qu'inspecteur. Elle s'épanouissait et sa bonne humeur déteignait sur Klavs Arnold. Elle avait un talent naturel pour les investigations, mais aussi pour le management. Il fallut moins d'une demi-journée pour que les collègues qui s'employaient à lever le voile sur la vie de Juli Denissen pour le compte de Klavs Arnold se mettent à travailler aussi pour Anna Mia. Et une chose était certaine : s'ils étaient aussi disposés à l'écouter, ce n'était pas seulement parce qu'elle était la fille de leur chef. Cela ne correspondait pas au mode de fonctionnement interne des forces de police. C'était même plutôt l'inverse. Bien sûr, il lui arrivait de commettre des erreurs de débutante, mais chaque fois que Klavs Arnold la guidait ou la corrigeait, elle absorbait l'information comme une éponge, et elle ne reproduisait jamais la même erreur.

Ils avaient passé les derniers jours au Frederiksværk Hotel, où une salle de conférences, petite mais parfaitement adaptée, avait été mise à leur disposition. Il était logique qu'ils opèrent de là-bas, dans la mesure où la plupart des personnes avec lesquelles ils devaient s'entretenir habitaient à Halsnæs et dans ses environs. De plus, on ne pouvait les accuser de gaspiller l'argent des contribuables puisque tout était gratuit. Quand la propriétaire avait appris sur quelle affaire ils enquêtaient, elle avait refusé catégoriquement qu'ils la paient. Elle avait même veillé à ce qu'ils disposent de tous les cafés, de toutes les boissons froides et de tous les fruits dont ils avaient besoin, en échange de quoi ils avaient dû lui promettre qu'ils arrêteraient le salaud qui avait tué ces pauvres enfants japonais.

Et ils obtinrent quelques résultats. Ils s'étaient rapidement constitué un aperçu de la vie de Juli Denissen. Et deux éléments en étaient ressortis. Tout d'abord, son caractère impulsif. Elle pouvait s'enflammer pour une idée ou une pensée et s'y consacrer exclusivement pendant des jours, des semaines, parfois des mois, jusqu'à ce qu'elle se prenne de passion pour autre chose – de totalement différent, en général – et qu'elle abandonne son ancien projet pour s'investir dans le nouveau. Elle se lançait régulièrement dans des projets qu'elle n'avait aucun espoir de réaliser, sans que cela semble la chagriner le moins du monde. Dans certains cas, avec son enthousiasme contagieux, elle pouvait convaincre des gens de s'engager à ses côtés, juste pour se retirer peu de temps après. Dans un sens, elle inspirait son entourage – ses amis comme ses petits copains –, elle brûlait toujours de passion pour quelque chose. Mais ce comportement avait sur elle et sur sa vie un effet plus ou moins destructeur. Elle n'allait jamais au bout des choses, abandonnant ses projets les uns après les autres et brûlant les ponts derrière elle. Anna Mia conclut :

— Ça en dit beaucoup sur sa personnalité. Le seul point d'ancrage dans sa vie, le seul élément de stabilité que j'ai pu noter, c'était sa fille.

Klavs Arnold se contenta de hocher la tête en signe d'acquiescement. Il était occupé à manger une pomme de l'hôtel. Anna Mia poursuivit :

— Un jour, elle et une amie décidaient qu'elles allaient écrire un livre pour enfants de quatre cents pages, le mois suivant elle voulait se lancer dans la production de sodas en coopération avec Halsnæs Bryghus, une microbrasserie locale, située à Hundested, et deux mois plus tard elle projetait de cartographier la pollution dans le lac d'Arresø. Quelle vie… Et c'est le même schéma avec ses bienfaiteurs.

C'était le second aspect de sa vie par lequel Juli Denissen se distinguait. Elle avait flirté avec de nombreux hommes, tous considérablement plus âgés qu'elle. Ils étaient tous relativement influents, et au moins deux d'entre eux pouvaient être qualifiés de riches. Après que Malte Borup eut trouvé l'adresse mail et le mot de passe du compte de Juli Denissen sur son iPad, deux jours plus tôt, ils n'avaient eu aucune difficulté à découvrir l'existence de ces relations. La légalité de l'opération était plus que douteuse, mais Anna Mia n'avait guère eu de mal à convaincre Malte en lui promettant qu'elle et Klavs garderaient ces informations pour eux. Grâce aux prénoms et aux adresses mails de ces hommes, il leur avait ensuite été facile de trouver leurs adresses postales et d'autres renseignements les concernant.

Entre son divorce, à l'automne 2005, et sa mort, à l'été 2008, Juli Denissen avait fréquenté onze hommes. Ces relations duraient généralement de deux à trois mois, après quoi elle y mettait un terme et en entamait une nouvelle. La guichetière de son agence bancaire leur avait confié qu'elle pourrait leur raconter des tas d'histoires sur ces hommes, mais pas ici dans la banque, oh non, leur avait-elle annoncé à voix haute, si bien que ses collègues les plus proches n'avaient pu que l'entendre. Jamais elle ne dévoilerait d'informations confidentielles sur des clients, fussent-ils vivants ou morts. De telles demandes devaient être adressées à son directeur. Mais plus tard, après avoir terminé sa journée, elle avait mis ses lunettes noires, redressé son col et les avait rejoints à leur hôtel, où elle s'était révélée être une commère de la pire espèce ainsi qu'une véritable mine d'informations pour la police.

— Je n'aime pas dire du mal des morts, mais quand même… elle a couché avec la moitié de la ville ! Elle ne s'en cachait pas, tout le monde pouvait le voir. Elle changeait d'homme toutes les semaines. Et ils lui payaient ses factures quand elle le leur demandait, et aussi d'autres choses. Je ne vous ai rien dit, mais son prêt immobilier… eh bien, c'est ce restaurateur de Melby qui le lui a soldé, comme ça, d'un coup. Et en plus, à l'époque, elle touchait des aides sociales. Elle n'avait honte de rien, vous pouvez me croire. Pareil avec son prêt automobile, environ un an plus tard. Cette fois, c'est l'agent immobilier du centre-ville qui a tout payé. Et il a une femme et des enfants, et… vous n'allez pas le croire, mais il est aussi membre de…

Elle était intarissable, et Anna Mia l'avait laissée parler, alimentant son flot de paroles avec de petits commentaires du type “Incroyable !” ou, se prenant la tête, “Oh non, mon Dieu, dites-moi que ce n’est pas vrai”. L’indignation se lisait sur le visage d’Anna Mia, tandis que Klavs Arnold prenait des notes.

Une heure plus tard, ils avaient fait le point sur les informations qu’ils venaient de récolter.

— Un négociant en bois, un radiologue, un restaurateur, un juriste de la police, un agent immobilier, un chef d’orchestre, un ferrailleur automobile, il y a un peu de tout, mais ils ont tous un porte-monnaie bien garni. Je crois qu’on devrait envoyer un collègue voir chacun d’eux pour recueillir leur version de l’histoire. Peut-être qu’on apprendra quelque chose d’intéressant. Mais il faut que ce soit des hommes, d’âge mûr de préférence – ils se confieront plus facilement à eux. Et il faudra aussi qu’il ait une couverture pour les hommes mariés, peut-être un problème d’assurance avec leur voiture, ça devrait marcher. L’idéal serait que tu les briefes toi-même.

— Le ferrailleur automobile d’Ølsted a un casier, dit Klavs Arnold, alors on s’en chargera. Quant au dernier sur la liste, ou plutôt sa veuve, je préférerais que ce soit une collègue plus expérimentée que toi qui aille la voir.

Anna Mia ravala sa déception.

— Parce que Juli Denissen avait une liaison avec lui quand elle est morte ?

— Oui, c’est pour ça. Et aussi parce que je ne sais pas exactement ce que je recherche, ni même s’il y a quelque chose à trouver. Alors, je voudrais pouvoir m’appuyer sur quelqu’un de plus expérimenté. Mais toi et moi on a obtenu des réponses plutôt satisfaisantes aux principales questions qu’on se posait, à savoir comment elle a pu s'offrir des objets d'une telle valeur et si elle avait un quelconque lien avec Jonas Ziegler, qui a découvert son corps, ce qui ne semble pas être le cas. Alors je pense qu'on a déjà assez d'éléments pour commencer à rédiger notre rapport.

Anna Mia était d'accord avec lui. Ils décidèrent d'aller sur le port pour déjeuner.

Dans la voiture, Klavs demanda :

— Le ferrailleur, qu'est-ce que tu sais à propos de lui ?

Elle n'hésita pas une seconde.

— Deux condamnations pour escroquerie et fraude à l'assurance, respectivement en 1998 et en 2004, et une autre pour agression en 2008, qui lui a valu dix-huit mois d'emprisonnement. Il est aussi soupçonné de recel de grande ampleur.

— Et tu allais lui envoyer un collègue âgé et sans coéquipier ?

Anna Mia frémit presque à cette pensée.

— Oui, c'est ce que j'allais faire. Oh mon Dieu !

— Idiote.

Elle ne lui répondit pas. Quelques instants plus tard, il ajouta, sur un ton plus amical :

— Tu es inspecteur depuis seulement trois jours. Tu ne penses pas que tu pourrais ramener tes exigences personnelles à un niveau plus réaliste ? Tu es douée, et je le sais, mais même toi tu ne peux pas accomplir de miracles.

# 13

*Nyholm, Copenhague,*
*jeudi 26 août 2010*

Le numéro 2 de Kongebrovej offrait une vue imprenable sur le pont de la Batterie, d'où le tueur avait sauté à bord du bateau-mouche, le dimanche 22 août, juste un peu avant 9 h 30 du matin. Le bâtiment consistait en quatre ailes entourant une petite cour, où se trouvaient six places de parking réservées aux trois entreprises domiciliées à cette adresse ainsi qu'un bac à sable et un mur d'escalade pour les enfants de la résidence.

Anica Buch se tenait devant la porte menant à la cour, qui constituait autrefois l'entrée du bâtiment, quand il avait été construit, au milieu du XIXe siècle, pour abriter les bureaux administratifs de la marine royale. À l'époque, l'édifice était connu sous le nom de Peter Willemoes Palæ. La veille, quand Konrad Simonsen l'avait chargée d'enquêter sur l'ambulance, elle avait été enchantée. Les choses se passaient bien, pour l'enquête en général, mais surtout pour elle, ce qui était clairement la priorité d'Anica Buch.

Comme prévu, elle n'avait eu aucun problème à remonter jusqu'à l'ambulance. Les services d'urgence avaient reçu un appel à 9h48, le dimanche matin, et une ambulance avait été envoyée à l'adresse où elle se trouvait maintenant. Un homme blessé gisait dans la cour. L'horaire indiquait que l'incident s'était déroulé *après* que le tueur avait sauté dans le bateau-mouche, ce qui avait affreusement contrarié Anica Buch. Malgré tout, elle avait décidé de poursuivre son investigation, et bien lui en avait pris. Lorsqu'ils étaient arrivés sur place à 9h55, les ambulanciers avaient trouvé un homme gémissant étendu dans le bac à sable, tandis que le concierge, qui avait appelé les secours, était assis à côté de lui. Le blessé s'appelait Kim Steensen et était le propriétaire d'une petite société de télémarketing dont les locaux étaient situés dans l'aile sud de la résidence, au deuxième étage. Mais bien que Kim Steensen fût mal en point – il avait subi un violent passage à tabac –, il avait refusé de monter dans l'ambulance, qui avait fini par repartir sans son patient. Il n'avait pas non plus porté plainte auprès de la police, si bien que le concierge l'avait simplement accompagné jusqu'à son bureau. Quelques minutes plus tard, ses employés l'avaient aidé à redescendre et un ami était passé le prendre.

Anica Buch essaya de reconstituer la suite des événements. Le concierge lui raconta que, peu de temps après être sorti de sa voiture, Kim Steensen s'était fait agresser par un homme ressemblant à un membre d'un gang de motards, qui avait surgi de nulle part. Le concierge avait assisté à l'attaque depuis une fenêtre du sous-sol et appelé une ambulance. Alors qu'il le rouait de coups, l'agresseur avait crié qu'il lui laissait une heure pour payer aux filles ce qu'il leur devait.

L'étape suivante consistait à collecter des informations sur Kim Steensen, dont le cas s'annonçait fort intéressant. L'homme vivait de fraudes, d'escroqueries et de magouilles diverses. Actuellement, c'était le télémarketing. Neuf jeunes personnes démarchaient pour lui les gens par téléphone pour tenter de leur vendre à prix d'or des ampoules à basse consommation d'énergie, qui n'étaient en fait que des chinoiseries bon marché dont les spécifications étaient largement exagérées. C'étaient principalement des personnes âgées qui tombaient dans le panneau.

La théorie d'Anica Buch était que l'agresseur avait attendu Kim Steensen. Il aurait pu se cacher dans la cour ou dans la rue, où il aurait disposé de six secondes pour se glisser derrière Steensen et sa voiture avant que le portail ne se referme. Le problème, c'était qu'il n'y avait pas de bonnes cachettes dans la rue, à moins de s'introduire dans le hall du numéro 2b, qui se trouvait à gauche du portail. Toutefois, cela aurait nécessité une clé ou un bon prétexte pour entrer, la porte étant équipée d'un interphone. Elle entreprit de vérifier auprès des habitants et la chance lui sourit au troisième étage. Un professeur à la retraite se souvenait clairement qu'un imbécile de livreur de journaux l'avait réveillé dimanche matin.

Tout collait parfaitement. Au premier étage, dans la cage d'escalier, il y avait une fenêtre qui offrait une vue imprenable sur Danneskiold-Samsøes Allé, d'où la Škoda Octavia bleue avait dû arriver, ce qui avait laissé largement le temps à l'agresseur de descendre les marches, de se cacher dans l'entrée et d'attendre que la voiture ait pénétré dans la cour pour se glisser derrière elle. Le plus intéressant, cependant, si les choses s'étaient réellement passées ainsi, c'était que l'agresseur devait aussi avoir eu le pont de la Batterie dans son champ de vision au moment où le tueur en avait sauté. C'était impossible autrement.

Anica Buch comprit tout à coup qu'il valait mieux qu'elle arrête de travailler en solitaire, alors elle appela la préfecture de police, demanda à parler à Konrad Simonsen et fut immédiatement mise en communication avec le directeur adjoint de la brigade criminelle.

Arne Pedersen essaya de se concentrer sur ce que lui racontait Anica Buch. Il venait juste de se disputer avec Simonsen, qui était mécontent parce qu'il avait été forcé de reporter sa visite à la maison de retraite où vivait à présent le légiste Arthur Elvang. Des affaires plus importantes avaient surgi entre-temps, des affaires qui n'avaient rien à voir avec Pedersen, ce qui n'avait pas empêché son chef de passer ses nerfs sur lui.

Quand Anica Buch eut terminé son compte rendu, Arne Pedersen décida d'aller la rejoindre à Nyholm.

Elle attendait devant l'entrée du bâtiment lorsqu'il arriva vingt minutes plus tard. Elle lui répéta ce qu'elle avait découvert. Ils montèrent au premier étage du numéro 2b, où l'agresseur, d'après la théorie d'Anica Buch, avait attendu Kim Steensen. Arne Pedersen regarda longuement par la fenêtre de la cage d'escalier. Le pont de la Batterie était pile dans son champ de vision, la jeune policière avait eu une bonne intuition. Anica se tenait derrière lui, sans dire un mot.

— Tu as vérifié s'il y avait des empreintes digitales sur le rebord de la fenêtre ?

Elle l'avait fait. Elle avait même recherché des traces d'ADN, mais pas d'empreintes de pieds. Elle n'avait pas non plus contacté la Scientifique, son grade ne l'autorisant pas à prendre de telles initiatives.

— Et qu'est-ce que tu as découvert ?

— Plusieurs empreintes digitales distinctes qui pourraient appartenir à la même personne, mais je n'ai pas eu le temps de les examiner plus attentivement.

Pedersen l'écouta en acquiesçant. Elle avait suivi la procédure à la lettre. Alors qu'ils redescendaient, il dit :

— Je veux qu'on vérifie ces empreintes, alors je vais appeler le labo et leur demander d'envoyer quelqu'un tout de suite.

Lorsqu'il eut raccroché, ils rendirent une petite visite à la société de Kim Steensen. Le propriétaire était absent, mais ils apprirent rapidement qu'il était retourné à son bureau plus tard, ce dimanche matin, malgré son piteux état, et qu'il avait donné l'ordre de régler immédiatement les salaires impayés de jumelles qui avaient été employées par sa société jusqu'en juin. Les policiers récupérèrent les adresses des jumelles. Tout avait été réglé en moins de cinq minutes.

Les jumelles se montrèrent moins coopératives. C'étaient des étudiantes qui occupaient un appartement à cinq cents mètres de Peter Willemoes Palæ. L'une était clouée par la grippe dans le canapé, et l'autre était restée pour s'occuper de sa sœur. Aucune des deux n'était disposée à parler.

Anica Buch leur mit les points sur les *i*.

— Le motard qui a tabassé Kim Steensen pour que vous puissiez avoir votre argent savait exactement quand sa victime arriverait au travail – et c'est vous qui lui avez communiqué cette information. Ça fait de vous les complices d'un acte de violence et de chantage, ce qui est suffisant pour que vous écopiez d'une condamnation qui figurera sur vos casiers judiciaires. Alors vous êtes toutes les deux mal barrées, à moins qu'on ne décide de tout oublier. Mais pour ça, il va falloir que vous coopériez.

Arne Pedersen se leva et rajouta une couche de pression.

— Viens, Anica, on s'en va. Je n'ai pas envie de perdre mon temps à me prendre la tête avec deux gamines gâtées que la mort de seize enfants n'émeut même pas. On va demander qu'on nous envoie une voiture de patrouille. Les collègues les conduiront à la préfecture de police, ce sera beaucoup plus simple pour nous.

La jumelle grippée se décida enfin à parler. D'une voix enrouée, elle dit qu'elles n'avaient pas été payées pour leur travail de télémarketing, contrairement à ce qui était prévu, et qu'elles s'en étaient plaintes auprès de leur oncle, qui était lié aux Hell's Angels. Il leur avait garanti qu'il réglerait le problème. Comment, il ne l'avait pas précisé, mais il était impossible qu'il ait lui-même commis l'agression car il était en chaise roulante depuis un accident de moto en 2003. Anica Buch sortit son calepin et un stylo.

— Et votre oncle s'appelle ?

Alors qu'ils retournaient à leur voiture, Pedersen reçut un SMS. Les empreintes relevées dans la cage d'escalier avaient été passées dans le fichier des empreintes digitales et il y avait eu une correspondance. À présent, ils détenaient deux noms. Ils montèrent dans la voiture, mais Pedersen ne démarra pas tout de suite.

— Qu'est-ce qu'on fait, maintenant ? fit Anica Buch.

— On va demander de l'aide à la police de Karlslunde.

— L'Antigang Est ?

Arne Pedersen acquiesça. L'Antigang Est était une unité spéciale qui avait été créée pour combattre la criminalité organisée à l'est du Storebælt. Cette unité avait évidemment une connaissance étendue du milieu des motards.

Les dernières pièces du puzzle se mirent en place : l'agresseur était un homme qui désirait désespérément intégrer les Hell's Angels. L'oncle des jumelles avait autrefois fait partie du gang et il continuait de fréquenter régulièrement le club-house de Svanevej, dans le quartier Nordvest de Copenhague. Le reste était facile à deviner. Anica Buch demanda :

— Et maintenant ?

Arne Pedersen se donna le temps de la réflexion avant de répondre.

— L'agresseur est disposé à coopérer à condition que les Hell's Angels le lui demandent, et ils le feront probablement. Beaucoup d'entre eux ont des enfants. Mais à part ça, rien qui te concerne. Si ce n'est qu'on ne va pas t'oublier. Simon et moi, on se souviendra de ta contribution à cette enquête.

# 14

*Préfecture de police,*
*jeudi 26 août 2010*

C'était la Comtesse qui allait interroger Emilie Damgaard, la voisine du chiropracteur de Ballerup, qu'Arne Pedersen avait eu tant de mal à faire plier. Au vu du contexte, le choix d'une femme mûre, en l'occurrence la Comtesse, s'était imposé comme une évidence, et Konrad Simonsen avait pris cette décision sans consulter quiconque. Elle et Emilie Damgaard – qui venait tout juste d'entrer au lycée – étaient convenues qu'elles se rencontreraient à la préfecture de police. Ensuite, la Comtesse avait appelé la mère de la jeune fille, la loi voulant qu'elle soit informée soit avant soit après l'audition. Elle avait opté pour la première solution plutôt que d'impliquer une assistante sociale. Mais elle n'était pas entrée dans les détails et espérait que la jeune fille se présenterait seule à la préfecture.

Le témoignage d'Emilie Damgaard pouvant être capital, la Comtesse s'était soigneusement préparée. L'énergie qui lui avait tant fait défaut au début de l'enquête était revenue, grâce à son mari. La manière dont Simon avait pris les choses en main leur avait servi d'exemple à tous.

Et après quelques jours passés à tenter d'oublier le chagrin causé par la mort de Pauline, la Comtesse était de nouveau capable de se concentrer sur son travail. Apparemment, c'était aussi le cas d'Arne et de Klavs, qui étaient parvenus à se débarrasser de leur morosité et de leur tristesse. Comme elle, ils devaient se sentir coupables de n'avoir jamais pris Pauline au sérieux à propos de la mort de Juli Denissen.

La Comtesse s'était procuré une Ford S-Max, le modèle de voiture que possédait le chiropracteur, et avait fait appel à un caméraman pour qu'il réalise une brève vidéo depuis la place passager. Le film commençait sur le parking de l'hôtel Galion et s'arrêtait deux minutes et douze secondes plus tard, devant le Peter Willemoes Palæ, après que la voiture avait emprunté le pont de la Batterie pour la troisième fois, Emilie Damgaard ayant oublié son sac à l'hôtel. C'était le deuxième voyage qui était le plus important, et la Comtesse avait été aidée par deux sources différentes : l'une était l'équipe chargée de retrouver le véhicule qui avait déposé un passager sur le pont de la Batterie à 9 h 05, la voiture que le chiropracteur et Emilie Damgaard avaient doublée. L'équipe estimait qu'il devait s'agir d'un modèle récent, à quatre portes, de couleur bleu sombre ou noire, et avait établi une longue liste de véhicules potentiels, ce qui n'était pas vraiment d'un grand secours pour la Comtesse.

L'autre élément était plus prometteur. Il avait été fourni par les plongeurs qui sondaient le fond de la mer à la recherche de téléphones. Après plusieurs jours d'efforts fastidieux, ils avaient repêché trois autres téléphones ayant appartenu à des enfants japonais, dont un qui contenait une vidéo enregistrée tandis que le bateau-mouche contournait Frederiksholm et se dirigeait vers l'île de Zealand. Sur le pont de la Batterie, à une centaine de mètres de distance, on pouvait apercevoir, pendant deux secondes, une silhouette appuyée à la rambarde, face à la caméra, avant qu'elle ne recule et ne sorte du champ. D'après les images, il avait été possible de déterminer la taille de l'individu – environ un mètre quatre-vingt-huit –, mais c'était à peu près tout. Même la couleur de ses vêtements n'était pas claire.

La Comtesse avait choisi une voiture au hasard dans la liste afin de procéder à une reconstitution. Puis elle avait de nouveau fait passer la Ford sur le pont de la Batterie tandis qu'un policier de la taille correspondante et portant des vêtements neutres descendait d'une Toyota Yaris noire garée le long du trottoir.

La dernière information qu'avait reçue la Comtesse provenait de l'interrogatoire du chiropracteur par Arne Pedersen. Il n'avait rien remarqué sur le pont, mais se souvenait que la radio de sa voiture était allumée et réglée sur Radio 80, une station commerciale qui diffusait en continu de la musique pop, des actualités et des spots publicitaires. La Comtesse se procura auprès de la station de radio une copie de la bande sonore du dimanche matin et, grâce aux images de la vidéosurveillance du parking de l'hôtel, elle la synchronisa avec son petit film. Du moins en théorie. Maintenant, elle espérait que tous ses efforts seraient récompensés et que son petit montage stimulerait la mémoire d'Emilie Damgaard. Un film était souvent plus efficace qu'une reconstitution en direct, le témoin disposant de plus de temps pour réfléchir. Toutefois, si cela ne devait rien donner, elle pourrait toujours aller faire un tour sur le pont de la Batterie avec la jeune fille.

Comme elle l'avait espéré, Emilie Damgaard arriva seule, sans sa mère. La Comtesse la conduisit dans le bureau de son époux, qu'elle avait emprunté afin de lui montrer la vidéo sur l'écran large de l'annexe. La jeune fille était souriante et adorable. Son comportement semblait naturel et elle ne montrait pas de signes de nervosité. La Comtesse la trouva charmante.

— Tu pourrais commencer par me parler de toi ? dit-elle.

La jeune fille lui parla d'elle et de sa relation avec son voisin. La Comtesse était satisfaite et ne vit pas d'intérêt à creuser davantage, aussi enchaîna-t-elle directement avec la vidéo.

Après l'avoir visionnée, Emilie Damgaard demanda à la revoir. Il y avait quelque chose… elle n'aurait su dire quoi, mais… mais il y avait quelque chose. Et puis, au cours du second visionnage, elle se rappela :

— Il y a un problème avec cette chanson ! Je l'aime beaucoup, mais elle commence trop tôt. Dimanche, on était en train de retourner à l'hôtel quand ils l'ont diffusée. Dans le virage, juste avant le pont. J'en suis certaine. Vous pouvez modifier ça ?

— Bien sûr, répondit la Comtesse.

Elle disposait de plusieurs vidéos et bandes-son car, bien qu'elle sût à quel moment débutait le film, elle ignorait à quelle vitesse la voiture roulait. Malte Borup avait identifié ce problème potentiel et lui avait montré comment modifier la vitesse de la vidéo et caler dessus l'enregistrement sonore. À la quatrième tentative, ce fut comme si Emilie Damgaard entrait en transe.

— Oui, oui, c'est ça ! Elle fredonna la chanson quelques instants, puis s'exclama : J'ai monté le son quand on traversait le pont. Et elle a commencé à chanter le refrain… Céline Dion… et je me suis mise à chanter aussi, mais Casper a baissé le volume. C'est pour ça que, quand la voiture qu'on suivait s'est arrêtée pour déposer l'homme, il les a vus au dernier moment. Il leur a hurlé dessus : "Espèce de connasse ! Vous ne pouvez pas faire attention ?" On ne pourrait pas refaire un essai en montant le son au moment d'arriver sur le pont, puis le baisser à nouveau, mais juste un peu, avant de dépasser l'autre voiture ?

La Comtesse fit ce que la jeune fille lui demandait. Emilie Damgaard se mit à chanter, d'une voix étonnamment puissante et juste. *Near, far, wherever you are, I believe that the heart does go on.* Sa voix se mêla joliment à celle de Céline Dion, qu'accompagnaient des violons aux gémissements plaintifs et doux. *Once more you open the door.* Elle leva les bras, comme si elle dirigeait l'orchestre, et se déchaîna. Soudain, en plein milieu d'un couplet, elle s'arrêta net et dit, d'une voix stupéfaite :

— Il m'a regardée. Enfin, je veux dire, on s'est regardés, je m'en souviens, maintenant. Il avait une queue de cheval, les cheveux bruns, et il n'était pas jeune, il avait au moins quarante ans, grand, très grand… et mince, costaud aussi, il avait un sac à dos. Ça y est, je l'ai ! Je revois clairement son visage !

En pensée, la Comtesse sauta de joie.

— Tu penses que tu pourrais conserver l'image de cet homme dans ta tête jusqu'à demain ? demanda-t-elle calmement.

— Je suis sûre que oui. Je le revois parfaitement, maintenant.

— Ce serait possible pour toi de revenir ici demain et de collaborer avec un autre témoin et un dessinateur pour produire un portrait-robot de l'homme ?

La jeune fille sourit.

— Est-ce que j'ai le choix ?

— Pas vraiment, mais on peut passer te prendre chez toi et te ramener ensuite. Et on peut aussi contacter ton lycée pour qu'ils te libèrent.

Elles prirent rendez-vous pour 10 heures, le lendemain matin. Juste avant de sortir du bureau, la jeune fille demanda :

— Alors Casper a refusé de vous parler de moi, même s'il savait que mon témoignage pouvait être important ?

Elle capta le regard de la Comtesse, qui s'appliqua à esquiver la question.

— Ce n'est pas comme ça que ça fonctionne. La déposition de Casper ne te concerne pas, tout comme la tienne ne le concerne pas.

Le regard d'Emilie Damgaard s'assombrit et elle murmura, furieuse :

— Quel salaud !

La Comtesse aurait difficilement pu la contredire.

# 15

*Quartier de Hjortekær, Lyngby,*
*vendredi 27 août 2010*

Konrad Simonsen choisit d'envoyer la Comtesse et un agent de Glostrup au Japon pour interroger le garçon qui avait survécu au drame du dimanche précédent dans le port de Copenhague. Cela pouvait sembler un peu étrange qu'il ait choisi sa femme – après tout, ce n'étaient pas les volontaires qui manquaient pour aller passer cinq jours au Japon aux frais du contribuable –, mais les gens pouvaient bien penser ce qu'ils voulaient. Il gérait ses effectifs comme il l'entendait. Elle était partie pour l'aéroport le matin même, il n'avait pas eu le temps de l'y conduire et elle lui manquait déjà, ce qui le contrariait. Comme s'il ne pouvait pas se débrouiller sans elle.

La maison de retraite du Cygne Blanc était idéalement située en lisière du splendide parc aux Daims. C'était un ancien manoir aux murs d'un blanc immaculé, coiffé d'un toit en tuiles noires vernies qui étincelaient même par temps maussade. Des extensions à un étage respectant le style architectural du bâtiment principal avaient été ajoutées de part et d'autre de la demeure. Dans le jardin, il y avait des pelouses soigneusement tondues, des allées de gravier et une multitude de bancs. Konrad Simonsen se dit que les places, ici, ne devaient pas être données, mais aussi qu'Arthur Elvang le méritait bien. Des années durant, il avait travaillé plus dur que quiconque, et sans jamais compter ses heures.

Après un bref passage dans le bureau du directeur, qui se trouvait dans le bâtiment principal, une employée conduisit Simonsen jusqu'à la chambre du professeur à la retraite. Elle frappa deux fois à sa porte avant d'entrer et de lui annoncer à voix haute qu'il avait de la visite.

— C'est une de vos anciennes connaissances de la police.

Le vieil homme sursauta dans son fauteuil près de la fenêtre, et Simonsen se demanda si son arrivée ne l'avait pas réveillé. Puis, l'employée s'en alla non sans avoir fait une remarque condescendante sur la piètre allure du professeur. Konrad Simonsen entra dans la pièce, posa son bouquet de fleurs pour le moins inapproprié sur une commode, sans trop savoir s'il pouvait se permettre de s'asseoir avant de s'être présenté. Il choisit de rester debout.

Au cours de sa longue vie, Arthur Elvang n'avait jamais essayé de forcer sa nature pour plaire aux gens. Au contraire. Au travail, il était même réputé pour ses manières brusques et rudes, en particulier envers les personnes haut placées. Si son entourage avait supporté ses excentricités, c'était uniquement en raison de son indiscutable expertise en tant que légiste, qui lui avait valu une reconnaissance internationale. Konrad Simonsen pouvait certainement en attester.

À présent, le professeur était presque aveugle, et il n'avait plus que la peau sur les os. Le simple fait qu'il vive encore semblait tenir du miracle. Simonsen se présenta sans obtenir de réaction. Comme s'il s'était senti obligé d'ajouter quelque chose, il dit :

— J'ai des questions importantes à te poser.

Le contact s'établit enfin et le vieillard répondit, d'une voix faible mais distincte :

— Moi aussi j'en ai une pour toi. Quand ils m'auront mis dans mon cercueil, ce qui ne saurait tarder, tu veux bien me promettre que tu me ficheras la paix ?

Simonsen s'assit sur une chaise en face de lui, ne sachant trop comment procéder. Il dit timidement :

— Bel endroit, pas vrai ?

Le vieil homme lança un regard agacé en direction de sa voix.

— C'est un endroit fantastique. Ce que je préfère, c'est quand cette grosse dondon sans cervelle que tu viens de rencontrer me crie dessus parce qu'elle pense que quand on ne voit pas, on n'entend pas non plus. J'ai failli avoir une crise cardiaque à cause d'elle.

Il insista pour qu'ils sortent dans le jardin. Simonsen convint que c'était une excellente idée. Qu'aurait-il pu dire d'autre ? Il aida le vieil homme à avancer dans le couloir.

— Si tu pouvais envoyer cette furie derrière les barreaux pendant quelques mois, alors je t'aiderais volontiers, quoi que tu aies à me demander.

Konrad rit sans être sûr qu'il s'agisse d'une blague.

Ils s'assirent sur un banc qui tournait le dos au bâtiment principal. Le soleil avait en partie percé la couverture nuageuse et la température était agréable. Le professeur était enfin redevenu bavard. L'unique chose qui fonctionnait encore parfaitement chez lui, c'était son cerveau, et le manque d'assurance que Simonsen avait toujours ressenti en compagnie de cet homme resurgit tout à coup. Il avait toujours eu beaucoup de mal avec Arthur Elvang, et sa seule consolation était de savoir qu'il était loin d'être le seul dans ce cas. Avec prudence, il posa sa première question, avant tout pour satisfaire sa curiosité personnelle.

— Quand tu m'as aidé sur une affaire, il y a quelques années, tu m'avais dit qu'il y avait un département médicolégal à l'hôpital de Hillerød.

Il avait eu peur que le professeur n'ait oublié cet incident, mais il s'en souvenait très bien.

— Ce n'est pas cette histoire dans laquelle tu t'étais laissé entraîner par Pauline Berg et ses petits copains complotistes ? À propos d'une jeune femme qu'on avait retrouvée morte dans le Zealand du Nord ?

Konrad Simonsen confirma. C'était une description relativement juste de l'affaire.

— Ils avaient une liste de dix éléments que, selon eux, la police avait délibérément cachés au public, ou d'autres sottises de ce genre, et le lieu où avait été pratiquée l'autopsie en faisait partie.

C'était plus ou moins ce que Simonsen avait imaginé. Le professeur avait préféré inventer un département médicolégal qui n'existait pas plutôt que de se lancer dans de longues explications concernant Hans Arne Tholstrup et ses problèmes conjugaux. Cette version était plus simple et plus crédible, même si elle était fausse. Le fait que le vieil homme eût connu depuis le début la tragique vérité sur la femme du pathologiste était une autre affaire.

— Else était une marie-couche-toi-là, mais Hans Arne était le seul à l'institut médicolégal à ne pas être au courant. Toutefois, elle était meilleure pathologiste qu'il ne l'a jamais été, le pauvre homme. Dis-moi, tu veux bien vérifier s'il y a quelqu'un à la fenêtre du premier étage dans le bâtiment sur notre gauche ?

Konrad s'exécuta. Il n'y avait personne.

— Alors va me chercher une poignée de prunes dans cet arbre. Je n'arrive pas à croire que tu aies gobé cette histoire de département médicolégal à Hillerød ! La naïveté des gens n'a-t-elle aucune limite ?

Konrad Simonsen cueillit cinq prunes tout en surveillant nerveusement la fenêtre. Il se sentait comme un écolier. Les prunes étaient des Opal, et elles avaient l'air délicieuses.

Il les rapporta au professeur, qui enfonça ses dents dans la première. Le jus jaunâtre dégoulina sur son menton, tandis qu'il mangeait goulûment le fruit mûr avec de petits claquements de langue. Il s'essuya les lèvres dans sa manche et engloutit la suivante. Konrad Simonsen profita de l'occasion pour expliquer la vraie raison de sa visite. Quand Arthur Elvang avait examiné le compte rendu de l'autopsie de Juli Denissen devant le groupe des conspirationnistes pour lui rendre service, il avait marqué une pause, à un certain moment, et s'était attardé sur un passage. Même s'il n'avait pas fait de commentaire, il était manifeste que quelque chose l'avait perturbé. Konrad Simonsen avait redouté cet instant, mais à sa grande surprise le professeur se rappelait parfaitement cet épisode. Il était en train de mâcher sa troisième prune et ses paroles n'étaient pas totalement claires, si bien que l'inspecteur dut réitérer sa question.

Arthur Elvang répéta :

— J'ai dit qu'il y avait des notes dans le compte rendu. Ajoutées par deux étudiants en pathologie. Ils affirmaient avoir découvert de l'arinoase et de l'arinosine dans le vagin de la femme. Ça m'a paru pour le moins bizarre.

— Tu pourrais développer ?

Arthur Elvang s'expliqua. Il n'était pas inhabituel que l'on charge des étudiants de procéder à des prélèvements, en particulier d'échantillons de sperme dans l'anus, dans le vagin ou dans la cavité buccale. Cela n'apparaissait normalement pas dans le compte rendu d'autopsie, et c'était une faute grave d'avoir fait figurer leurs rapports dans le document, mais le professeur avait déjà vu cela auparavant. Cela se produisait parfois en période chargée. Un des étudiants, sans doute surpris d'observer certaines cellules lors de l'examen des frottis réalisés sur le cadavre, avait dû demander que l'on procède à une analyse chimique. Mais quelqu'un s'était sûrement trompé car la présence de ces deux substances semblait hautement improbable. C'était pour cette raison qu'Elvang avait marqué une pause.

— Qu'est-ce que c'est que l'arinosine et… l'autre substance que tu as mentionnée ?

— L'arinoase est une enzyme et l'arinosine une protéine. Ces deux éléments sont des composants du mucus d'escargot.

— Un escargot ? s'exclama Simonsen, perplexe.

— Non, un élan. Sérieusement, bien sûr un escargot.

— Tu es en train de dire que quelqu'un aurait introduit un escargot dans son vagin ?

— Oui. Ou qu'elle l'a fait elle-même. Je doute que l'escargot se soit aventuré là de son plein gré.

— Est-ce que ça pourrait expliquer sa peur ? Son niveau élevé d'adrénaline ou… je ne sais pas quel est le terme exact ? Et par conséquent son hémorragie cérébrale ?

— Comment le saurais-je ? Je ne suis pas médium. Maintenant, soit tu me poses des questions concrètes, soit tu fiches le camp.

Konrad Simonsen chipa une des prunes restantes, puis se leva et s'éloigna pour qu'Elvang ne l'entende pas.

Il appela Klavs Arnold sur son portable et lui demanda si Juli Denissen souffrait de phobies. Le Jutlandais l'ignorait, mais ce ne serait pas compliqué à vérifier, et il promit de le rappeler immédiatement. Avant de raccrocher, Arnold annonça une bonne nouvelle à son chef : après plusieurs jours de recherches, les plongeurs avaient enfin retrouvé l'arme du crime au fond du Bomløbet, et il s'agissait effectivement d'un couteau de combat russe de la Seconde Guerre mondiale. L'arme avait été envoyée au labo et, d'ici vingt-quatre heures, ils sauraient si elle avait bien servi aux meurtres.

Konrad Simonsen mangea sa prune, qui était succulente, puis rejoignit le professeur sans se presser. Il venait juste de s'asseoir lorsqu'il reçut un texto. Il provenait d'Anna Mia : *JD avait une phobie mortelle des escargots. D'après une de ses amies, elle hurlait dès qu'elle en voyait un.*

— Oh, j'ai cru que tu étais parti, dit Arthur Elvang. Où est passée ma dernière prune ?

# 16

*Frederiksværk,*
*vendredi 27 août 2010*

— Il existe trois scénarios possibles. Un de ses petits amis s'est vengé quand elle l'a largué. La femme d'un de ses petits amis a voulu lui faire du mal ou l'effrayer. Ou, troisième option…

Anna Mia était enthousiaste et ne se laissa pas perturber par le commentaire sarcastique de Klavs Arnold sur le fait qu'il était totalement d'accord avec sa troisième option. Arne Pedersen, qui les avait rejoints à la demande de Klavs Arnold, lâcha un petit rire.

Ils déambulaient sur le trottoir, en route pour interroger leur dernier témoin à Frederiksværk, la veuve de l'homme que fréquentait Juli Denissen au moment de sa mort.

— Pauline avait raison d'affirmer que la mort de Juli Denissen était suspecte, dit Pedersen. J'ai du mal à l'avaler quand je repense à toutes les fois où on s'est moqués d'elle.

Konrad Simonsen leur avait fait part des révélations d'Arthur Elvang, et l'information avait été confirmée par l'institut médicolégal, où les échantillons prélevés dans le vagin de la jeune femme étaient conservés, et où ils avaient de nouveau été analysés en urgence. Ils avaient maintenant la preuve qu'un crime avait été commis sur la lande de Melby le 10 juillet 2008 et que Pauline avait eu raison depuis le début.

— Cet interrogatoire sera d'autant plus important, commenta Klavs Arnold. Après tout, on ne peut pas changer le passé.

Personne ne dit rien et Anna Mia changea de sujet.

— Lequel d'entre vous a convaincu mon père de vous accompagner aujourd'hui ?

— Tu es simplement ici pour observer et apprendre, répondit Klavs Arnold. Ton père n'avait pas besoin d'être convaincu. Mais dès demain, tu partiras en vacances. Et ne t'avise pas de l'appeler pour te plaindre…

Anna Mia l'interrompit sur un ton belliqueux.

— Les conversations que j'ai avec mon père ne te concernent pas.

Klavs Arnold poursuivit, imperturbable.

— … et lui demander qu'il te réintègre. Tu as fait du bon boulot, mais ta participation prend fin aujourd'hui.

Anna Mia capitula.

— OK, OK.

Arne Pedersen l'interrogea :

— Toi qui étudies le droit, tu pourrais me dire combien risque celui ou celle qui a agressé Juli Denissen ?

Elle fut clairement étonnée par la tournure qu'avait prise la discussion, mais comme elle y avait déjà réfléchi, elle répondit :

— La mort de Juli Denissen était accidentelle. Son agresseur ne l'avait certainement pas prévue, ce n'est donc pas un homicide volontaire. Pour ça, il aurait fallu qu'il y ait préméditation. Il ne reste plus que le délit de contrainte, qui est passible de deux ans d'emprisonnement, plus la séquestration présumée, quatre ans maximum, mais comme on le sait, les peines ne s'additionnent pas, au Danemark, donc je dirais entre trois et quatre ans, et plutôt quatre que trois. Le fait qu'elle ait été agressée en présence de son enfant constitue clairement une circonstance aggravante.

— Quatre ans ? Ce n'est pas cher payé. Ça signifie qu'il sera dehors au bout de trois ans tout au plus.

— Je suis complètement d'accord. Mais il y a autre chose. Maintenant, on va pouvoir requérir un mandat pour accéder aux mails de Juli Denissen. Comme ça, ils deviendront officiels et pourront être utilisés comme preuves.

Arne Pedersen savait que la brigade criminelle y travaillait déjà. Mais il dit :

— Excellente idée !

La veuve les mena dans son salon. Elle approchait de la cinquantaine et son dernier mari ne l'avait pas laissée dans le besoin. Son intérieur montrait des signes d'opulence. De l'ostentation provinciale, tape-à-l'œil et vulgaire, jugea Anna Mia au moment de prendre place dans le fauteuil de style néo-Renaissance richement sculpté qui lui avait été indiqué, aussi hideux que coûteux. La veuve s'appelait Ella von Eggert. Elle avait ajouté le "von" tout de suite après la mort de son époux, survenue moins d'un an plus tôt. Mads Eggert avait été un architecte extrêmement prospère et un homme d'affaires talentueux, unique propriétaire d'un cabinet d'architecture employant plus de quarante personnes et qui lui assurait un revenu annuel, d'après sa dernière déclaration de revenus, de plus de cinq millions de couronnes. Le couple s'était marié en 1998. Auparavant, elle avait brièvement été sa secrétaire. Après leur mariage, elle avait emménagé dans la maison de son époux, à Frederiksværk, la ville où, exception faite de ses années à l'université, il avait passé toute sa vie. Ils n'avaient pas d'enfants. En juin 2009, Mads Eggert était décédé dans un accident de voiture alors qu'il se rendait à son travail. Dans un virage serré, il avait perdu le contrôle de son véhicule, une Maserati GranCabrio, la prunelle de ses yeux, qu'il avait importée directement d'Italie avant qu'elle ne soit officiellement commercialisée. Le bolide était sorti de la route et avait fait des tonneaux, écrasant son conducteur.

Klavs Arnold exposa à Ella von Eggert la raison qui les amenait. Avec le tact nécessaire, mais sans non plus tourner autour du pot, il l'informa que son mari avait eu une liaison avec Juli Denissen au cours de la période qui avait précédé sa mort, en juillet 2008, et que la police souhaitait savoir si Ella pouvait leur apprendre quelque chose à propos de cette relation. Elle répondit que non. Elle ne contestait pas la dernière infidélité de son époux, mais affirma n'être au courant de rien.

— Vous ne semblez pas particulièrement surprise que votre mari ait eu une liaison ? fit remarquer Klavs Arnold.

Ella von Eggert poussa un soupir théâtral. Non, elle n'était pas surprise, c'était déjà arrivé plusieurs fois avant, mais ce n'était jamais sérieux et leur couple s'en était toujours remis.

— Plusieurs fois. Combien, exactement ?

— Deux, à ma connaissance, je dois malheureusement l'admettre. Mais c'était il y a longtemps, en 2001 et en 2003, pour être plus précis. Mais ça n'a certainement aucune importance ? Comme je vous l'ai dit, nous avions surmonté ces épreuves, ces femmes ne comptaient pas.

Klavs Arnold estima qu'elle avait marqué un point. La femme ajouta :

— Mads était un homme curieux et extraverti, personne n'aurait pu le faire changer.

— Nous savons qu'en 2008 votre époux a offert à sa maîtresse un livre extrêmement coûteux. Sa valeur a récemment été estimée à plus de cent mille couronnes. Vous étiez au courant ?

Ella von Eggert réfléchit un instant avant de nier sur un ton presque désolé.

— Non. Comme je l'ai déjà dit, je ne connaissais pas cette fille, et même si Mads a choisi de dépenser une petite partie de son argent pour elle, ça ne regardait que lui.

Arne Pedersen montra à la femme une photo de Juli Denissen. Elle secoua la tête.

— Je suis désolée, je ne l'ai jamais vue.

Elle eut la même réaction quand il lui présenta une photo de Jonas Ziegler.

— Ces trois maîtresses dont vous connaissiez l'existence, les femmes de… c'était bien entre 2001 et 2003 ?

Ella von Eggert acquiesça.

— Quel âge avaient-elles ?

— Mon âge, j'imagine. Enfin, je veux dire, l'âge que j'avais à l'époque. L'une d'elles était peut-être un peu plus jeune. Pourquoi cette question ?

Klavs Arnold aurait également voulu le savoir. Toutefois, il dit machinalement :

— Nous posons les questions et vous y répondez, pas l'inverse.

Les deux hommes interrogèrent la veuve pendant encore une demi-heure, sans rien obtenir d'intéressant. Pour finir, ils se retrouvèrent à court de questions.

Au moment où ils sortirent sur le perron, Anna Mia s'écria, triomphalement :

— Elle ment, elle connaît Juli Denissen ! Elle l'a appelée la "fille", vous avez remarqué ? Pourquoi aurait-elle dit la "fille" si elle ignorait que Juli Denissen était beaucoup plus jeune que les autres femmes avec qui son mari avait eu des liaisons ? Elle a qualifié les autres de femmes, pas de filles.

Arne Pedersen la félicita. C'était bien vu. Ils marchèrent quelques instants en silence, puis Anna Mia dit :

— Toi aussi tu l'avais relevé. C'est pour ça que tu lui as demandé quel âge avaient les autres, je n'ai pas raison, Arne ?

Klavs Arnold dit :

— Tu t'es très bien débrouillée, Anna Mia.

# PARTIE 2

# L'HOMME DES BOIS

# 17

*Préfecture de police,*
*lundi 30 août 2010*

Arne Pedersen, Klavs Arnold et Konrad Simonsen entamèrent leur journée de travail en faisant le point sur la mort de Juli Denissen.

Ils avaient étalé sur le sol une grande carte, que Malte Borup leur avait confectionnée à partir d'impressions d'images Google Earth. La carte représentait la lande de Melby, et les trois hommes s'étaient assis pour l'étudier. Au début, Jonas Ziegler avait déclaré qu'il était en train de travailler dans la forêt quand il avait entendu des pleurs d'enfant. Il s'était dirigé vers le bruit et avait découvert la défunte – une version que Pauline avait souvent contestée, l'homme s'étant trouvé trop loin du lieu du drame. À présent, il semblait plus probable que Jonas Ziegler ait perçu autant les cris de la mère que les pleurs de la fillette.

— À moins que Ziegler ait pris part à l'agression vu que Juli Denissen devait être entravée d'une manière ou d'une autre ou bien qu'il y avait plus d'un agresseur, dit Arne Pedersen.

Une des nombreuses questions restées sans réponse concernait la veste de Juli Denissen. Le fait qu'elle en ait emporté une en plein mois de juillet suggérait qu'elle avait l'intention de marcher le long de la côte, qui était constamment battue par des vents froids, contrairement à la lande elle-même, à l'abri derrière les dunes.

— Donc, on peut raisonnablement supposer qu'elles ont été attaquées alors qu'elles descendaient de voiture. L'enfant la rendait vulnérable, commenta Klavs Arnold.

Pedersen hocha vaguement la tête. Simonsen poussa un grognement. Ils étaient en train de tourner en rond. En quoi ces constatations allaient-elles faire avancer leur enquête ?

— Jonas Ziegler n'est pas le seul lien entre les meurtres, dit Simonsen. Il y a aussi l'effraction qui a eu lieu dans l'appartement de Pauline, dimanche dernier, et au cours de laquelle ses dossiers ont été dérobés. Mais cette piste aussi est dans l'impasse.

Il ordonna que l'on procède à une vérification plus approfondie des fréquentations de Juli Denissen, en mettant l'accent sur ses différents amants, et confia cette mission à Arne et à Klavs, même si ce dernier et Anna Mia avaient déjà pas mal fouillé de ce côté.

— Tâchez d'obtenir plus d'informations de cette veuve. Elle ne nous a pas vraiment appris grand-chose la première fois que vous l'avez interrogée. Puis il ajouta sur un ton ironique : Maintenant, on peut accéder légalement à la boîte mail de Juli Denissen, mais est-ce que ça va nous mener quelque part, je ne peux pas le dire. Quoi qu'il en soit, elle contient une multitude de mails, plus de sept cents, et je vais avoir besoin de quelqu'un pour les lire et les trier. Peut-être qu'Anica Buch pourrait s'en occuper ?

La question n'était que rhétorique, au grand dam d'Arne Pedersen, qui savait pertinemment sur quoi cela allait déboucher. Il avait toujours contesté la fâcheuse habitude de son supérieur – malgré ses compétences et ses années d'expérience – consistant à écouter son intuition au moment d'intégrer de nouveaux éléments à son équipe. Et même si Klavs Arnold avait été l'un d'eux, et que ce choix s'était révélé excellent, Pedersen dit :

— Bon sang, Simon, on ne nomme pas un étudiant ministre. Pourquoi tu ne fais pas simplement appel à un des nôtres ?

Klavs Arnold ne fit aucun commentaire, ce qui était compréhensible étant donné sa situation. Le silence pesant fut rompu par Simonsen.

— Laisse-lui au moins une chance, Arne. Et si ce n'est pas concluant, tu n'auras qu'à la renvoyer.

Puis ils déployèrent une autre grande carte qu'ils examinèrent longuement avant de se lancer dans une nouvelle conversation. Celle-ci concernait deux informations que la Comtesse avait obtenues du petit garçon japonais.

D'abord, l'homme qui avait perpétré la tuerie à bord du bateau-mouche s'était laissé tomber à la renverse dans l'eau. Deuxièmement, il avait attendu plus longtemps qu'ils ne l'avaient cru avant d'abandonner le bateau. D'après la déclaration du garçon, c'était bien après que son enseignante eut elle-même sauté par-dessus bord, et bien avant la collision avec le ferry. Ainsi, il était très vraisemblable que le tueur avait plongé à l'endroit où le canal débouchait dans le bassin du port. Cette information suggérait que c'était un excellent nageur, mais beaucoup de gens l'étaient. La question de l'endroit où il avait touché terre était plus intéressante. La police avait obtenu les avis de divers experts et d'hommes-grenouilles de la marine, mais il demeurait bien trop de possibilités pour que cette piste soit considérée comme prioritaire.

Klavs Arnold repoussa la carte et Arne Pedersen dit :

— Donc, tout ce qu'on a, c'est le portrait-robot, même si je suis persuadé que ça va porter ses fruits.

Toute la journée du dimanche, Emilie Damgaard et l'aspirant motard qui avait tabassé Kim Steensen avaient coopéré avec un dessinateur, et après de nombreuses discussions et des centaines de fins ajustements, ils étaient parvenus à un résultat parfaitement exploitable et réaliste. Konrad Simonsen avait fixé le portrait sur son panneau d'affichage avec des punaises, et tous les trois l'examinèrent.

À en juger par le dessin, le tueur était âgé d'environ cinquante ans. Il avait un visage imposant et taillé à la serpe, avec un nez plat et large, comme celui d'un boxeur. Ses yeux étaient sombres et enfoncés dans leurs orbites, son regard intense et calme – pas agressif. Ses cheveux étaient noirs et il avait une queue de cheval, qui lui descendait jusqu'aux épaules. Son front haut et ses rides indiquaient clairement que sa jeunesse était derrière lui. Ses lèvres étaient charnues et on devinait des traces de barbe sur ses maxillaires et au-dessus de sa bouche. Son aspect général leur faisait penser à un chef de tribu de l'âge de pierre.

Klavs Arnold demanda :

— On va la diffuser quand ?

Konrad Simonsen expliqua :

— Le dessinateur a réalisé sept autres portraits, mais d'hommes qui n'ont rien à voir avec cette affaire. Tous les huit sont en train d'être présentés au garçon japonais. On n'a pas encore de retour, mais ça ne devrait plus tarder.

Il s'écoula encore deux heures avant qu'ils ne reçoivent des nouvelles du Japon. Le jeune garçon avait désigné le bon portrait.

## 18

*Valby,*
*jeudi 2 septembre 2010*

— Votre frère est flic, n'est-ce pas ?

La professeure de l'école Kirkegaard s'arrêta devant le père d'un élève et confirma que son frère était bien policier.

— Je sais qui a tué ces gens sur le bateau-mouche. Et aussi que le poignard utilisé était soit un Ka-Bar, soit un NR-40. Peu de gens ont cette information.

L'enseignante resta sans voix. L'espace d'un moment, elle se demanda s'il ne s'agissait pas d'une blague de mauvais goût, puis quand elle comprit que l'homme était sérieux, elle devint furieuse.

— Si vous êtes au courant de quelque chose, je vous recommande fortement de contacter la police.

— Non ! Je ne veux pas que ce soit officiel. Appelez votre frère, dites-lui que je connais le tueur et que je sais qu'il a utilisé un Ka-Bar ou un NR-40, mais ne mentionnez pas mon nom. Je les attendrai à la bibliothèque.

— Ka-Bar, NR-40 ? Qu'est-ce que c'est ?

— Ka-Bar est la contraction de *Kill a Bear*, c'est-à-dire "tuer un ours", et c'est une marque américaine de couteaux. Le NR-40 est un couteau de combat soviétique dont la production a débuté en 1940. N et R sont les initiales de *nozh razvedchika*, qui veut dire "couteau d'éclaireur". Mais c'est secondaire. Dites-lui simplement Ka-Bar ou NR-40, ça suffira.

Moins de deux heures s'écoulèrent avant que la Comtesse n'arrive à l'école. Lorsque Arne Pedersen avait reçu l'appel de sa sœur, il se trouvait à Frederiksværk, si bien qu'il avait contacté son supérieur. Konrad Simonsen fut aussi intrigué par cette information. Peut-être était-ce l'élément décisif dont il avait tant besoin. Pour l'instant, la diffusion du portrait-robot était loin d'avoir répondu aux attentes de la brigade criminelle. Il y avait eu si peu de personnes à se manifester que la police était de plus en plus convaincue que le tueur était un étranger qui n'avait peut-être fait qu'un bref séjour dans le pays. C'était désastreux pour les enquêteurs puisque le portrait-robot constituait quasiment leur seule piste. Les efforts d'Arne Pedersen et de Klavs Arnold pour retrouver celui qui avait tué Juli Denissen à Frederiksværk avaient été infructueux. Quant à la Comtesse, elle n'avait guère eu plus de succès avec son équipe. Réduire la liste des modèles de voitures correspondant au véhicule qui avait déposé le tueur sur le pont était un travail extrêmement lent, pour rester poli. La seule chose de sûre, c'était que cette partie de l'enquête était elle aussi au point mort.

La Comtesse s'entretint avec le parent d'élève dans la bibliothèque de l'école. Son explication était on ne peut plus simple. C'était un vétéran de l'Afghanistan et il fréquentait régulièrement le club des anciens combattants situé dans le quartier de Vesterbro, à Copenhague, où il faisait également du bénévolat. Là-bas, il avait entendu deux vétérans des Balkans dire que le portrait-robot diffusé à la télévision ressemblait étrangement à un de leurs anciens camarades qui avait disparu de la circulation.

— Et puis ils ont mentionné les deux couteaux avec lesquels ce type avait l'habitude de se trimballer, et ils ont dit que si c'était bien lui, l'homme du portrait-robot, il avait certainement utilisé l'un d'eux pour tuer ces gens.

Le parent d'élève poussa un morceau de papier sur la table en direction de la Comtesse.

— Ce sont les noms des deux gars. Mais je vous préviens, ils ne portent pas les autorités danoises en haute estime. Elles les ont laissés tomber bien trop souvent. Et surtout, je préférerais qu'ils ne sachent pas que c'est moi qui vous ai refilé le tuyau.

La Comtesse était déçue, elle s'était attendue à mieux. Elle demanda :

— Pourquoi tenez-vous tant à demeurer anonyme ?

— Je ne fais pas confiance au gouvernement.

— Vous auriez pu nous envoyer un mail ou nous appeler sans décliner votre identité ?

— C'est ce que j'ai fait, mais ça n'a rien donné. Maintenant, tout ce que j'espère, c'est que mon nom ne figurera nulle part.

La Comtesse ne promit rien, mais se dit qu'elle n'avait pas besoin de connaître son identité pour l'instant. C'était probablement sans importance. Elle demanda :

— Vos amis ont-ils mentionné le nom de cet homme ?

Le parent d'élève répondit que non, pas vraiment, mais :

— Ils l'ont appelé "le Polonais". Trois fois. Le Polonais.

— Parce qu'il vient de Pologne ?

— Je n'en sais rien. En général, les Polonais viennent de Pologne, mais… comme je vous l'ai dit, je n'en sais rien.

La femme répéta le surnom, comme si elle le savourait. Le Polonais. Peut-être qu'elle avait progressé, après tout.

## 19

*Club des anciens combattants, Vesterbro,*
*mardi 7 septembre 2010*

Il y avait un nouveau à la table du déjeuner. Il n'était pas bien grand, un mètre soixante-cinq aurait dit Konrad Simonsen, mais il était large de poitrine, musclé et tendineux. Le nouveau était silencieux. Même si Simonsen sentait qu'il avait envie de lui dire quelque chose et qu'il prenait sur lui pour dépasser sa méfiance naturelle envers les étrangers. Quand Simonsen le regardait, il évitait tout contact visuel et fixait la table. Pourtant, il observait le directeur de la Criminelle chaque fois que celui-ci feignait de l'ignorer.

C'était le quatrième jour de Konrad Simonsen au club des anciens combattants et l'endroit ne lui plaisait guère. Pas que les hommes qui le fréquentaient fussent désagréables, au contraire, d'autant que leur réserve initiale s'était depuis longtemps dissipée, mais les nombreuses histoires qu'il avait entendues, une longue liste de trahisons et d'injustices, l'attristaient et… il devait bien l'admettre… entamaient sa fierté d'être danois. Il avait même honte.

Le club, qui n'avait pas de nom officiel, était constitué de deux appartements en rez-de-chaussée qui avaient été réunis, avec un escalier menant à un sous-sol qui s'étendait sous toute la surface de l'immeuble et abritait neuf pièces. Ce sous-sol accueillait toute une série d'activités diverses : un salon où l'on pouvait visionner des films, une salle de billard et de fléchettes, une salle de sport pourvue d'appareils de musculation variés, un local où l'on pouvait s'isoler pour discuter et une salle d'informatique dont les nombreux ordinateurs servaient principalement aux jeux vidéos. L'endroit était financé par des fonds privés, ce qui expliquait sa popularité. Beaucoup de vétérans le préféraient aux autres clubs officiels, mieux organisés et administrés par le ministère de la Défense ou la commune. Il n'y avait pas de direction élue, juste une poignée de vétérans qui, officieusement, jouaient le rôle de dirigeants *de facto*. Sur le plan financier, le club survivait parce que le loyer était offert et que l'eau ainsi que les autres charges étaient payées par la propriétaire de l'immeuble. Elle avait un fils qui avait été blessé en Afghanistan et qui ne se sentait bien que parmi les vétérans. Deux hôtels locaux fournissaient au club des surplus de nourriture de leurs restaurants, et quelques bénévoles de différents milieux leur apportaient leur aide quand c'était nécessaire. Il y avait parmi eux un psychiatre de l'hôpital de Glostrup, un marchand d'art fortuné, plusieurs travailleurs sociaux et un policier de Roskilde à la retraite que Konrad Simonsen connaissait très bien. Le club était ouvert vingt-quatre heures sur vingt-quatre et sept jours sur sept, et tous les anciens combattants y étaient les bienvenus.

Après que la Comtesse lui eut rapporté l'information sur l'homme surnommé "le Polonais", Simonsen avait retrouvé les deux vétérans au club et les avait interrogés. Toutefois, ils avaient tous les deux secoué la tête et nié au moyen de monosyllabes connaître et avoir parlé d'un quelconque Polonais. Ils avaient reconnu avoir vu à la télévision le portrait-robot que Konrad leur avait présenté, mais avaient déclaré n'avoir aucune idée de qui cet homme pouvait être. En somme, ils ne s'étaient pas du tout montrés coopératifs. Mais Konrad Simonsen avait décidé de ne pas insister. Il avait mené suffisamment d'interrogatoires pour savoir que cela n'aboutirait à rien. Ce n'était pas le genre d'hommes à se laisser intimider. En revanche, le profil du tueur correspondait parfaitement à un ancien soldat, et le fait qu'ils connaissent l'arme du crime pouvait laisser penser que quelqu'un dans ce club savait quelque chose qu'il n'était pas prêt à révéler. De plus, Konrad Simonsen était convaincu que ses deux témoins récalcitrants ne lui avaient pas dit la vérité.

Logiquement, l'étape suivante aurait dû consister à demander au dessinateur de réaliser un portrait-robot rajeuni du suspect afin de le comparer avec les photos d'anciens combattants conservées aux archives de la Défense, à Ballerup, mais Simonsen n'y était pas disposé. Cela aurait mobilisé beaucoup de personnel sans aucune garantie de résultat. Sa seule véritable option était de persuader quelqu'un, au club, de partager avec lui ses connaissances, et le meilleur moyen d'y parvenir était de se montrer, de s'y rendre régulièrement, pour rappeler aux vétérans ce qu'il attendait d'eux. Il avait affiché le portrait-robot au mur, et personne ne l'avait arraché, ce qui était plutôt bon signe.

Le deuxième jour, il s'était entretenu avec le psychiatre et lui avait demandé, avec un étonnement sincère, pourquoi aucun des vétérans ne voulait l'aider. Il était convaincu que certains d'entre eux auraient pu le faire, s'ils l'avaient voulu. Le psychiatre avait souri, d'un petit sourire crispé, tandis qu'il soufflait par le nez. Il y avait tant de choses que Konrad Simonsen ne comprenait pas. Ce n'est que plus tard cet après-midi-là, autour d'une tasse de café, que le psychiatre lui avait fourni des explications en pointant du doigt trois vétérans dans la pièce.

— Lui, c'est Jens. Comme vous pouvez le constater, il a perdu ses jambes et un bras quand une bombe a explosé au passage de son véhicule dans la province du Helmand. Il a dû se battre pendant des années pour obtenir des prothèses décentes. Il a fini par avoir gain de cause et, quand il sera suffisamment remis, il entamera une rééducation au Rigshospital. S'il a de la chance, la municipalité lui offrira un jour des rideaux à commande électrique et peut-être même des couverts spéciaux pour lui permettre de s'alimenter plus facilement. On peut toujours rêver, même si je doute que ça arrive. Quoi qu'il en soit, c'est une de nos plus grandes réussites, même s'il a aussi ses mauvais jours, notamment quand un des pieds qu'il a perdus se met à le démanger de manière insupportable. Dans ces cas-là, il serre tout simplement les dents et reste chez lui.

Quel commentaire Simonsen aurait-il bien pu faire ? Il s'était efforcé d'avoir l'air compatissant.

— Ensuite, on a Steven, là, derrière. Son grand rêve est de retourner en Afghanistan pour aider ses camarades d'une façon ou d'une autre. Il a l'impression que sa place est là-bas. Il a perdu une jambe et n'a plus qu'un moignon. Il s'est battu avec l'armée et la municipalité pendant trois ans pour qu'ils lui payent une prothèse avec laquelle il puisse courir, mais ils disent que c'est le genre de luxe qu'ils ne peuvent pas se permettre. Il ne reverra jamais l'Afghanistan et tout le monde le sait sauf lui. Parfois, quand il parle, aucun son ne sort de sa bouche, et si quelqu'un rigole, il déprime ensuite pendant des jours. Oh ! Et sa fiancée a rompu avec lui quelques mois après son retour. Il est incapable de se débrouiller seul, alors il rentre rarement chez lui. Il passe le plus clair de son temps ici, de jour comme de nuit.

Cette fois, Simonsen s'était contenté d'acquiescer pour marquer sa sympathie. Le psychiatre avait poursuivi, imperturbable.

— Le mépris, la mort, la trahison et les promesses rompues sont des thèmes récurrents, ici. Et n'oubliez pas que ce que vous voyez n'est que le sommet de l'iceberg. Dans ce contexte, votre affaire d'enfants japonais n'est… qu'un incident de plus, appelons-la comme ça, qui s'ajoute au reste.

— D'accord, je crois que je comprends.

— Non, c'est juste que vous n'aimez pas ce que vous venez d'entendre. Ce gars, là-bas, il s'appelle aussi Jens. C'est un vétéran des Balkans et, depuis qu'il est rentré au Danemark, il y a de ça quinze ans, sa vie ne vaut plus la peine d'être vécue. C'est ce qu'il vous dira si vous lui posez la question. Il souffre de traumatismes et d'anxiété. Les diagnostics ne vous intéressent probablement pas, mais je peux vous assurer qu'il est terrifié rien qu'à l'idée de se rendre aux toilettes. Entre autres. Il y a des périodes où il boit ou bien où il prend de la cocaïne, et quand sa fille vient lui rendre visite – ils se voient toujours ici –, il est excité comme une puce pendant les semaines qui précèdent et craque dès qu'elle repart. Il a l'impression de l'avoir abandonnée, mais ce n'est pas vrai, c'est lui qui a été abandonné, c'est son pays qui l'a laissé tomber. Malheureusement, il ne voit pas les choses comme ça. Plusieurs fois, il a tenté de mettre fin à ses jours. Et qui sait ? Peut-être qu'un jour il finira par y arriver. Ce ne serait pas le premier. Et ça arrangera bien l'État car alors ils n'auront pas à lui verser la rente d'invalidité qu'il leur réclame depuis des années. Les demandes qu'il leur a adressées remplissent déjà deux gros classeurs, mais son affaire est encore en cours d'instruction et il n'a toujours rien touché.

Konrad Simonsen avait tenté une nouvelle approche.

— J'enquête actuellement sur une tuerie. J'imagine que ça ne laisse personne indifférent.

Le psychiatre l'avait ignoré.

— La plupart des hommes, ici, croient en le Danemark, en leur drapeau, en l'honneur et en l'amitié, en le fait qu'une parole est une parole et qu'on doit toujours aider ses camarades si on le peut. Ce en quoi ils ne croient pas, ce sont les bureaucrates, les généraux de cabinet, les politiciens – en bref leurs concitoyens danois, ces gens pour qui ils se sont battus et qui leur ont tourné le dos quand ils sont rentrés et qu'ils avaient besoin d'aide. Regardez ça.

L'homme avait pris un des journaux qui étaient empilés sur une table derrière lui et l'avait poussé vers Simonsen. En première page, il y avait un petit article consacré à la mort d'un soldat danois en Afghanistan et, juste en dessous, un autre, deux fois plus long : “Comment combattre les mites”.

— C’est dur de voir ça si vous avez perdu un ami. Ils ont aussi eu du mal à l’avaler quand il a été révélé que le ministère de la Défense avait employé le même éloge lors des funérailles de soldats différents. Pourquoi se compliquer la vie quand on peut se contenter d’un copier-coller ? Quand l’ennemi meurt, on lui offre des vierges, quand ce sont nos soldats, ils ont droit à des oraisons funèbres recyclées.

À ce moment-là, Konrad Simonsen avait éprouvé le besoin de prendre l’air et était sorti marcher un peu. À son retour, il était tombé sur le psychiatre.

— Est-ce que vous voulez dire que je perds mon temps ?

L’homme s’était allumé une cigarette avant de répondre.

— Non, vous finirez probablement par obtenir ce que vous cherchez, mais ça prendra du temps. Quand vous n’êtes pas là, ils parlent beaucoup de vous. Mais vous devriez continuer de venir ici de temps en temps, quand vous le pourrez. Même après que vous aurez obtenu vos informations. N’oubliez pas qu’ils se sont aussi battus pour vous.

Simonsen frémit. La suggestion du psychiatre ne lui plaisait guère. Mais elle l’ébranla parce qu’il savait au fond de lui que tout ce qu’il voulait, c’était fuir cet endroit et l’oublier. Oublier les destins brisés de ces malheureux, oublier que son pays était en guerre, tout oublier… comme la plupart des Danois l’avaient fait.

Il opta pour la solution de facilité et répondit de manière évasive.

— Il se pourrait que je le fasse. Donc, vous êtes certain que quelqu'un ici est au courant de quelque chose ?

Le psychiatre tourna les talons et s'éloigna de lui sans un mot. Puis il se ravisa et revint sur ses pas.

— Oui. Quelqu'un ici est au courant de quelque chose.

Sur ce, il repartit.

L'avancée eut lieu alors que Simonsen était dans la cuisine, en train de faire du café. Le nouveau qu'il avait vu au déjeuner entra et, comme d'habitude, évita son regard. Mais cette fois, il lui adressa la parole.

— Bjørn Lauritzen. Il a été déployé en Bosnie en 1995. C'est l'homme de votre portrait-robot.

— Bjørn Lauritzen est le Polonais ?

Ce surnom lui était devenu si familier que Konrad Simonsen ne prit conscience que c'était un simple détail que lorsqu'il eut posé sa question.

— Oui, le Polonais, si vous préférez. Mais il y a un problème.

— Ah bon, lequel ?

— Bjørn est mort.

# 20

*Préfecture de police,*
*mercredi 8 septembre 2010*

— Quoi ? Comment son dossier a-t-il pu disparaître ?

Konrad Simonsen s'adressa à la Comtesse comme s'il la tenait pour personnellement responsable de la disparition du dossier de Bjørn Lauritzen des archives de la Défense. Elle répéta calmement ce qu'elle venait d'expliquer, à savoir que plusieurs dossiers avaient été perdus en 2001 quand le service des ressources humaines de l'armée avait décidé de scanner ses archives afin de les digitaliser dans le cadre d'un ambitieux projet informatique qui avait plus tard été abandonné. Les données sur Bjørn Lauritzen faisaient partie de celles qui avaient été perdues.

Simonsen demanda, furieux :

— Donc, en ce qui concerne l'armée, c'est comme s'il n'avait jamais existé ?

— Pas complètement. Ils l'ont toujours dans leurs registres de paie. Il a servi dans l'armée de 1983 jusqu'à ce qu'il soit déclaré mort en 2000, date depuis laquelle sa veuve touche une pension. Toutefois, nous n'avons aucune information sur ce qu'il a fait pendant toutes ces années ni sur où il était basé. Bien sûr, on pourra le découvrir, ça nécessitera juste un peu plus de temps et de ressources.

— Je ne crois pas qu'il soit mort.

La Comtesse l'avait déjà deviné, pourtant elle avait du mal à comprendre pourquoi son époux et supérieur était prêt à utiliser plus de temps et de ressources pour enquêter sur la vie de Bjørn Lauritzen alors qu'ils n'étaient même pas encore sûrs que l'homme soit toujours vivant. Malgré tout, elle avait passé la plus grande partie de la journée à collecter des renseignements sur le soldat, un travail qui pourrait très bien se révéler n'avoir été qu'une perte de temps. Les explications de Simon – il voulait être bien préparé quand ils rendraient visite à sa veuve le lendemain – ne l'avaient guère convaincue, et l'avaient laissée avec le sentiment déloyal que son mari espérait simplement que l'homme ne soit pas mort et qu'il se comportait en conséquence. Désormais, quelle que soit la vérité, ils disposaient au moins d'un CV succinct sur lequel ils pouvaient se baser.

— Il est né en 1961 dans un petit village de l'Ouest du Jutland, sur les bords de la lagune de Nissum. Il a obtenu son bac avec mention très bien en 1979. Il s'est marié dix ans plus tard. Sa veuve travaille comme vendeuse dans un magasin et ils ont eu deux fils. Mais j'ai trouvé quelque chose sur lui à la base navale de Kongsøre…

Konrad Simonsen l'interrompit, surpris :

— Il était homme-grenouille ?

— Presque. Il a entamé une formation d'homme-grenouille en 1982. À l'époque, il devait déjà avoir effectué son service militaire, sans quoi ils ne l'auraient pas accepté. C'était un élève très doué, sans aucun doute le meilleur de sa promotion. Comme tu le sais, les exigences sont extrêmement élevées dans le corps des hommes-grenouilles, limite inhumaines, et seulement un élève sur dix va jusqu'au bout de sa formation, alors il n'est pas exagéré de dire qu'il était le meilleur parmi les meilleurs. Pourtant, peu de temps avant la fin, il a tout laissé tomber. Comme ça, du jour au lendemain, sans fournir la moindre explication. J'ai parlé à quelques officiers qui se souvenaient très bien de lui, et ils l'ont décrit comme un homme taciturne, assez introverti, très concentré, un leader. Et là, je cite les propres mots de son instructeur au combat : "La dernière personne sur terre qu'on souhaiterait avoir pour ennemi."

Simonsen lui demanda des détails, mais c'était tout ce qu'avait recueilli la Comtesse. Elle voulait rentrer à la maison. La journée du lendemain promettait d'être longue et elle avait l'impression qu'ils perdaient leur temps. Son mari se mit à réfléchir à voix haute. Tout concordait, Bjørn Lauritzen n'était pas mort, c'était certainement une erreur.

D'après leurs informations, une nuit d'octobre 1998, un homme avait franchi à pied la barre de péage du pont du Storebælt, du côté de l'île de Zealand, et n'avait été repéré sur les vidéos de surveillance par un agent de sécurité à moitié endormi qu'au moment où il approchait du premier pylône du pont suspendu. L'agent avait prévenu ses collègues, mais lorsque leur voiture était arrivée au niveau de l'homme, celui-ci s'était suicidé en sautant par-dessus la rambarde. Ce genre de choses arrivait de temps en temps, même si les gestionnaires du pont ne tenaient pas particulièrement à ce que cela se sache. Et en effet, la mort de cet homme était passée plus ou moins inaperçue, l'incident ayant seulement fait l'objet d'un bref article dans le quotidien local, le *Korsør Posten*. Le corps du malheureux n'avait jamais été retrouvé, mais ce n'était pas inhabituel. Les corps des suicidés pouvaient dériver sur de longues distances et n'être rejetés sur le rivage que bien plus tard, souvent très loin du pont.

Pourtant, environ six mois après les faits, une femme était tombée par hasard sur l'article. Elle avait connu Bjørn Lauritzen à l'époque où il était dans l'armée et, la nuit où il s'était suicidé, elle avait justement emprunté le pont et remarqué un homme à pied. Elle avait ralenti et baissé la vitre de sa portière pour lui demander si tout allait bien, et l'avait alors reconnu. Bjørn Lauritzen. Mais l'homme s'était montré agressif et l'avait rabrouée vertement, et elle avait fini par reprendre sa route en voyant dans son rétroviseur le gyrophare jaune d'un véhicule de la sécurité qui s'approchait. Elle s'était dit qu'ils régleraient le problème. Sur la base des événements entourant le suicide et des déclarations de la femme, Bjørn Lauritzen avait été déclaré officiellement mort par un tribunal en mai 2001.

Sentant que la Comtesse avait hâte de rentrer, Simonsen la libéra et lui promit qu'il la rejoindrait d'ici une heure. Il passa ce temps à réfléchir, le regard dans le vide.

En surfant sur internet, il avait trouvé quelques photos de Bjørn Lauritzen en Bosnie en 1994 et en 1995. Elles avaient été postées sur des sites et dans des groupes Facebook de vétérans qui avaient servi en ex-Yougoslavie. Sur l'une d'elles, on voyait trois soldats en uniforme de camouflage posant sous le canon d'un char Leopard peint en blanc au sommet duquel les drapeaux de l'ONU et du Danemark ondoyaient dans le vent. Aucun des trois soldats n'était clairement identifiable, la photo avait été prise de trop loin, mais selon la légende celui du milieu était le capitaine Bjørn Lauritzen. L'arrière-plan était digne d'une carte postale : de belles montagnes verdoyantes dans le lointain et un potager bien entretenu sur la droite. Mais la puissance de feu du char d'assaut ne faisait aucun doute. Les soldats danois qui servaient dans la force de maintien de la paix en Bosnie à cette époque étaient lourdement armés.

Une autre photo montrait une jeep à bord de laquelle étaient assis trois soldats danois vêtus d'uniformes de camouflage. Le véhicule était en train de croiser une charrette tirée par un cheval, où s'entassaient une famille de cinq personnes et leurs biens. Ces pauvres gens fuyaient les massacres, les nettoyages ethniques et les raids nocturnes contre des villages sans défense, un enfer sur terre qu'il pouvait voir dans le regard plein de reproche du père de la famille de réfugiés. Simonsen pouvait aussi clairement distinguer le visage de Bjørn Lauritzen. Il paraissait épuisé et, en réalité, il n'y avait guère de ressemblance entre la photo de 1994 et le portrait-robot réalisé seize ans plus tard.

Ce qui était intéressant, toutefois, c'était qu'à partir du moment où Konrad Simonsen avait connu le nom de Bjørn Lauritzen, certains vétérans des Balkans du club des anciens combattants de Vesterbrogade s'étaient soudain montrés disposés à lui parler. Ils avaient affirmé de manière convaincante avoir vu leur ancien capitaine aux funérailles d'un ami commun qui avait mis fin à ses jours. Bjørn Lauritzen n'était pas entré dans l'église, il avait seulement fait une apparition dans le cimetière, quand le cercueil avait été descendu dans la tombe, et s'était tenu à l'écart des autres personnes en deuil. Mais ils l'avaient salué de loin et étaient absolument certains de l'avoir reconnu, bien qu'il eût considérablement changé depuis la Bosnie. Il ressemblait à un homme de l'âge de pierre, mais en bonne condition physique, et son regard avait toujours cette expression calme dont ils se souvenaient si bien. Ils lui avaient aussi confié que son apparence correspondait parfaitement au portrait-robot de la police. Ce qui était étrange, c'était que ces funérailles s'étaient déroulées en 2006, mais les deux témoins étaient catégoriques : l'homme qu'ils avaient vu était bien Bjørn Lauritzen, qu'importe qu'il ait été déclaré mort.

C'était ce paradoxe qui occupait les pensées de Konrad Simonsen alors qu'il était assis seul dans son bureau, regardant droit devant lui. Et ce n'était pas le seul élément qui l'intriguait dans le rapport que lui avait fait la Comtesse.

L'armée avait accidentellement effacé le dossier personnel de Bjørn Lauritzen – soit, ce genre de choses pouvait arriver. Puis une femme, une ex-employée de l'armée, avait reconnu Bjørn Lauritzen sur le pont du Storebælt, et c'était à la suite de son témoignage qu'il avait été déclaré mort. Encore une fois, les gens pouvaient se tromper, même à propos de vieilles connaissances. Il pouvait aussi s'agir d'une simple coïncidence.

Mais pour Konrad Simonsen, c'était une coïncidence de trop.

## 21

*Skørping,*
*jeudi 9 septembre 2010*

Cela faisait un bon bout de temps que Konrad Simonsen et la Comtesse n'avaient pas mis les pieds dans le Jutland et chacun d'eux avait attendu ce voyage avec impatience. Ce pourrait être l'occasion de faire une pause dans leur enquête, de discuter, peut-être même d'admirer la campagne danoise en ce début d'automne et d'assister aux dernières récoltes. C'était ce qu'ils avaient espéré, mais les choses ne se passèrent pas comme prévu. Le temps était morose, gris avec des averses, et Simonsen était en manque de sommeil. Dans la voiture, il piqua du nez à plusieurs reprises et tenta en vain de poursuivre leur conversation jusqu'à ce que la Comtesse freine brusquement, juste avant d'arriver à Korsør, et lui ordonne d'aller à l'arrière. Il valait mieux pour eux deux qu'il dorme pour de bon plutôt que de somnoler. Il s'exécuta sans protester et la Comtesse ne parvint pas à le réveiller quand, un peu plus tard, elle s'arrêta sur une aire d'autoroute pour prendre le déjeuner et une tasse de café. Elle le laissa dormir et écouta un livre audio pour compenser l'absence de compagnie. Lorsqu'il se réveilla enfin, ils n'étaient plus qu'à moins de dix kilomètres de leur destination, le village de Skørping.

Les deux policiers de la capitale furent accueillis par Rikke Lauritzen, la veuve de Bjørn Lauritzen, et son fils aîné. C'était une femme d'apparence ordinaire et de taille moyenne, avec des cheveux teints en blond, des traits fatigués et un teint légèrement grisâtre. Mais ceci était peut-être dû à la météo, pensa la Comtesse, quand leur hôte les invita à entrer et les conduisit dans la cuisine, où les attendaient du café et un gâteau. Dès l'instant où ils s'étaient serré la main dans l'allée, Rikke Lauritzen leur avait fait savoir qu'elle tenait à ce que son fils assiste à leur conversation. C'était un grand gaillard de dix-huit ans, au visage aimable, avec une attitude calme et posée que l'on rencontrait plutôt, d'habitude, chez des gens plus âgés. Il s'assit à côté de sa mère et lui caressa le bras discrètement de temps à autre. Alors qu'elle appréhendait clairement leur discussion, le jeune homme était détendu.

C'est la Comtesse qui, après qu'ils eurent échangé quelques mots à propos de la météo et de leur long voyage en voiture, entama l'interrogatoire. Ce n'était pas ce dont ils étaient convenus, mais il était évident que Rikke Lauritzen était plus à l'aise avec elle qu'avec Konrad Simonsen.

La Comtesse exposa la situation. La police commençait à douter de la mort de son époux et le suspectait d'être responsable de la tuerie perpétrée à Copenhague le dimanche 22 août. Rikke Lauritzen éclata aussitôt en sanglots et leur dit qu'elle était désolée. Elle s'était promis de ne pas craquer, mais tout cela était tellement horrible.

Elle demanda à faire une pause. Elle avait conscience qu'ils venaient à peine de commencer mais…

Son fils répondit le premier. Oui, elle pourrait faire toutes les pauses qu'elle voudrait. La Comtesse poursuivit d'une voix douce :

— On n'est pas obligés de parler de ça tout de suite. L'armée a perdu la plupart des informations à propos de votre ancien mari, si bien que son CV est plein de trous. Si vous pouviez en combler certains, ça nous aiderait beaucoup.

Une fois de plus, c'est le fils qui répondit.

— Ma mère peut vous aider et elle le fera, mais à quoi ça servira si mon père est vraiment mort ? Est-ce que vous ne feriez pas mieux de vous en assurer d'abord ?

La Comtesse eut l'impression de s'entendre quand, la veille, elle avait fait exactement la même objection à son époux. À contrecœur, elle se lança dans une tentative d'explication à laquelle elle ne croyait pas elle-même, tandis que le fils secouait ostensiblement la tête. Rikke Lauritzen l'interrompit, d'une voix à peine audible :

— Bjørn n'est pas mort.

Konrad Simonsen voulut en savoir plus, mais elle ignora sa question, se blottit contre son fils et leva les paumes de ses mains devant elle comme pour se protéger. Simonsen adressa un regard interrogateur à sa femme, qui acquiesça de manière imperceptible. Il arrivait parfois qu'un témoin ait peur d'un policier et fasse confiance à un autre, une situation dont ils pouvaient généralement tirer avantage dans le cadre d'un interrogatoire, mais dans de rares cas, comme celui-ci, cela pouvait au contraire constituer un obstacle. La Comtesse se tourna vers son mari et dit :

— Je pense que je vais pouvoir gérer la suite toute seule, alors si tu veux te rendre tout de suite à Aalborg, ça ne me dérange pas.

Une fois Konrad Simonsen parti, ils décidèrent tous les trois de commencer par le parcours militaire de Bjørn Lauritzen et d'aborder plus tard les sujets plus délicats. Rikke Lauritzen alla chercher un dossier rempli de documents et, au cours de la demi-heure qui suivit, ils reconstituèrent pièce après pièce la carrière de son mari. Ce fut une tâche ardue, basée sur des faits, non sujette à discussion, et cela contribua à apaiser l'anxiété de Rikke Lauritzen. Ou peut-être était-elle simplement plus détendue maintenant que Konrad Simonsen n'était plus là. Quoi qu'il en soit, elle se montra extrêmement coopérante et garda le contrôle de ses émotions.

| | |
|---|---|
| 1981 | Neuf mois de service militaire dans la garde royale à cheval. |
| 1982-1985 | Formation d'homme-grenouille à la base navale de Kongsøre. Abandonne peu de temps avant le terme. |
| 1985-1988 | Rejoint l'escadron d'éclaireurs de la garde royale à cheval. |
| 1988-1990 | Reçu à l'École des officiers et formation à la caserne de Farum. Nommé sous-lieutenant, diplômes d'instructeur en combat rapproché et de conducteur de char. |
| 1990-1992 | Affecté en tant que sous-lieutenant et chef de peloton blindé à la caserne d'Oksbøl. |

| | |
|---|---|
| 1992 | Premier déploiement en Bosnie, six mois. Promotion au grade de lieutenant obtenue sur le terrain, officialisée à son retour au pays. Commande un peloton de trois à cinq blindés. À son retour, reçoit la Médaille d'honneur pour acte de courage et de dévouement. |
| 1992-1995 | Lieutenant à la caserne d'Oksbøl. Affectations occasionnelles auprès du corps des hommes-grenouilles en tant qu'instructeur en combat rapproché. |
| 1995 | Second déploiement en Bosnie, six mois. Promotion au grade de capitaine confirmée à son retour. Commande une compagnie de blindés, prend fréquemment part à des patrouilles. |
| Juillet 1995 | Retour anticipé de Bosnie, raison inconnue. |
| Autre : | Vainqueur du pentathlon de l'armée danoise en 1988, 1990, 1991 et 1994. Champion de Scandinavie en 1993 et médaillé d'argent aux Championnats du monde au Brésil en 1994. |

— Donc, vous n'avez aucune idée de la raison pour laquelle Bjørn a été renvoyé au Danemark avant la fin de sa mission ? demanda la Comtesse.

Rikke Lauritzen secoua la tête. Il ne le lui avait pas dit et elle lui avait posé la question seulement deux ou trois fois avant de renoncer car il était évident qu'il n'avait pas envie d'en parler. Comme il n'avait pas envie de parler de tout un tas d'autres choses qu'il avait vues en Bosnie et qu'il préférait aussi garder pour lui.

— Vous voulez bien arrêter de l'appeler Bjørn ? Ce n'est pas comme si vous aviez connu mon père, intervint le jeune homme.

La Comtesse le pria de l'excuser et récapitula :

— Nous avons découvert que votre mari avait continué de recevoir son salaire comme s'il était déployé en Bosnie pendant deux ans après son retour. Savez-vous pourquoi ?

Elle répondit qu'elle était désolée, mais qu'elle n'en avait aucune idée. Rikke Lauritzen fut tout aussi incapable d'expliquer pour quelle raison l'armée avait tout simplement continué de verser des salaires à son mari jusqu'à ce qu'il soit déclaré mort. Elle s'était contentée de recevoir cet argent sans rien demander.

— Pourriez-vous me raconter comment ça s'est passé quand Bjørn Lauritzen est rentré de Bosnie à l'été 1995 ?

Rikke Lauritzen resta interdite un instant, le regard dans le vide. Puis elle déclara d'un air triste :

— Ça s'est très mal passé. C'est même allé de pire en pire. J'avais déjà Victor, qui était âgé de trois ans, et je m'apprêtais à accoucher d'Emil, alors… j'avais de quoi m'occuper, mais Bjørn n'a jamais levé le petit doigt pour m'aider. Il était renfermé et muré dans le silence. Les seuls moments où il me parlait réellement, c'était la nuit, quand il avait été réveillé par un cauchemar et qu'il fallait que je le réconforte. Ça arrivait deux ou trois fois par nuit, mais quand il allait vraiment mal, c'était pire.

Il passait la plupart de ses journées assis dehors, sur la terrasse, quand il ne courait pas dans la forêt. Il allait mal, de plus en plus mal. Il ignorait complètement Victor, et moi aussi la plupart du temps.

— Avez-vous demandé de l'aide ?

— Oui, j'ai contacté les services sociaux de l'armée, et ils se sont montrés très aimables, mais ils n'ont pas fait grand-chose, à part envoyer quelques lettres inutiles. J'ai aussi tenté de convaincre Bjørn d'aller voir un psychologue, en vain. Bjørn ne m'écoutait pas, c'était comme parler à un mur. Et il ne permettait pas non plus que je le touche, sauf la nuit quand il avait besoin de réconfort. C'était un peu comme un enfant.

— Il consommait de l'alcool, de la drogue, des choses de ce genre ?

Elle secoua la tête.

— Il s'est mis à passer de plus en plus de temps dans la forêt. En septembre 1995, il ne rentrait plus que pour dormir, et certaines nuits il ne rentrait même pas. J'étais morte d'inquiétude, pour lui, pour notre couple, mais surtout pour Victor et pour le bébé que j'attendais. Je n'arrivais pas à communiquer avec mon mari, c'était effrayant. Il avait aussi peur de lui-même, il me l'a dit un jour. Il avait peur de ce qu'il pourrait nous faire, de nous tuer, c'est ce qu'il m'a dit, de *nous tuer* – alors, bien sûr, j'étais terrifiée. C'est difficile à expliquer, mais c'était comme si la vie n'avait plus de valeur pour lui. Non seulement la sienne, mais celle des autres aussi. Quelque chose en lui s'était cassé en Bosnie.

Elle ménagea une pause. La Comtesse la relança :

— Et où est-ce qu'il habitait ?

— Dans les bois, je pense. Après la naissance d'Emil, il n'était quasiment plus à la maison. Au début, je lui déposais des sacs de nourriture sur la terrasse, et souvent, les sacs disparaissaient sans que je l'aie vu. Je lui laissais aussi de l'argent, mais en général il n'y touchait pas.

— Il vous arrivait de parler ?

— Oui, parfois, et il semblait aller mieux. Je me souviens qu'il m'a dit qu'il ne supportait plus de rester enfermé. Ou d'être avec d'autres gens.

— Donc, il était seul ?

— Je crois, oui.

— Est-ce que vous vous rappelez s'il a emporté des affaires avec lui ?

Rikke Lauritzen essaya de se souvenir. Lentement, et avec hésitation, elle énuméra une liste d'objets du quotidien : brosse à dents, rasoir, bottes, sac de couchage… et sûrement d'autres choses encore, mais elle ne savait plus trop quoi. La Comtesse la laissa terminer, tandis qu'elle prenait des notes. Pour finir, elle lui posa la question cruciale :

— Était-il armé ?

Le regard de Rikke Lauritzen vacilla, et son fils émit un "Maman" d'une voix énergique, rien d'autre, mais ce fut suffisant.

— Deux couteaux, des couteaux de combat de l'armée, si je me souviens bien.

La Comtesse lui présenta une photo et lui demanda si elle reconnaissait ce couteau. Rikke hocha la tête, abattue. Oui, c'était bien celui de Bjørn. La Comtesse s'abstint de poser la question qui aurait dû logiquement suivre, à savoir pourquoi elle ne s'était pas d'elle-même manifestée auprès de la police. Au lieu de cela, elle dit :

— Et vous savez que votre mari n'est pas mort ?

Oui, elle le savait. Six mois après qu'il eut été déclaré officiellement mort, il avait réapparu. Un jour, elle avait conduit Victor à un de ses rassemblements de scouts et, à son retour, elle avait trouvé son mari assis sur leur terrasse. Elle l'avait embrassé, serré longuement dans ses bras sans qu'aucun des deux ne dise un mot. Puis il lui avait expliqué qu'il allait bien, mais qu'il ne venait plus que rarement dans le Jutland, qu'il vivait ailleurs, dans le Zealand, parfois même en Suède. Il ne lui avait pas dit précisément où, mais il ne faisait aucun doute que c'était dans les bois. Il était juste venu pour qu'elle sache qu'il n'était pas mort. Puis il était reparti, et il n'y avait rien d'autre à dire, si ce n'est qu'il avait paru en forme, sec et musclé, et qu'il avait bu un verre d'eau et emporté un paquet de pain de seigle, c'était tout ce qu'il lui avait demandé, rien d'autre. Il n'avait même pas pris de nouvelles de ses enfants.

La Comtesse insista prudemment, mais Rikke Lauritzen avait raison – il n'y avait rien à ajouter. La veuve serait de nouveau entendue plus tard, mais la Comtesse se garda de le préciser. Elle n'avait plus que deux questions à lui poser pour cette fois, et elle eut le temps d'y réfléchir pendant que Rikke Lauritzen allait chercher un tas de lettres que son mari lui avait envoyées de Bosnie et qu'elle était disposée à remettre à la police. La Comtesse la remercia et glissa les lettres dans son sac, puis elle montra le portrait-robot à Rikke Lauritzen, qui le repoussa d'un geste dédaigneux. Elle connaissait déjà le dessin.

— Vous voulez bien le ranger, s'il vous plaît ?

La Comtesse plia le portrait-robot, tandis que Rikke Lauritzen dit en soupirant :

— Ça lui ressemble. Pas complètement, mais oui, c'est bien Bjørn, hélas. Quelqu'un aurait dû l'aider quand il en avait besoin.

La Comtesse était on ne peut plus d'accord. Elle demanda :

— Bjørn Lauritzen a abandonné sa formation d'homme-grenouille seulement un jour avant la fin. Savez-vous pourquoi ?

Rikke opina. Oui, elle le savait. Il était opposé au bizutage humiliant que subissaient les élèves au terme de leur formation, mais avait tenu à montrer qu'il était capable d'aller jusqu'au bout. Son départ avait été un acte de protestation. Cette explication convainquit la Comtesse. C'était en effet ce qu'elle et ses collègues de la Criminelle avaient soupçonné. Elle sortit alors un paquet de cotons-tiges et deux sachets en plastique.

— Je vais devoir prélever des échantillons d'ADN sur chacun de vous. J'espère que vous allez coopérer.

Le jeune homme demanda :

— Et si on refuse ?

— Dans ce cas, je reviendrai avec un mandat, mais je préférerais éviter d'avoir à en arriver là.

Victor secoua la tête. C'était absurde, ils n'avaient rien fait d'illégal, comment un juge pouvait-il exiger d'eux des échantillons d'ADN ? Par ailleurs, seul son ADN à lui était censé intéresser la police, pas celui de sa mère. Le prenait-elle pour un idiot ?

La Comtesse dit calmement :

— J'ai avec moi de nombreuses photos d'enfants qui n'avaient rien fait de mal, eux non plus, et qui sont morts bien trop tôt.

— Parce que mon père n'a pas reçu l'aide dont il avait besoin et à laquelle il avait légitimement droit ?

— Exact.

Rikke Lauritzen fut la première à ouvrir la bouche pour se soumettre au prélèvement, puis son fils l'imita.

# 22

*Liseleje,*
*jeudi 9 septembre 2010*

— Maman, c'est l'homme des bois ! lança l'enfant d'un air triomphal en désignant la télé à sa mère pour qu'elle puisse constater qu'il n'avait pas inventé cette histoire et que l'homme des bois existait réellement.

Il avait cinq ans, et lorsque le portrait-robot disparut de l'écran, il perdit tout intérêt pour le sujet et tourna de nouveau son attention vers son hélicoptère Lego. Celui-ci était sur le point de secourir un personnage Lego dans la bassine en plastique pleine d'eau où il était en train de se noyer. C'était un cas d'urgence absolue. Malgré tout, sa mère éprouva tout à coup un sentiment de malaise.

— Pourquoi est-ce que tu dis ça ?

Le ton de sa voix était légèrement sec, ce qui fit aussitôt réagir le petit garçon. Il se renfrogna et répondit :

— Parce que c'est lui.

Ce n'était pas la première fois qu'il faisait allusion à cet homme des bois. À la maison, les enfants parlaient de temps en temps d'un homme mystérieux qu'il leur arrivait de rencontrer dans la forêt, un homme qui ressemblait à un troll, mais il était gentil et leur avait même appris à construire une vraie tanière et à pister des animaux. Leurs parents n'avaient jamais pris ces histoires au sérieux. Chaque fois qu'ils parlaient de lui, leur père les grondait et leur disait que cela ne se faisait pas de raconter des choses pareilles, que cela effrayait leur mère, et que s'ils n'étaient pas capables de faire la différence entre l'imagination et la réalité, alors cela signifiait qu'ils étaient trop petits pour jouer tout seuls dans la forêt. Et les enfants savaient que ce n'était pas une menace en l'air. Or, ils adoraient jouer dans les bois, c'était leur terrain de jeu préféré, alors ils avaient arrêté de parler de l'homme qu'ils voyaient là-bas. Sauf entre eux, quand ils étaient seuls. Toutefois, de temps en temps, le plus jeune oubliait les avertissements de son père et de son grand frère.

La famille habitait dans une ancienne maison de garde-chasse située à un kilomètre du village de Liseleje, en pleine forêt. Les enfants avaient l'habitude de jouer parmi les arbres qui entouraient la propriété de toutes parts. Ce jour-là, cependant, la pluie les avait contraints à rester à l'intérieur. La voiture familiale était chez le garagiste pour sa vidange annuelle et, afin de s'éviter des allers-retours à vélo, la mère n'avait pas mis ses enfants à l'école, ce qui était exceptionnel, mais elle avait pris un jour de congé pour les garder. Finalement, son mari, séduit à l'idée de passer une journée en famille, avait décidé de rester lui aussi et de travailler depuis la maison. La mère était en train de faire du repassage en suivant plus ou moins la rediffusion d'un sujet de la veille consacré à l'affaire du bateau-mouche au journal télévisé, lorsque le portrait-robot du tueur présumé était apparu à l'écran. Elle éteignit son fer, le posa sur la table à repasser et alluma un ordinateur qui se trouvait derrière elle. Elle alla chercher le portrait-robot sur internet et le laissa à l'écran. Son jeune fils l'observa en silence, se demandant s'il n'avait pas fait une bêtise. Elle lui caressa la tête, tandis qu'elle appelait son grand frère et son père.

L'aîné avait dix ans et constituait par conséquent une source plus fiable que son petit frère. Il confirma. Oui, c'était l'homme des bois, mais ils n'avaient pas le droit de parler de lui. Les parents échangèrent des regards. Au contraire, ils avaient très envie d'en savoir plus sur cet homme des bois, les garçons pouvaient leur raconter tout ce dont ils se souvenaient. Alors, les langues des enfants se délièrent.

Ils le voyaient de temps en temps, mais pas souvent. Il savait parfaitement se cacher dans la forêt et, quand ils le cherchaient, ils ne le trouvaient jamais. Ils ne pouvaient le voir que quand il l'avait lui-même décidé. Il était surtout dans la forêt l'hiver. L'été, il y avait trop de monde et il n'aimait pas les inconnus. Il avait aussi un lapin qu'il leur avait montré, et ça, ce n'était pas en hiver. Là, le grand corrigea son frère : c'était un levraut. Il les avait même autorisés à le caresser, reprit le petit, et l'homme des bois leur avait promis qu'il ne le mangerait pas, mais il vivait ici surtout en hiver. Leur mère demanda en se forçant à rester calme :

— Et quand vous êtes avec l'homme des bois, où est-ce que vous allez ?

— Nulle part. On se promène dans la forêt. On pose des pièges. Ou on s'assoit et il nous raconte des choses à propos de la forêt ou des animaux, il connaît tout un tas de trucs sur les animaux, et même sur les arbres.

Leur père prit un air grave et les questionna à son tour :

— Est-ce qu'il vous a touchés ?

L'expression perplexe des garçons lui fournit la meilleure réponse possible. Touchés comment ? Puis, le plus jeune, désireux d'apporter une contribution positive, dit :

— Une fois, quand j'étais petit, il m'a pris dans ses bras pour me faire traverser le ruisseau.

Leur mère demanda :

— Il a une maison ? Vous êtes déjà allés chez lui ?

L'aîné répondit :

— La nuit, il dort dans le bunker, celui qui est près de la plage, mais il ne veut pas qu'on y aille, alors on n'y est jamais allés. On le voit seulement dans la forêt.

— Si vous n'êtes jamais entrés dans son bunker, comment est-ce que vous savez que c'est là-bas qu'il habite ?

L'aîné secoua la tête. Il n'avait rien à répondre à cela.

Son petit frère intervint :

— Parce qu'il nous l'a dit.

Les parents envoyèrent les garçons dans leurs chambres pour pouvoir discuter de la marche à suivre. La mère voulait appeler la police, le père jugeait que c'était excessif. Peut-être que ce n'étaient que des affabulations de gamins et, si c'était le cas, ils risquaient de se retrouver dans une situation bien embarrassante. Pour finir, ils décidèrent qu'il se rendrait à vélo jusqu'à ce fameux bunker, qui était en réalité un ancien dépôt de munitions appartenant au camp de Melby, un terrain d'entraînement militaire démantelé en 2003, afin de vérifier si l'histoire des enfants était vraie. Après avoir fait sauter le cadenas avec une grosse pierre, il ouvrit la porte en acier rouillée et, dans l'angle le plus éloigné du bunker, il trouva la preuve que ses fils avaient dit la vérité : une pile de couvertures soigneusement pliées, un sac poubelle contenant principalement des boîtes de conserve vides, un jerrycan d'eau, des livres, d'occasion visiblement, et la photo d'une inconnue accrochée au mur. Il prit quelques photos avec son téléphone, puis il ressortit et appela la police.

Deux heures plus tard, Klavs Arnold fouillait le bunker sous le regard de l'homme qui avait prévenu leurs services. Il passa un coup de fil pour demander qu'on lui envoie une équipe de la Scientifique, puis il reconduisit l'homme chez lui, où il interrogea les deux garçons et obtint à peu de chose près la même histoire que celle qu'ils avaient racontée à leurs parents quatre heures plus tôt. À une exception près : Klavs Arnold voulait savoir ce que cela signifiait précisément quand les garçons disaient que l'homme des bois était là *surtout* en hiver. Devait-il comprendre qu'ils l'avaient aussi vu en été ? Et quel été ? L'aîné hésita. Pas cet été, mais peut-être l'année dernière ou celle d'avant, il n'arrivait pas à se rappeler. Mais l'homme lui avait fait un cadeau pour son anniversaire et il l'avait conservé. Il monta l'escalier quatre à quatre jusqu'à sa chambre et redescendit au bout de quelques instants. C'était une sculpture sur bois dont la réalisation avait dû demander de longues heures de travail. Elle représentait le serpent de Midgard enroulé sur lui-même et autour du monde. À en juger par la densité du bois et par sa couleur pâle, Klavs Arnold estima que ce devait être du chêne. Deux drapeaux entrecroisés et l'inscription "Per 8 ans" étaient gravés au dos.

Il demanda au garçon :

— Quel âge as-tu ?

— Dix ans.

— Quelle est ta date d'anniversaire ?

Sa mère répondit à sa place :

— Le 6 juillet.

*Tout colle parfaitement*, songea Klavs Arnold. Bjørn Lauritzen, car il ne faisait aucun doute que c'était lui, était à Liseleje le 6 juillet 2008, et quatre jours plus tard Juli Denissen avait été agressée à moins de deux kilomètres de là. Il demanda aimablement à l'enfant :

— Tu veux bien que j'emprunte ton cadeau ? Je te le rendrai, je te le promets.

Le garçon réfléchit brièvement et répondit :

— Non, il est à moi.

# 23

*Préfecture de police,*
*vendredi 10 septembre 2010*

Le meurtre tombait au mauvais moment, mais il en allait toujours ainsi avec les meurtres. Konrad Simonsen fut contraint de déroger à la règle qu'il avait lui-même fixée et selon laquelle soit lui soit Arne Pedersen devait impérativement se rendre sur la scène de crime quand un meurtre avait été commis, comme cela avait justement été le cas la nuit précédente à Bellahøj.

Au cours des douze derniers mois, une jeune mère célibataire avait été harcelée par un homme qui avait fait de sa vie un enfer. Malheureusement pour lui, sa victime était une électricienne et, en désespoir de cause, celle-ci avait fini par prendre les choses en main : elle avait relié sa cuisinière à sa boîte aux lettres avec un câble qu'elle avait connecté dans la soirée, après avoir désactivé les fusibles et le disjoncteur. Mais son dispositif avait trop bien fonctionné. Quand le harceleur avait débarqué pour lui déposer une nouvelle lettre pleine de haine, il avait reçu une décharge mortelle de trois cent quatre-vingts volts. Après avoir découvert ce qu'elle avait fait, le lendemain matin, la jeune femme avait confié sa fille à sa voisine du dessous et pris la fuite.

Konrad Simonsen consulta sa montre. Arne Pedersen et lui avaient prévu de se réunir pour faire le point sur la tuerie du bateau-mouche. Il résista à l'envie de l'appeler et, à la place, passa l'affaire en revue mentalement.

Lundi, il saurait si l'ADN du fils de Bjørn Lauritzen était affilié à celui prélevé sur la rambarde du pont de la Batterie, mais pour lui, ce n'était rien d'autre qu'une formalité. Cela ne faisait aucun doute depuis qu'ils avaient trouvé une correspondance entre les empreintes digitales présentes sur les boîtes de conserve découvertes dans le bunker et celles du pont. Bjørn Lauritzen était leur assassin, il en était convaincu.

Des personnes bien informées lui avaient dit que l'on estimait entre trente et cinquante le nombre d'ermites vivant dans les forêts danoises. Ils subsistaient grâce au braconnage et à la cueillette et, durant les mois d'hiver, en fouillant les poubelles des supermarchés à la nuit tombée. Ces gens étaient rarement des toxicomanes, la consommation de drogues étant en effet difficilement compatible avec les efforts quotidiens qu'impliquait la survie en milieu forestier. Apparemment, la plupart d'entre eux étaient des vétérans de guerre souffrant de trouble de stress post-traumatique et inadaptés à la vie en société ou qui se sentaient mal à l'aise entre quatre murs. Et pour ne rien arranger, il n'était pas inhabituel que ces ermites changent de lieu de résidence, généralement en fonction des saisons. En conclusion, ses chances de retrouver Bjørn Lauritzen étaient minimes, à moins qu'il n'obtienne d'autres informations sur les lieux de séjour de l'assassin, ce qui semblait peu probable.

L'affaire Juli Denissen, en revanche, s'annonçait plus prometteuse. Il avait longtemps cru que la mort de la jeune femme occupait d'une manière ou d'une autre une place centrale dans la tuerie du bateau-mouche, et il savait maintenant que Bjørn Lauritzen se trouvait dans les environs à la même époque.

De plus, Anica Buch avait remis son rapport sur les mails de Juli Denissen. Dans deux messages datant de l'hiver 2006, la jeune femme avait décrit sa phobie des escargots à son petit ami d'alors, un médecin généraliste de Skævinge. Cette phobie ayant déjà été signalée par d'autres témoins, l'information en elle-même n'avait guère de valeur, sauf si on la mettait en relation avec la seconde observation d'Anica Buch : selon la jeune enquêtrice, quelqu'un aurait accédé à la boîte mail de Juli Denissen et effacé tous les messages de son dernier petit ami Mads Eggert. Même si les deux pages de spéculations d'Anica Buch ne l'avaient pas réellement convaincu, Konrad Simonsen décida qu'il réinterrogerait Ella von Eggert, la veuve de Frederiksværk, mais cette fois il irait la voir seul.

Il ne restait plus que les lettres que Bjørn Lauritzen avait envoyées à sa femme quand il était en Bosnie. Grâce aux informations qu'il avait récoltées sur le Net et à l'aide des vétérans du club de Vesterbrogade, il avait pu se forger une idée assez précise des hommes que Bjørn Lauritzen avait côtoyés en Bosnie, à savoir les soldats de l'escadron DANSQN, une unité du Nordbat 2, le bataillon nordique de maintien de la paix, auquel Lauritzen avait été affecté au cours des mois qui avaient précédé son retour au Danemark. Et à présent, Konrad Simonsen comptait découvrir ce qu'il s'était passé en Bosnie, pour quelle raison Bjørn

Lauritzen avait été renvoyé subitement au Danemark, et pourquoi, après son retour, il avait continué de recevoir sa solde de capitaine pendant presque deux ans comme s'il était toujours déployé à l'étranger. Dans les listes de paie de l'armée, il était répertorié en tant que consultant, mais personne n'avait été en mesure de dire à Simonsen en quoi avait consisté sa mission, et cela ne correspondait en rien à la description que sa femme leur avait faite de son comportement à cette époque.

L'entrée bruyante d'Arne Pedersen interrompit Simonsen dans ses pensées.

— Désolé, Simon, ça a été plus long que prévu, mais on a fini par lui mettre la main dessus. Elle s'était réfugiée chez une amie en Fionie, et on l'a convaincue de se rendre à nos collègues sur place. Cette femme est cinglée. Elle n'aurait pas pu trouver une solution moins radicale ?

Konrad Simonsen n'était guère emballé par cette affaire, si bien qu'il se contenta de marmonner une réponse vague, mais Arne Pedersen poursuivit :

— J'espère que le gouvernement va enfin se décider à agir et à durcir les sanctions contre ces harceleurs sans cervelle et sans cœur, surtout contre ceux qui ne respectent pas les injonctions. Ils pourrissent la vie de tellement de gens.

— Oui, mais nous devons aussi prier pour que cette femme n'inspire pas d'autres victimes de harcèlement.

Arne Pedersen ne put qu'approuver.

Puis ils discutèrent du cas de Bjørn Lauritzen, en particulier de leurs chances de le retrouver. Ce ne serait pas simple. Konrad Simonsen déclara d'un air hésitant, comme s'il n'était pas sûr de ce qu'il disait :

— Il n'est même pas certain qu'on puisse lui reprocher quelque chose. Il est fort possible qu'il ait subi des dommages irréparables en Bosnie, on ne doit pas l'oublier.

Ces propos surprirent Arne Pedersen. D'abord parce que cela ne concernait pas leur enquête. Ce serait au système judiciaire de statuer sur ce point quand le procès aurait lieu, à condition qu'il ait lieu un jour. Ensuite, parce que ce n'était pas dans les habitudes de Konrad Simonsen d'excuser des crimes graves à cause du passé de leur auteur. Pedersen évita le regard de son chef et murmura qu'il avait peut-être raison.

Konrad Simonsen revint à des questions plus concrètes.

— Retourne à ton bureau et annule tout ce que tu avais prévu. Je veux que Klavs et toi alliez rendre visite aux gens qui figurent sur cette liste et que vous découvriez comment Bjørn Lauritzen se comportait quand il était en Bosnie.

Il tendit une feuille à Pedersen et se leva pour aller déjeuner. S'il se dépêchait, il aurait le temps de manger au club des anciens combattants.

# 24

*Esplanaden, Copenhague,*
*vendredi 10 septembre 2010*

— J'avais un frère. On traînait pas mal en ville, vous voyez, on taguait les murs, les rames du métro, tout. C'était à la fin des années 1980, on était jeunes. Une nuit, il a fait une chute, de deux mètres de haut, pas plus. Il aurait juste dû s'en tirer avec une jambe cassée, mais il est mort sous mes yeux et je n'ai rien pu faire. On était jumeaux et c'était comme si je m'étais perdu moi-même. Au cours des années suivantes, je suis parti complètement à la dérive, c'était l'enfer, je picolais, je fumais de la beuh, je faisais la fête…

Arne Pedersen laissa l'homme parler, même si sa vie d'avant la Bosnie ne l'intéressait pas. Mais c'était par là qu'il avait décidé de commencer et l'essentiel était qu'il parle.

Ils étaient assis dans une salle de réunion située au troisième du siège d'A. P. Møller-Mærsk, sur Esplanaden, dans le centre de Copenhague, où l'ancien soldat travaillait maintenant comme responsable du développement. *Qui l'eût cru ?* songea Arne Pedersen. L'histoire du témoin contrastait drastiquement avec son apparence soignée. L'homme portait un costume gris sombre parfaitement taillé et qui lui avait sans aucun doute coûté une fortune, et la pièce dans laquelle ils se trouvaient était à la fois fonctionnelle et chic, mais tout ce luxe et cette élégance s'évaporaient chaque fois qu'il ouvrait la bouche. Il raconta comment il avait rejoint l'armée, expliquant que cela lui avait permis de structurer sa vie, puis comment il s'était porté volontaire pour la Bosnie. C'était au printemps 1995.

— Je ne sais pas trop par où commencer à propos de Bjørn, c'est compliqué, mais peut-être que je pourrais vous dire que c'était un leader-né. Tous ses hommes l'appréciaient, ils avaient confiance en lui et suivaient ses ordres à la lettre et sans broncher, même si on n'était pas toujours d'accord avec la manière dont les choses se passaient. Mais s'il n'avait pas été notre chef désigné, je suis sûr qu'on l'aurait élu, et même à l'unanimité, si on avait eu le choix. Il était bienveillant envers nous, les jeunes, sans non plus tomber dans la familiarité, un homme très foncièrement sympathique au quotidien, mais quand la situation l'exigeait, c'était aussi le combattant le plus efficace et le plus impitoyable que j'aie jamais connu. Doux et dur, le jour et la nuit, si vous voulez. Quand il le fallait, il était aussi capable de parler ce langage macho qui était vraiment le seul que tout le monde comprenait et respectait dans cette poudrière.

Il ménagea une pause avant de poursuivre.

— Je veux dire, il n'y avait pas besoin de passer plus de quelques jours là-bas pour piger que le mandat que les politicards de Copenhague, même de toute l'Europe, avaient bricolé derrière leurs bureaux était totalement inapplicable. Maintien de la paix, pacification, appelez ça comme vous voulez, putain, il n'y avait de paix nulle part, mais de la guerre partout, alors à quoi ça pouvait bien servir qu'on ait besoin de la foutue permission de notre ministère de la Défense avant de pointer nos flingues sur un Bosniaque ? Cette connerie de *Manuel des règles d'engagement* faisait presque mille pages, je vous assure, il y avait des règles pour absolument *tout*, en particulier pour ce qu'on n'avait *pas* le droit de faire, mais les seuls qui avaient tout compris, c'étaient les Américains. Ils avaient la maîtrise du ciel avec leurs chasseurs qui décollaient de leurs porte-avions, et évidemment aussi avec leurs avions radars qu'on ne voyait jamais, mais qui étaient bien là. Même les Américains étaient prudents au début, civilisés, pourrait-on dire, ils croyaient et espéraient que les négociations de paix mettraient fin au conflit, sauf quand ils repéraient un site de batterie SAM, vous savez, ces saletés de missiles sol-air russes que détenaient les Serbes, terriblement efficaces, malheureusement. Putain, il suffisait que les Américains soupçonnent leur présence pour qu'ils pètent les plombs et se mettent à tout bombarder. Ça ne devait franchement pas être drôle d'être un commandant de batterie serbe. C'étaient sans doute ceux qui avaient l'espérance de vie la plus courte. Vous avez déjà vu une carte ethnique des Balkans à cette époque ?

Oui, Arne Pedersen en avait vu, mais…

— Des Croates, des Serbes, des musulmans, on aurait dit une mosaïque avec ces trois groupes mélangés à gauche, à droite et au centre, partout, un vrai cauchemar. Et on était stationnés dans un des pires endroits, Ljubičevac, un hameau de dix ou vingt maisons disséminées dans les bois, en limite de la zone occupée par les Hollandais, qui comprenait Srebrenica, où les choses ont sérieusement dégénéré à l'été 1995. On avait construit notre propre poste d'observation, une petite cabane faite de sacs de sable. On l'avait baptisé le Petit Dannevirke – pas tellement original, mais c'était là qu'on passait le plus clair de notre temps quand on n'était pas en patrouille ou bien à Tuzla ou dans une autre ville pour régler une affaire. Il n'était pas rare non plus qu'on y dorme.

Il poussa un soupir.

— Bjørn Lauritzen était notre commandant et on avait bien de la chance de l'avoir. Avec son grade, il aurait pu facilement avoir un bureau confortable et pépère au quartier général de Tuzla, mais il a insisté pour rester avec nous, sur le terrain, où il serait le plus utile, et ses supérieurs étaient sûrement trop contents de se débarrasser de lui – il était réputé pour son franc-parler, ce qui ne plaisait pas toujours. Quand il était avec nous, Bjørn remettait un peu d'ordre dans tout ce bordel, il imposait sa propre paix, ou plus exactement sa justice, je me souviens de tout un tas de situations où il a résolu les problèmes à sa manière très personnelle. Vous voulez que je vous raconte ?

Arne Pedersen acquiesça.

— Oui, s'il vous plaît.

L'homme ôta sa cravate, la jeta sur la table et déboutonna le haut de sa chemise, puis il poursuivit.

— Dans une ville à quelques kilomètres d'où on était stationnés, il y avait un marché. J'ai oublié le nom de cette ville, ces noms bosniaques sont complètement imprononçables de toute façon, en tout cas on passait régulièrement sur ce marché pour s'assurer que tout allait bien, surtout les mercredis et les samedis, les jours d'affluence. On y vendait principalement des fruits et des légumes, mais aussi tout ce genre de camelote que la plupart des Danois auraient viré directement à la benne, il faut dire que la population était très pauvre. Enfin bref, il y avait souvent des problèmes sur ce marché, les femmes musulmanes ne pouvaient pas faire leurs courses tranquillement. Elles étaient harcelées. Les gens leur hurlaient dessus, les femmes serbes les bousculaient et, parfois, des gamins leur jetaient des pierres. Et ils ne faisaient pas semblant, je vous jure, ils visaient les têtes et leur envoyaient des pierres de la taille de mon poing. Une fois, j'ai vu une fillette, ce n'était encore qu'un nourrisson, en recevoir une en pleine face et, honnêtement, je doute qu'elle ait survécu. Pour finir, on a découvert que tout était orchestré par une vieille harpie serbe qui passait son temps assise à un angle de la place, d'où elle pouvait tout surveiller et commander ses sbires. Bjørn a essayé de discuter avec elle et de la mettre en garde, mais ça n'a rien changé. Alors, un samedi, il s'est pointé avec une trique et il lui a flanqué une raclée, il a battu la vieille teigne méthodiquement jusqu'à ce qu'elle tombe dans les pommes, même si elle devait avoir dans les soixante-dix ans. Mais ça a marché, après ça on n'a plus eu d'agressions, il suffisait qu'on envoie un seul homme pour que tous se comportent comme s'ils allaient à un cours de catéchisme. Le problème pour Bjørn, évidemment, c'est que des rumeurs ont commencé à circuler, comme quoi il avait tabassé une pauvre vieille femme et fait plein d'autres choses, et il était évident pour tout le monde qu'il allait finir par avoir des ennuis.

Il secoua la tête.

— Et puis il y a aussi eu cette histoire d'essence, ça a été très violent. J'y étais, alors je sais que c'est vrai. C'était l'armée serbe, ça arrivait fréquemment, ils arrêtaient nos camions et nous volaient nos vivres et notre ravitaillement. Cette fois-là, les Serbes avaient embarqué toute une cargaison d'essence qui nous était destinée. On savait exactement qui avait fait le coup et où se trouvaient nos barils d'essence, mais quand on parlait à des soldats serbes, ils se foutaient de nos gueules et nous faisaient des tas de promesses qu'ils ne tenaient jamais. Bjørn était furieux, je vous jure, comme si c'était lui qui s'était fait voler, alors il est monté dans notre char et est allé jusqu'aux camps de ces bandits. Je l'ai accompagné. C'était un char de type Leopard, vous en avez certainement vu des photos, de vrais monstres auxquels on n'a vraiment pas envie de se frotter, mais en plus Bjørn avait amélioré le nôtre. Vous vous rappelez ce cinglé de colonel Kilgore dans *Apocalypse Now* ? Il avait installé des haut-parleurs sur ses hélicoptères Apache pour qu'ils puissent envoyer *La Chevauchée des Walkyries* de Wagner à plein tube quand ils lançaient une attaque. Bjørn avait repris cette combine et monté deux haut-parleurs géants à l'avant de son char, et il passait en boucle un enregistrement des cloches de l'hôtel de ville de Copenhague. On aurait dit que c'était l'apocalypse. Vous n'imaginez même pas à quel point c'était terrifiant. Et on est entrés dans le quartier général des Serbes avec cette musique assourdissante, on est allés tout droit jusqu'aux baraquements des officiers, on a passé le canon du char par une des fenêtres et tiré un obus à travers la pièce. Ça a fait un trou dans le mur opposé et les officiers qui étaient à l'intérieur en ont chié dans leurs frocs. Ils se sont rués dehors, tout étourdis, assourdis par la détonation, plusieurs d'entre eux saignaient du nez. Bjørn a chopé le plus haut gradé par le col et l'a forcé à lire une note qu'on avait apportée : *"Gasoline, one hour."* Le message était clair. Et moins de vingt minutes plus tard, les Serbes nous rapportaient leur butin et nous présentaient leurs excuses. Après ça, chaque fois que les Serbes voyaient Bjørn, ils le saluaient. Lui les ignorait, mais ils ont quand même continué. C'est à ce moment-là qu'il a reçu son surnom, si je me souviens bien.

— Le Polonais ?

— Non, c'étaient juste les Danois qui l'appelaient comme ça, et encore, la plupart l'appelaient simplement Bjørn. Mais dans la région, ils ont commencé à le surnommer le "Polonais fou", tout ça parce que les gens du coin n'étaient pas fichus de faire la différence entre le drapeau de la Pologne et celui du Danemark. Mais le terme de "fou" était une marque de respect, d'une part parce qu'il faisait des choses que personne d'autre n'aurait osé faire, d'autre part parce que les locaux en avaient une peur bleue, surtout les Serbes. Quand on est rentrés au Petit Dannevirke, Bjørn a appelé le QG de l'armée pour se plaindre qu'ils nous avaient livré un obus de moins que prévu et leur a dit qu'il ne voulait pas être tenu pour responsable s'ils ne savaient pas compter. On était obligés de tout signaler, de tout compter, mais il s'en est sorti en leur reprochant leur incompétence. Et vous savez quoi ? Quelques jours plus tard, ils nous ont envoyé l'obus manquant, ce qui nous a permis de rééquilibrer nos comptes.

Il y eut une pause.

— C'est à cause de ces incidents qu'il a été rappelé ? demanda Pedersen au bout d'un moment.

Au lieu de répondre, l'homme dit :

— Pardonnez-moi mon langage, je ne m'exprime pas comme ça d'habitude.

— Ne vous en faites pas pour ça. Mais est-ce que c'est à cause du comportement que vous m'avez décrit que Bjørn Lauritzen a été renvoyé au pays ?

— Oui et non. Je veux dire, il se passait des choses pires, bien pires. Mais quand ils l'ont dégagé, j'étais en permission alors je ne sais pas exactement pour quelle raison ils l'ont rappelé.

— Et ces choses pires, de quoi s'agissait-il ?

Une fois de plus, l'homme mit du temps à répondre.

— Dans la zone où on était censés maintenir la paix, il y avait quelques bandes serbes qui sévissaient, des groupes paramilitaires aux noms ridicules, mais c'étaient tous des putains de psychopathes. Ils liquidaient systématiquement les familles musulmanes, une maison après l'autre. Et les choses qu'ils leur faisaient étaient tellement dégueulasses qu'il faut les avoir vues pour y croire. Les hommes, les femmes, les vieux, les jeunes, les enfants, il n'y avait aucune limite à leur cruauté. De temps en temps, on entendait des hurlements dans la nuit, quand ils emmenaient leurs victimes dans les bois, et j'ai moi-même vu… le résultat de leurs atrocités. Je préfère ne pas entrer dans le détail, et je suppose que ce n'est pas non plus nécessaire, mais je me suis souvent demandé comment j'avais fait pour m'en sortir sans traumatisme psychologique, alors que la plupart de mes camarades craquaient une fois de retour au pays. Est-ce que c'est parce que je suis plus dur que la moyenne que je n'ai jamais fait de cauchemars ? C'est tellement répugnant quand j'y repense.

— Chacun réagit différemment, vous ne pouvez pas vous le reprocher.

— Vous avez peut-être raison. Quoi qu'il en soit, après que trois familles eurent été brûlées vives dans leurs propres maisons, Bjørn a disparu en pleine nuit et n'est revenu que le lendemain matin. Il avait du sang sur son uniforme. Plusieurs personnes l'ont vu. Quelques jours plus tard, on a appris que six membres d'une de ces bandes de salopards avaient été tués, dont leur chef. On leur avait tranché la gorge pendant qu'ils dormaient. On n'en a jamais parlé à Bjørn, mais on savait tous que c'était lui qui l'avait fait, et on était tous d'avis que ces sales types avaient eu ce qu'ils méritaient. Un peu plus tard, il y a aussi eu ce major de l'armée régulière serbe, c'était un vrai sadique. Ils l'ont retrouvé dans un fossé, lui aussi avait été égorgé. Mais personne ne pouvait prouver que c'était Bjørn le responsable.

— Pourtant, c'est ce que vous croyez ? Que c'est lui qui l'a fait ?

— Bien sûr que c'était lui, nom de Dieu ! Et quand les rumeurs sont arrivées jusqu'au quartier général, sa position est devenue intenable. Tout le monde, à l'exception des Américains, était terrifié à l'idée de contrarier les Serbes. Alors ils ont décidé d'envoyer une auditrice de Copenhague, une première de la classe à la carrière sans tache, à la fois chez nous et chez les Américains, pour évaluer sa conduite. Apparemment, elle était aussi diplômée en psychologie.

— Parce que ses réactions étaient excessivement violentes ?

— Oui, on peut le dire comme ça, mais nos supérieurs à Tuzla, et aussi ceux de Copenhague, avaient seulement eu vent de certaines rumeurs, ils n'avaient rien de concret à lui reprocher, et je voudrais souligner, comme je l'ai déjà dit, que Bjørn n'était pas toujours violent. Pour lui, la violence n'était que la dernière solution, jamais la première. Une fois, j'ai vu un Norvégien le rouer de coups, comme ça, sans raison, ce type n'était clairement pas net dans sa tête et Bjørn aurait pu lui mettre une dérouillée ou le dénoncer, mais il n'en a rien fait. Il a juste continué sa route, avec du sang qui dégoulinait de ses oreilles.

— D'accord. Donc il n'a pas été rappelé tout de suite ?

— Non. Je veux dire, on s'attendait tous à ce qu'il soit convoqué à Tuzla pour y être interrogé par une salope coincée, mais pas du tout, on se gourait complètement. La juriste qu'ils ont envoyée s'est avérée être une belle femme sans prétention. Quand elle a débarqué à Tuzla, elle a demandé à ce qu'ils lui fournissent une jeep, et elle nous a rejoints toute seule, sans escorte. Et en un rien de temps, elle est totalement tombée sous le charme de Bjørn, ça sautait aux yeux, tout le monde pouvait le voir. Alors bien sûr, ça a donné lieu à toutes sortes de rumeurs, on disait par exemple qu'il la sautait sur la tourelle de notre char, et c'est vrai qu'ils sortaient souvent avec le Leopard, mais je pense que ce n'étaient que des ragots. Je ne crois pas que Bjørn était du genre infidèle, il avait une femme et un gosse au Danemark. Quoi qu'il en soit, ça ne nous regardait pas, et la conclusion de tout ça, c'est qu'elle est rentrée à Copenhague et qu'elle a rendu un rapport qui le lavait de toutes les accusations et rumeurs le concernant.

— Mais elle est revenue ?

— Oui, quelques mois plus tard. On n'a pas très bien compris non plus. On a supposé qu'elle voulait simplement le revoir comme il n'avait rien fait de mal entre-temps… je veux dire, rien de pire que d'habitude. Mais je suis parti en permission le jour de son arrivée, alors je ne sais pas grand-chose.

— Et comment s'appelait-elle, vous vous en souvenez ?

— Bien sûr que oui, elle s'appelait Irene Gallagher.

# 25

*Forêt de Lorup, près de Slagelse,*
*lundi 13 septembre 2010*

La cabane était située en lisière de la clairière et était difficile à repérer à moins d'en être tout près. C'est pourquoi, bien qu'on lui en ait indiqué la localisation précise, Arne Pedersen mit un certain temps à la trouver. L'homme qui vivait là s'appelait Ole Nysted et n'avait quasiment plus aucun contact avec le monde extérieur. Cela ne surprit pas le policier après ce que lui avaient raconté les vétérans de Bosnie avec lesquels il s'était entretenu récemment et qui souhaitaient eux aussi s'isoler le plus possible. Néanmoins, il fut choqué d'apprendre qu'Ole Nysted n'était pas au courant qu'une tuerie avait eu lieu sur un bateau-mouche. Pire, l'homme ne manifesta même pas un semblant de compassion envers les victimes.

La cabane était constituée d'une seule pièce spacieuse avec une cuisine primitive à un bout, un canapé, qui faisait aussi office de lit, à l'autre et, en plein milieu, un poêle à bois dont le conduit d'évacuation passait directement à travers le plafond non isolé, en violation manifeste de la réglementation en matière d'incendie. Des tasses étaient posées partout où il y avait de la place pour elles. Des bouteilles vides ayant contenu des alcools divers trônaient sur la table du canapé et sur le rebord de l'unique fenêtre de la cabane et témoignaient de la forte consommation de l'homme. Toutefois, bien qu'il ne fût manifestement pas sobre, il n'était pas aussi ivre qu'on aurait pu le croire. Au grand étonnement d'Arne Pedersen, Ole Nysted était relativement propre sur lui. Ses vêtements ne dataient pas d'hier, certes, mais ils n'étaient pas sales, il avait les cheveux coupés à la militaire, sa barbe était taillée avec soin et ses ongles impeccables. Arne Pedersen fut tenté de lui demander où il se procurait de l'eau, mais préféra s'abstenir. Il avait des questions plus essentielles à lui poser. Après s'être montré quelque peu réticent au début, Ole Nysted se mit à lui relater tranquillement son séjour en Bosnie. Pour commencer, il n'apprit rien de nouveau à l'enquêteur, rien que la police ne sût déjà, mais son récit confirma l'impression qu'ils s'étaient faite de Bjørn Lauritzen. Malgré tout, Arne Pedersen écouta patiemment son témoignage, ne l'interrompant que de temps en temps. Ce n'est qu'au bout d'une heure que Pedersen posa sa première vraie question.

— Le 13 juillet 1995. Je voudrais que vous m'en disiez plus à propos de cette journée, s'il vous plaît.

Nysted secoua la tête, sans qu'Arne Pedersen sache si c'était parce qu'il ne se souvenait pas de ce jour ou parce qu'il refusait d'en parler. Tablant sur la première supposition, il lui résuma brièvement les événements.

— Ce matin-là, vous et neuf de vos camarades vous trouviez dans le poste d'observation en sacs de sable surnommé le Petit Dannevirke. C'était pendant le massacre de Srebrenica, qui s'est déroulé sur trois jours, principalement dans les bois entourant la ville. Des milliers d'hommes ont été exécutés alors qu'ils essayaient de fuir à travers la montagne en direction de Tuzla. Vous aviez une vue excellente sur ces bois. Je sais que vous surveilliez la zone avec vos jumelles, mais que vous n'êtes pas intervenus, si ce n'est pour conduire en sécurité la poignée de réfugiés qui sont parvenus à arriver jusqu'à vous. À un moment, Bjørn Lauritzen a été informé par radio qu'une auditrice nommée Irene Gallagher venait de quitter Tuzla à bord d'une jeep pour rejoindre votre camp. Lauritzen et vous êtes immédiatement partis avec votre char Leopard. Ces faits ont été confirmés par divers témoins. J'ignore pourquoi vous êtes partis et où vous vous êtes rendus, mais je sais que vous avez pénétré dans la zone contrôlée par les Hollandais alors que vous n'aviez rien à y faire.

Ole Nysted répondit dans un soupir à peine audible bien qu'Arne Pedersen fût assis tout près de lui.

— Ce n'était pas une bonne journée. Je n'ai pas envie d'y repenser.

— Il va pourtant le falloir.

— Non, vous vous trompez. Vous pouvez me menacer autant que vous voulez, ce ne sera rien comparé à… comparé à ça.

— Êtes-vous partis parce que Irene Gallagher allait arriver ? Est-ce que Bjørn Lauritzen avait peur d'elle ?

Nysted mit quelques secondes à comprendre la question. Puis il eut un ricanement de mépris.

— Bjørn n'avait sûrement pas la trouille d'elle. Il n'avait peur de rien.

— Donc, ce n'est pas pour ça que vous êtes partis ?

— Non.

— Que voulait-elle, vous le savez ?

— Non. Pourquoi est-ce que vous ne lui posez pas directement la question ? Tout le monde disait qu'ils avaient une liaison, alors peut-être qu'elle avait tout simplement envie de le voir. Ça n'avait aucune importance.

— Alors qu'est-ce qui en avait ?

Nysted baissa la tête, le regard dans le vide. Arne Pedersen lui dit qu'un des autres soldats lui avait raconté que Lauritzen et Nysted étaient allés jusqu'à une maison, et que quand Irene Gallagher était arrivée un peu plus tard et qu'elle avait appris qu'ils étaient partis, elle s'était aussitôt remise en route. Nysted ne réagit pas à l'information, mais il ne nia pas non plus. Pedersen fit une nouvelle tentative.

— Elle vous a rejoints ?

Ole Nysted secoua la tête. Non, elle ne les avait pas rejoints. En réalité, il ne l'avait jamais rencontrée en Bosnie, ni ce jour-là ni un autre, il avait uniquement entendu parler d'elle.

— Les soldats encore sur place ont été rappelés à Tuzla une heure après votre départ. Pourquoi ?

En guise de réponse, Nysted leva le bras dans un geste vague, comme si tout cela n'avait plus d'importance. Puis il se leva brusquement, avec une vivacité étonnante, et, l'espace d'un instant, Arne Pedersen fut presque effrayé par la rapidité de l'homme. Celui-ci se dirigea vers un placard, de l'autre côté de la pièce, et en sortit une bouteille de schnaps et deux verres à bière. Il dévissa le bouchon de la bouteille qui émit un grincement, se rassit, remplit les verres à moitié et en tendit un à son invité. Pedersen le pria de l'excuser, mais il était en service et en voiture de surcroît. Cependant, ses protestations furent ignorées et quelque chose lui dit que s'il voulait obtenir davantage d'informations de cet homme, il allait devoir boire avec lui.

Ole Nysted vida son verre comme s'il avait contenu de l'eau. Arne Pedersen but une gorgée, petite mais honorable, et se demanda comment il allait expliquer à ses collègues de la Criminelle qu'il avait été obligé de s'enivrer pour mener une simple audition de témoin. Ole Nysted s'empara à nouveau de la bouteille et se resservit, puis il commença à raconter d'une voix calme :

— C'était une ferme, pas une maison. On pouvait la voir depuis notre poste d'observation avec nos jumelles, alors on est allés là-bas. Elle était à seulement un ou deux kilomètres, il me semble. Ensuite, on s'est mis à tourner en rond dans la forêt, en suivant le lit d'un ruisseau, ou d'une rivière, si vous préférez, ce n'était pas très profond, dix ou vingt centimètres tout au plus, mais assez large pour le Leopard. On a ramené cinq personnes avec nous, trois hommes et deux jeunes garçons, je suis persuadé qu'on leur a sauvé la vie.

Il était évident qu'Ole Nysted faisait traîner les choses, ce qu'il souligna en buvant une nouvelle gorgée d'eau-de-vie non sans avoir préalablement porté un toast. Arne Pedersen l'imita, bien conscient qu'il n'était désormais plus en état de conduire. Enfin, l'homme livra son histoire, d'abord par bribes, puis en entrecoupant son récit de longues pauses.

— Bjørn m'a demandé si je voulais venir avec lui et j'ai bien sûr répondu que oui. On a pris le char et on est allés jusqu'à la ferme qui se trouvait juste en dessous de notre position, dans une vallée… ou peut-être que c'était le contraire, peut-être qu'elle était au-dessus de nous, dans la montagne, je ne me souviens plus. Tout ce que je sais, c'est qu'on pouvait la voir avec nos jumelles. Bjørn ne m'a pas dit ce qu'on allait faire, mais il était clairement énervé et pressé de partir. Dès qu'on est arrivés dans la cour, Bjørn est descendu du char et a foncé dans un des deux bâtiments de la ferme.

Le vétéran poursuivit, s'arrêtant uniquement pour reprendre du schnaps et demander à Pedersen de l'accompagner.

— Il est ressorti au bout d'un moment en poussant devant lui un groupe d'hommes. Huit types crados dans des uniformes dépareillés, tous plus dégueus les uns que les autres. Les deux plus vieux avaient environ la cinquantaine, le plus jeune probablement juste dix-huit ans. Des paramilitaires que les Serbes utilisaient pour faire le sale boulot, dangereux pour les femmes et les gosses, désorganisés et inaptes au combat, et je crois que Bjørn avait pété le nez de l'un d'eux, une grande perche à lunettes qui se tenait le visage et pleurnichait comme un gamin. Bjørn les a fait s'aligner le long de la façade et les a fouillés un par un à la recherche d'armes. Ils lui obéissaient sans broncher, et ensuite il les a laissés sous ma garde. Il m'a dit que je devais les abattre s'ils ne se tenaient pas tranquilles, ou si j'en avais simplement envie. Je vous jure que c'est ce qu'il m'a dit, et il était sérieux. Après ça, il est retourné dans la maison. Je me suis installé confortablement sur le char et ai pointé ma mitrailleuse sur ces hommes sans vraiment savoir ce qui se passait. Le soleil cognait, les types me dévisageaient d'un air mauvais et il y avait aussi ces maudites cigales invisibles qui chantaient tout autour de moi. Bon sang, qu'est-ce que je déteste ce bruit, ça vous pénètre dans le crâne, ça s'installe derrière vos yeux et ça vous empêche de voir et de réfléchir. Putain d'été… putain de pays…

Sa voix était descendue d'une octave et il parlait de manière saccadée.

— Peu de temps après, une fille a surgi dans la cour. Elle s'est approchée de moi lentement, en titubant sur ses jambes raides comme une vieillarde sans canne. Elle s'est arrêtée devant le char, m'a regardé et a dit *"Taj blesav Poljak"*. Juste ça, c'est tout.

— Le Polonais fou, c'était Bjørn Lauritzen ?

— Oui, c'est ça, c'était Bjørn. Sur le coup, j'ai cru qu'elle parlait de moi. Mais non, je l'ai compris plus tard. Elle a prononcé ces paroles deux fois, à voix haute et distincte. Et puis elle s'est tue, brusquement, et est restée plantée là, face à moi, comme figée.

Il se redressa et se cramponna des deux mains à l'accoudoir du canapé.

— Cette guerre, c'était de la démence. On était bien entraînés et armés jusqu'aux dents, mais on n'avait le droit de rien faire. Ces groupes paramilitaires, ils étaient quelques-uns, tous avec des noms débiles… mais ce n'étaient rien d'autre qu'une bande de salopards pervers qu'on aurait pu éliminer en un après-midi si on nous y avait autorisés. Et bon Dieu, on aurait dû nous y autoriser ! Ils l'auraient mérité ! Tous ! Mais c'était n'importe quoi. Tous ces beaux discours de la communauté internationale à propos des zones sécurisées alors que des gens se faisaient massacrer dans les bois, notre mandat ridicule de maintien de la paix en plein génocide, nos chaînes de commandement où personne n'osait prendre la moindre responsabilité, et maintenant cette gamine qui se tenait là, devant moi, avec sa robe déchirée et du sang qui dégoulinait entre ses jambes. Putain de merde, elle ne devait pas avoir plus de treize ans. Ça n'aurait jamais dû se produire. Elle n'aurait pas…

Il s'interrompit, le regard dans le vague. Il avait les larmes aux yeux. Arne Pedersen lui tendit une main. L'homme la prit et resta silencieux un moment avant de poursuivre.

— J'étais tout près de descendre ces huit vermines. Et ils le savaient. Je pouvais le voir dans leurs yeux, ils étaient terrifiés. Une petite salve de gauche à droite au niveau de leurs ventres et ils se seraient effondrés comme le tas de merde qu'ils étaient, ils auraient hurlé jusqu'en enfer en essayant de retenir leurs entrailles à l'intérieur de leurs corps. Je regretterai toute ma vie de ne pas les avoir abattus, mais à cette époque j'étais trop bien entraîné, trop discipliné, trop civilisé. Et inutile.

Il s'arrêta à nouveau. Au bout de quelques instants, Arne Pedersen lui demanda prudemment :

— Vous avez besoin de faire une pause ? Vous voulez qu'on boive encore un peu avant de continuer ?

Nysted secoua la tête. Toutefois, il ne reprit son récit qu'après avoir englouti un autre verre.

— Qu'est-ce qui s'est passé ensuite ?

— Rien. C'était comme si on se neutralisait mutuellement. La fille avait peur des hommes, les hommes avaient peur de moi, et moi j'avais peur de la fille. J'avais peur parce que je n'avais aucune idée de ce que je devais faire d'elle. Pourtant, j'étais un adulte, j'aurais dû le savoir, putain. J'avais même fait tout le voyage depuis le Danemark dans le but de l'aider et je ne savais pas quoi faire d'autre que d'attendre Bjørn. J'étais pétrifié. Quand je la regardais, mes mains se mettaient à trembler si fort que c'était à peine si j'arrivais à tenir mon arme, et quand je regardais ces enfoirés… eh bien, vous le savez déjà.

Il but à nouveau. Arne Pedersen l'imita. Bien qu'il n'y fût pas obligé, il en ressentit le besoin. Et de toute façon, il était tellement ivre, maintenant, qu'une gorgée de plus ne ferait aucune différence.

— Encore aujourd'hui, je ne sais pas s'il s'était écoulé deux minutes ou une heure quand Bjørn est ressorti. Tout ce que je sais, c'est que ça m'a paru une éternité. Il a d'abord cogné un des prisonniers avant de le relâcher, ce n'était qu'un gamin, puis il s'est occupé des hommes. Il a commencé par leur attacher les mains dans le dos avec des colliers de serrage. Ensuite, il les a forcés à s'asseoir sur les pavés, adossés au mur. À ce moment-là, plusieurs femmes sont apparues sur le perron de la maison, mais elles ont fait demi-tour aussitôt et il n'a pas réussi à les faire ressortir. Peut-être qu'elles avaient peur de lui, exactement comme les hommes. Tout le monde était terrifié par Bjørn. Tous les hommes lui obéissaient au doigt et à l'œil, même moi, je dois l'admettre. Après avoir obligé les types à s'asseoir, il leur a ligoté les jambes avec une corde qu'il avait trouvée à l'intérieur de la maison. Il a attaché les jambes de chacun d'entre eux avec celles de leurs voisins, et il a fait des nœuds solides, si bien qu'ils ne pouvaient plus se lever qu'ensemble. Pour finir, il leur a ouvert les yeux de force et les a frottés avec du gravier. Quand il a eu terminé, ils ne pouvaient plus rien faire d'autre que de rester assis sur place, ce qui était le but. Après ça, on est partis tourner dans la forêt, on a parcouru le lit du ruisseau dans les deux sens, avec les cloches de l'hôtel de ville de Copenhague qui hurlaient à tue-tête. On a secouru quelques réfugiés, mais on n'a vu aucun soldat serbe, heureusement pour eux. Je pense que Bjørn les aurait abattus, il n'était vraiment pas d'humeur à les épargner.

Arne Pedersen reprit son dictaphone, qui était posé devant eux sur la table basse. Il était ivre et dut s'y reprendre à plusieurs fois pour appuyer sur le bouton STOP. Il avait encore des questions à poser, mais cela devrait attendre un autre jour car il ne faisait aucun doute qu'il aurait de nouveau à entendre cet homme. Il expliqua d'une voix nasillarde qu'il reviendrait. Le vétéran acquiesça, pas de problème, il serait le bienvenu. Puis il ajouta :

— Je suis désolé de m'être moqué d'Irene. C'est quelqu'un de bien.

— Irene Galga ?

Il perçut qu'il avait bafouillé son nom, mais renonça à se corriger.

— Oui, répondit Nysted.

— Donc, vous l'appelez par son prénom ?

— Ils m'aident de temps en temps, elle et Bjørn.

Arne Pedersen était parfaitement conscient de l'importance de ce que venait de lui dire Ole Nysted. Mais il n'était plus en état de prêter réellement attention à l'information. Sa concentration avait disparu et il avait terriblement besoin d'air frais. Il fit cependant une tentative, sans grande conviction :

— Vous avez dit tout à l'heure que vous ne l'aviez jamais rencontrée, comment est-ce possible ?

— J'ai juste dit que je ne l'avais jamais rencontrée en Bosnie, et c'est la vérité. C'est après mon retour que je l'ai vue pour la première fois. Un jour, Bjørn est passé me voir avec elle.

— Elle et Bjørn vous rendent visite ?

— La plupart du temps, ils viennent seuls. Et ça arrive rarement, une fois par an maximum. Je suis un solitaire.

Pedersen se leva en titubant. Il dit pour la deuxième fois à Ole Nysted qu'il avait l'intention de revenir très bientôt.

— Vous pouvez revenir vendredi, c'est assez tôt ?

Pedersen approuva, c'était d'accord. Alors qu'il s'en allait, Nysted lui demanda :

— Dites-moi, est-ce que Bjørn a fait une connerie ?

# 26

*Forêt de Lorup, près de Slagelse,*
*mardi 14 septembre 2010*

Les deux jeunes amoureux étaient faits l'un pour l'autre, c'était ce qu'ils se murmuraient tendrement quand ils se retrouvaient dans les bois et déambulaient sur les sentiers déserts, main dans la main, comme si ces simples paroles pouvaient changer leur destin. Et une fois parvenus au plus profond de la forêt, là où ils étaient sûrs que personne ne pouvait les voir, ils s'embrassaient, mais toujours chastement, presque avec prudence. Il ne fallait pas qu'ils se laissent aller ou cela ne ferait qu'empirer les choses. Ils étaient tous les deux d'accord, même si c'était surtout elle qui insistait sur ce point.

Ils s'étaient rencontrés deux ans plus tôt au collège de Sørbymagle, dans le village du même nom, dans les environs de Slagelse. Le garçon travaillait comme agent d'entretien au collège, tandis que la fille, malgré d'excellents résultats, avait quitté le lycée de Slagelse pour servir d'aide-enseignante à son petit frère, qui était en classe de CE2 et avait de graves difficultés d'apprentissage. Elle appartenait à la communauté des Roms, et son petit frère était le seul garçon de la fratrie – elle avait également trois sœurs –, si bien que sa famille misait tout sur lui et tenait à ce qu'il reçoive une éducation. Et tant pis si, pour cela, elle devait se sacrifier. Chaque jour, elle s'ennuyait copieusement. Elle passait des heures et des heures assise à côté de son frère, veillant à ce qu'il écoute attentivement sa maîtresse, à ce qu'il se comporte correctement et à ce qu'il apprenne quelque chose. Pourtant, jamais elle ne s'était plainte auprès de son père. Elle savait pertinemment que cela ne servirait à rien. Le seul moment où elle avait du temps pour elle, c'était pendant la pause, que son frère passait à jouer avec ses camarades. Et c'était au cours de l'une d'elles qu'elle avait fait la connaissance du garçon.

Si le coup de foudre existe, alors c'est ce qui leur est arrivé. Bientôt, le jeune homme s'arrangea pour avoir toujours quelque chose à faire dans la cour ou à proximité de celle-ci au moment de la pause. Et le concierge, son supérieur – un vieil homme bienveillant à qui rien n'échappait –, fit tout pour aider son assistant amoureux. Il l'envoyait remettre de l'ordre dans le bac à sable, vérifier l'état des installations sur l'aire de jeux ou ramasser les détritus sur la pelouse, derrière la terrasse de la classe de CE1/CE2. Pendant les quelques mois que cela dura, ce fut une période heureuse pour les deux amoureux, mais à la maison, le petit frère avait fini par parler de l'intérêt de sa grande sœur pour le jeune homme, non sans ajouter qu'elle arrivait de plus en plus souvent en retard en classe. Elle avait été relevée immédiatement de ses fonctions d'aide-enseignante et, trois mois plus tard, elle avait été mariée à un ami de sa famille, un homme de quarante-trois ans, et un excellent parti, selon son père. À présent, elle habitait à Elseneur avec son époux et tout le monde s'attendait à ce qu'elle mette bientôt au monde son premier enfant, bien qu'elle ne montrât encore aucun signe de grossesse.

Une fois par mois, elle rendait visite à ses parents et à ses frère et sœurs, et les amoureux en profitaient alors pour se revoir. Seulement l'espace de quelques heures, jamais plus, quand elle parvenait à convaincre sa mère de la laisser sortir pour se promener, pendant que son père était au travail. Elle et le jeune homme se retrouvaient en un lieu secret et passaient un peu de temps ensemble, de préférence là où la forêt était la plus dense et où ils pouvaient se cacher. C'était exactement ce qu'ils faisaient en cette magnifique journée où les feuilles jaunissaient et s'amoncelaient sur les sentiers, craquant sous leurs pas.

— Est-ce que je vais te revoir le mois prochain ?

Ils étaient convenus qu'ils ne perdraient pas de temps à évoquer des sujets douloureux pendant qu'ils étaient ensemble. À quoi bon se retrouver si c'était pour pleurnicher ? Ils pouvaient toujours le faire quand ils étaient seuls. Pourtant, cette question devait être posée, et c'était toujours lui qui s'en chargeait. Même s'il redoutait chaque fois la réponse. Il poussa un grand soupir de soulagement lorsqu'elle lui dit que oui, qu'ils se reverraient, et elle lui promit, comme toujours, qu'elle le préviendrait par texto dès qu'elle connaîtrait la date. Soudain, elle se figea, effrayée, et dit :

— Quelqu'un arrive.

Il lui assura qu'il n'y avait personne. Qui aurait bien pu traîner par ici ? Elle n'avait aucune raison de s'inquiéter… Il s'interrompit en entendant à son tour des pas devant eux, dans la forêt. Elle avait raison. Il l'entraîna derrière une souche d'arbre où ils pourraient se cacher jusqu'à ce que l'étranger soit passé.

C'était une femme d'âge mûr, de taille moyenne, mince, presque maigre, et la manière dont elle se déplaçait sans efforts témoignait de sa bonne condition physique. Elle avait un joli visage, aux traits réguliers, et ses cheveux blonds ondulés atteignaient pratiquement ses épaules. Elle portait une veste rouge en polaire et un pantalon de travail bleu clair. On aurait pu croire que c'était une employée des services forestiers. Ce qui était étrange, c'était que sa démarche était déterminée, comme si elle savait exactement où elle allait. Elle tenait dans une main une caisse à outils et sous l'autre bras deux planches peintes en gris.

Après le passage de la femme, le jeune homme attendit qu'elle fût à distance respectable pour la filmer avec son téléphone.

— Pourquoi tu as fait ça ? lui demanda la fille.

— Tu ne trouves pas ça bizarre qu'elle se promène en pleine forêt avec une caisse à outils ? Qu'est-ce qu'elle fabrique ici ?

La fille répondit d'une voix angoissée :

— Je n'ai pas envie qu'on se retrouve mêlés à une sale affaire. Peut-être qu'elle cherche des champignons, même si je suis persuadée qu'elle a bien assez d'argent pour s'en acheter plutôt que de les cueillir.

— Tu la connais ?

— Pas vraiment, mais elle est mariée avec l'homme qui possède la chaîne DagligKøb, tu sais, la boutique en face de la station-service. Quand je faisais le ménage là-bas, elle passait de temps en temps chercher son mari. Enfin, quand il était à la boutique, bien sûr.

# 27

*Préfecture de police,*
*mardi 14 septembre 2010*

Arne Pedersen avait la gueule de bois.

La matinée et l'après-midi avaient été horribles et il avait eu toutes les peines du monde à se concentrer. Bien que ce fût la première fois de sa carrière qu'il se fût soûlé pendant son service, il avait la pénible impression de s'être conduit de manière peu professionnelle. Mais il arrive parfois que la fin justifie les moyens. C'était du moins ce qu'il s'était dit sur le coup, même s'il avait ensuite eu du mal à justifier sa conduite. Pour ne rien arranger, il était contrarié par l'accueil que lui avaient réservé les jumeaux et sa femme à son retour. Ils l'avaient traité avec froideur, comme si c'était un alcoolique, une réaction totalement disproportionnée et imméritée au regard de la faute qu'il estimait avoir commise. Comme s'il se bourrait la gueule au boulot tous les jours, alors que cela ne s'était jamais produit et que cela ne se reproduirait sans doute jamais. Il avait surtout été blessé par la manière dont ses fils l'avaient évité. Ils étaient censés être assez grands, maintenant, pour penser par eux-mêmes et ne pas se ranger systématiquement du côté de leur mère et de sa fichue morale. Chaque fois que quelque chose ne se passait pas comme elle l'avait prévu, il fallait qu'elle lui tire la tronche, ne serait-ce que par principe. Du moins, c'était comme cela qu'Arne Pedersen l'interprétait.

Son supérieur avait été le seul à lui reconnaître des circonstances atténuantes dans cette regrettable affaire. La veille, quand Arne Pedersen était retourné à sa voiture, il avait été assez lucide pour ne pas prendre le volant. Au lieu de cela, il avait passé un coup de fil à Konrad Simonsen et lui avait exposé la situation, non sans bafouiller. Ses explications avaient été accueillies avec une sympathie inespérée et, un peu plus tard, deux policiers en uniforme étaient passés le récupérer. Tandis que l'un l'avait reconduit chez lui à bord du véhicule de patrouille, l'autre avait ramené sa voiture, autant qu'il s'en souvienne, mais il n'était pas tout à fait certain de ce dernier détail dans la mesure où il avait dormi une bonne partie du trajet. Quoi qu'il en soit, lui et sa voiture avaient été rapatriés à son domicile sans qu'il ait eu besoin de conduire. Et quand il était arrivé au travail, ce matin, Konrad Simonsen l'avait presque materné, ce qui ne lui ressemblait guère. Toutefois, Arne Pedersen aurait préféré l'inverse : une famille plus compréhensive et des collègues plus sévères. Ces pensées firent ressurgir dans son esprit des souvenirs liés à sa relation avec Pauline Berg. À une époque, ils avaient eu une liaison, qui avait ensuite évolué en une amitié profonde, jusqu'à l'année dernière, quand il avait pris ses distances avec elle. Il rassembla son courage, se leva sur ses jambes flageolantes et rejoignit en titubant le bureau de Simonsen, où il s'effondra sur une chaise réservée aux visiteurs et s'efforça de réprimer sa nausée. Il était censé faire son compte rendu sur l'audition de la veille. Klavs Arnold et la Comtesse étaient déjà arrivés et semblaient être dans une forme étincelante et prêts à écouter son rapport.

Son récit de l'expédition de Bjørn Lauritzen jusqu'à la ferme dans la vallée à bord de son char et de l'arrivée d'Irene Gallagher au poste d'observation avant de se lancer à la poursuite du capitaine se déroula mieux qu'il ne l'aurait cru. Il leur parla aussi du vétéran et de sa cabane. Personne ne lui coupa la parole. Pas même quand il s'interrompit pour boire quelques gorgées d'eau salvatrices directement au goulot de la bouteille qu'il avait apportée. Pour conclure, il dit :

— Je retourne le voir vendredi. Il y a encore quelques points que je dois éclaircir.

Klavs eut un sourire en coin. "Serait-ce l'appel de la soif ?" Visiblement, son histoire avait déjà fait le tour de la préfecture de police. Sans doute le devait-il aux policiers qui l'avaient raccompagné chez lui car Konrad Simonsen n'avait rien répété. Mais le sourire du Jutlandais fut de courte durée.

— Je ne laisserai personne ici se moquer des vétérans, gronda Simonsen, ou d'Arne parce qu'il a bu avec un témoin. Il a fait ce qu'il devait pour obtenir des informations de Nysted, et s'il le faut, c'est avec plaisir que j'irai acheter quelques bouteilles aux frais du contribuable en vue de son rendez-vous de vendredi. C'est suffisamment clair pour toi, Klavs ?

Cela l'était tellement que l'excellente ambiance qui avait régné jusque-là fut instantanément balayée et laissa la place à un lourd silence. C'est Simonsen lui-même qui, après un regard à la Comtesse, sauva la situation.

— Je suis désolé, je ne voulais pas être trop dur. Mais récemment, j'ai constaté et entendu parler de tellement de cas où nos anciens soldats ont été trahis que… Eh bien, ça me fout en rogne. J'étais loin de me douter qu'on les traitait aussi mal. Est-ce que tu as autre chose, Arne ? Des détails dont tu ne nous aurais pas encore fait part, ou même des impressions ?

Arne Pedersen, dont plus personne n'ignorait la gueule de bois, n'avait plus besoin de faire semblant. Il soupira bruyamment et se tint la tête. Les trois autres rirent.

— C'est un peu compliqué de garder les idées claires avec un taux d'alcool proche des deux grammes, mais il y a effectivement quelque chose. Avant que j'arrive à le faire parler de façon cohérente, il a lâché quelques phrases confuses à propos de la fille dans la cour de la ferme, celle qui avait été violée, même si j'imagine que les femmes à l'intérieur de la maison avaient été violées, elles aussi, mais vous comprenez ce que je veux dire.

Il regarda ses collègues. Oui, ils comprenaient. Alors, il poursuivit :

— C'était surtout elle qui l'avait marqué, ça ne fait aucun doute, alors ce qu'il m'a raconté au début n'était qu'une sorte de mise en situation, en quelque sorte, mais plus tard il m'a dit qu'elle parlait danois, ou plus exactement, qu'elle parlait aussi danois. Danois et serbe.

La Comtesse, stupéfaite, demanda :

— Cette fille était danoise ?

— Il m'a dit qu'elle parlait danois. Après, est-ce qu'elle était de nationalité danoise, je n'en sais rien. Mais comme je l'ai déjà dit, au début, son récit était haché, alors j'ignore si c'était le fruit de son imagination ou s'il me racontait un cauchemar qu'il avait fait. D'un autre côté, je pense que le sujet vaut la peine d'être creusé.

Ils étaient tous d'accord, même si aucun d'entre eux ne savait comment ils s'y prendraient. Klavs Arnold récapitula :

— L'auditrice Irene Gallagher convainc sa hiérarchie à Copenhague de la renvoyer en Bosnie le 13 juillet 1995, au prétexte, semble-t-il, qu'elle souhaite avoir un entretien de suivi avec Bjørn Lauritzen. D'autres témoins affirment qu'elle aurait fait le voyage à titre privé, sur ses congés. À ce moment-là, Bjørn Lauritzen est membre du bataillon nordique, le Nordbat 2, qui est chargé du maintien de la paix dans la zone de sécurité de l'ONU entourant Tuzla et de protéger les musulmans bosniaques. Toutefois, il n'est pas basé à Tuzla, mais à un poste d'observation à Ljubičevac, surnommé le Petit Dannevirke. Ce poste est situé à environ trente kilomètres au sud-est de Tuzla, près de la zone de sécurité de Srebrenica, sous protection néerlandaise. Sur place, il a sous son commandement douze hommes – dix, d'après certains – et deux, parfois trois chars. Vous me suivez ?

La Comtesse répondit pour tous.

— Complètement.

Klavs Arnold reprit.

— Tout indique que la rencontre entre Irene Gallagher et Bjørn Lauritzen était de nature personnelle et que l'auditrice s'est servie, ou pas, de ses fonctions comme couverture. Elle était amoureuse de lui, et c'était peut-être réciproque, on ne le sait pas.

Konrad Simonsen demanda :

— Sommes-nous sûrs que ce ne sont pas juste des rumeurs ? Je veux dire, en ce qui concerne ses sentiments.

Klavs Arnold opina pour indiquer que c'était effectivement une éventualité et enchaîna.

— À Tuzla, Irene Gallagher emprunte une jeep et se rend au Petit Dannevirke. Elle arrive au moment même où le massacre est en train d'avoir lieu dans les montagnes et les forêts environnant Srebrenica. Les Serbes de Bosnie, dirigés par le général Ratko Mladić, se sont emparés du quartier général des forces de maintien de la paix néerlandaises à Potočari, à la suite de quoi des milliers de musulmans, des hommes et des adolescents pour la plupart, s'enfuient dans les bois pour tenter de rejoindre Tuzla. Beaucoup n'arriveront jamais à destination, et sept mille personnes sont assassinées dans ce qui reste encore aujourd'hui le pire crime de guerre qui ait été perpétré en Europe depuis la Seconde Guerre mondiale. Mais on ne prend réellement conscience de l'ampleur du massacre que bien plus tard. De nombreux musulmans sont capturés par les Serbes puis exécutés, d'autres sont tués par des tirs de mortiers ou de canons. Depuis leur poste d'observation, les Danois peuvent entendre ce qui se passe dans les bois devant eux. C'est l'enfer, il y a des explosions, des coups de feu, des tirs d'armes lourdes.

Klavs Arnold s'interrompit et regarda les autres, comme pour dire "Voilà à peu près la situation".

— Excellent, tu peux continuer, tu t'en sors très bien, l'encouragea Konrad Simonsen.

Klavs Arnold poursuivit, répétant plus ou moins ce qu'Arne Pedersen avait déjà expliqué, sans que personne ne s'en formalise. Lorsqu'il eut terminé, Konrad Simonsen dit :

— D'après les informations dont nous disposons actuellement, il semblerait qu'Irene Gallagher et Bjørn Lauritzen ne se soient jamais vus lors de son second séjour en Bosnie. Elle est retournée à Tuzla bien avant que Bjørn Lauritzen ne rentre au poste d'observation avec son char ainsi qu'une poignée de réfugiés qu'il avait ramassés. Ses hommes les attendaient dans les deux autres blindés. Ils avaient reçu l'ordre de se replier sur Tuzla.

La Comtesse demanda :

— Dans ce cas, pourquoi Irene Gallagher ne l'a-t-elle pas attendu elle aussi ? Ça aurait été logique étant donné qu'elle avait retourné ciel et terre pour le rejoindre.

Personne n'avait la réponse à cette question. Simonsen reprit son récapitulatif.

— Le lendemain, ou peut-être le surlendemain, Bjørn Lauritzen est convoqué par ses supérieurs, après quoi il est renvoyé au Danemark, mais sans avoir fait l'objet d'aucune accusation à notre connaissance. En tout cas, il continue à recevoir un salaire pendant plusieurs années après son rapatriement, sans que l'armée n'exige quoi que ce soit de lui en retour. Si ce n'est peut-être de se faire oublier. Le vétéran de la cabane – il s'appelle Ole Nysted, il va falloir que je m'habitue à l'appeler par son nom – est lui aussi renvoyé à la maison, mais il refuse de nous donner plus de détails, ce qui soulève une question : pourquoi ? Que s'est-il passé ce jour d'été en Bosnie entre ces deux-là ?

La Comtesse ajouta pensivement :

— Quoi que ce soit, ça a dû être suffisamment grave pour que Bjørn Lauritzen soit renvoyé immédiatement au Danemark, et il semble que cet événement ait créé un fort lien entre lui et Irene Gallagher. D'après ce que nous savons, c'est la seule personne qui ait gardé le contact avec lui depuis. Mais qu'en penses-tu, Simon ?

Il garda le silence un long moment, tellement longtemps que la situation commença à devenir embarrassante. Puis il dit d'une voix lente :

— Je pense qu'Irene Gallagher est impliquée jusqu'au cou dans la tuerie du bateau-mouche, je pense que c'est elle qui conduisait la voiture qui a déposé Bjørn Lauritzen sur le pont de la Batterie. En revanche, je doute que ça ait quelque chose à voir avec la Bosnie. Enfin, je pense qu'elle sait où il se trouve.

— Tu vas la ramener ici ? Ou plutôt, quand est-ce que tu vas la ramener ici ?

Simonsen hocha la tête de droite à gauche pour signifier qu'il n'avait pas encore pris de décision. Puis il répondit :

— Plus tard. Je voudrais d'abord établir son profil. Je m'en charge personnellement. Si j'ai besoin d'un coup de main, je vous le dirai. Par ailleurs, j'apprécierais que notre intérêt pour Irene Gallagher reste entre nous. Entendez par là que c'est un ordre que je vous donne.

Klavs Arnold demanda prudemment :

— Tu penses aux services de renseignements ?

— En effet. Tout pointe vers eux. Peut-être à la fois les nôtres et ceux d'autres pays.

— Tu ne peux pas sérieusement croire que les services de renseignements de l'armée et de la police sont derrière la tuerie du bateau-mouche ? Ou les services secrets d'autres pays ?

— Bien sûr que non, je ne suis pas parano. Je crains plutôt qu'on nous mette des bâtons dans les roues si on enquête sur Irene Gallagher, c'est tout ce que je dis.

La Comtesse eut une pensée inquiétante et demanda :

— J'espère que tu n'abuses pas de Malte Borup ? Hein, Simon, rassure-moi. Je veux dire, on sait tous qu'il est capable de… faire des merveilles avec certaines bases de données, et pas toujours strictement en accord avec la loi. Et parfois aussi de sa propre initiative. Or, il y a des bases de données auxquelles on ne doit absolument pas…

Konrad Simonsen lui coupa la parole. Il n'avait toujours pas impliqué Malte dans l'affaire Irene Gallagher, mais ce ne serait peut-être pas une mauvaise idée de rappeler à leur étudiant stagiaire le cadre juridique de leur mission ainsi que les règles inviolables de la brigade en matière d'éthique.

— J'irai lui parler quand on aura terminé, dit la Comtesse, mais sans entrer dans les détails.

Tout le monde estima que c'était une sage suggestion. Il pouvait être très risqué de laisser un jeune homme tel que Malte Borup exercer son talent sur la mauvaise base de données.

# 28

*Frederiksværk,*
*mercredi 15 septembre 2010*

— C'est du harcèlement, ça ne peut pas être légal !

Ella von Eggert était furieuse. Les poings sur les hanches, elle barrait l'entrée de sa maison, manifestement décidée à en interdire l'accès à Konrad Simonsen et à la Comtesse. Elle gronda :

— Ça va faire la troisième fois que vous m'interrogez, et je vous ai déjà dit que je ne connaissais pas la petite garce avec qui Mads couchait ! Combien de fois va-t-il falloir que je le répète pour que vous le compreniez ?

Konrad Simonsen répliqua sans dissimuler son agacement :

— La jeune femme que vous qualifiez de garce s'appelait Juli Denissen. Elle est morte en laissant derrière elle une petite fille de trois ans, alors peut-être pourriez-vous faire preuve d'un peu plus de respect ?

La Comtesse ajouta sur un ton plus conciliant :

— Pourriez-vous nous laisser entrer, que nous en discutions calmement ?

Mais c'était peine perdue. Ella von Eggert n'était disposée à avoir avec eux aucune discussion calme et posée. La situation demeura dans l'impasse jusqu'à ce que Simonsen force le passage et la saisisse fermement par le bras, malgré ses protestations. Une fois dans le salon, il obligea la femme à s'asseoir sur une chaise et s'installa lui-même de l'autre côté de la table. La Comtesse referma la porte d'entrée et les suivit prudemment, préoccupée par la conduite de son mari. Ils auraient mieux fait de conduire Ella von Eggert à la préfecture de police, mais ils ne pouvaient pas revenir en arrière. Ce qui était fait était fait. Alors, la Comtesse s'assit en bout de table.

Ella von Eggert avait des larmes de rage dans les yeux.

— Vous n'avez pas le droit de faire ça, je le sais, et je vais porter plainte, faites-moi confiance. Vous ne pouvez pas me forcer à répondre à vos questions, alors que je suis toute seule et vous, deux, et qu'en plus vous m'interrogez pour la troisième fois.

La Comtesse s'empressa de répondre pour couper l'herbe sous le pied de son mari :

— Dans ce cas, vous n'avez qu'à appeler votre avocat, je suppose que vous en avez un ? Vous avez parfaitement le droit d'être assistée. On attendra qu'il arrive pour commencer.

Konrad Simonsen lança un regard torve à la Comtesse. Il n'y avait pas d'avocat dans son scénario, au contraire. La Comtesse, de son côté, pensait qu'ils pourraient profiter du délai que cela leur procurerait. Mais la question fut définitivement réglée quand Ella von Eggert déclina la proposition d'un air résigné.

— Non, finissons-en. De toute façon, je ne sais rien, alors j'espère que ce ne sera pas long.

Les deux policiers furent stupéfaits. Ils s'étaient plutôt attendus à ce qu'elle exige la présence d'un avocat.

Dans la matinée, l'interrogatoire d'Ella von Eggert était passé de la liste des choses à faire quand ils auraient le temps au statut de priorité absolue. Et c'était Simonsen qui était à l'origine de cette initiative. Il était en train d'essayer de reconstituer la biographie d'Irene Gallagher – une tâche qui s'était révélée bien plus ardue qu'il ne l'avait pensé –, quand il était tombé par hasard sur le nom de sa sœur cadette qui, d'après l'état civil, était née en 1965 à Vangede, la commune où habitaient ses parents et où elle avait passé une partie de son enfance. Sa sœur s'appelait Ella, un prénom peu courant, surtout pour sa génération, mais qu'il avait déjà rencontré dans le cadre de son enquête actuelle. Il ne se rappelait pas où, contrairement à Malte Borup, qui lui confirma qu'Ella von Eggert et Irene Gallagher étaient sœurs. Leur nom de jeune fille était Egeskov, jusqu'à ce que la sœur aînée se marie à un Néo-Zélandais, James Gallagher, et la cadette à l'architecte Mads Eggert.

L'information à propos des deux sœurs était la pièce manquante du puzzle que Konrad Simonsen avait recherchée : Juli Denissen devient la maîtresse de Mads Eggert, Ella von Eggert découvre leur liaison et demande de l'aide à Irene Gallagher. Sa sœur convainc Bjørn Lauritzen d'effrayer la jeune femme afin de l'éloigner, une mission qu'il exécute avec succès, un peu trop, même, puisque Juli Denissen décède. Plus tard, Pauline Berg s'obstine à considérer l'affaire comme un crime et harcèle presque Jonas Ziegler qui, selon elle, a certainement été témoin de l'agression. Bjørn Lauritzen et probablement Irene Gallagher décident de se débarrasser d'eux, et l'ancien militaire les assassine sur le bateau-mouche.

Il restait beaucoup de vides à combler, le plus important étant qu'il paraissait quelque peu excessif de tuer vingt et une personnes pour dissimuler la mort de Juli Denissen qui, après tout, n'avait pas été préméditée. C'était pourtant ce qui avait dû se passer. Et cela faisait d'Ella von Eggert un témoin bien plus central qu'ils ne l'avaient d'abord supposé.

Malheureusement, rien ne semblait indiquer qu'elle était disposée à collaborer avec la police. La première heure de l'interrogatoire fut interminable. La veuve s'en tint aux déclarations qu'elle avait faites précédemment, à savoir qu'elle n'était au courant de rien. Konrad Simonsen la menaça. D'abord en lui montrant des photos macabres des cadavres des enfants japonais, ce qui ne l'émut guère.

— C'est terrible, absolument terrible, mais qu'est-ce que ça a à voir avec moi ? Je n'ai pas tué ces gamins.

Le ton de sa voix était en parfaite contradiction avec ses paroles compatissantes. Il était froid et distant, elle n'en avait rien à faire de ces enfants. En revanche, elle avait indubitablement raison quand elle affirmait qu'elle n'était pas impliquée dans leur mort. Alors, Konrad Simonsen eut recours à une vieille combine : ils pourraient la présenter comme une authentique ennemie du peuple, un monstre qui refusait d'aider la police dans une affaire abominable que tout le pays souhaitait voir résolue. Que diraient ses voisins ? Cela ne fonctionna pas non plus, elle se moquait royalement de ce que les gens diraient. Elle leur cracha quasiment ces mots à la figure, avec un mépris tel qu'il était évident qu'elle pensait chacune de ses paroles. Pour finir, ils menacèrent de la poursuivre pour complicité dans la mort de Juli Denissen. Elle risquait de payer le prix fort, au moins huit ans d'emprisonnement. Konrad Simonsen n'aurait pas d'autre choix que de l'embarquer à la préfecture et de la placer en détention. Pour quatre semaines, d'abord. Peut-être qu'ils feraient mieux de s'arrêter là et de lui demander d'aller préparer une valise avec quelques affaires avant qu'ils l'emmènent. Oui, ils n'avaient qu'à faire cela, étant donné qu'elle refusait de coopérer. En guise de réponse, elle leur rit au nez, et il comprit alors qu'il l'avait totalement sous-estimée.

Elle répondit calmement :

— J'aime beaucoup la manière dont vous interprétez la loi. Si je coopère, comme vous dites, vous êtes prêt à fermer les yeux sur mes huit ans de prison. Comme c'est généreux. C'est ce que je qualifierais de marchandage. C'est tellement absurde que vous n'y croyez pas vous-même. De plus, je coopère. Simplement, je ne sais rien de plus que ce que je vous ai déjà déclaré.

Simonsen lança à la Comtesse un regard désespéré. Il était à court de solutions. La Comtesse, en revanche, avait encore une carte dans sa manche. Elle avait eu tout le loisir d'observer Ella von Eggert pendant que Konrad Simonsen s'évertuait en vain à l'intimider, et elle avait surtout été frappée par son étonnant refus de faire appel à un avocat. Elle regarda Ella von Eggert droit dans les yeux.

— Quelque chose me dit que votre avocat, car je suis certaine que vous en avez un, n'est pas très au fait des procédures judiciaires et du Code pénal. Il est plutôt spécialisé dans le droit des sociétés, la finance, les comptes offshores et la fiscalité, j'ai raison ?

Elle avait frappé au hasard, mais son coup avait manifestement atteint sa cible.

Une des paupières d'Ella von Eggert se mit à trembler de façon incontrôlable. Elle baissa les yeux et siffla :

— En quoi est-ce que ça vous concerne ?

La Comtesse, nullement intimidée, insista :

— En rien. Si ce n'est que vous n'avez clairement pas envie que nous le rencontrions. La police et votre avocat feraient un bien mauvais mélange, et je me demande pourquoi. Peut-être que vous et votre ex-mari avez dissimulé de l'argent au fisc danois, histoire de vous constituer un petit matelas en prévision des mauvais jours ? À Saint-Marin, aux îles Caïmans, à l'île de Man, ou peut-être dans cette bonne vieille Suisse... Il faut dire que ce n'est pas le choix qui manque. Et j'imagine que votre avocat vous y a aidée moyennant de confortables honoraires, d'après ce que je sais de la manière dont opère ce genre d'individu.

Les joues d'Ella von Eggert s'empourprèrent. Elle ne dit rien, mais il était évident que ce brusque changement de sujet la mettait mal à l'aise.

— Écoutez, je vous laisse cinq minutes. Alors, réfléchissez bien, continua la Comtesse. Et si vous prenez la mauvaise décision, je contacterai le fisc dès mon retour au bureau, et je leur demanderai de lâcher trois de leurs meilleurs contrôleurs sur vous et votre avocat. Ils passeront tous vos comptes au peigne fin, vérifieront chaque couronne, et si des irrégularités ont été commises, ils les trouveront, faites-moi confiance. Le problème, ou plus exactement *votre* problème, c'est qu'une fois que le fisc aura commencé à fouiller, je n'aurai plus aucun moyen de l'arrêter. Ce n'est pas comme ça que ça fonctionne. Alors, c'est à vous de voir.

La Comtesse consulta sa montre, mais Ella von Eggert n'eut pas besoin de cinq minutes pour se décider. Cinq secondes suffirent.

— Je ne sais rien à propos du massacre qui a eu lieu sur ce bateau-mouche, rien du tout, et il faut que vous me croyiez car c'est la vérité.

— Dans ce cas, que savez-vous ?

Elle soupira, se leva et alla jusqu'à un buffet où, leur tournant le dos, elle se servit un verre de vin blanc. Simonsen profita de l'occasion pour déclencher son dictaphone et le placer sur la table. Lorsqu'Ella von Eggert revint, elle dit d'une voix affaiblie :

— Ça faisait longtemps que je suspectais Mads de me tromper avec Juli. Mais je n'avais aucune preuve. Alors, j'ai téléchargé un logiciel espion sur internet et l'ai installé sur l'ordinateur portable de Mads. Trois semaines plus tard, je connaissais le mot de passe de sa boîte mail et aussi celui de Juli. Quand j'ai lu les messages qu'ils avaient échangés, j'ai vraiment pris peur. Il était complètement sous son charme. Il lui avait écrit qu'elle le faisait se sentir plus jeune… C'était répugnant. J'ai vraiment cru que Mads allait me quitter et je me suis demandé ce que j'allais devenir. Et pour une petite pu…

La main de Konrad Simonsen s'abattit sur la table.

— Ça suffit. Gardez vos commentaires pour vous et tenez-vous-en aux faits.

— Très bien. C'est sans doute mieux comme ça, de toute façon. Alors, j'en ai parlé à Irene, ma sœur aînée, elle m'a toujours aidée quand j'en avais besoin. Elle a d'abord téléphoné à… à Juli. Deux ou trois fois, pour tenter de la persuader de mettre un terme à leur relation. Mais Juli a refusé de l'écouter. Je pense qu'elle était sincèrement amoureuse de Mads, mais Irene n'était pas du même avis. Elle m'a dit qu'elle irait parler directement à Juli pour lui faire comprendre qu'elle ne devait plus approcher les maris des autres.

— Elle voulait l'effrayer, c'est ce que vous voulez dire ?

— Oui, c'est ça, le but était de l'effrayer. J'ai trouvé que c'était une bonne idée. Et je l'ai aidée. Je savais, grâce à leurs mails, que Juli et Mads avaient prévu de se retrouver pour faire une promenade le long de la plage de Melby. Alors, dans la matinée qui précédait leur rendez-vous, j'ai envoyé un message à Mads depuis la boîte mail de Juli, disant qu'elle était obligée d'annuler leur rendez-vous parce que sa fille était tombée malade. C'était l'idée d'Irene. Comme ça, elle savait où la trouver pour lui parler seul à seul. Dans la soirée, Irene m'a appelée pour me dire que le problème était réglé, mais qu'on ne devait plus jamais aborder le sujet, que ce soit au téléphone ou ailleurs. Ce n'est que plus tard que j'ai compris que la fille était morte. Je suis tombée sur un article dans le journal local, mais je dois admettre que je m'en doutais déjà, parce que Mads était incroyablement bouleversé dans les jours qui ont suivi, encore plus que si elle avait rompu avec lui. Enfin, je ne pouvais pas être sûre, et je pouvais difficilement lui poser la question.

Simonsen demanda sèchement :

— Vous n'oubliez pas un détail ? Vous aviez certainement une idée de la manière dont votre sœur comptait convaincre Juli, n'est-ce pas ?

Ella von Eggert pencha la tête, manifestement honteuse. Elle dit :

— Est-ce que je vais avoir des problèmes à cause de cette affaire ?

— Vous avez déjà des problèmes. Comment deviez-vous effrayer Juli ?

— Je la détestais vraiment.

— Comment, bon sang ! Répondez !

— Avec des escargots. Elle avait la phobie de ces bestioles. Je l'avais lu dans un de ses autres mails, qui n'avaient absolument rien à voir avec Mads. Alors, je l'ai dit à Irene.

— Donc, vous avez profité de cette information pour la terroriser ?

Konrad Simonsen était furieux. La Comtesse prit conscience que sa colère dépassait le cadre professionnel, aussi s'empressa-t-elle d'intervenir :

— Est-ce que c'est votre sœur qui a agressé Juli ?

— Je ne sais pas, on n'en a jamais reparlé, mais j'ai du mal à imaginer qu'elle ait fait ça. Non, elle a sûrement envoyé quelqu'un à sa place, elle connaît tellement de gens.

— Des gens capables de faire mourir de peur des jeunes femmes ? Littéralement.

Konrad Simonsen tenta de reprendre le contrôle de l'interrogatoire. Mais Ella von Eggert ignora sa question et la Comtesse enchaîna.

— Savez-vous qui l'a aidée ?

— Non, je n'avais pas envie de le savoir.

— Vous avez peut-être une petite idée ?

Elle secoua la tête.

La Comtesse changea de sujet.

— Est-ce qu'il arrive que votre sœur emprunte votre voiture ?

Ella von Eggert répondit que non. Sa sœur avait sa propre voiture, alors pourquoi le ferait-elle ?

— Donc, votre sœur n'a pas emprunté votre voiture le dimanche 22 août de cette année ? Vous en êtes bien certaine ?

— J'étais à Berlin, ce week-end-là. J'ai pris le train et je ne suis rentrée que le mardi, alors… Eh bien, je ne pense pas, mais je ne peux pas en être sûre.

Elle laissa le doute planer. La Comtesse voulut savoir si Irene Gallagher possédait un double des clés de la maison de sa sœur et si elle pouvait donc avoir accès à celles de sa voiture. Ella von Eggert confirma à contrecœur.

— Donc, votre sœur aurait pu utiliser votre voiture le week-end qui nous intéresse ? conclut Simonsen.

— Oui, je suppose qu'elle aurait pu. Mais je suis sûre qu'elle ne l'a pas fait.

— Nous souhaiterions emmener votre voiture pour l'examiner. Ça ne vous dérange pas ?

— Non, ça ne me dérangerait pas, sauf qu'elle a été volée, alors vous allez devoir attendre qu'on l'ait retrouvée.

Elle se lança dans un long récit, expliquant qu'elle avait laissé sa voiture, moteur tournant, pendant une dizaine de secondes, pour poster une lettre, et que deux jeunes voyous en avaient profité pour partir avec. Il était difficile de déterminer si elle mentait ou pas.

La Comtesse demanda :

— Avez-vous déclaré le vol ?

— Oui, bien entendu.

Konrad Simonsen nota mentalement qu'il lui faudrait contacter la police de Frederiksværk et leur demander de faire de la recherche du véhicule prétendument volé une priorité. C'était tout ce qu'il pouvait faire.

Ils passèrent la plus grande partie de l'heure suivante à tenter de lui soutirer d'autres informations, mais la veuve n'avait manifestement plus rien à leur apprendre. Aussi finirent-ils par renoncer. Alors qu'ils s'en allaient, Ella von Eggert dit, hésitante :

— Vous croyez qu'Irene est impliquée dans le massacre du bateau-mouche ?

Comme ils ne répondaient pas, elle demanda, sur un ton presque implorant :

— Qu'est-ce qui va m'arriver, maintenant ?

Une fois de plus, les deux policiers gardèrent le silence. En vérité, elle ne risquait pas grand-chose, mais ni l'un ni l'autre n'avaient envie de le lui dire.

# 29

*Søllerød,*
*jeudi 16 septembre 2010*

La soirée était tiède et Konrad Simonsen s'était installé sur la terrasse avec ses documents, un ordinateur portable ainsi qu'un verre de bière bien mérité. À l'intérieur, dans le salon, la Comtesse regardait la télévision. La lumière bleuâtre de l'écran se reflétait dans les portes-fenêtres à chaque changement d'image. C'était tellement agaçant qu'il envisagea de tirer les rideaux, mais abandonna cette idée de peur que son geste ne soit interprété comme une volonté d'être seul, alors que c'était plutôt le contraire. Il était fatigué et, régulièrement, en pleine lecture, il piquait du nez et somnolait pendant quelques secondes. À d'autres moments, ce qu'il lisait n'avait aucun sens, les informations essentielles et les détails inutiles se fondant en un maelstrom absurde où se mêlaient le rêve et la réalité. Depuis le matin, il s'était évertué avec une détermination de fer à reconstituer une biographie relativement exploitable d'Irene Gallagher, mais on ne pouvait pas dire que ses efforts avaient été récompensés. Jusque-là, ses découvertes avaient été extrêmement parcellaires.

Irene Gallagher, née Egeskov, avait vu le jour en 1962 et vécu chez ses parents jusqu'à l'âge de dix-huit ans, quand elle avait quitté le domicile familial pour aller étudier le droit à l'université de Copenhague. Ses deux parents étaient instruits. Sa mère enseignait la thermodynamique et son père était un diplomate dont la carrière connut son point culminant avec des nominations successives aux postes d'ambassadeur du Danemark auprès de l'Otan, puis aux États-Unis, respectivement pour des périodes de quatre et six ans. Sa famille était pour le moins prospère. Outre les salaires confortables de ses parents, son grand-père possédait une importante entreprise de charpenterie et de menuiserie où Irene travaillait régulièrement pour gagner un peu d'argent de poche quand elle était au lycée. Elle avait obtenu son baccalauréat en 1979, avec mention excellent, et son diplôme de juriste quatre ans plus tard, avec la même réussite. En 1985, elle s'était portée volontaire pour faire son service militaire, qu'elle avait effectué à la caserne de Høvelte, après quoi elle avait été engagée par le commandement de la Défense. En 1996, à l'âge de trente-quatre ans, Irene Egeskov avait épousé James Gallagher, un ressortissant néo-zélandais qui bénéficiait d'un droit de séjour permanent au Danemark. Son mari était le propriétaire exclusif des DagligKøb, une chaîne de boutiques implantée dans un certain nombre de villages du Zealand et gérée avec une rigueur financière et un contrôle des stocks admirables. James Gallagher avait bâti son succès sur un modèle commercial importé de Nouvelle-Zélande, où sa famille possédait plusieurs centaines de boutiques de ce type. Le couple vivait à

Næstved et n'avait pas d'enfants. Irene Gallagher avait quitté l'armée en 2007 et, d'après l'administration fiscale, elle n'avait déclaré aucun revenu pour les trois dernières années. Konrad Simonsen avait également appris qu'elle possédait une Opel Corsa de couleur noire, ce qui pouvait parfaitement correspondre à la description de la voiture qui avait déposé Bjørn Lauritzen sur le pont de la Batterie, mais comme beaucoup d'autres modèles, malheureusement. Quoi qu'il en soit, son Opel serait envoyée au labo pour y être examinée dès qu'ils l'auraient trouvée.

Il cligna des yeux de fatigue et s'aperçut que la Comtesse l'avait rejoint quand il redressa la tête. Elle lui caressa affectueusement la tête.

— Tu ne crois pas que tu ferais mieux d'aller te coucher ? Une bonne nuit de sommeil te ferait le plus grand bien.

Il lui prit la main et la serra quelques instants avant de la relâcher.

— J'aimerais bien, mais ce n'est pas possible. J'attends de la visite.

— Qui ça peut bien être à une heure pareille ? C'est cette Irene Gallagher qui te tracasse ?

Cette remarque lui fournit un prétexte parfait pour se plaindre. Il s'était démené pendant toute la journée et, pourtant, un énorme trou subsistait dans la biographie d'Irene Gallagher, entre 1986 et 2007.

— L'armée refuse catégoriquement de coopérer. Leurs dossiers sont classifiés, et quand je suis finalement parvenu à convaincre la directrice de la police nationale d'intervenir, elle a obtenu la même réponse.

— Tu ne pourrais pas faire appel à tes propres informateurs ? Tu connais tout de même quelques bureaucrates haut placés.

Il leur avait aussi demandé de l'aide, mais en vain. Les dossiers étaient hermétiquement scellés. Les activités d'Irene Gallagher au sein de l'armée étaient et demeureraient secrètes. Il commençait à se dire qu'il était peut-être victime d'une conspiration.

— Je suis dans l'impasse. En fait, tout le monde me conseille vivement de laisser tomber.

— Eh bien, peut-être que c'est ce que tu devrais faire.

Elle avait sans doute raison, d'autant qu'il était désormais à court d'idées pour la suite. À part inviter l'homme qui s'apprêtait à passer, mais Simonsen commençait à douter qu'il puisse l'aider à progresser dans son enquête.

Pourtant, il y avait une lueur d'espoir, et Konrad Simonsen changea de sujet.

— Malte a découvert un lien intéressant qu'on ignorait. Ça concerne Jonas Ziegler, l'homme qui a été assassiné avec Pauline, tu te souviens de lui ?

— Bien sûr, tu n'es pas le seul à travailler sur cette affaire. Qu'est-ce qu'il a ?

— Il a travaillé dans la boutique DagligKøb de Tune, ce qui signifie qu'il était l'employé d'Irene Gallagher et de son mari. Il a été embauché deux mois après l'agression de Juli Denissen, et ce malgré son absence totale d'expérience et de qualifications en tant que vendeur. Et son salaire était supérieur à ceux des autres vendeurs de la chaîne, environ deux mille couronnes en plus par mois.

— Irene Gallagher a engagé Jonas Ziegler en échange de son silence à propos de l'agression. Et puis ça lui permettait sans doute aussi de le garder à l'œil. Mais Pauline ne l'a pas lâché et a probablement fini par découvrir le rôle joué par Irene Gallagher. Ensuite, celle-ci a convaincu Jonas Ziegler de donner rendez-vous à Pauline, qui a dû lui proposer une balade en bateau-mouche, et c'est lors de cette sortie qu'ils ont été éliminés tous les deux. C'est ce que tu penses qu'il s'est passé, Simon ?

Konrad Simonsen confirma. C'était en effet ainsi que les choses avaient dû se dérouler. Il va falloir que l'un de nous épluche les relevés téléphoniques de Jonas Ziegler pour voir s'il a bien été en contact avec Irene Gallagher. Mais cette hypothèse comporte toutefois une énorme inconnue. Pourquoi résoudre un problème somme toute relativement modeste, à savoir une relation extraconjugale, en en créant un autre beaucoup plus grave, le meurtre d'au moins deux personnes ? Cela n'avait pas de sens et était au contraire contre-productif. Il poursuivit :

— Il doit y avoir une autre raison à ces homicides, et je suis persuadé que ça a un rapport avec la Bosnie, mais je n'ai pu obtenir aucune information sur la carrière d'Irene Gallagher dans l'armée, sans parler de ses agissements en ex-Yougoslavie.

— Espérons que ton mystérieux ami puisse nous aider, dit la Comtesse sur un ton optimiste. Où est-ce que tu comptes le recevoir ?

Il avait pensé au cabanon. C'était l'endroit idéal. Il y tenait souvent des réunions quand il travaillait de chez lui. Il l'avait peint lui-même quelques années plus tôt, dans une sorte d'activité thérapeutique après son opération.

— Parfait, je vais préparer du thé et du café. Mais tu n'as pas intérêt à ce que ça dure trop longtemps, sinon j'éteindrai ton alarme pour que tu puisses faire la grasse matinée. Comme ça, tu es prévenu.

Elle l'embrassa et retourna à l'intérieur.

Le directeur du PET, le service de renseignements de la police danoise, avait à peu près le même âge que Konrad Simonsen. Son physique corpulent et son visage joufflu indiquaient que c'était un bon vivant, mais sa principale caractéristique était son absence quasi totale d'expression faciale. C'était un homme introverti qui souriait rarement, et quand il le faisait, c'était généralement avec malice. Au cours des années, lui et Konrad Simonsen avaient été amenés à collaborer à diverses occasions, parfois étroitement, mais le plus souvent à distance. Ils n'avaient aucune relation en dehors du travail, mais l'âge aidant et la retraite approchant, une forme de solidarité tacite était peu à peu née entre eux, comme s'ils avaient compris, chacun de leur côté, qu'en unissant leurs forces ils pourraient contenir les jeunes arrivistes, résister un peu plus longtemps au progrès et retarder l'inévitable.

Le directeur du PET salua Konrad Simonsen sur la terrasse. Sa poignée de main molle et humide n'allait pas du tout avec son personnage. Konrad Simonsen n'avait pas entendu arriver de voiture et en déduisit que l'homme avait dû se garer à quelques rues de distance. C'était tout lui. Il ne fallait surtout pas que l'on sache à qui il rendait visite. Ils se rendirent ensemble dans le cabanon. Une fois sur place, le directeur du PET se servit une tasse de café et s'alluma une cigarette sans demander la permission. Son hôte poussa vers lui sa soucoupe, afin qu'il s'en serve comme d'un cendrier, puis entra directement dans le vif du sujet. Il lui confia ses difficultés avec Irene Gallagher, ce qu'il avait appris, mais plus important encore, ce qu'il n'avait pas appris. Le chef du PET l'écouta sans l'interrompre. Il était assis, les yeux mi-clos, comme s'il s'était assoupi, mais Konrad Simonsen savait par expérience que les apparences étaient en général trompeuses. Lorsqu'il eut terminé son compte rendu, le directeur du PET prit la parole.

— Tu dis qu'elle s'est rendue en Bosnie en tant qu'auditrice ? Tu pourrais développer ?

— Tu la connais ?

— Non, mais j'ai très bien connu son père, Adam Egeskov. C'était un connard prétentieux et arrogant, mais d'une intelligence supérieure à la moyenne. Je suis sûr qu'il a pu ouvrir des tas de portes à sa fille.

— Certaines portes en particulier ?

Le chef du PET éluda la question.

— Sois patient. La Bosnie, Simon, dit-il sur un ton péremptoire.

Konrad Simonsen ravala son agacement, accepta la situation et lui raconta comment Irene Gallagher avait, pour la deuxième fois dans son rôle d'auditrice, rejoint Bjørn Lauritzen à l'été 1995, après quoi celui-ci avait été immédiatement renvoyé au Danemark. Son visiteur lui demanda des détails supplémentaires, mais Simonsen n'en avait guère à lui offrir. Lorsque le chef du PET fut à court de questions, il réfléchit quelques instants puis déclara :

— Je t'aiderai en coulisses, si je le peux, avec des conseils et des tuyaux, ce genre de choses. Mais je n'entreprendrai aucune action directement opérationnelle. Ton affaire est trop éloignée de mes attributions pour que je puisse me le permettre. Commençons par ton histoire en Bosnie. Il y a quelque chose qui cloche. J'y ai moi-même passé un peu de temps à l'époque, et je peux te garantir que les auditeurs ne se comportaient pas comme ça, loin de là, mais… mais…

Il se mit à réfléchir à voix haute, tâtonnant, hésitant, tandis qu'il tordait ses mains grasses, le regard dans le vide, comme si Konrad Simonsen n'était pas là.

— … donc, les Américains sont bien entendu nos suspects désignés, je vois mal qui d'autre ça pourrait être. Mais à l'été 1995 ? Ça ne colle pas… C'était une opération de la Forpronu, avec le soutien des Américains, certes, mais ils n'y participaient pas et n'auraient jamais laissé quelqu'un d'autre… Non, jamais, c'est impensable… Ce n'est que plus tard, vers la fin de l'année 1995, et en 1996, que c'est devenu une opération de l'Otan, d'abord avec l'Ifor, remplacée ensuite par la Sfor, mais pas à cette époque… en aucun cas.

Puis son visage s'éclaira soudainement et se détendit, reprenant son expression insondable habituelle. Il sortit son smartphone de sa poche intérieure et demanda, comme s'il connaissait déjà la réponse :

— Vous avez vérifié où Adam… son père… était en poste au moment de la naissance d'Irene ? Ce que je veux dire, c'est qu'il a commencé tôt sa carrière et qu'en général…

Il laissa sa phrase en suspens. Konrad Simonsen dit que non, ils n'avaient pas cherché de ce côté, sans tout à fait savoir de quoi il était question. Le directeur du PET consulta son téléphone et se remit à réfléchir à voix haute.

— Je devrais pouvoir trouver ça sur le site du ministère des Affaires étrangères. D'après mon expérience, les gens comme lui ne ratent jamais une occasion de se glorifier de… attends… et voilà. Oui, je le savais ! De 1960 à 1962, en poste au consulat général du Danemark à New York. Je vais maintenant me connecter à une ligne sécurisée et croiser cette information avec son passeport. Ou peut-être voir si elle a un vieux permis de conduire. Le pouvoir de l'armée ne s'applique pas aux archives de la police, et puis, faute de mieux, on peut aussi vérifier le registre de la paroisse où elle est née.

Il y avait tout juste assez de place pour ses gros doigts sur l'écran, pourtant il manipulait son téléphone avec une dextérité étonnante. Pour finir, il le fit glisser sur la table en direction de Konrad Simonsen et dit :

— Lieu de naissance : New York. C'est aussi là-bas que son passeport a été renouvelé en 1988.

— Ce qui signifie qu'elle a la nationalité américaine ?

— Exactement. Tout enfant né sur le sol américain reçoit automatiquement la nationalité américaine. Et les Américains n'en ont rien à faire que ces gens conservent en même temps leur autre nationalité. Pour les États-Unis, ils sont américains à moins qu'ils ne renoncent officiellement à leur nationalité auprès des autorités du pays. Il y a parfois des exceptions pour les enfants de diplomates haut placés, mais son père n'en était pas encore un à l'époque. C'était plutôt un étudiant stagiaire.

— Donc, Irene Gallagher travaillait pour les Américains en tant… qu'agent de renseignements ?

— Appelle ça comme tu veux, le titre n'a pas d'importance. Mais, oui, je suis persuadé qu'elle bossait pour notre grand allié, et sans doute aussi pour le Danemark. Il n'y a aucun conflit d'intérêts entre les services de renseignements de l'armée danoise, les FE, et ceux de l'armée américaine, la DIA. On a toujours collaboré étroitement avec les Américains, en particulier parce qu'ils s'intéressent de près à tous les bateaux qui passent dans nos eaux territoriales – ou plutôt à ceux qui passent en dessous. Et ça te donne un excellent point de départ dans la mesure où, après avoir obtenu son diplôme de droit au Danemark, elle a certainement poursuivi ses études aux États-Unis, probablement dans une des universités les plus prestigieuses, comme Harvard ou Yale, par exemple, ou peut-être Princeton ou Chicago. Mais on y reviendra plus tard. D'abord, il va falloir que tu comprennes et que tu acceptes deux choses.

En premier lieu, Konrad Simonsen devait abandonner tout espoir d'accéder aux archives des FE pour enquêter sur Irene Gallagher. Il n'y serait jamais autorisé, quoi qu'il fasse ou quels que soient ses soutiens. Tout ce qu'il récolterait, c'étaient des ennuis, ce que le directeur du PET préférait éviter. Deuxièmement, s'il émettait des théories complotistes absurdes selon lesquelles les services de renseignements américains ou danois étaient responsables de la tuerie commise sur le bateau-mouche, le chef du PET s'en irait sur-le-champ car Simonsen lui ferait tout simplement perdre son temps.

— Peut-être que les FE la couvrent, et il est même possible qu'ils te mettent des bâtons dans les roues, s'ils ont de bonnes raisons de le faire, mais ça s'arrête là. Jamais ils ne tueraient des citoyens danois, ce n'est pas comme ça que ça marche, et si ça devait vraiment arriver, ils s'arrangeraient certainement pour le faire avec discrétion. Si Irene Gallagher est effectivement impliquée dans tes homicides, elle a agi de sa propre initiative et dans son propre intérêt.

C'étaient de sages recommandations, aussi Konrad Simonsen s'y rangea-t-il sans protester. Et surtout, le directeur du PET semblait savoir de quoi il parlait.

— Et puis quoi d'autre ? demanda-t-il. Tu m'as parlé de tuyaux.

— Que je t'ai déjà donnés, mais d'accord. Je connais une… quelqu'un qui est particulièrement doué pour se procurer des informations sur des individus aux États-Unis, et elle a pour autre qualité de savoir où elle ne doit pas mettre les pieds et quand reculer. Je lui parlerai demain, je verrai si elle est intéressée. Si c'est le cas, je te mettrai en contact avec elle, mais elle est chère… environ vingt mille dollars, je dirais… et elle ne fournit pas de facture. Le résultat n'est pas non plus garanti. Parfois, c'est maigre, d'autres fois, c'est plus conséquent, mais le tarif est toujours le même. Ça t'intéresse ?

Konrad Simonsen acquiesça. Le directeur du PET jeta un coup d'œil à sa montre, prêt à partir. Mais il y avait encore une chose.

— Dis-moi, pourquoi est-ce que tu m'aides ? demanda Simonsen. Si je t'ai contacté, c'était presque en désespoir de cause, et pour être sincère, je ne m'attendais pas du tout à ce que tu acceptes de me parler.

Le chef du PET répondit à contrecœur et en grognant :

— J'ai entendu dire que tu traitais nos vétérans avec respect.

Konrad Simonsen eut bien de la peine à dissimuler son étonnement.

— C'est pour ça ? Parce que je me suis bien comporté ?

Sur le coup, il n'y eut pas de réponse, le directeur du PET se contenta d'agiter sa main grasse devant lui, comme pour chasser un insecte. Puis, tout à coup, une lueur haineuse dans le regard, il vida son sac :

— Gedsted, Fårdrup, Spjald, Frøbjerg, Sprove, Stillebæk, des villages perdus au milieu de nulle part, dont personne n'a jamais entendu parler. C'est de là qu'ils viennent, ces jeunes hommes sans diplômes, qui n'arrivent pas à trouver un travail dans notre société mondialisée, c'est eux qu'on envoie remplir les prétendues obligations internationales du Danemark. Je te garantis que ce ne sont pas les gamins qui parlent couramment anglais et qui boivent des *cortados* aux terrasses des cafés chics dans les grandes villes qui s'engagent. Ah non, ça, aucun risque ! Et qu'est-ce qu'on fait de nos braves soldats originaires des villages oubliés du Danemark, quand ils reviennent traumatisés ou estropiés ? Que fait alors le Danemark de ses obligations nationales ? Rien du tout, malheureusement. Parce que ça coûte du fric. On préfère renvoyer ces hommes brisés dans leurs villages reculés, pour ne pas avoir à les entendre souffrir et se lamenter... L'État-Major, les bureaucrates, les politiciens de tous les partis... Le directeur du PET se leva et conclut, les mâchoires serrées : ... tous des trous du cul autant qu'ils sont.

# 30

*Forêt de Lorup, près de Slagelse,*
*vendredi 17 septembre 2010*

Cet après-midi-là, quand Arne Pedersen retourna dans la forêt de Lorup, où vivait Ole Nysted, les nuages pluvieux de la matinée venaient tout juste de céder la place au soleil, si bien que les bois grouillaient de vie. Des oiseaux, des lièvres, des rongeurs, des insectes et, à demi dissimulés derrière les massifs de ronces qui bordaient le chemin en provenance du village de Kirkerup, il vit deux chevreuils en train de brouter timidement. C'était un spectacle rare, aussi resta-t-il plusieurs minutes à les observer, jusqu'à ce qu'un bruit les fasse sursauter et disparaître dans les profondeurs du sous-bois dans une série de bonds élégants. Lorsqu'il se remit en marche, il était d'humeur plus joyeuse et son pessimisme s'était quelque peu évanoui, bien qu'il eût appréhendé cette journée. Il savait qu'il avait l'accord tacite de ses collègues pour boire une fois de plus avec le vétéran, si c'était le seul moyen de le faire parler, mais la dernière chose dont Arne Pedersen avait envie, c'était d'avoir une nouvelle gueule de bois carabinée seulement quelques jours après s'être remis de la précédente. Malgré tout, il s'était préparé : il avait informé sa famille qu'il ne rentrerait peut-être que le lendemain et réservé une chambre d'hôtel aux frais de la brigade criminelle, au cas où cela déraperait. Il n'avait pas fourni d'explications à sa femme, et celle-ci ne lui en avait pas non plus demandé. Elle s'était contentée d'enregistrer l'information et avait continué de suivre sa routine matinale comme si de rien n'était. Pauline Berg lui manquait désespérément et il aurait voulu pouvoir revenir en arrière et revivre les quatre dernières années de sa vie. Seulement, cette fois-ci, il aurait fait preuve de courage.

Ole Nysted était assis dans le même canapé dégoûtant dans lequel Arne Pedersen l'avait laissé. Et il n'était pas beau à voir. Il était blafard, ses yeux brillants et légèrement exorbités à cause de l'excès d'alcool et du manque de sommeil. Deux bouteilles de bière forte trônaient sur la table devant lui, l'une vide, l'autre à moitié remplie. À côté des bouteilles reposait son pied droit, enveloppé dans un énorme bandage maison, constitué de feuilles de journal emballées dans un sac plastique rose pâle. Arne Pedersen, qui avait poliment frappé avant de prendre l'initiative d'entrer, personne ne lui ayant répondu, salua son témoin quand celui-ci leva le regard.

— On est déjà vendredi ? dit Ole Nysted. Je ne vous attendais pas avant demain, mais vous auriez pu vous épargner le déplacement. Il vaut mieux que je la ferme, ce n'est pas la peine de rouvrir les vieilles blessures.

Arne Pedersen ignora la déclaration et lui demanda ce qui était arrivé à son pied. C'était la meilleure chose à faire pour l'instant.

— Qu'est-ce qui s'est passé ? Vous êtes tombé ?

— Je me suis fait ça en coupant du bois, mais ce n'est pas grave, ce sera passé d'ici une semaine ou deux.

— Vous avez ce qu'il faut en nourriture et en eau ? Vous voulez que je vous rapporte quelque chose ?

Le vétéran secoua la tête, il avait tout ce dont il avait besoin, mais c'était sympa de la part de Pedersen de demander. Puis il ajouta :

— Je préfère rester seul. Vous faites remonter des souvenirs que j'essaie d'oublier, toutes ces merdes que je voudrais pouvoir balancer à la poubelle.

Arne Pedersen s'assit à l'autre bout du canapé et eut la désagréable impression de s'imposer. Une fois de plus, il repensa à Pauline Berg, ce qui l'aida à se reconcentrer sur sa mission. Il dit sur un ton conciliant :

— Je n'ai que quelques questions à vous poser, alors ce sera rapide.

Ce qui était un mensonge. En réalité, il avait des tas de questions ainsi qu'un programme d'interrogatoire clairement structuré.

Nysted termina sa bière et poussa un soupir. Puis il tendit un doigt et dit :

— Il y a une armoire, là-bas. Allez donc me chercher un verre et la bouteille de whisky qu'il y a à l'intérieur. Porte de droite. Et si vous tenez vraiment à m'aider, vous pouvez commencer par me rapporter du bois pour le poêle. Le bûcher est derrière la cabane. Et si vous ne voulez pas avoir les chaussures pleines de boue, vous n'avez qu'à mettre mes sabots pour y aller, ils sont près de la porte. Après ça, je vous accorderai un quart d'heure, pas plus.

Arne Pedersen alla d'abord chercher le bois, mais se passa des sabots. Il survivrait bien à un peu de boue sur ses chaussures. Il se dirigea ensuite vers l'armoire, qui était cachée derrière des rideaux orange qu'il tira. Les portes étaient faites maison. Il tira sur la poignée de droite, sans résultat.

— C'est fermé.

Ole Nysted parut troublé, puis il tendit à nouveau le doigt.

— Je voulais dire à gauche, désolé.

Cette fois, la porte s'ouvrit. Arne Pedersen prit la bouteille et le verre, puis referma les rideaux derrière lui, tout en déclinant poliment l'invitation à boire, un refus que son hôte accepta heureusement sans un commentaire. L'homme se servit une bonne dose d'alcool et but une longue gorgée.

— Bon, allons-y, maintenant que tu es là.

— La jeune fille que vous avez vue dans la cour de la ferme, celle qui s'était fait violer…

Le vétéran l'interrompit.

— Ce n'était qu'une gamine, mais qu'est-ce que vous voulez savoir ?

— Lundi, vous m'avez dit qu'elle parlait danois. Vous avez échangé en danois ?

— On n'a pas du tout parlé, elle m'a juste dit quelques mots, et c'était du serbe.

— Dans ce cas, pourquoi croyez-vous qu'elle était danoise ?

— Ce n'est pas quelque chose que je crois, c'est quelque chose que je sais.

— D'accord, d'accord. Alors comment vous le savez ?

— Parce qu'elle a parlé à Bjørn en danois quand il est ressorti de la maison.

— Bjørn Lauritzen ?

— Oui, Bjørn Lauritzen ! Qui d'autre, putain ?

Tout à coup, Ole Nysted se mit à trembler de manière incontrôlée, comme s'il avait de la fièvre. Pedersen lui tendit le verre de whisky. Nysted le prit à deux mains et engloutit son contenu. L'alcool sembla le détendre.

— Le monde n'en a rien à foutre de moi, et je n'en ai rien à foutre du monde.

Ce n'était pas de l'auto-apitoiement, plutôt un constat, et d'une certaine façon, il avait raison, pensa Arne Pedersen.

— Mais tout va bien, je ne me plains pas… C'est juste les cris, je ne supporte pas les cris. Vous comprenez ? Je ne les supporte pas.

— La fille criait ? Ce sont ses cris que vous entendez ?

Le vétéran nia d'un air incrédule. Non, la fille ne criait pas, son calvaire était terminé, elle était juste plantée là, ce n'est pas compliqué à comprendre, bordel !

Soudain, sans prévenir, et avec une rapidité surprenante, il se jeta sur Pedersen et le mordit à l'épaule. La douleur était insoutenable. Sous l'effet de l'adrénaline, il parvint à se dégager et bondit sur ses jambes. Ole Nysted brisa une bouteille de bière contre le bord de la table et donna un coup vicieux dans la direction d'Arne Pedersen. Il rata largement sa cible, mais le policier recula quand même.

— Tire-toi d'ici, sale enfoiré, et va rejoindre tes congénères en enfer !

Arne Pedersen s'exécuta et s'empressa de sortir. Qu'aurait-il pu faire d'autre ? Jamais il n'avait connu un tel fiasco lors d'un interrogatoire, se dit-il, et maintenant, il allait devoir aller aux urgences pour se faire vacciner contre le tétanos. Il plaqua sa main sur son épaule et s'éloigna en jurant.

# 31

*Bispebjerg,*
*samedi 18 septembre 2010*

Les obsèques de Pauline Berg eurent lieu en l'église de Bispebjerg, à Copenhague, non loin de l'endroit où elle avait vu le jour, grandi, été à l'école et joué quand elle était enfant.

Il s'était écoulé presque un mois depuis la tuerie du bateau-mouche, et les quatre familles danoises affectées, dont celle de Pauline Berg, impatientes de récupérer les corps, avaient accentué leur pression sur la police au cours des semaines précédentes. Elles souhaitaient inhumer leurs êtres chers afin de pouvoir commencer à faire leur deuil. Leurs requêtes avaient été transmises à la directrice de la police nationale, qui avait fait comme si c'était sa propre décision, alors que c'était en réalité Konrad Simonsen qui avait réglé la question. D'ordinaire, il était plutôt réticent à rendre les corps des victimes trop rapidement. On ne peut jamais savoir comment l'enquête va évoluer. Une fois au cours de sa carrière, il avait été contraint de faire exhumer un corps pour procéder à des examens scientifiques approfondis. Il ne tenait pas à revivre une telle expérience, encore moins avec Pauline. Mais il était hautement improbable que cela se produise dans l'enquête en cours, et après trois semaines la directrice de la police nationale – plutôt que d'aller trouver Konrad Simonsen, qui risquait de lui opposer une fin de non-recevoir et de la sermonner copieusement pour avoir interféré dans son travail – avait demandé discrètement à la Comtesse si le moment n'était pas venu. Deux jours plus tard, les corps avaient été rendus à leurs familles.

La Comtesse conduisit Simonsen, Arne Pedersen et Anna Mia, qui venait tout juste de rentrer de vacances, à l'église. Ces deux derniers étaient assis à l'arrière. La Comtesse, qui avait prévu de prendre la parole dans l'église, avait revêtu son uniforme, une tenue dans laquelle personne, excepté Simonsen, ne se rappelait l'avoir jamais vue. Arne Pedersen profita de l'opportunité pour faire à son supérieur son compte rendu sur l'interrogatoire de la veille.

Konrad Simonsen parut désintéressé, comme s'il n'écoutait que d'une oreille, puis, après qu'ils eurent roulé quelques minutes en silence, il annonça qu'il avait l'intention de faire appel aux services d'Anica Buch pendant quelques semaines, peut-être plus, pour qu'elle retrouve la fille qu'Ole Nysted avait vue dans la cour de la ferme, en Bosnie. Si celle-ci parlait effectivement danois, il devait être possible de l'identifier.

— C'était tout, Arne ?

Oui, c'était tout, à l'exception toutefois d'un détail potentiellement intéressant.

— J'ai remarqué que la plupart des marchandises que le vétéran avait dans son armoire provenaient de chez DagligKøb, autrement dit d'une des boutiques que possède le mari d'Irene Gallagher. Or il y en a une à moins de quatre kilomètres de sa cabane. Je me demande si elle ne l'aiderait pas un peu.

— Et peut-être qu'elle aide aussi Bjørn Lauritzen, intervint Anna Mia. Si c'est le cas, alors on sait… enfin, *vous* savez à quels endroits chercher parce que cette chaîne ne doit pas compter énormément de boutiques. Qu'en penses-tu, papa ?

La Comtesse ne laissa pas le temps à Simonsen de répondre :

— Et ce sera la dernière remarque à propos de l'enquête jusqu'à notre retour à la préfecture. Du moins tant qu'on sera dans ma voiture.

Aucun des trois autres n'osa la défier. Certes, elle avait raison, mais pouvoir parler d'autre chose que des funérailles à venir aurait allégé l'atmosphère.

L'église était pleine à ras bord. Beaucoup de collègues policiers étaient présents, et la famille de Pauline ainsi que ses amis étaient aussi nombreux, bien qu'ils fussent largement en minorité par rapport aux policiers. C'était une grande église, mais, malgré cela, certaines personnes durent rester dans les allées, voire à l'extérieur. Konrad Simonsen et la Comtesse avaient des places réservées, mais Arne Pedersen et Anna Mia durent rester debout. Pedersen s'arrangea pour lui fausser compagnie au plus vite et alla se mêler à un groupe d'inconnus dans l'allée centrale. Il craignait qu'elle ne se mette à pleurer, pas juste quelques larmes, ce qui aurait été acceptable, mais qu'elle éclate en une crise de sanglots incontrôlable. Il serra les dents et se rassura en se disant que, d'ici une heure, tout serait terminé.

Il passa ainsi la plus grande partie de la cérémonie, mâchoires serrées et s'efforçant avec plus ou moins de succès de penser à autre chose. Il chanta uniquement un cantique qu'il connaissait, et pendant l'éloge funèbre de la Comtesse, qui résonna d'une manière étrangement trouble entre les murs de l'église, il se mit à réciter des listes dans sa tête : les mois de l'année, les planètes de notre système solaire, les villes des îles danoises de Fionie et de Bornholm, des adjectifs allemands suivis de l'accusatif – ou est-ce que c'étaient des adverbes ? Bon sang, qui se souvenait de ce genre de choses ? – et ceux suivis du datif, qu'il avait appris sans jamais y avoir eu recours lors des rares occasions où il avait dû parler allemand. Pour finir, quand le cercueil passa devant lui, il baissa la tête et détourna le regard.

L'église se vida lentement et les gens suivirent le corbillard qui parcourut à une allure d'escargot les quelques centaines de mètres qui séparaient l'église du cimetière de Bispebjerg, où Pauline Berg allait être incinérée. Arne Pedersen se glissa en fin de cortège. Devant le crématorium, mais toujours à une distance respectable, il joignit brièvement les mains pour lui dire adieu, tandis que des voix d'inconnus qui l'agaçaient au plus haut point parlaient discrètement autour de lui : *C'est dingue le nombre de policiers qui se sont déplacés aujourd'hui, et tu as vu, le crématorium s'appelle la Chapelle dansante, quel nom approprié, elle qui aimait tant danser*. La colère monta en lui, ce qui lui convenait tout à fait, cette émotion étant plus facile à contrôler que la culpabilité.

Tout à coup, il sentit une main hésitante sur son épaule. Il se retourna. C'était Klavs.

— On va le choper, promit Arne Pedersen au Jutlandais. Et aussi cette salope de Gallagher, attends de voir. Je ne sais pas encore comment, mais je te garantis qu'on va choper ces ordures.

Des gens se retournèrent, stupéfaits. Pedersen avait parlé bien plus fort qu'il ne l'aurait voulu. Klavs Arnold le calma.

— Peut-être que tu ferais mieux de baisser d'un ton. Il y a des journalistes autour de nous.

L'assistance faisait maintenant la queue pour quitter le cimetière. La famille de Pauline attendait au portail pour serrer les mains et dire au revoir. Les gens exprimaient leurs condoléances et prononçaient des paroles de soutien bien inutiles. La file avançait lentement. Il fallut presque une demi-heure à Arne Pedersen pour atteindre le portail. Perdu dans ses sombres pensées, il leva soudain les yeux.

Ce fut un choc terrible, comme si on l'avait frappé physiquement, et l'espace d'un instant ses jambes menacèrent de se dérober sous lui. Pris de vertiges, il s'écarta en titubant et retourna prendre place tout à l'arrière de la file afin de gagner un peu de temps. Il regarda devant. Et il la vit ! Elle était là, avec ses parents, Pauline Berg était en train de serrer des mains, grave et accablée, clairement, mais tellement belle, aussi pleine de vie que la première fois qu'il l'avait vue.

Aussi interdite et absurde que fût cette idée, il ne put s'empêcher d'y penser :

On lui offrait une seconde chance, un cadeau, une opportunité de se racheter. Contrairement à ce qu'il avait prévu, il décida qu'il se joindrait à la famille pour la réception qui suivrait. Les autres n'auraient qu'à rentrer à la préfecture sans lui.

Il fut le dernier à serrer la main à la famille de Pauline, d'abord à son père, *toutes mes condoléances*, puis à sa mère, à qui il répéta la même formule stupide, enfin à elle. Sa poignée de main était toujours ferme, même si elle avait dû dire au revoir à des centaines de personnes. Elle posa son autre main sur la sienne et la serra un instant. Doucement, mais fermement.

— Vous êtes Arne Pedersen ?

Il répondit que oui et remarqua que sa voix aussi était comme celle de Pauline lorsqu'elle dit :

— Ma grande sœur parlait souvent de vous. Vous comptiez énormément pour elle.

# 32

*Næstved,*
*lundi 20 septembre 2010*

La maison était une ancienne école de village rénovée et située dans le quartier nord de Næstved, pas très loin du centre-ville et bordant en même temps Rådmandshaven, une zone naturelle protégée traversée par la rivière Suså. Arne Pedersen contempla le bâtiment quand Konrad Simonsen et lui descendirent de voiture. C'était une construction à un étage avec un porche et des fenêtres à croisée. Les tuiles rouges du toit semblaient avoir été remplacées récemment et étaient en bon état. Des roses rouges et jaunes grimpaient le long de la façade et entre les fenêtres. C'était une charmante bâtisse.

Ce fut Irene Gallagher en personne qui leur ouvrit la porte et les accueillit avec un grand sourire.

— Inspecteurs Konrad Simonsen et Arne Pedersen. Le directeur de la Criminelle et son adjoint. Je suis vraiment impressionnée. Entrez, je vous prie.

Elle s'exprimait délibérément d'une voix lente, comme si elle pesait chacun de ses mots. Les deux policiers la suivirent dans un long couloir jusque dans un bureau, où elle prit place derrière une table réglable en hauteur, tandis qu'elle invitait ses visiteurs à se choisir une chaise. Avant qu'ils aient eu le temps de s'asseoir, un homme passa la tête dans l'embrasure de la porte et lui demanda combien de temps elle pensait que durerait sa réunion et si elle pourrait être disponible dans une heure. Il avait la quarantaine et parlait avec un accent. Elle ne lui répondit pas immédiatement.

— Puis-je vous offrir quelque chose à boire ? Un thé, un café, une boisson rafraîchissante ?

Les deux policiers déclinèrent en secouant la tête. Non, ce n'était pas nécessaire.

— Pensez-vous qu'une heure suffira ? Nous avons un rendez-vous que nous préférerions ne pas avoir à annuler.

Arne Pedersen déclara qu'une heure suffirait, ce qu'Irene Gallagher répéta à son mari. Simonsen se demanda si la question avait été préméditée entre les deux époux. C'était en tout cas son impression. Il sortit son dictaphone, appuya sur *Start* et le plaça devant lui sur la table. Puis il regarda Arne Pedersen pour lui indiquer qu'il pouvait commencer.

— Nous avons vu la pancarte à l'extérieur en arrivant. Apparemment, votre maison est à vendre. Pourriez-vous nous préciser où vous comptez déménager ?

Au lieu de répondre, Irene Gallagher tendit le bras sur la table et s'empara du dictaphone de Konrad Simonsen. Elle l'éteignit et dit :

— Je suis sincèrement désolée, mais je préfère que notre conversation ne soit pas enregistrée. J'ai vu trop de manipulations de ce genre, même si ce n'était pas de la part de la police. Laissez-le sur la table, s'il vous plaît. Comme ça, au moins, je serai sûre que vous ne le rallumerez pas.

Elle ménagea une pause, s'excusa une deuxième fois, puis répondit enfin à la question d'Arne Pedersen.

— Nous vendons notre maison et nos deux résidences secondaires parce que nous partons vivre en Nouvelle-Zélande, où habite la famille de mon époux. Il a également mis en vente sa société et nous pensons avoir trouvé un acheteur. Bien sûr, vous pouvez m'interroger à ce sujet, mais mon mari connaît les détails bien mieux que moi. Voulez-vous que j'aille le chercher ?

Simonsen secoua la tête.

— Où étiez-vous le matin du dimanche 22 août ? demanda-t-il.

— Ici. Et la réponse à votre prochaine question est *oui*, mon mari peut le confirmer. Nous avons fait la grasse matinée. J'ai jardiné. Plus tard, nous avons préparé le déjeuner ensemble, du pâté de foie au bacon, de l'anguille aux œufs brouillés, des boulettes de veau… Nous aimons bien nous faire un peu plaisir le dimanche, quand nous avons le temps.

— D'autres personnes peuvent-elles confirmer que vous étiez chez vous ?

— Non, désolée. Quoique… J'ai appelé ma sœur avec mon portable. Elle était à Berlin à ce moment-là, mais elle n'a pas répondu. Vous pouvez peut-être vérifier, je suis prête à vous fournir mes relevés téléphoniques.

— Ça prouverait uniquement que votre téléphone était ici, pas vous.

Elle tourna la paume de ses mains vers le haut et écarta les bras.

— Oui, naturellement. Mais je ne peux pas faire mieux.

Arne Pedersen intervint :

— Puisque vous parlez de votre sœur, nous savons qu'elle possède bien une Opel Corsa noire. Vous arrive-t-il de la lui emprunter ?

Elle dit que non, pas qu'elle s'en souvienne, mais elle ne pouvait pas non plus affirmer que ce n'était jamais arrivé.

— Votre sœur nous a également déclaré que vous aviez emprunté sa voiture ce week-end-là, du vendredi 20 au lundi 23 août. Comment expliquez-vous ça ?

C'était un mensonge. Ella von Eggert n'avait jamais dit cela à la police. Irene Gallagher fronça les sourcils et plissa les yeux. C'était très convaincant, Simonsen devait le reconnaître. Puis elle dit calmement, comme si elle aurait souhaité pouvoir fournir une meilleure explication :

— Ella se trompe. Pourquoi est-ce que j'emprunterais sa voiture alors que j'en ai une ? Et je préfère largement la mienne à son Opel Corsa.

Arne Pedersen rit, d'un rire sec et forcé. Il secoua la tête et dit :

— Je m'attendais à ce que vous vous montriez plus… comment dire ?… convaincante. De la part d'une femme comme vous, avec votre niveau d'études, votre statut social, fille de diplomate de surcroît. Je dois avouer que vous me décevez.

Il était évident qu'il tentait de la provoquer, mais le moment était mal choisi et sa remarque était grossière. Konrad Simonsen lui lança un regard stupéfait. Peut-être qu'Arne était trop impliqué émotionnellement dans cette affaire, en fin de compte. Pourtant, contre toute attente, Irene Gallagher leur adressa un sourire charmeur.

— Je suis désolée de l'entendre. C'est probablement parce que je suis un peu nerveuse. Après tout, ce n'est pas tous les jours que je suis interrogée par la police.

Elle n'était pas nerveuse le moins du monde. Elle le savait pertinemment et les deux policiers aussi. C'est pourquoi cela parut totalement naturel quand elle dit :

— Je sais que vous dites seulement ça pour me faire sortir de mes gonds, et aussi que vous ne faites que votre travail.

Konrad Simonsen posa une photo devant elle.

— Vous avez été photographiée à Copenhague le matin du dimanche 22 août à 9h36 en face du musée de la Marine. Vous rouliez en direction du sud-ouest, vers Torvegade. Comme vous pouvez le voir, vous conduisiez la voiture de votre sœur. Qu'avez-vous à répondre à ça ?

Irene Gallagher se saisit de la photo et l'examina soigneusement. Elle était granuleuse et floue, et il sembla aux policiers qu'elle poussa un soupir de soulagement en la regardant de plus près.

— Je peux voir que ça ressemble à la voiture de ma sœur et qu'il pourrait s'agir de mes cheveux et de mon nez, mais j'étais ici à Næstved, alors ça ne peut pas être moi.

Elle avait raison. L'image était trop floue pour prouver quoi que ce soit. Elle la fit glisser sur la table jusqu'à Konrad Simonsen. Arne Pedersen changea de sujet.

— Connaissez-vous un dénommé Bjørn Lauritzen ?

Elle acquiesça. Oui, elle le connaissait.

— L'avez-vous rencontré en 1992 lors de sa première mission en Bosnie ? Et l'avez-vous rencontré à nouveau en 1995 durant sa seconde mission ?

Elle mit du temps à répondre. Finalement, elle dit :

— Je suis désolée, parce que je sais que ça peut donner l'impression que j'ai fait quelque chose de mal, mais tout ce que j'ai fait pendant que je travaillais pour le gouvernement est classé secret-défense, tout sans exception, si bien que je ne peux ni confirmer, ni démentir, ni commenter ces informations. Je n'y suis tout simplement pas autorisée. Ce serait illégal. Si vous souhaitez m'interroger dans ce cadre, ça pourra uniquement se faire dans des locaux de l'armée, probablement au Kastellet, à Copenhague, et à condition que j'aie préalablement reçu une autorisation écrite de la part d'un officier suffisamment haut placé et des autres employeurs que j'ai pu avoir au cours de la période en question.

— Vous faites allusion aux Américains ?

— Pas de commentaires.

À son grand agacement, Konrad Simonsen dut reconnaître que sa réponse avait au moins le mérite d'être claire. Il était également persuadé qu'Irene Gallagher avait la loi de son côté, et il ne pouvait pas y faire grand-chose.

— En mai 2000, vous avez contacté la police et raconté que vous aviez vu Bjørn Lauritzen sur le pont du Storebælt environ deux ans plus tôt. Sur la base de vos déclarations, il a ensuite été déclaré mort. Cependant, Bjørn Lauritzen a depuis été vu par plusieurs témoins et en diverses occasions.

— J'ai très bien pu me tromper, évidemment. Il faisait nuit, alors c'est toujours possible. Mais j'étais vraiment certaine que c'était Bjørn.

Le téléphone fixe de son bureau sonna bruyamment. Elle décrocha, écouta et pâlit tout en dévisageant Konrad Simonsen.

— Oui, il est ici, et oui, je vais lui dire.

Elle raccrocha et dit d'une voix tremblante :

— On vient de me demander de vous dire de rallumer votre téléphone.

Konrad s'exécuta et, peu de temps après, son téléphone se mit à sonner. Il répondit et on lui pria de décliner son identité, ce qu'il fit. Ensuite, on lui demanda le prénom de sa fille, qu'il donna tandis que la panique s'emparait de lui.

— Dites-moi, qui êtes-vous ?

Il obtint la pire réponse possible. C'était le service de traumatologie du Rigshospital. S'il pouvait patienter quelques instants, le médecin-chef allait lui parler. Il se précipita dans le couloir et sortit de la maison, le cœur battant, les mains tremblantes.

L'attente lui parut interminable, tandis que, sous le choc et prêt à entendre la pire des nouvelles, il attendait le médecin. Mais celui-ci ne vint pas, même pas lorsqu'il cria dans le téléphone. Pour finir – il ignorait combien de temps s'était écoulé –, il n'eut d'autre choix que de raccrocher. En désespoir de cause, il appela le portable de sa fille, et lorsqu'il l'entendit dire “Salut, papa, est-ce qu'on peut se parler plus tard ? J'ai un cours qui commence juste”, il s'effondra sur le perron, soulagé. Après avoir repris ses esprits, il tenta de retrouver le numéro qui l'avait appelé plus tôt, sans succès, puis il contacta le Rigshospital, où on l'informa que personne de chez eux ne l'avait appelé. Alors, il téléphona à la Comtesse, lui raconta ce qui venait de se passer et, ignorant ses commentaires inquiets, lui ordonna de demander à son opérateur mobile de procéder immédiatement à une triangulation afin de localiser le faux appel et d'identifier le propriétaire du numéro suivant. Il le répéta deux fois, puis raccrocha.

L'ambiance avait totalement changé quand Simonsen retourna dans le cabinet. Irene Gallagher avait posé une bouteille de cognac et un verre sur le bureau devant la chaise vacante de Simonsen, mais elle était clairement furieuse.

— J'ai entendu que c'était le Rigshospital qui avait appelé. J'espère qu'il n'est rien arrivé. Vous pouvez boire un verre de cognac si vous en avez besoin. Mais franchement, je commence à me demander si cet appel urgent n'était pas en fait une mise en scène destinée à vous éloigner de chez moi. Et je ne veux pas que vous continuiez à vous déplacer seul.

Simonsen déclina le verre de cognac, après quoi Arne Pedersen lui résuma brièvement ce qui s'était dit en son absence. Irene Gallagher ne connaissait pas Pauline Berg, elle n'avait pas non plus d'informations sur Jonas Ziegler et elle n'avait rien à voir dans le fait qu'il avait été embauché par la chaîne DagligKøb. À en juger par le ton de sa voix, il était clair qu'Arne Pedersen n'en croyait pas un mot.

— Épargnez-moi vos sarcasmes, gronda Irene Gallagher.

Il l'ignora et poursuivit. Irene Gallagher était au courant que sa sœur Ella avait reconnu devant la police l'avoir persuadée d'effrayer Juli Denissen afin qu'elle rompe avec son désormais défunt mari Mads. Puis, en s'adressant à Simonsen, il dit :

— Mme Gallagher a confirmé que ces conversations ont bien eu lieu entre elle et sa sœur, comme Ella von Eggert l'a déclaré, mais elle assure n'avoir jamais rien entrepris et s'être contentée de dire à sa sœur ce qu'elle voulait entendre.

Simonsen demanda à son adjoint :

— Est-ce que tu as aussi raconté à Mme Gallagher ce qui est arrivé à Juli Denissen ?

Arne Pedersen répondit que non, il ne l'avait pas encore fait. Alors, Simonsen annonça d'une voix glaciale :

— Juli Denissen est décédée lors d'une violente agression dont elle a été victime sur la lande de Melby à l'été 2008.

Irene Gallagher demeura imperturbable.

— Donc, le problème s'est résolu de lui-même, ce qui explique sans doute pourquoi ma sœur ne m'en a jamais reparlé. Au fait, je vous signale que votre temps est quasiment écoulé. Avez-vous une dernière question ?

Arne Pedersen se pencha sur le bureau et capta son regard.

— On s'était mis d'accord sur une heure. Là, ça fait seulement quarante minutes qu'on a commencé.

— Je mets un terme à notre conversation. Maintenant, je voudrais que vous vous en alliez. Ou plus exactement, je voudrais que vous, en particulier, vous vous en alliez.

— On pourrait vous ramener à Copenhague.

— Mais allez-y, faites-le, je vous en prie. Vous ne ferez que perdre votre temps et le mien par la même occasion.

— On vous a déjà dit que vous êtes une ordure ?

Irene Gallagher eut un sourire figé.

— Des tas de gens me l'ont dit, et la plupart d'entre eux avaient beaucoup plus de pouvoir que vous.

Les deux inspecteurs avaient quitté Næstved et avaient déjà atteint l'autoroute qui les ramenait à Copenhague quand Arne Pedersen déclara :

— Elle ne sera pas facile à faire parler, cette idiote.

— Qu'est-ce qui s'est passé pendant que j'étais dehors ? lui demanda Simonsen. Tu l'as provoquée ? Pourtant, tu savais déjà que ça ne fonctionnerait pas.

— Non, je ne l'ai pas provoquée, pas du tout. C'est elle qui a subitement changé d'attitude. C'était complètement absurde, c'est arrivé comme ça, sans aucune raison. Et d'ailleurs, c'était quoi, ce coup de fil ?

— Ça va devoir attendre, mais je t'expliquerai tout. Laisse-moi juste un peu de temps. Donc, tu n'as pas provoqué Irene Gallagher ?

— Non, bon sang, puisque je te le dis.

Ce n'est qu'après avoir dépassé Køge que Konrad Simonsen lui expliqua ce qui s'était passé. Peu de temps après, il reçut un SMS de la Comtesse. Il l'ouvrit et secoua la tête d'un air abattu, puis le lit à son adjoint.

> *Le numéro qui t'a appelé correspond à une carte prépayée. Par conséquent, son propriétaire est inconnu. Ce numéro n'a été utilisé que deux fois : pour appeler Gallagher, puis toi. TDC a procédé à une triangulation : il apparaît que les deux appels ont été passés depuis la préfecture.*

# 33

*Forêts du Zealand du Nord,*
*mercredi 22 septembre 2010*

Bjørn Lauritzen passait l'automne et souvent aussi l'hiver dans la partie sud-ouest de la forêt de Store Hestehave, en bordure de la baie de Stege, non loin de la lande qui s'étend jusqu'à la plage. À l'intérieur du bois, à environ cinq mètres de la lisière, se dressait un vieux mur de pierre. C'était là, à l'endroit où le mur contournait un énorme rocher d'à peu près un mètre quatre-vingts de haut, qu'il avait construit sa cabane. Elle était suffisamment bien dissimulée pour échapper aux regards des curieux qui viendraient à s'égarer par mégarde en ce lieu reculé. Les murs de sa modeste demeure étaient faits de mottes d'herbe renforcées par des troncs de jeunes bouleaux, qu'il avait profondément enfoncés dans la terre, tandis que le toit était constitué de plusieurs couches de branches de saule entrelacées avec des sacs plastique. Le tout était maintenu en place par des chambres à air de vélo qui offraient l'avantage d'offrir une certaine souplesse à l'ouvrage en cas de tempête. Enfin, il avait recouvert le sol de sa cabane de journaux et de toiles imperméables de l'armée. C'était là qu'il vivait. Il passait ses journées à accomplir son rituel d'activités physiques, qui comprenait de longues sorties à la nage dans la baie, quand la température le permettait. Parfois aussi, il restait juste assis et s'appliquait à vider sa tête de toute pensée, tandis que la forêt déployait toutes ses petites merveilles autour de lui : un scarabée vaquant à ses occupations, une jolie fleur sur sa tige, une laie accompagnée de ses marcassins ou encore un faisan effrayé qui prenait son envol parmi les sapins. Il trouvait que c'était une belle vie, honnête et calme, exactement comme devrait être la vie. Quand il était dans un bon jour, il s'autorisait même à sculpter de drôles de petits personnages, le plus souvent des trolls, qu'il cachait un peu partout dans la forêt, et qu'il avait plaisir à retrouver, parfois des années plus tard. Pour se procurer de la nourriture, il posait des pièges ou menait des expéditions nocturnes jusqu'à la boutique DagligKøb située à l'entrée du village de Præstø, dont il détenait un double des clés de la cour. Là-bas, il remplissait son sac à dos en se servant dans les grands conteneurs où l'on jetait les denrées dont la date de péremption était dépassée ou l'emballage abîmé. Pour l'eau, il y avait le lac, et il disposait également d'un miroir, d'une paire de ciseaux, d'un savon, d'un couteau et d'une pierre à aiguiser, d'un épais sac de couchage et de peaux de mouton cousues ensemble pour supporter les nuits d'hiver les plus rigoureuses. Il ne manquait de rien.

Il voyait rarement d'autres gens et ne parlait régulièrement qu'à deux personnes. Irene Gallagher était l'une d'elles. Il avait fait sa connaissance autrefois et, depuis, ils s'entraidaient. De quelle manière, il n'avait pas envie d'y penser, mais c'était ce qu'ils faisaient : ils s'entraidaient. Cela faisait belle lurette qu'il avait effacé tout souvenir de la tuerie du bateau-mouche. Ils étaient passés aux oubliettes, comme beaucoup d'autres choses qu'il avait vécues.

L'autre personne qu'il fréquentait de temps en temps, c'était Gry. Comme lui, Gry était capable de rester assise en silence pendant de longs moments, à l'observer avec curiosité, comme si elle découvrait quelque chose de nouveau en lui à chacune de ses visites. Jusqu'à ce que son chien se réveille, affamé et désireux de rentrer, et se mette à tirer sur sa laisse. Gry était son petit rayon de soleil, et quand trop de jours s'étaient écoulés depuis sa dernière visite, il tendait l'oreille pour tenter de capter le bruit de ses pas et le cliquetis du collier de son chien. Et justement, ce jour d'automne, Gry passa voir son ami, mais Bjørn Lauritzen ne l'entendit pas arriver. Lorsqu'elle le vit, elle grogna de mécontentement, s'agenouilla et lui donna vainement une série de petites poussées pour tenter de le faire réagir. Il la fixait de son regard vide, l'air hébété. Prudemment, elle introduisit un doigt dans le trou qu'il avait dans le front, mais il ne réagit toujours pas. Pour finir, elle renonça et se mit à arracher des brins d'herbe, qu'elle lança en l'air et éclata de rire quand le vent les rabattit sur son visage.

Lorsqu'elle rentra chez elle, sa mère voulut savoir d'où venait le sang sur ses vêtements, et alors Gry fut bien obligée de lui montrer où se cachait son ami. Tandis qu'elles se dirigeaient ensemble vers la forêt, elle ronchonnait, contrariée.

À peu près au même moment, un retraité circulait sur son vélo biporteur pour livrer des marchandises au vétéran qui vivait dans la forêt de Lorup. Le vieil homme travaillait pour la boutique DagligKøb afin d'arrondir ses fins de mois et s'occuper. Il ne possédait pas de contrat de travail officiel. Le propriétaire le payait en liquide chaque lundi mais ne l'avait jamais exploité. Le retraité faisait ses heures et était toujours rémunéré en fonction du travail effectué. C'était une question de confiance. Les tâches que lui confiait son employeur étaient aussi nombreuses que variées : balayer le trottoir devant la boutique ou dégager la neige en hiver, nettoyer la vitrine quand c'était nécessaire, passer la serpillière sur le sol chaque samedi, effectuer des petites réparations et certains soirs recharger les rayons quand la journée avait été chargée et que les employés sous contrat n'avaient pas eu le temps de le faire. Il ravitaillait aussi Ole Nysted avec son vélo cargo. C'était un travail qu'il adorait parce que cela lui rappelait ses jeunes années, quand il livrait du lait à des familles de la ville sur ce même vélo. Ole Nysted recevait son ravitaillement tous les quinze jours. Il s'agissait essentiellement de bière, de vin et d'autres alcools. Nysted réglait en espèces à la livraison, mais si c'était la fin du mois et qu'il n'avait plus assez d'argent, le retraité avait reçu pour instruction de ne pas s'en préoccuper. Plutôt que d'être reportée sur le mois suivant, la dette était tout simplement effacée parce que, sinon, on entrait dans un cercle vicieux, lui avait expliqué le propriétaire de la chaîne DagligKøb dans son drôle de danois.

C'était un geste généreux que le retraité respectait. Lui-même était un ancien membre de la garde royale. Il avait gardé le palais d'Amalienborg du temps du précédent souverain, un roi populaire qui s'arrêtait volontiers pour discuter avec les sentinelles quand il avait le temps. Depuis cette époque, le retraité éprouvait une certaine affinité avec les autres anciens soldats. Certes, le vétéran était un ivrogne, une épave, mais il ne ferait pas de mal à une mouche et il offrait souvent une bière au retraité quand il lui apportait ses courses.

Le retraité gara son vélo et emporta la première caisse de bières derrière la cabane. Il la posa à côté du bûcher et constata qu'un sac plastique avait été placé sur la bouche du conduit qui servait à ventiler le poêle à bois. Il était maintenu par un élastique. C'est seulement à ce moment-là qu'il remarqua l'odeur nauséabonde de fumée et de suie. La puanteur était encore plus forte à l'intérieur, bien qu'il n'y eût plus la moindre fumée dans la cabane ni de feu dans le poêle. Ole Nysted était allongé sur son canapé. Deux bouteilles d'alcool vides, un whisky bon marché et une bouteille d'Aalborg Jubilæums Akvavit trônaient sur la table basse, à côté de lui. Son visage était rubicond et ses yeux fixaient le plafond. Le retraité pensa qu'il avait été victime d'un empoisonnement au monoxyde de carbone. Il avait déjà vu un cas similaire par le passé.

## 34

*Bureau du directeur général de la police,*
*vendredi 24 septembre 2010*

Le directeur général de la police transpirait. Les gouttelettes de sueur qui perlaient autour de la racine de son nez et à la naissance de ses cheveux révélèrent, bien avant que la réunion n'eût commencé, à quel point la situation le mettait mal à l'aise. En revanche, le représentant du ministère de la Justice qui avait pris place à la table de conférences ne semblait pas affecté le moins du monde. Il était jeune, effrontément jeune, songea Konrad Simonsen, pas plus de trente-cinq ans, et il attendait, confiant, dans son costume hors de prix, tandis qu'il consultait son iPhone sans même prendre la peine de dissimuler son ennui. Il avait tout juste daigné lever les yeux et dire bonjour quand Simonsen était arrivé, mais ne lui avait pas serré la main. Là encore, son attitude contrastait parfaitement avec celle du directeur général de la police, qui lui avait réservé un accueil excessivement chaleureux, limite embarrassant même. Il avait indiqué une chaise au chef de la Criminelle et lui avait annoncé qu'il y avait du café, du thé, des sodas à disposition. Simonsen aurait dû être aveugle pour ne pas les voir.

Quatre bouteilles thermos, deux blanches et deux rouges, étaient disposées sur la table, juste devant lui, avec tout un assortiment de sodas. Simonsen le remercia. Le directeur général de la police regarda sa montre et dit :

— Nous avons aussi invité la procureure générale, la nouvelle. Son nom m'échappe, mais elle devrait arriver d'un moment à l'autre.

— Kirsten Hansen.

On devinait nettement au ton de la voix employé par le jeune représentant du ministère de la Justice l'horreur que lui inspirait le fait qu'un personnage de cette importance puisse porter un nom aussi banal.

La procureure générale n'arriva qu'au bout d'une bonne dizaine de minutes. Elle salua les autres de manière courtoise mais formelle et s'assit sans présenter d'excuses pour son retard. Elle déclina toute forme de boisson.

C'était une femme d'environ quarante ans, belle et distinguée – c'était la première chose qui venait à l'esprit quand on la voyait –, malgré tous ses efforts pour afficher une certaine gravité avec sa tenue classique : une jupe droite vert sombre, un chemisier blanc, une veste noire et un foulard dans des tons pastel.

— Très bien, je suppose que nous allons pouvoir commencer, déclara le directeur général de la police.

Ce fut tout ce qu'il eut le temps de dire avant que Kirsten Hansen ne l'interrompe pour s'adresser au représentant du ministère.

— Excusez-moi, je n'ai pas saisi quel département vous dirigez au ministère de la Justice.

C'était de la haine au premier regard, songea Konrad Simonsen. La tension était palpable entre les deux fonctionnaires. L'homme répondit de mauvaise grâce et le plus laconiquement possible :

— Droit pénal.

— Ah, vous voulez dire la division du droit pénal, qui dépend du département de la police et du droit pénal ? Eh bien, je vous remercie. Maintenant, les choses sont plus claires.

Elle ignora son "Je vous en prie" et se tourna à nouveau vers le directeur général de la police pour lui signaler qu'il pouvait à présent commencer. Celui-ci, déstabilisé, expliqua en bégayant que la brigade criminelle avait identifié le tueur du bateau-mouche – un pauvre vétéran de guerre dérangé qui avait malheureusement été retrouvé mort, exécuté par balle, ce qui n'avait probablement rien à voir avec la tuerie, c'est pourquoi l'affaire pouvait être confiée à la police locale. Le directeur général était conscient que certaines questions entourant l'effroyable tuerie n'avaient toujours pas été éclaircies, mais que cela n'avait rien d'inhabituel, et que, en fin de compte, il était sans doute dans l'intérêt de chacun que l'on mette un terme à cette enquête le plus rapidement possible, de manière à ce que la population puisse enfin oublier ce triste événement.

Konrad Simonsen n'en crut pas ses oreilles. Il demanda, incrédule :

— Vous vous apprêtez à clôturer mon enquête ? C'est ce que vous êtes en train de dire ?

Le directeur général tenta de se justifier.

— Parfois, il est important d'avoir une vue globale...

— Donc, vous m'ordonnez de mettre fin à mon enquête ?

— Non, non, bien sûr que non, vous m'avez mal compris. Ce n'est pas un ordre… Non, vous le ferez évidemment de votre plein gré. Seulement, il faudra que ce soit dans les jours à venir.

Konrad Simonsen évalua la situation, puis il dit en s'efforçant de garder son calme :

— D'accord. Dans ce cas, je ferais mieux d'appeler Steffen et de lui demander de nous rejoindre immédiatement.

Son responsable était perdu :

— Steffen ? Quel Steffen ? Toutes les personnes qui avaient besoin d'être présentes ne sont-elles pas déjà ici ?

Simonsen expliqua :

— C'est le président du Syndicat de la police. Quand les policiers du pays apprendront ce qui est en train de se dire entre ces murs, ils seront furieux et il va donc falloir qu'on parle de la manière dont on va gérer la situation parce que je vous assure qu'ils ne vont pas du tout bien le prendre.

Le directeur général de la police considéra sérieusement la proposition. Le dialogue était toujours préférable à la confrontation, surtout avec des policiers. Konrad Simonsen enfonça le clou :

— Et une réaction est aussi à prévoir du côté du Japon. Vous comptez contacter vous-même le ministre des Affaires étrangères ?

Le directeur général pâlit et se prit la tête à deux mains. La pression qu'il subissait d'ordinaire était déjà bien assez stressante, mais si elle venait de deux directions, cela deviendrait rapidement insupportable. Il aurait dû se faire porter malade ce matin, comme sa femme le lui avait suggéré, et confier cette maudite réunion à quelqu'un d'autre.

Le représentant du ministère de la Justice intervint et s'adressa directement à Konrad Simonsen.

— Allons droit au but. Vous soupçonnez cette ancienne auditrice de l'armée, Irene Gallagher, d'être impliquée dans votre affaire. Mais autant que je sache, vous êtes encore loin de détenir suffisamment d'éléments contre elle pour pouvoir la mettre en accusation.

Simonsen protesta mollement :

— Nous avons des preuves, notamment des images enregistrées par des caméras de vidéosurveillance, et je suis convaincu que ce n'est pas fini.

Le chef de division renifla et sortit deux photos d'une chemise en plastique qu'il avait posée devant lui sur la table. L'une montrait Irene Gallagher au volant de la voiture de sa sœur. Sur l'autre, Irene Gallagher avait les cheveux courts et ne ressemblait en rien à la femme dans la voiture. Sa nouvelle coupe de cheveux faisait toute la différence.

— Il faut avoir beaucoup d'imagination pour dire que c'est Irene Gallagher qu'on voit sur cette photo floue.

— Où avez-vous trouvé ces photos ?

— Dans votre propre dossier d'enquête. Tous les policiers de votre brigade ne partagent pas votre – comment dire ? – votre optimisme démesuré. J'avais espéré que nous pourrions régler ce problème de manière plus civilisée, je ne le nie pas, mais le fait est que vous n'avez même pas réuni assez d'éléments pour obtenir un mandat de perquisition. J'ai raison ?

Simonsen dut admettre que oui. Le chef de division poursuivit :

— Il se trouve par ailleurs que vos investigations sur la personne d'Irene Gallagher touchent à certaines informations confidentielles qui, si elles sont rendues officielles, peuvent mettre en péril la sécurité du pays. Ce qui vous a déjà été notifié il y a trois mois. Malgré tout, vous vous êtes obstiné et avez réitéré vos demandes auprès de l'armée. Vous avez même réussi à convaincre votre préfète de s'impliquer… et cela en dépit des procédures qui stipulent clairement que vous devez au minimum informer mon ministère, et de préférence passer par l'intermédiaire de nos services.

— Il y a trois mois ? À quoi faites-vous référence ? Il y a trois mois, j'ignorais encore l'existence de… Mais attendez ! Qui vous a contacté ?

Le chef de division dut chercher le document dans son dossier. Il n'avait même pas mémorisé le nom. Il mit un certain temps à retrouver l'information. Enfin, il dit :

— L'assistante de police judiciaire Berg, de la brigade criminelle, a contacté l'armée trois fois – j'insiste bien, trois fois –, la première à la mi-mai cette année. Et ce n'est pas tout. L'assistante Berg a aussi contacté directement Irene Gallagher afin qu'elle lui révèle des secrets militaires. C'est tout simplement intolérable, mais étant donné votre réaction, j'en déduis que vous n'étiez au courant de rien, alors plutôt que d'aller fourrer votre nez chez les autres, peut-être que vous feriez mieux d'essayer de reprendre le contrôle de votre propre équipe ! Mais assez parlé de ça. Vous avez tous les deux jusqu'à mardi. Si vous n'avez toujours pas inculpé un suspect la semaine prochaine, vous clôturerez l'enquête. Fin de la discussion.

— Non !

C'était la première fois que Kirsten Hansen intervenait réellement, mais elle le fit avec vigueur. Le chef de division la regarda, ébahi.

— Comment ça, non ? Pour qui vous prenez-vous ?

Kristen Hansen lui répondit sur un ton neutre, mais ses yeux révélaient exactement ce qu'elle pensait de lui.

— Je me prends pour celle qui va regagner son bureau et rédiger un rapport sur cette réunion, après quoi je déposerai une plainte contre vous auprès du procureur général pour abus de pouvoir. Et comme je ne suis pas sans savoir que lui aussi dépend administrativement du ministère de la Justice, j'adresserai également une copie au président de la Cour suprême afin de m'assurer qu'il soit informé de l'affaire. Votre conduite est proprement intolérable. Si les pouvoirs, dans ce pays, sont partagés entre trois branches indépendantes, c'est pour une bonne raison : empêcher les gens comme vous de servir leurs propres intérêts. En ce qui concerne la sécurité nationale, vous pouvez retourner dans votre ministère et dire à ceux qui vous envoient que je me moque éperdument des petites intrigues de l'armée. Pour que notre pays soit en sécurité, les assassins doivent être poursuivis, jugés et condamnés. Et puisque j'en suis à faire des annonces, vous pourrez aussi leur dire que la prochaine fois que votre ministère souhaitera me parler à propos d'une enquête en cours, je n'accepterai de discuter qu'avec un directeur de département ou un représentant d'un statut supérieur.

Tandis que, piqué au vif, le chef de division rougissait, Konrad Simonsen s'empressa de marquer son soutien à Kirsten Hansen.

— Je serais heureux de vous aider à rédiger ce rapport. Il est important que celui-ci soit le plus précis possible. Mais nous devons nous méfier qu'il ne tombe pas entre les mains des journalistes, car si cette affaire venait à être ébruitée, le scandale qui s'ensuivrait pourrait très bien mener à la réaffectation d'un petit chef de division du ministère de la Justice à un poste d'inspecteur d'hygiène alimentaire à Bornholm.

Kirsten Hansen le remercia pour sa proposition, puis elle se leva et dit :

— Venez, Simon, allons-y. Vous permettez que je vous appelle Simon, n'est-ce pas ? Après tout, c'est comme ça que tout le monde vous appelle.

— Mais bien sûr, répondit Konrad Simonsen en se levant à son tour.

Elle lui sourit à nouveau quand il lui tint la porte. Comme un gamin vexé, le chef de division leur lança :

— Ça ne se passera pas comme ça, vous entendrez parler de moi !

Le directeur général de la police, ne sachant trop s'il devait se lever ou rester assis, opta pour une position intermédiaire particulièrement inconfortable avant de se laisser retomber sur sa chaise. Il déclara :

— Eh bien, je suis ravi que nous soyons parvenus à un consensus.

# 35

*Préfecture de police,*
*mercredi 29 septembre 2010*

Kirsten Hansen et Konrad Simonsen se rendirent ensemble chez le juge, ce qui n'était absolument pas réglementaire. En temps normal, jamais la procureure générale ne se serait déplacée en personne, quant à Simonsen, en tant que représentant de la police, il n'avait rien à y faire. Mais le juge ne fit aucun commentaire à ce propos. Il semblait s'ennuyer et son visage s'illumina quand ils entrèrent dans son bureau. Kirsten Hansen argumenta du mieux qu'elle put dans le but d'obtenir des mandats de perquisition pour le domicile d'Irene Gallagher, ses deux résidences secondaires et sa voiture, ainsi que celle de sa sœur, Ella von Eggert qui, après avoir été retrouvée dans un parking de Hillerød, lui avait été rendue au lieu d'être envoyée au labo, comme Konrad Simonsen l'avait expressément demandé. C'était une erreur aussi patente qu'agaçante. Lorsque Kirsten Hansen eut terminé son argumentation relativement fragile, elle exprima son indignation vis-à-vis des pressions exercées par des forces obscures afin de tenter de protéger leur principale suspecte.

Le juge l'écouta avec intérêt, puis conclut en déclarant qu'il arrivait parfois que la loi doive être interprétée du point de vue de l'intérêt public, après quoi il signa les mandats de perquisition.

Konrad Simonsen répartit le travail entre ses plus proches collaborateurs. Arne Pedersen se vit confier le domicile de la suspecte à Næstved, où il avait déjà eu l'occasion de se rendre. La Comtesse se chargerait de la maison de vacances d'Irene Gallagher à Gilleleje et de l'Opel Corsa d'Ella von Eggert. Et pour finir, Klavs Arnold hérita de la dernière maison de vacances, qui était située à Marielyst, sur l'île de Falster. Simonsen ne pouvait prendre part personnellement aux perquisitions, même s'il aurait souhaité aller à Næstved. Mais c'était impossible car, en plus de cette opération, il avait sous sa responsabilité les deux équipes de la police du Zealand du Sud qui étaient en train d'enquêter sur l'assassinat de Bjørn Lauritzen et celui, supposé, d'Ole Nysted. Contre toute attente, la décision de placer Konrad Simonsen à la tête de ces deux investigations avait été approuvée par le directeur général de la police lui-même. Il n'avait fait aucune objection, probablement parce que Simonsen lui avait présenté cette solution comme un compromis. Ses nombreuses casquettes signifiaient qu'il pouvait difficilement s'absenter de la préfecture dans la journée, aussi en profita-t-il pour lire le contenu de l'enveloppe marron qu'un coursier lui avait remise plus tôt dans la matinée.

Le nom de l'expéditeur n'était pas indiqué et celui de Konrad Simonsen était soigneusement écrit en lettres capitales au recto. Elle contenait trois feuilles A4 avec une liste d'informations sur Irene Gallagher classées par ordre chronologique. Certes, sa carrière professionnelle demeurait incomplète, il y avait toujours des trous, mais le rapport était tout de même extrêmement intéressant et dépeignait le portrait d'un officier de renseignements qui avait travaillé pour le compte des forces armées américaines et danoises.

Tout en haut du rapport, une note précisait qu'Irene Gallagher avait mené deux carrières militaires de front et reçu une formation dans le cadre de chacune d'elles, l'une dans le conseil juridique, l'autre dans le renseignement opérationnel. Un tel cas n'était pas courant, mais pas non plus exceptionnel. À la fin des années 1980, elle avait commencé à étudier à la National Intelligence University de Washington. Là-bas, elle avait obtenu un diplôme dans le domaine du renseignement, avec pour spécialité la mer Baltique. Au cours de ce cursus, en plus de la stratégie militaire, elle avait été formée aux méthodes classiques d'espionnage, telles que la surveillance, la filature, le camouflage, l'infiltration, l'usage des armes, le combat rapproché, la gestion d'agents, etc. Elle avait été envoyée en mission dans deux pays : dans la Pologne de Jaruzelski, en 1990, puis en Bosnie, en 1992, 1994 et 1995, mais il y en avait probablement eu d'autres. De 1992 à 1994, elle avait servi, en tant que conseillère du commandant, à bord d'un des onze porte-avions de l'US Navy. Le bâtiment appartenait à la 6e flotte, qui opère en mer Méditerranée, avec comme port d'attache Gaète, en Italie. Elle avait repris du service au même poste en 2001 et en 2002, cette fois au sein de la 2e flotte, basée à Norfolk, en Virginie, dont la zone d'action s'étend à l'Atlantique. Depuis l'été 2002, elle était considérée comme le principal agent de liaison entre les services de renseignements américains et danois. En termes de connaissances linguistiques, outre le danois et l'anglais, elle parlait couramment le français, le mandarin, le polonais et le russe, et avait des connaissances pratiques en finnois.

Konrad Simonsen ne savait pas trop quoi en penser. Les trois informations parcellaires qui figuraient en fin de rapport et dont l'expéditeur affirmait qu'elles provenaient d'une seule et même source étaient plus concrètes. Selon la première, Irene Gallagher aurait eu un intérêt personnel pour Bjørn Lauritzen parce qu'elle s'était rendue en Bosnie en 1995 sur ses congés et de sa propre initiative, même si l'on ne pouvait exclure qu'elle ait eu en même temps des motivations professionnelles. Quoi qu'il en soit, elle avait pris l'avion jusqu'à Tuzla avant de sauter dans une jeep avec la ferme intention de retrouver le capitaine danois. La deuxième information était plus substantielle : au printemps 2006, Irene Gallagher avait officiellement renoncé à sa nationalité américaine à l'ambassade des États-Unis à Copenhague – un fait que l'auteur du rapport avait pu vérifier, contrairement à la troisième information : pendant les quatre dernières années au cours desquelles elle avait travaillé pour l'armée, Irene Gallagher avait constamment refusé de se rendre aux États-Unis, une attitude qui avait constitué un obstacle majeur dans l'accomplissement de sa mission et qui avait fini par conduire à la rupture de son contrat d'un commun accord.

Après avoir lu une première fois cette information, Konrad alla déjeuner et la lut de nouveau à son retour. Puis il convoqua Anica Buch, qui travaillait deux pièces plus loin, dans l'ancien bureau de Pauline, à tenter de retrouver la trace de la fille qu'Ole Nysted avait dit avoir rencontrée dans la cour de la ferme et qui était supposée parler danois. Anica n'avait pour l'instant rien de neuf à annoncer, et elle fut suffisamment honnête pour avouer à son chef provisoire qu'il risquait de se passer un certain temps avant qu'elle soit en mesure de lui présenter un quelconque résultat. Elle ajouta, avec une témérité juvénile :

— Mais si cette fille existe vraiment et qu'elle est danoise, je la trouverai, je le promets.

Konrad Simonsen se fit la réflexion qu'elle avait quelque chose d'étrangement enfantin qui était en parfaite contradiction avec son intelligence et son zèle au travail. Il répondit à sa déclaration optimisme par un "Bien sûr, que tu la trouveras", et lui fit comprendre qu'elle pouvait se retirer.

Une fois Anica partie, Simonsen ne put guère faire autre chose qu'attendre – attendre et espérer qu'une de ses équipes lui annoncerait bientôt une bonne nouvelle, que ce soit dans le cadre des perquisitions ou des enquêtes sur les morts de Bjørn Lauritzen et Ole Nysted. Il était agité et avait du mal à se concentrer sur d'autres tâches, bien qu'il eût largement de quoi s'occuper : les comptes de la brigade, par exemple, dans lesquels, comme toujours, il avait pris énormément de retard.

Vers 17 heures, il reçut une première bonne nouvelle en provenance du labo : les techniciens avaient examiné la voiture d'Ella von Eggert et constaté qu'elle avait été méticuleusement nettoyée. Malgré tout, ils avaient trouvé, enroulé autour d'un écrou de serrage à la base du siège passager, un cheveu ayant appartenu à Bjørn Lauritzen.

Et Konrad Simonsen eut à peine le temps de se réjouir qu'on lui signala deux autres découvertes cruciales. Ce fut Arne Pedersen qui, dans un état euphorique, informa son responsable par téléphone que non seulement une des manches de la veste d'Irene Gallagher avait été testée positive aux résidus de poudre, mais aussi que les collègues chargés de fouiller son domicile avaient mis la main sur un pistolet dans un sac plastique, caché au fond d'un seau de sel de déneigement – un Ruger Mark I 22LR, qui pouvait parfaitement être l'arme qui avait servi à tuer Bjørn Lauritzen. Le pistolet avait été envoyé au labo pour une comparaison balistique avec le projectile que les légistes avaient extrait du crâne de Lauritzen. D'après Arne Pedersen, les résultats arriveraient probablement d'ici trois à quatre heures.

À 22 h 15 le même jour, Simonsen reçut un appel de Kurt Melsing. À ce moment-là, le directeur de la Criminelle n'était pas seul dans son bureau car il avait demandé à la procureure générale Kirsten Hansen d'attendre avec lui, afin qu'ils puissent décider ensemble de la suite à donner à leurs actions en fonction des résultats que leur communiquerait le labo. Simonsen écouta attentivement : il était désormais scientifiquement établi que Bjørn Lauritzen avait été exécuté avec le pistolet que la police avait retrouvé dans le garage d'Irene Gallagher. Mais ce n'était pas tout : les techniciens avaient relevé sur l'arme deux séries d'empreintes digitales. La première, trouvée sur le canon, était inconnue. La seconde, recueillie sur la crosse, appartenait à Irene Gallagher. Des tests scientifiques complémentaires avaient également démontré qu'elle avait tenu l'arme.

Konrad Simonsen et Kirsten Hansen exultèrent. S'ensuivit une brève discussion qui déboucha sur un accord. Une heure et demie plus tard, l'ancienne auditrice Irene Gallagher fut arrêtée à son domicile de Næstved et accusée du meurtre de l'ex-capitaine Bjørn Lauritzen le 22 septembre 2010 en forêt de Store Hestehave, sur la commune de Jungshoved, de complicité dans l'assassinat de l'assistante de police judiciaire Pauline Berg, de l'employé de boutique Jonas Ziegler, de l'étudiante Carina Hastrup et du pilote de bateau-mouche Theis Lund Mikkelsen le 22 août 2010 à Copenhague, ayant entraîné la mort involontaire de l'enseignante Yuuma Kawahara et de ses élèves – dans un souci d'éthique, la procureure générale Kirsten Hansen avait exigé que le nom de chacun des enfants soit cité – et, enfin, de complicité dans l'agression de l'étudiante Juli Denissen le 10 juillet 2008 sur la lande de Melby à Halsnæs.

L'accusée ne fit aucun commentaire concernant les charges et suivit les policiers venus l'arrêter sans opposer la moindre résistance.

# PARTIE 3

# LE PROCÈS

# 36

*Højbro Plads, Copenhague,*
*vendredi 1er octobre 2010*

La vie de Christoffer Brinch n'était rien de moins qu'une totale réussite. Au terme d'une scolarité brillante, il avait étudié le droit à l'université de Copenhague. En 1973, il avait terminé premier de sa promotion, avant de passer les trois années suivantes chez lui, à Holbæk, au sein du principal cabinet d'avocats de la ville. En 1977, il avait emprunté de l'argent à ses parents et était retourné vivre à Copenhague, où il avait loué un petit bureau dans le quartier très prisé de Højbro Plads. Là, il avait fondé sa propre société, spécialisée dans le droit des affaires et le droit fiscal. Et les affaires avaient été florissantes. De nature amicale, il détestait se mettre en avant et il y avait quelque chose de singulier dans ses grands gestes maladroits, qui faisait penser à une marionnette de Pinocchio, comme si Dieu ne s'était pas appliqué quand il l'avait créé. Et si on ne le connaissait pas, bien souvent, on ne comprenait que trop tard dans la conversation qu'il était d'une intelligence exceptionnelle. Ses clients potentiels – en majorité des PDG et des cadres de direction – plissaient les yeux et se demandaient si, finalement, le jeune homme ne pourrait pas se révéler utile d'une manière ou d'une autre et s'il ne vaudrait pas la peine de lui confier une affaire mineure, histoire de le tester. En 1980, il avait acquis tout l'étage où se trouvait le bureau où il avait commencé son activité, et en 1985, il avait racheté tout le bâtiment. À ce moment-là, il avait plus de trente employés, dont quatre étudiants en droit qu'il avait sélectionnés parmi les plus prometteurs de l'université. Sa société leur laissait du temps et leur mettait des locaux à disposition pour leurs études, tout en leur enseignant tranquillement les aspects concrets du métier d'avocat. C'était lui-même qui avait eu l'idée d'accueillir des étudiants ; c'était un investissement à long terme destiné à s'assurer dans le futur les services d'employés qualifiés et fidèles. Ce qui avait d'ailleurs été le cas, à une exception près. Et il l'avait épousée. Ce mariage avait été heureux, ils avaient eu trois enfants et n'avaient jamais cessé de s'aimer. Il l'adorait et elle veillait sur lui. S'il avait passé trop de temps au travail, elle n'hésitait pas à aller le chercher au bureau pour le ramener à la maison, même s'il était au milieu d'une réunion importante. Elle s'égosillait alors, se plaignant qu'il n'était pas juste que Christoffer doive tout faire, il n'était plus si jeune, il était temps que d'autres prennent le relais car son mari ne reviendrait que le lundi suivant. Au plus tôt ! Et une fois de retour chez eux, il en prenait encore pour son grade. Elle ne voulait pas le perdre, il risquait de faire un AVC à se surmener comme il le faisait, et non, il n'était pas question qu'elle arrête – qu'est-ce qu'il croyait, qu'il était immortel ? Christoffer Brinch avait fini par céder et faire entrer des associés dans sa société afin, notamment, de partager les responsabilités liées à la direction, un processus qui avait été mené à bien sans que la position dominante de Brinch & Partnere ne soit remise en cause parmi les cabinets de Copenhague spécialisés dans le droit des affaires.

En 2001, Christoffer Brinch avait fêté son cinquantième anniversaire, et à cette occasion, il avait eu une longue conversation avec son épouse. Il souhaitait consacrer la fin de sa carrière à son premier amour, à savoir le droit pénal. Il était parfaitement conscient qu'il n'y avait guère d'argent à se faire dans ce domaine, mais il pouvait se permettre d'ignorer cet aspect. Sa femme l'avait encouragé dans son projet et même ses associés s'étaient montrés compréhensifs, même si, derrière son dos, ils émettaient de sérieux doutes sur ses chances de réussite. Après tout, il ne s'était jamais frotté au droit pénal depuis l'époque où il était étudiant. Cependant, c'était sans compter sur son talent exceptionnel, et en un temps remarquablement court, Christoffer Brinch était ainsi devenu un avocat extrêmement demandé, notamment au sein de la profession. Il n'était pas rare que des collègues qui avaient des problèmes s'adressent à lui car il avait la réputation d'être le meilleur. Ces années avaient été très bonnes, peut-être les meilleures de sa carrière. Il n'acceptait que les affaires qui l'intéressaient, et toujours en nombre limité, ce qui lui laissait le temps de déambuler régulièrement dans les bureaux et d'aider les autres si nécessaire, éventuellement de flirter un peu avec les jeunes femmes quand il en avait l'occasion. Il n'était jamais plus heureux que quand un des étudiants stagiaires, qu'il continuait de former et d'employer, sollicitait son aide pour un devoir ou un mémoire.

Il pouvait remuer ciel et terre, travailler des heures dans son bureau pour vérifier chaque détail, n'hésitant pas à envoyer un taxi à la bibliothèque universitaire s'il avait besoin d'un de ses anciens manuels, et remettre le fruit de ses efforts à l'étudiant le lendemain, comme si ce n'était rien d'autre que quelques notes et remarques qui pourraient peut-être s'avérer utiles. Le résultat était toujours le même : l'étudiant, ne pouvant décemment pas s'approprier ce brillant travail, n'avait plus qu'à retourner voir son tuteur à l'université pour qu'il lui propose un nouveau sujet. C'est pourquoi, chez Brinch & Partnere, on avait fini par interdire formellement aux étudiants de lui montrer leurs devoirs.

La demande d'Irene Gallagher arriva de manière détournée jusqu'à Christoffer Brinch. Elle avait été envoyée par l'intermédiaire d'un de ses anciens collègues de l'armée, puis transmise à un juge à la retraite qui avait autrefois été le tuteur de l'avocat vedette. Ce juge se présenta en personne à Højbro Plads et expliqua l'affaire dans les grandes lignes, tandis que Christoffer Brinch l'écoutait en hochant la tête, comme s'il pesait en permanence le pour et le contre. Le cas d'Irene Gallagher s'annonçait passionnant. Aussi Brinch accepta-t-il de s'en charger.

Il rencontra sa cliente pour la première fois à la prison de Vestre, où elle avait été placée à l'isolement pour quatre semaines dans le cadre de la détention préventive.

Elle se leva quand le gardien fit entrer Christoffer Brinch et ils se serrèrent la main. Puis ils s'assirent tous les deux sur le lit. La cellule était exiguë et le confort spartiate : une couchette, une table et une chaise, une penderie, une étagère au-dessus de la table et une fenêtre avec des barreaux percée tout en haut du mur. Une ouverture de porte donnait sur une salle d'eau avec WC. Les murs des deux pièces étaient peints en jaune pâle.

— Nous pourrions peut-être déjà nous présenter mutuellement en quelques mots, dit Christoffer Brinch. Je serais heureux de commencer.

Irene Gallagher l'interrompit avant même qu'il se soit lancé.

— Ce n'est pas nécessaire, je sais parfaitement qui vous êtes. C'est pourquoi j'ai souhaité que vous me défendiez.

— Hum, merci. Mais moi, en revanche, je ne sais pas grand-chose sur vous.

Répondant à son invitation, elle lui parla brièvement de sa vie, puis, lorsqu'elle eut terminé, elle passa un moment à lui expliquer pourquoi elle ne pouvait s'étendre sur ses activités au sein de l'armée. Elle conclut en disant :

— Et ce sera la même chose au tribunal. Le juge sera très certainement informé, et il y a certains sujets qu'il ne permettra pas qu'on aborde, et… Dites-moi, vous voulez bien arrêter de hocher la tête ? On dirait un idiot.

— C'est un de mes tics, vous allez devoir vous y habituer. Vous êtes toujours aussi directe ?

— Pas toujours, mais en général.

— Ça me plaît. Je vais essayer de l'être aussi. À propos du fait que vous ne pouvez parler de votre travail, vous pensez que c'est quelque chose qui pourrait nuire à votre défense ?

Irene Gallagher répondit que non.

— Vous m'intriguez. D'habitude, quand je rencontre des clients en prison, ils commencent par me demander quand est-ce qu'ils vont être relâchés, et ils essaient de toutes leurs forces de me convaincre qu'ils sont innocents – qu'ils le soient ou non. Mais vous semblez prendre les choses avec une étonnante sérénité, bien que les charges qui pèsent sur vous soient particulièrement graves.

— Je garde mon calme parce que ça ne servirait à rien que je m'excite. En plus, j'ai été formée à ne pas céder à la panique. Et puis, comme je vous l'ai dit, je suis moi-même juriste, alors je sais qu'il ne se passera pas grand-chose tant qu'on n'aura pas reçu ma mise en accusation, ce qui n'arrivera pas aujourd'hui. Il est fort probable qu'ils me gardent en détention pendant encore quelques semaines. Nous le savons tous les deux.

Christoffer Brinch acquiesça. C'était ainsi que fonctionnait le système.

— Vous avez déjà réfléchi à votre ligne de défense ?

— Oui. Et il est important que nous établissions des règles de base. J'ai besoin que vous soyez mon porte-parole pendant toute la durée du procès, que vous soyez d'accord ou non avec moi.

— Bien sûr, c'est justement à ça que sert un avocat. Toutefois, je faisais plutôt allusion à ce que vous pensez des charges en général.

— Que la police a été manipulée et que les preuves que les enquêteurs ont rassemblées contre moi ont été fabriquées, et nous le démontrerons au cours du procès. Car c'est la vérité, même si c'est difficile à croire.

Cette fois, ce fut au tour de Christoffer Brinch de méditer. Lorsqu'il eut terminé, il dit :

— Très bien, alors c'est ce que nous allons essayer de faire. L'accusation d'homicide involontaire sur les enfants sera abandonnée. Même Bjørn Lauritzen n'aurait pas pu être accusé de ça, s'il était encore en vie. Il n'existe aucun lien de causalité. Et à mon avis, ça vaut aussi pour l'enseignante japonaise, même si ça peut être discuté. L'accusation de complicité dans l'agression de cette jeune femme, dans le Zealand du Nord, ne tiendra pas non plus. Je ne vois pas du tout comment la partie civile pourrait raisonnablement prouver que vous êtes impliquée dans cette affaire. En ce qui concerne les autres charges, on va attendre de voir, comme vous l'avez dit. Je suppose que vous savez déjà que la ligne de défense que vous suggérez est probablement la pire envisageable.

— Oui, je suis au courant, mais… mais… enfin, ce que je veux dire, c'est que je pourrais essayer de vous convaincre que je n'ai pas fait les choses dont on m'accuse, mais je ne suis pas sûre que vous accepteriez de m'écouter.

— Allez-y, je vous écoute.

— J'ai malheureusement menti à la police lors d'un interrogatoire, mais je n'avais pas le choix. Je vous expliquerai pourquoi plus tard, dans la mesure de ce que je suis autorisée à vous dire.

— D'accord, on parlera de ça quand le moment sera venu.

— Vous avez déjà eu un client qui clamait son innocence alors que tout plaidait contre lui ?

— Oui, plein.

— Comment ça s'est terminé ?

— Ils ont été condamnés.

— À raison, d'après vous ?

— Oui, c'est ce que je dirais.

— Dans ce cas, je serai l'exception qui confirme la règle, parce que si je suis condamnée, ça aura été un simulacre de justice. Les preuves qui me désignent ont vraiment été fabriquées. J'espère que je parviendrai à vous en convaincre avec le temps. Parce que c'est la vérité. Et il va falloir qu'on suive la ligne de défense que je vous ai exposée.

— Bien sûr, si c'est ce que vous voulez, il va bien le falloir.

En son for intérieur, Christoffer Brinch était persuadé qu'elle écoperait d'une peine d'emprisonnement à vie.

# 37

*Place d'Israël, Copenhague,*
*samedi 2 octobre 2010*

Elle tendit le bras au-dessus de la table et posa sa main sur la sienne. Cela ne dura qu'un instant, une seconde d'enthousiasme pour appuyer son idée, puis elle retira sa main. Il pensa que c'était la première fois qu'ils se touchaient, à l'exception de quelques poignées de main qui ne comptaient pas. Il se sentit heureux, il n'y avait pas d'autre mot, et il but le reste de son café froid et insipide, qui n'avait pas eu meilleur goût quand il était chaud. Elle se pencha en avant, plaça ses coudes sur la table, entrecroisa ses doigts et appuya sa tête dessus. Elle lui avait posé une question, et peut-être qu'il finirait par se laisser convaincre de lui répondre. Elle était sacrément attirante.

Arne Pedersen dit :

— Vous voulez bien répéter, s'il vous plaît ? Ça me paraît suspect.

Louise Berg sourit, de la douceur et une pointe de taquinerie dans le regard. Puis elle répéta :

— J'ai dit que je connaissais un endroit près d'ici où on pouvait très bien manger et gratuitement, si on la joue finement. Et évidemment que c'est suspect. Ça vous tente ?

Il était impossible de décliner. Ils réglèrent la note, quarante couronnes chacun, un tarif ridiculement exorbitant, même cinq couronnes, cela aurait été trop. Elle insista pour qu'ils partagent et piocha dans son portemonnaie quelques pièces, qu'elle aligna devant elle tandis qu'elle les comptait. Elle lui expliqua que c'était un de ses principes, dans la mesure où elle ne le connaissait pas encore. Le petit mot *encore* lui provoqua une sensation de chaleur inhabituelle qui se répandit de son diaphragme jusque dans les jambes, et il comprit qu'il était fou d'elle. Il dut se ressaisir rapidement de peur de passer pour un imbécile. Il était suffisamment âgé pour être son père et, de toute façon, qu'avait-il à lui offrir ?

Le marché de Torvehallerne, sur la place d'Israël, était en cours de construction. L'endroit était censé devenir un paradis culinaire regroupant des boutiques spécialisées, un véritable eldorado d'ingrédients frais et de qualité, c'était ce que promettait le panneau publicitaire devant le chantier. Mais chaque samedi, depuis le mois de mai, les commerçants, impatients d'en profiter, avaient pris l'habitude d'installer leurs étals au milieu des engins et des matériaux de construction qui couvraient une grande partie de la place. Louise le prit sous le bras et expliqua :

— On ne va rien acheter. La nourriture est peut-être délicieuse, mais c'est aussi hors de prix. Le truc, c'est de faire croire qu'on pourrait acheter quelque chose quand même. Il faut prendre son temps. On peut aussi poser des questions. Les commerçants sont fiers de leurs produits, alors ils en parlent facilement.

Elle l'entraîna jusqu'à un stand de saucisses, observa la marchandise avec intérêt et piocha dans une des assiettes où des morceaux avaient été mis à disposition des clients pour qu'ils les goûtent. Elle mâcha le bout de saucisse d'un air appréciateur et, lorsqu'elle eut la bouche vide, elle dit :

— Elle est bonne, délicatement fumée et pas trop forte. Vous devriez goûter.

Il s'exécuta, tandis qu'elle demandait au vendeur de quel pays venait la saucisse et si elle était bio.

Ils déambulèrent ainsi pendant une demi-heure, parlant principalement de nourriture, un sujet inoffensif : quelle était la chose la plus délicieuse à manger en hiver, au printemps, en été, en automne ? Elle n'avait jamais essayé les truffes ni le caviar – et lui ? Le soleil était haut dans le ciel et leur donnait chaud malgré la saison, et quand ils riaient et qu'elle se pressait momentanément contre lui, posant son front contre son épaule, leurs ombres se fondaient l'une dans l'autre. Il adorait cette vision.

Ils finirent par un verre de vin rouge dans un café de Vendersgade, et tandis qu'ils étaient assis là et que la gêne commençait à s'installer, elle redevint sérieuse.

— La femme que vous avez arrêtée, elle va être condamnée ?

Il lui répondit le plus franchement possible.

— C'est difficile à dire pour l'instant, mais j'imagine que certaines des charges devront être abandonnées. Elle ne pourra pas être reconnue coupable de la mort des enfants et de l'enseignante japonaise, ni de celle de Juli Denissen… Vous savez qui c'était ?

— Plutôt, oui. Pauline ne parlait quasiment que d'elle, ces deux dernières années.

— D'accord. Eh bien, encore une fois, je doute qu'elle soit condamnée dans cette affaire. Il reste l'assassinat de votre sœur et des trois autres victimes, et là aussi, j'ai de gros doutes. On a besoin de plus de preuves concrètes et scientifiques, et je pense qu'on finira par les obtenir, mais ce qui nous manque cruellement, c'est un mobile, et je ne suis pas sûr qu'on en découvrira un. Et puis il y a le meurtre de Bjørn Lauritzen, l'homme qui a tué votre sœur. Irene Gallagher sera condamnée, c'est certain, même si on a perdu une de nos potentielles pièces à conviction hier. Quand on l'a arrêtée, le labo a détecté des résidus de poudre sur ses vêtements ainsi que sur sa main droite, mais elle affirmait être allée s'entraîner au club de tir de Næstved avec son pistolet. Bien sûr, on a vérifié et, malheureusement, elle disait vrai, même si ça sent l'arnaque à plein nez.

Les larmes montèrent aux yeux de Louise. Arne se dit qu'il valait mieux la laisser tranquille. Il attendit en silence jusqu'à ce qu'elle se soit ressaisie. Elle le surprit alors en disant :

— Quand Pauline habitait à Reersø, elle était sincèrement amoureuse de vous. Vous auriez pu emménager avec elle, si vous aviez voulu. Vous le saviez ?

Il répondit que oui, il le savait, mais qu'il avait préféré donner la priorité à ses enfants, ce qui était la vérité. Puis il ajouta :

— Je sais parfaitement que c'est pire pour vous, mais elle me manque terriblement. Depuis qu'elle est morte, je repense à elle telle qu'elle était avant… de tomber malade. J'ai fait le mauvais choix à l'époque, mais je viens seulement d'en prendre conscience. Et maintenant, à vous de parler. Je ne sais même pas ce que vous faites dans la vie.

Elle était réceptionniste et travaillait au First Hotel d'Østerport. Elle vivait dans un petit appartement avec une amie, mais elle comptait mettre fin à cette situation. Seulement, il était devenu extrêmement difficile de se trouver un logement à prix abordable à Copenhague. Peut-être qu'elle devrait s'installer dans l'appartement de Pauline à Rødovre, mais elle n'était pas certaine d'avoir les moyens de se l'offrir ni de vouloir y habiter. Elle demanda :

— Quand Pauline est devenue mentalement instable, elle est sortie avec pas mal d'hommes. Un nouveau chaque week-end, au minimum, et je n'exagère pas. Vous étiez l'un d'eux ?

— Non.

— Et le Jutlandais ? J'ai complètement oublié son nom.

— Il s'appelle Klavs Arnold, et non, je ne crois pas qu'il en ait fait partie non plus.

Elle acquiesça d'un air quelque peu mélancolique.

— Je préfère. Je vais devoir y aller, mais vous pouvez encore me poser une dernière question.

Il fallait qu'il lui demande, il n'avait pas le choix, et elle pourrait l'interpréter comme elle le voudrait.

— Vous avez un petit ami ?

Il vit à sa réaction qu'elle s'était attendue à cette question. Elle répondit d'un ton neutre :

— Ça, c'est ma vie privée.

C'était une mauvaise manière de finir ce rendez-vous, mais s'il cherchait à se justifier il ne ferait que s'enfoncer encore plus. Il capta le regard de la serveuse et ils partagèrent la note, comme la dernière fois. Puis elle se leva pour partir.

— Je vous appelle.

# 38

*Musée Thorvaldsen,*
*dimanche 3 octobre 2010*

Les deux hommes observaient la statue. Helmer Hammer demanda à Konrad Simonsen :

— Qu'est-ce que tu vois ?

Konrad eut un rire dédaigneux. L'opéra, le ballet, la peinture, la sculpture, la musique classique, la poésie, la liste était longue… toute cette culture snobinarde, ce n'était vraiment pas sa tasse de thé. Il préférait regarder des courses cyclistes à la télé ou un bon film américain. Pour ne pas parler d'une partie d'échecs.

— Je vois un homme nu portant un casque romain. Il a dépecé un mouton et a les fesses posées sur un tas de linge sale.

Helmer Hammer se prit la tête d'un geste théâtral. Évidemment, c'était lui qui avait eu l'idée de visiter le musée Thorvaldsen. Konrad Simonsen aurait proposé une balade en plein air ou un repas au restaurant.

— C'est une œuvre majeure du néoclassicisme européen que tu es en train de dénigrer, espèce d'ignare. Elle représente rien de moins que notre foi en l'homme libre et en la démocratie occidentale. En plus, c'est un bélier, pas un mouton, mais je ne vais pas gaspiller mon temps à te raconter son histoire, vu que tu n'en as certainement rien à faire.

Konrad Simonsen donna une seconde chance à la statue, mais n'y décela aucun signe de démocratie.

— Ses organes génitaux sont mal proportionnés, ils sont minuscules, fit-il remarquer.

— D'accord, cette fois, j'abandonne. Tu n'as décidément aucun intérêt pour la culture classique. Viens, on va au café, j'admirerai la collection tout seul un autre jour.

Helmer Hammer occupait le poste de conseiller spécial dans les services du Premier ministre et travaillait directement sous les ordres du chef de cabinet. Grâce à cette position importante, il avait un point de vue unique sur les activités de l'administration d'État et était constamment au courant des dernières tendances politiques.

Au fil des ans, les deux hommes avaient développé une sorte d'amitié, même s'ils ne se voyaient que rarement, et il arrivait parfois que l'un rende service à l'autre. La veille, Hammer avait appelé Konrad Simonsen. Il avait entendu dire dans les couloirs du ministère que le directeur de la Crim pourrait avoir besoin d'un petit conseil amical.

Ils s'installèrent à une table dans l'angle le plus éloigné du café. Ils étaient quasiment seuls, si bien qu'ils pouvaient parler tranquillement.

— Tu as l'air très détendu aujourd'hui, observa Konrad Simonsen. C'est parce que tu es en congé ou parce que l'activité dans le cabinet du Premier ministre est retombée à un niveau plus humain ?

Helmer Hammer secoua la tête. Ni l'un ni l'autre. Il avait démissionné, mais ce n'était pas encore officiel. Konrad Simonsen était stupéfait. Hammer expliqua qu'il cherchait depuis longtemps un poste d'ambassadeur dans un pays chaud et agréable, mais que sa famille était peu encline à partir vivre à l'étranger et qu'il avait refusé toutes les autres affectations qui lui avaient été discrètement proposées.

— Mais alors qu'est-ce que tu comptes faire ?

— Tu as entendu parler de l'Oracle de Købmagergade ?

Oui, Konrad Simonsen en avait bien entendu parler. L'Oracle était promis à une grande carrière au ministère des Finances, jusqu'à ce que le stress du travail le conduise au burn-out. Une fois rétabli, on l'avait mis sur une voie de garage à la Monnaie royale. Là, dans son petit bureau de Købmagergade, situé au-dessus du musée national de la Poste et des Télécommunications, il n'aurait eu qu'à se tourner les pouces jusqu'à la retraite. Mais avec le temps, l'homme s'était créé son propre job. Il était devenu conseiller pour tous ceux qui, au sein de l'administration gouvernementale, et quel que soit leur niveau de responsabilités, avaient besoin de conseils. Or, avec sa connaissance approfondie de la bureaucratie des ministères et des commissions, il était en mesure de dispenser d'excellents conseils. La Comtesse avait d'ailleurs eu recours à ses services un jour.

Helmer Hammer développa :

— Tous les deux, on a créé une petite société de *consulting*. On a trouvé des bureaux dans Bredgade.

— De *consulting* pour qui ?

Hammer sourit.

— Pour tous ceux qui ont besoin de nous et qui ont les moyens de payer.

Konrad Simonsen se dit que cette entreprise était promise à un bel avenir. De nombreuses personnes – notamment des lobbyistes – pourraient bénéficier des connaissances des deux hommes, cela ne faisait pas l'ombre d'un doute.

— Mais pour l'instant, tu travailles encore pour l'État, et c'est tant mieux. Comme ça, je n'aurai pas à te payer.

Le signal était donné. Ils se redressèrent tous les deux sur leur chaise et leurs expressions devinrent sérieuses.

Simonsen demanda :

— Tu veux que je te dresse les grandes lignes de mon enquête ?

— Ce n'est pas la peine. J'ai échangé quelques mots avec un de nos amis communs qui t'a rendu visite l'autre soir, Simon, et je pense que je sais déjà tout ce que j'ai besoin de savoir. Moi, en revanche, j'ai quelque chose à te dire. Tu crois que les activités d'Irene Gallagher et de Bjørn Lauritzen en Bosnie au milieu des années 1990 peuvent être importantes pour ton enquête, mais quand tu demandes de l'aide à l'armée, et plus précisément aux services de renseignements militaires, tu te heurtes à un mur. Ils ne refusent pas seulement de t'aider, ils te mettent des bâtons dans les roues. Mais j'y reviendrai plus tard. S'ils se montrent aussi peu enclins à collaborer, c'est probablement parce que les activités d'Irene Gallagher sont liées d'une façon ou d'une autre à un secret-défense, petit ou gros. Partons du principe que c'est le cas, qu'ils cherchent à cacher quelque chose. Il y a deux choses qu'il faut que tu gardes à l'esprit. Premièrement, ils ne sont pas nombreux à connaître ce secret, peut-être juste deux ou trois, et ces gens-là travaillent tous pour l'armée. Deuxièmement, les seules personnes qui pourraient forcer l'armée à coopérer avec toi sont le ministre de la Défense, le ministre de la Justice et le Premier ministre, mais aucun d'eux n'acceptera de le faire – du moins pas de son plein gré. Ils ne souhaitent tout simplement rien savoir de cette affaire. Leurs ministères respectifs en sont parfaitement conscients, si bien que leurs fonctionnaires s'emploient à ce qu'ils ne reçoivent aucune information.

Konrad Simonsen ne put s'empêcher de l'interrompre :

— Mais c'est intolérable. Heureusement que la statue de la démocratie qu'on a vue tout à l'heure ne peut pas nous entendre ou elle se disloquerait de honte.

— Oui, c'est probable. Le fait est que le Danemark est sans aucun doute la démocratie occidentale où le pouvoir politique contrôle le moins ses services de renseignements, mais il n'y a rien qu'on puisse faire.

Konrad Simonsen se gratta le front avec le dos de la main. Il n'était pas satisfait de ce qu'il entendait, mais il était au moins reconnaissant que quelqu'un daigne lui dire la vérité.

— Tu as dit "Ils ne refusent pas seulement de t'aider". Qu'est-ce que tu entends par là ?

— Que les FE s'opposeront à toi. Peut-être parce que l'armée préfère qu'Irene Gallagher soit acquittée et qu'elle parte vivre en Nouvelle-Zélande. Ou peut-être aussi que toi et ta nouvelle copine, la procureure générale – Kirsten Hansen, c'est bien comme ça qu'elle s'appelle, n'est-ce pas ? –, avez tellement contrarié les FE, ainsi qu'une bonne partie du ministère de la Défense, qu'ils en font maintenant une question de principe. Ce ne serait pas la première fois que ça se produit. Et finalement, ça pourrait aussi être une combinaison des deux, ce que je crois, personnellement.

— Et de quelle manière est-ce qu'ils s'opposent à moi ?

— Pour l'instant, en lançant des rumeurs. Je sais que ça peut paraître bien inoffensif comme méthode, mais il n'en est rien. Et n'oublie pas que les FE sont des experts dans ce domaine. Ils font courir le bruit au sein de la police que ceux qui aideraient l'armée dans cette affaire ne seraient pas oubliés et que les services de renseignements militaires et de la police offrent de belles opportunités de carrière. Ce dernier argument a mis notre ami commun dans une rage folle car ses propres services s'en trouvent affectés et aussi parce qu'il n'a aucune envie de se retrouver impliqué dans une lutte ouverte entre la Criminelle et les FE. Mais il ne peut pas faire grand-chose pour l'empêcher, de toute façon.

Le visage de Simonsen s'empourpra sous l'effet de la colère.

— Pourquoi personne ne m'en a rien dit ?

— Arrête un peu, bon sang, Simon. Des fois, tu as vraiment du mal à raisonner autrement qu'en tant que chef. Franchement, si tu étais un policier jeune et ambitieux et que tu entendais dire que ce serait un bon investissement sur le long terme de devenir ami avec les FE, est-ce que tu t'empresserais d'aller trouver ton supérieur immédiat, ou toi – si tu vois ce que je veux dire –, pour lui répéter que tu viens d'entendre une rumeur à la cantine ? Bien sûr que non. Et personne d'autre ne le ferait.

Simonsen dut admettre que Hammer avait raison. Il s'apaisa.

— Et donc, qu'est-ce que je dois faire ? Tu as une idée ?

— Je n'en ai pas toujours ? Vole-leur dans les plumes, Simon. Mets-leur la pression autant que tu le peux, et même encore plus. C'est le seul moyen. Ce n'est pas pour ça qu'ils t'ouvriront leurs archives, bien sûr, mais ça leur montrera qu'on ne s'oppose pas à toi impunément et qu'il serait peut-être dans leur intérêt de lâcher un peu de lest. Ça risque de les rendre dingues et sans doute aussi agressifs – en tout cas dans un premier temps –, mais… ils le sont déjà, de toute façon. Et ils n'oublient jamais, ils essaieront sûrement de t'abattre un jour ou l'autre. Il faut que tu en sois conscient.

— M'abattre ?

— De t'envoyer à la retraite, peut-être aussi de t'intimider, mais rien de plus. Personne n'oserait s'en prendre à toi physiquement. Tu n'as pas à t'en faire pour ça.

— Je ne m'en fais pas du tout, et je dois reconnaître que l'idée de leur voler dans les plumes, comme tu dis, me plaît bien.

— Parfait. Maintenant, écoute-moi attentivement. Il va falloir que tu rédiges une requête officielle, qui sera certainement rejetée, et dans laquelle tu préciseras…

Helmer Hammer se mit à gesticuler avec impatience, tandis qu'il commençait à exposer son plan.

## 39

*Police scientifique,*
*lundi 4 octobre 2010*

La Comtesse se sentait toujours la bienvenue quand elle se rendait dans les locaux de la police scientifique, à Vanløse. Elle appréciait particulièrement le chef du service, Kurt Melsing, et elle était loin d'être la seule dans ce cas.

Kurt Melsing accueillit la Comtesse. Il était au courant de sa venue, mais pas de la raison qui l'amenait. La Comtesse lui expliqua qu'elle avait une vidéo pour lui. Très courte, à peine une seconde. Néanmoins, elle était d'une grande importance puisqu'elle montrait Irene Gallagher, et peut-être aussi Bjørn Lauritzen, l'après-midi du dimanche 22 août. Kurt Melsing l'entraîna vers son ordinateur en disant "Très, très bon". Venant de lui, c'étaient des termes forts, elle le savait, et elle était d'accord avec lui : c'était probablement très, très bon.

La Comtesse avait reçu la vidéo plus tôt dans la journée. Un père de famille au chômage avait contacté la préfecture de police et expliqué qu'il avait en sa possession une vidéo ultracourte d'Irene Gallagher en compagnie d'un homme sur la plage de Charlottenlund le jour où tous ces enfants avaient été tués. L'officier de garde de la brigade criminelle, pensant que c'était un canular, ne s'était guère montré enthousiaste. Depuis l'arrestation d'Irene Gallagher, l'intérêt des médias pour l'affaire s'était rallumé, entraînant une hausse proportionnelle des appels de la part de la population. Un policier supplémentaire avait été temporairement affecté au standard et chargé de prendre tous les appels destinés à la Criminelle. En interne, cette fonction était surnommée l'Écluse. Et dans certaines circonstances, l'Écluse pouvait compter jusqu'à quatre régulateurs, tout comme elle pouvait être démantelée si le nombre d'appels devenait insuffisant. La grande majorité des signalements que recevait l'Écluse étaient inexploitables, et l'homme à l'autre bout du fil semblait être un de ces enquiquineurs, s'était dit le standardiste. Malgré tout, il avait demandé à l'homme d'envoyer sa vidéo par mail à la police, laquelle le recontacterait si sa vidéo se révélait intéressante. Ce qui était apparu comme une évidence dès que la Criminelle l'avait visionnée. Aussitôt informé, Konrad Simonsen avait appelé la Comtesse, qui prenait son service plus tard, ce jour-là, et lui avait demandé de faire un détour par Ryvangs Allé, où habitait l'homme, en se rendant au travail.

À son appartement, le témoin avait expliqué à la Comtesse dans quelles circonstances la séquence avait été filmée. Il était divorcé et voyait ses trois enfants un week-end sur deux, ce qui incluait ce fameux dimanche 22 août. Ce jour-là, lui et ses enfants avaient pris le bus jusqu'à la plage de Charlottenlund, où ils adoraient jouer. Cela n'avait pas été une journée très ensoleillée et les gens sur la plage n'étaient pas nombreux. Mais une femme d'âge moyen s'était installée à une certaine distance de lui et de ses enfants. Elle était assise avec un grand sac tressé à côté d'elle et avait passé son temps à scruter la mer avec ses jumelles. De temps en temps, elle faisait coucou à ses enfants. Il ne savait pas exactement combien de temps elle était restée là, mais il estimait que cela avait dû durer une heure ou un peu moins. Puis un homme d'environ cinquante ans avait surgi de la mer. Dès qu'elle l'avait vu, la femme s'était débarrassée de ses chaussures et de ses chaussettes et avait couru au bord de l'eau avec deux grandes serviettes sous le bras et son sac sur l'épaule. Elle avait tendu une des serviettes à l'homme qui avait alors commencé à se sécher les cheveux. Elle avait placé l'autre serviette sur ses épaules et, tandis qu'il se séchait les cheveux et qu'il avait ainsi le visage caché, elle l'avait entraîné vers la pelouse. Elle avait récupéré ses affaires au passage, puis le couple avait disparu sur le chemin menant au parking.

— Ça s'est passé très vite, en moins de temps qu'il ne m'en a fallu pour vous le raconter, alors je ne crois pas que d'autres gens les aient remarqués. Et puis ça n'avait rien d'exceptionnel, non plus. Apparemment, l'homme avait nagé sur une longue distance, et alors ?

La Comtesse acquiesça et le témoin poursuivit.

À peu près au même moment, il avait utilisé sa caméra pour filmer ses deux aînés à côté du château de sable qu'ils avaient édifié sur la plage. Ensuite, les garçons avaient voulu filmer eux-mêmes et chacun d'eux avait été autorisé à faire une courte vidéo. Tout s'était bien déroulé jusqu'à ce que la petite, qui était âgée de deux ans, décide qu'elle aussi voulait essayer, seulement c'était au-dessus de ses capacités et elle tenait la caméra sans comprendre qu'il fallait qu'elle la pointe vers ce qu'elle souhaitait filmer.

Quelques jours plus tard, il avait visionné les vidéos de ses enfants, et en particulier celle de sa fille, sur son ordinateur. On y voyait essentiellement du sable et du ciel, mais aussi Irene Gallagher, pendant à peine une seconde, au bord de l'eau, alors qu'elle se portait à la rencontre du nageur. D'après l'horloge de la caméra, cela s'était produit à 12 h 12. Le témoin avait reconnu la femme sur des photos vues sur internet, même si le juge avait interdit toute publication de son nom et de son image. Malgré tout, cette interdiction ne s'appliquait certainement pas à lui, n'est-ce pas ? Ses enfants et lui l'avaient filmée par accident. La Comtesse le rassura : il n'avait rien fait d'illégal. En réalité, c'était même fantastique.

Kurt Melsing regarda plusieurs fois la vidéo. Cela ne lui prit guère de temps. Puis il la parcourut image par image, ce qui ne fut pas long non plus. Un des membres de son équipe était avec eux.

— On pourrait peut-être le mesurer et aussi coller le mort sur la vidéo, lui dit Kurt Melsing, pour voir si ça correspond. La nouvelle, Elise, elle peut le faire.

Le technicien, habitué au langage de son chef, traduisit pour la Comtesse :

— On pourrait essayer de calculer la taille de l'homme de la vidéo et la comparer avec celle de Bjørn Lauritzen. On peut aussi voir si on peut ajouter sa silhouette sur l'image en se basant sur les photos prises durant l'autopsie. Ou bien on pourrait peut-être prendre de nouvelles photos sous le bon angle. Son corps est toujours stocké ici. L'identification ne sera jamais précise à cent pour cent, mais encore une fois, il est aussi possible que l'homme sur cette vidéo ne soit pas Bjørn Lauritzen, et si c'est le cas on devrait pouvoir le prouver. On va confier cette tâche à notre nouvelle collègue, c'est une experte du traitement d'images. Elle a travaillé comme animatrice chez Disney pendant deux ans, et ils n'ont pas l'habitude d'engager des gens qui ne possèdent pas de solides qualifications.

Le technicien fit une pause, puis ajouta :

— Ça pourrait constituer un indice déterminant.

La Comtesse approuva :

— Espérons-le. On va en avoir besoin.

# 40

*Préfecture de police,*
*jeudi 7 octobre 2010*

Le policier de service à la réception de la préfecture lança sèchement :

— Ça ne sert à rien de gémir comme vous le faites. Vous ne verrez pas Konrad Simonsen, c'est comme ça. On ne peut pas débarquer à l'improviste et demander à parler immédiatement au directeur de la Crim.

Le jeune homme essaya de se ressaisir. Il avait la larme facile, il avait toujours été comme ça, même un film sentimental pouvait le faire pleurer comme une Madeleine, n'empêche qu'il avait raison, il le savait. Ce qui était arrivé était totalement injuste. Il s'essuya le nez avec la manche de sa chemise et fit une nouvelle tentative :

— Pourquoi il est aussi mauvais avec elle ? Pourquoi il la traite de sale manouche ? On essayait juste d'aider, et on ne savait pas que la vidéo était illégale. Maintenant, elle est terrifiée à l'idée qu'il répète tout à son mari.

Le policier secoua la tête d'un air résigné.

— Un moment, je vous prie.

La voix de Klavs Arnold était calme et mesurée, exactement ce qu'il fallait pour désamorcer la situation. Les deux hommes à l'accueil se retournèrent. Klavs Arnold se dirigea vers le policier de garde. "Il va venir avec moi, j'aimerais bien entendre ce qu'il a à dire." Le policier regagna sa place, tandis que Klavs Arnold conduisait le jeune homme dehors, dans le péristyle qui se trouvait juste derrière l'entrée de la préfecture. "Asseyez-vous et prenez votre temps, je ne suis pas pressé." Le jeune homme s'assit, s'adossa à une colonne et sembla se détendre.

Lentement, Klavs Arnold lui arracha son histoire. Le jeune homme était de Slagelse et expliqua qu'il avait une liaison secrète avec une jeune femme rom. De temps en temps, ils se baladaient ensemble. Lors d'une de ces sorties, le couple avait vu Irene Gallagher en forêt de Lorup, mais elle ne les avait pas remarqués. Elle avait une caisse à outils et portait des planches sous le bras. L'homme, poussé par la curiosité, l'avait filmée furtivement. Ayant appris qu'Irene Gallagher était accusée de complicité dans la tuerie du bateau-mouche et soupçonnée d'avoir participé à d'autres crimes, les deux jeunes gens avaient décidé de contacter la police et de leur parler de la vidéo. Ils avaient appelé du domicile du jeune homme et mis le téléphone sur haut-parleur, se disant que leur témoignage pourrait avoir de l'importance. Après avoir expliqué leur cas au régulateur de l'Écluse, ils avaient été transférés à Konrad Simonsen. Mais, contre toute attente, celui-ci s'était montré extrêmement rude. Il avait porté des accusations terribles à l'encontre de la fille et déclaré qu'elle et sa famille vivaient d'activités criminelles, que c'étaient des parasites, un fardeau pour les contribuables danois.

Le pire de tout, c'était qu'il avait menacé de raconter au mari de la fille qu'elle le trompait, bien qu'ils eussent expressément demandé à ce qu'il ne soit pas impliqué. Il avait dit au jeune homme que c'était un crime puni par la loi de photographier ou de filmer des gens à leur insu, puis il l'avait sommé de supprimer la vidéo de son téléphone. Après avoir raccroché et obéi à l'ordre du policier, les jeunes gens étaient sous le choc. Ils ne savaient pas quoi faire. Pour finir, le jeune homme avait pris un train pour Copenhague afin d'avoir une explication avec Konrad Simonsen.

Cette histoire lui paraissant toujours quelque peu suspecte, Klavs Arnold demanda :

— Comment est-ce que vous savez que la femme qui a été dans l'affaire de la tuerie du bateau-mouche est Irene Gallagher ?

Le garçon répondit, stupéfait :

— Mais enfin, toute la ville le sait ! Les gens ne parlent que de ça.

Klavs Arnold l'emmena dans son bureau. Lorsqu'ils passèrent devant le bureau de son chef, il jeta un coup d'œil à l'intérieur en poussant le jeune homme devant lui comme une valise.

— Est-ce que par hasard tu aurais parlé à deux jeunes gens, un jeune homme et une jeune femme, qui disaient avoir vu Irene Gallagher en forêt ?

Simonsen leva les yeux sur eux en fronçant les sourcils.

— Non. Et toi ?

Klavs Arnold demanda au jeune homme :

— Vous reconnaissez cette voix ? C'est l'homme à qui vous avez parlé au téléphone ?

Le garçon secoua la tête. Non, celui à qui il avait parlé avait une voix complètement différente. Puis, Klavs Arnold l'entraîna plus loin dans le couloir, l'assit sur une chaise dans son bureau et lui demanda de l'attendre. Quelques instants plus tard, Klavs Arnold revint avec Malte Borup.

— Donnez-nous votre portable.

Le jeune homme s'exécuta.

— Est-ce que vous avez fait d'autres vidéos depuis que vous avez effacé celle de la forêt ?

La voix de Klavs Arnold était tendue.

— Non, répondit le garçon.

— Récupère cette vidéo, Malte. Dès que ce sera fait, reviens me la montrer. En chemin, trouve Arne et dis-lui de venir tout de suite, peu importe ce qu'il est en train de faire. Allez, on se dépêche !

Moins de cinq minutes plus tard, Malte Borup fit son retour. Il était accompagné d'Arne Pedersen. Tout le monde regarda la vidéo sur l'ordinateur portable de l'étudiant. C'était bien Irene Gallagher, cela ne faisait aucun doute. Klavs Arnold tira quatre cents couronnes de son porte-monnaie et dit au jeune homme :

— On va garder votre téléphone. Et maintenant, vous allez malheureusement devoir nous laisser. On a une affaire importante à régler dans l'immédiat. On va vous prêter un autre téléphone sur lequel je vous appellerai ce soir. Dites à votre amie qu'on va avoir besoin de vous parler à tous les deux dès que possible, mais qu'on n'impliquera personne d'autre qu'elle et vous. Et je vous prie d'accepter mes sincères excuses. Ce qui s'est passé était une regrettable erreur. Prenez cet argent. Ça paiera vos tickets de train et vous pourrez vous acheter quelque chose à manger en rentrant. Malte, tu vas raccompagner ce jeune homme. Et tu reviens tout de suite après.

Klavs Arnold informa Arne Pedersen, qui réalisa aussitôt la gravité de la situation.

— Je connais le collègue qui est chargé de la régulation aujourd'hui depuis plus de huit ans, et je suis absolument certain qu'il n'aurait jamais transféré délibérément l'appel à la mauvaise personne. C'est impossible. Les régulateurs doivent prendre tous les appels et faire suivre ceux qu'ils jugent importants.

Dès que Malte Borup franchit la porte, les deux policiers lui tombèrent dessus.

— Comment fonctionne un standard téléphonique ?

L'étudiant stagiaire réfléchit pendant quelques secondes.

— En termes de technologie, un standard téléphonique est constitué de deux parties. Un SVI, ou serveur vocal interactif, c'est le serveur qui prend en charge les transferts, et une application frontale qui est commandée *via* un ordinateur ou un smartphone. Le standardiste contrôle l'application, laquelle contrôle le SVI, et le SVI contrôle les appels. Donc, si quelqu'un veut trafiquer le système, il peut le pirater et modifier l'application ou le SVI. La première solution est la plus facile. Pour ça, il suffit juste d'avoir des connaissances de base en programmation. La deuxième est beaucoup plus compliquée. Là, il faut être un vrai pro. En tout cas, si vous parvenez à le faire, ça devient presque impossible de localiser le téléphone sur lequel l'appel a été sournoisement transféré.

— Donc, la deuxième solution nécessite l'intervention d'experts ?

— Tout à fait. Mais si on est en guerre avec les FE, n'oubliez pas qu'ils disposent de hackers parmi les meilleurs du Danemark avec leur unité de cybersécurité.

Arne Pedersen descendit au standard pour donner des instructions au régulateur. Pendant ce temps, Malte Borup alla chercher deux casques et un téléphone portable, tandis que Klavs Arnold commençait à répéter. Un quart d'heure plus tard, ils étaient prêts. Arne Pedersen verrouilla la porte de son bureau avant que Klavs Arnold ne passe l'appel. Il arriva au standard, puis le régulateur décrocha. Klavs Arnold lui raconta son histoire, après son appel fut transféré à Konrad Simonsen. Les trois hommes attendirent, fébriles, jusqu'à ce qu'une voix bourrue qui n'était pas celle de leur chef dise "Konrad Simonsen à l'appareil". Klavs Arnold demanda :

— *Vous êtes bien Konrad Simonsen, le directeur de la brigade criminelle ?*

— *Lui-même. Et vous, qui êtes-vous ?*

— *Kaj, Kaj de Bønsvig, et c'est déjà la cinquième fois que j'appelle les flics… enfin, la police, et ils n'ont toujours rien foutu.*

— *Veuillez décliner vos nom, adresse et numéro de téléphone, je vous prie.*

— *Vous n'avez qu'à les demander aux deux crétins à qui j'ai dû parler avant qu'on me transfère à vous. C'est la dernière fois que je vous appelle, j'en ai ma claque de ces conneries. Je fais quand même ça pour vous rendre service, merde.*

— *Comment ça ? Quel service ? Et il me faut vos informations personnelles.*

— *Le service de vous dire où l'autre salope de Gallagher a garé la bagnole de son mari quand elle a liquidé l'enfoiré qui a tué ces gamins. Les traces de pneus sont toujours là, je viens juste de vérifier, mais c'est un miracle qu'elles n'aient pas été effacées par la pluie pendant que vous et vos collègues vous glandez à la préfecture.*

Il y eut une longue pause.

— *Où se trouvent ces traces de pneus ?*

— *Eh bien, vous suivez Bønsvigsvej en direction de la plage et tout de suite après... placé deux plots orange... Ah, fait chier... batterie, bordel... écoutez... une prise... dans une demi-heure.*

Lorsque Klavs Arnold eut raccroché, Arne Pedersen dit, impressionné :

— Tu as drôlement assuré ! Où est-ce que tu as appris à faire ça ?

La feuille que le Jutlandais venait de mettre en boule devant son portable atterrit avec élégance dans la corbeille à papier. Il se leva et enfila sa veste.

— C'est une longue histoire. J'avais fait un pari avec des potes, mais je vous raconterai ça une autre fois. On ferait bien d'y aller si on veut arriver suffisamment en avance. On n'aura qu'à contacter la police du Zealand du Sud en chemin. Malte, il faudra que tu aies reprogrammé ce SVI de manière à ce qu'il fonctionne de nouveau correctement. Ensuite, assure-toi qu'il soit surveillé à partir de maintenant – ou quel que soit le terme informatique.

— On ne devrait pas d'abord prévenir Simon ? dit Arne Pedersen.

Klavs Arnold repoussa sa suggestion.

— Il est en réunion avec la procureure. On l'appellera de la voiture quand il sera de retour à son bureau. Allez, maintenant, on décolle.

# 41

*Forêt de Store Hestehave, Jungshoved,*
*jeudi 7 octobre 2010*

— Tu es conscient qu'on nous surveille, n'est-ce pas ?

Klavs Arnold dit cela sur un ton désinvolte et ne put s'empêcher de rire quand il vit Arne Pedersen se figer et scruter la forêt autour d'eux d'un air suspicieux. Il ne vit personne. Le Jutlandais lui indiqua un érable, face à eux, où quelqu'un avait placé un petit troll sculpté dans un creux laissé par une ancienne branche. Arne Pedersen poussa un soupir de soulagement et répliqua :

— Qu'est-ce que tu peux être con.

Klavs Arnold pouffa de rire à nouveau.

Les deux policiers étaient assis sur le tronc d'un hêtre abattu, bien dissimulés, mais avec une vue dégagée sur un chemin forestier situé à une vingtaine de mètres de distance. Le chemin était étroit, juste assez large pour que deux véhicules puissent s'y croiser. À leur arrivée, ils avaient trouvé un emplacement idéal où laisser, avec leur voiture, de légères traces de pneus dans le sol meuble en direction de la forêt. Ils avaient marqué l'endroit avec deux plots orange qu'ils avaient empruntés à la police locale, avant d'aller garer leur voiture cinq cents mètres plus loin. Puis ils étaient revenus à pied et avaient déniché la cachette où ils étaient maintenant en train d'attendre.

— Tu n'aimes pas tellement être dans la nature, pas vrai, Arne ?

Arne Pedersen nia, indigné, tout en pensant que son collègue avait raison. Il s'ennuyait toujours à mourir quand il était trop loin de… Comment dire ? Loin de tout. Une fois que vous aviez vu un bel arbre en automne, il était difficile de s'extasier à la vue du suivant. Il changea de sujet, mais le Jutlandais l'interrompit.

— Je crois que ça bouge.

Klavs Arnold tourna la tête et tendit l'oreille. Tout de suite après, Arne Pedersen l'entendit aussi. C'était une voiture. Et un peu plus tard, ils la virent : une grosse Mercedes gris métallisé avec deux hommes à l'avant. La voiture s'arrêta, un homme en descendit et ramassa un bâton avec lequel il écarta les plots. Puis, l'autre roula avec la Mercedes sur les traces de pneus qu'Arne Pedersen et Klavs Arnold avaient faites plus tôt, après quoi le piéton utilisa son bâton pour effacer à la fois les anciennes et les nouvelles traces. Les FE ne faisaient pas les choses à moitié.

Klavs Arnold sortit de sa cachette et s'avança dans le chemin. "Bien le bonjour !" les salua-t-il dans son dialecte jutlandais en se dirigeant vers la voiture. Pendant ce temps, Arne Pedersen s'empara de son téléphone.

Les deux agents des FE réagirent promptement, mais sans paniquer. Le conducteur tendit le bras au-dessus du siège passager et ouvrit la portière à son camarade, qui s'empressa de s'asseoir. La Mercedes recula sur une cinquantaine de mètres avant d'exécuter un demi-tour parfaitement maîtrisé, mais fut bientôt forcée de s'arrêter. Deux voitures de police arrivèrent en sens inverse et s'arrêtèrent à leur tour, l'une à côté de l'autre, de manière à bloquer le passage. Puis, la même manœuvre se répéta derrière la Mercedes et une petite armée de policiers en uniforme envahit le chemin. L'homme qui avait effacé les traces de pneus descendit de voiture, sans son bâton. Arne Pedersen se porta à sa rencontre et dit :

— Je crois qu'ils ont aussi amené des chiens, au cas où il vous prendrait l'idée farfelue de vous enfuir dans la forêt.

L'agent des FE regarda les deux enquêteurs et gronda :

— Putain, mais qu'est-ce que c'est que ce bordel ?

— Contrôle de véhicule.

Tandis qu'il parlait, Arne Pedersen leva les mains pour arrêter les policiers qui approchaient des deux côtés. Ils étaient suffisamment près. Puis il poursuivit :

— Je voudrais voir vos permis de conduire à tous les deux, et on va aussi devoir prendre des photos de vous et de votre voiture. La question est de savoir si vous voulez qu'on règle ça ici, sans faire de vagues, ou si vous préférez nous accompagner au commissariat de Præstø. À vous de choisir. Je dois toutefois vous prévenir : ils sont tellement débordés aujourd'hui que ça ne m'étonnerait pas qu'ils doivent vous garder jusqu'à demain. Alors je vous suggère de vous comporter en bons petits agents secrets et de faire sagement ce qu'on vous demande. Qu'en dites-vous ?

## 42

*Commissariat de police d'Elseneur,*
*vendredi 8 octobre 2010*

Ce n'était pas la première fois que la Comtesse faisait venir un témoin en prétextant que celui-ci avait assisté à un accident de la route inventé de toutes pièces afin que son époux, son petit ami ou son concubin ignore la véritable raison de sa convocation. Tout le monde avait ses petits secrets, le monde était ainsi fait, et ce n'était pas du ressort de la police de dévoiler les mensonges des gens si ce n'était pas nécessaire. Il arrivait toutefois que cela arrive. Ces informations pouvaient parfois être exploitées par les policiers pour faire pression sur un témoin et le pousser à en dire plus qu'il ne l'aurait souhaité. C'étaient les règles du jeu, même s'il était rare que ces menaces soient mises à exécution.

La Comtesse avait emprunté un bureau au commissariat d'Elseneur, où elle était à présent assise en face de deux jeunes gens : le garçon de Slagelse qui s'était présenté à la préfecture de police la veille et la fille rom.

La Comtesse commença par rassurer la jeune femme en lui garantissant qu'il n'y avait actuellement aucun risque qu'elle soit démasquée. Mais le garçon réagit aussitôt. Il était sur ses gardes et avait l'esprit plus vif que la fille, se dit la Comtesse.

— Qu'est-ce que vous entendez par *actuellement* ?

La Comtesse n'eut d'autre choix que de s'expliquer, même si elle aurait préféré l'éviter. Il n'y avait aucune raison d'effrayer ces jeunes gens en leur présentant un scénario qui n'avait que peu de chances de se produire.

Elle regarda la fille et dit, sur un ton pédagogique :

— Si jamais vous deviez être appelés en tant que témoins, ensemble ou à titre individuel, lors du procès à venir, vous seriez tenus de dire toute la vérité. Ça vaut aussi pour moi. Mais si vous ne souhaitez pas que votre mari soit informé, ni les avocats, ni le procureur, ni le juge n'en tiendront compte. Ce n'est pas leur affaire. C'est comme ça et il vous faut l'accepter.

La jeune femme, qui avait eu vingt-quatre heures pour réfléchir à la situation, dit d'une voix triste mais ferme :

— Mon mari ne me bat pas, et il ne m'empêche pas non plus de sortir de chez nous, comme dans ces histoires qu'on peut parfois lire dans les journaux. Il ne ferait jamais ça, il n'est pas du tout comme ça. C'est un homme bon, qui travaille dur, et pour qui j'ai beaucoup d'affection, mais je n'aurais jamais dû me marier avec lui.

Elle sécha une larme avec son poing et poursuivit à l'intention de la Comtesse. Peut-être parce que c'était important pour elle que l'autre femme comprenne.

— Je pourrais divorcer ou simplement le quitter. Personne ne me punirait – physiquement, je veux dire –, mais je perdrais ma famille et, ça, je ne le supporterais pas. Mais assez parlé de moi. Finissons-en, que je puisse rentrer chez moi.

L'audition prit moins de dix minutes. Le jeune homme répéta ce qu'il avait déjà dit à Klavs Arnold, et la fille confirma sa version en tout point, sans être capable d'ajouter le moindre détail. L'épisode dont les deux jeunes gens avaient été témoins était extrêmement simple : le 14 septembre, à 15 h 22, ils avaient vu Irene Gallagher sur un sentier dans la forêt de Lorup, avec deux planches et une caisse à outils, et le garçon l'avait filmée pendant environ dix secondes, de dos, après qu'elle les avait dépassés. C'était tout. Malgré tout, la Comtesse insista – c'était son travail –, bien qu'elle eût l'impression de presser un citron sec comme une pierre.

— Vous avez une idée de ce qu'Irene Gallagher comptait faire avec sa caisse à outils ? Une intuition, un soupçon, n'importe quoi, même si c'est complètement dingue.

Ils secouèrent la tête. La réponse fut la même quand elle les interrogea à propos des planches.

La Comtesse se tritura les méninges pour trouver une question géniale à leur poser, en particulier sur les planches, mais en vain. Ses collègues et elle avaient déjà longuement débattu de la question, sans parvenir à une explication rationnelle – ni même irrationnelle. Personne n'avait la moindre idée de ce à quoi ces planches avaient pu servir. En revanche, ils étaient tous d'accord pour dire qu'Irene Gallagher se rendait chez Ole Nysted, qui vivait à proximité, mais on n'avait trouvé aucune trace des deux planches grises, que ce soit à l'intérieur ou à l'extérieur de la cabane. La Comtesse était allée en personne à Slagelse, dans la matinée, afin de vérifier, et sa conclusion était sans équivoque : pas de planches. Pendant ce temps, Konrad Simonsen avait ordonné une seconde perquisition du domicile d'Irene Gallagher, mais celle-ci n'avait rien révélé. Lorsque la Comtesse était retournée à la préfecture de police, un peu plus tard, elle et les autres avaient discuté de l'affaire, et à un certain moment, ils avaient sérieusement envisagé de passer toute la forêt de Lorup au peigne fin, mais cela aurait nécessité le déploiement de moyens énormes, ce qui leur avait paru quelque peu disproportionné pour deux simples planches.

La Comtesse fit une ultime tentative. Elle avait demandé qu'on lui fournisse, à partir de la vidéo du jeune homme, un agrandissement du bras gauche d'Irene Gallagher et des deux planches qu'elle portait. Le technicien de la scientifique avait travaillé sur l'image, afin d'en améliorer la définition, et il avait été plutôt fier du résultat. Malgré tout, la Comtesse l'avait oubliée jusqu'à présent. De sa voix la plus optimiste, elle s'adressa alors au jeune couple :

— Regardez ça. C'est un agrandissement tiré de votre vidéo, où on peut clairement voir les planches. Si Irene Gallagher les avait avec elle, ça ne fait aucun doute qu'elles sont importantes.

Elle tourna l'image et la fit glisser sur la table, vers les jeunes gens, sans penser à l'absurdité de son raisonnement.

— Observez-la bien. Je suis certaine que ça va vous aider à vous souvenir de… quelque chose.

Les deux jeunes gens examinèrent soigneusement la photo en faisant de leur mieux pour tenter d'en tirer un secret qu'elle ne renfermait pas. Pour finir le garçon dit :

— Ce ne sont que des planches. Comment est-ce qu'on pourrait savoir ce qu'elle avait l'intention d'en faire ?

La Comtesse n'eut rien à répondre à cela.

# 43

*Préfecture de police,*
*lundi 11 octobre 2010*

Au fil des années, Konrad Simonsen avait appris à respecter sa supérieure directe, autant sur le plan privé que sur le plan professionnel. Elle était loyale envers ses subordonnées et n'interférait jamais sans raison dans son travail. En outre, elle possédait un style rafraîchissant bien à elle, qui faisait bien plus que compenser la naïveté quelque peu agaçante dont elle pouvait parfois faire preuve.

Le directeur de la brigade criminelle avait été convoqué à une réunion matinale. La préfète souhaitait faire le point sur l'affaire de la tuerie du bateau-mouche et Konrad Simonsen avait choisi de se faire accompagner de son adjoint. Arne Pedersen entretenait d'excellents rapports avec la préfète. En réalité, ils s'appelaient par leurs prénoms, Arne et Gurli, depuis l'époque où Simonsen avait été en arrêt maladie de longue durée après son opération au cœur. Cette familiarité, la préfète ne la partageait avec personne d'autre au travail, pas même avec ses deux secrétaires.

À la réception, Konrad Simonsen et Arne Pedersen furent accueillis presque chaleureusement par la préfète.

Puis elle les invita à entrer dans son bureau, où la table avait été dressée avec son pain maison. Elle s'était levée tôt pour le faire spécialement pour eux. C'était une délicate attention qui n'avait rien de surprenant venant d'elle. Comme s'ils avaient eu un accord tacite, il ne fut nullement question du travail pendant le petit-déjeuner. Mais les deux hommes échangèrent des regards. Il y avait quelque chose de changé chez leur supérieure, c'était évident, même si aucun d'eux ne s'y connaissait réellement en mode féminine. Ce matin-là, la préfète était habillée exactement comme on aurait pu s'y attendre de la part d'une femme de son statut et de son âge, ce qui était totalement nouveau pour elle. Elle était plutôt connue pour ses choix de couleurs tape-à-l'œil et son penchant embarrassant pour les tenues d'adolescentes qui étaient source de moqueries dans chaque couloir de la préfecture. Hélas, le service de presse avait récemment organisé des formations internes en management et en communication, et à cette occasion, elle avait appris à entrer dans le moule homogène, fade et terne qui, selon les conseillers en relations publiques, correspondait à l'image qu'un chef devait renvoyer. C'était proprement scandaleux.

Après le petit-déjeuner, la préfète entra dans le vif du sujet.

— J'ai entendu dire que la brigade criminelle était en guerre ouverte avec les FE. Vous pourriez m'expliquer ce qu'il se passe, tous les deux ?

Arne Pedersen se dit que ce n'était rien par rapport à ce qui allait suivre. Quinze minutes avant la réunion, il avait été informé par Simonsen du plan que Helmer Hammer lui avait recommandé lors de leur visite au musée Thorvaldsen, mais qu'il avait jusque-là été réticent à mettre en application. Malgré le sabotage du standard téléphonique de la brigade criminelle par les FE et leur volonté de détruire ce qu'ils pensaient être une preuve importante dans une affaire d'homicide, Simonsen avait souhaité temporiser pendant le week-end afin de se laisser le temps de la réflexion avant de franchir un nouveau pas dans l'escalade de leur querelle. Toutefois, même la Comtesse estimait que le comportement des FE était intolérable, et Simonsen avait compris qu'il n'avait plus le choix s'il ne voulait pas que sa brigade se laisse intimider par une organisation qui, à tous égards, échappait à tout contrôle démocratique et avait développé son propre code d'éthique, en parfaite opposition avec les lois qui régissent habituellement la société.

Il commença :

— J'ai rédigé une requête à l'attention du ministre de la Justice, que je vais te remettre et que je te demanderai de bien vouloir transmettre au directeur général de la police, éventuellement agrémentée de vos propres remarques. Mais d'abord, je dois t'informer de quelques incidents qui se sont produits jeudi et de certaines rumeurs qui courent depuis maintenant plusieurs semaines. J'aurais sans doute pu t'en parler plus tôt, mais j'ai actuellement trois enquêtes en cours, alors ça a dû attendre.

Ensuite, la préfète écouta Konrad Simonsen et Arne Pedersen sans les interrompre. Lorsqu'ils eurent tout expliqué, elle dit d'une voix triste :

— Si vous m'aviez raconté ces histoires il y a cinq ans, je vous aurais accusés de les avoir inventées. Mais après les scandales qui ont secoué l'armée ces dernières années, ça ne me surprend pas, mais alors pas du tout. Laisse-moi voir ta requête, Simon.

Simonsen s'était particulièrement appliqué pour la rédiger, avec l'aide compétente de la procureure Kirsten Hansen. Les deux premières pages de la lettre au ministre de la Justice exposaient de manière convaincante pourquoi l'équipe qui enquêtait sur la tuerie du bateau-mouche devrait être informée des activités d'Irene Gallagher en Bosnie en 1995, que l'armée refusait de communiquer. Par ailleurs, la brigade criminelle souhaitait obtenir une liste de tous les militaires qui avaient soit travaillé avec Irene Gallagher à l'époque, soit, par leur position, eu connaissance de ses activités. Mais l'armée ne consentirait certainement pas à établir une telle liste, encore moins à la fournir. C'est pourquoi la police demandait au ministre de la Justice d'user de son influence et d'ordonner à l'armée d'accéder à ces deux requêtes.

La préfète relut la lettre, puis dit à Simonsen :

— Tu t'es fait aider par quelqu'un ?

— Est-ce que je n'ai pas l'habitude de m'exprimer correctement ?

— Si, mais pas à ce point. Qui l'a écrite ?

— Kirsten Hansen, la nouvelle procureure. C'est elle qui en a rédigé la plus grande partie.

— Hum, c'est ce que je soupçonnais. Malgré tout, si tu crois que le directeur général de la police va transmettre ce courrier au ministre de la Justice, tu as complètement perdu tout sens des réalités. Il ne le fera jamais, en aucune façon. De plus, lui et sa femme sont actuellement en vacances pour quinze jours dans un chalet, à Courmayeur, dans les Alpes italiennes. Il paraît que c'est un endroit magnifique, mais malheureusement, il n'y a pas de réseau. Et je peux te garantir que son adjoint mettra ta requête en attente jusqu'au retour de l'alpiniste. Et tout ça, à supposer que j'accepte de la transmettre, ce que, en toute franchise, je ne suis pas encore tout à fait disposée à faire. Arne, qu'en penses-tu ? Pourquoi devrions-nous nous lancer dans une guerre que nous ne pouvons… à moins que… Oh, bon sang, Simon…

Tout à coup, elle comprit. Elle inspira une bonne bouffée d'air et lança :

— Vous voulez que ça fuite dans la presse !

Arne Pedersen regarda par la fenêtre. “Les emmerdes arrivent, Gurli.” Konrad Simonsen ne commenta pas l'allégation de la préfète. Au lieu de cela, il dit :

— Demain, je convoquerai dans mon bureau le chef et le sous-chef d'État-Major de la Défense et le directeur des FE. Nous les interrogerons jusqu'à ce que nous ayons les identités de tous ceux avec qui Irene Gallagher a collaboré, quel que soit leur grade.

La préfète demanda, non sans raison :

— Que cherches-tu réellement à obtenir de cette façon ? Si ce n'est d'agacer au plus haut point l'armée. Je comprends parfaitement que tu veuilles faire ça, mais en quoi estimes-tu que ça favorisera votre enquête ?

Arne Pedersen s'expliqua :

— Nous n'avons toujours pas de mobile aux actes d'Irene Gallagher, ce qui risque de s'avérer dommageable une fois que le procès aura débuté. Mais nous sommes convaincus que ce mobile a un lien avec ses séjours en Bosnie, et notre seul espoir de le découvrir est de convaincre quelqu'un, au sein de l'armée, de parler, peut-être de nous fournir juste quelques indices, une piste à creuser. Pour le moment, nous sommes dans l'impasse. Nous espérons que, si nous interrogeons un certain nombre d'entre eux, quels qu'ils soient, il y en aura peut-être un qui acceptera de nous aider. En tout anonymat, s'il le faut.

Simonsen ajouta :

— J'avoue que c'est bien mince, mais c'est tout ce que nous avons. À moins que tu n'aies une meilleure solution à nous proposer.

Mais la préfète n'en avait pas. Elle se contenta d'observer sèchement :

— Le ministre de la Justice va se déchaîner contre nous.

— Dans ce cas, la presse se déchaînera contre le ministre de la Justice, rétorqua Simonsen.

Il y eut une pause. Les deux hommes patientèrent, tandis que la préfète avait le regard dans le vague. Puis elle relut le courrier une dernière fois, secoua la tête d'un air résigné et déclara au directeur de la brigade criminelle :

— Dis à la Comtesse que je viendrai dîner chez vous trois fois par semaine quand j'aurai perdu mon travail et que je n'aurai plus les moyens de me nourrir.

## 44

*Préfecture de police,*
*mardi 12 octobre 2010*

Anica Buch commença son rapport par un résumé.

— Le 13 juillet 1995, le capitaine Bjørn Lauritzen et neuf autres soldats danois se trouvent en Bosnie, dans un poste d'observation situé à proximité du village de Ljubičevac. Dans ses jumelles, Bjørn Lauritzen remarque qu'une poignée de miliciens serbes retiennent des musulmanes de Bosnie captives dans un bâtiment de ferme, dans la vallée en contrebas. Lui et Ole Nysted se rendent sur place à bord d'un char. À leur arrivée, Lauritzen fait sortir les miliciens de la maison et les rassemble dans la cour. Il les aligne, les force à s'asseoir, leur ligote les mains dans le dos et les attache les uns aux autres par les jambes. Il leur frotte les yeux avec du gravier. Puis, avec son tank, il suit un ruisseau qui s'enfonce dans la forêt, où ce qui sera plus tard connu comme le massacre de Srebrenica bat son plein. Des soldats serbes sont en train d'assassiner des hommes et des garçons musulmans. Quelques heures plus tard, Bjørn Lauritzen regagne le poste d'observation avec quelques réfugiés qu'il a réussi à sauver. Pendant que ces événements ont lieu, Irene Gallagher, un officier de liaison – ou peut-être une auditrice –, arrive au poste d'observation, en provenance de Tuzla, et part aussitôt rejoindre Bjørn Lauritzen à la ferme, mais, ne l'ayant pas trouvé, elle retourne au poste d'observation. À la ferme, Lauritzen avait découvert une jeune fille qui parle danois et serbe. Elle a été violée, comme les autres femmes. Ma tâche consistait à établir l'identité de cette fille.

Anica Buch était nerveuse, mais son introduction se déroulait parfaitement. Le vendredi précédent, elle avait remis son rapport et informé Konrad Simonsen qu'elle connaissait l'identité de la jeune fille de la ferme. Malheureusement, celle-ci était décédée. Malgré tout, Simonsen avait demandé à la jeune policière de présenter les résultats de ses recherches dans son annexe. Lui, la Comtesse, Arne Simonsen et Klavs Arnold formaient son auditoire, tandis que Malte Borup gérait le projecteur.

Anica Buch but une gorgée d'eau, puis pointa du doigt une carte indiquant l'emplacement du poste d'observation et de la ferme.

— Aujourd'hui, quinze ans après ces événements, cet endroit se trouve en Bosnie-Herzégovine. Le poste d'observation a disparu depuis longtemps, bien sûr, et la maison ou la ferme, appelez-la comme vous voulez, n'est plus là non plus. Elle a peut-être été détruite par l'armée serbe, qui a eu recours à ses canons et à ses mortiers pour terroriser les réfugiés, mais il est plus probable que ce soient les miliciens serbes, que Bjørn Lauritzen avait neutralisés, qui y ont mis le feu après qu'ils ont été libérés, ou qu'ils se sont libérés eux-mêmes. De nombreuses maisons de la région ont été incendiées par les Serbes.

Elle adressa un signe de tête à Malte Borup, et la photo d'une fille remplaça la carte sur l'écran plat. Elle avait les cheveux noirs et les yeux marron, avait un appareil orthodontique et des fossettes dans les joues. Une photo scolaire typique, où le photographe avait réalisé un travail professionnel mais dénué d'inspiration.

— Voici Jelena Khrobic. C'est la seule photo d'elle que j'aie pu trouver. Là, elle est en CM2, et elle a dix ans. La photo date de 1993. Sa famille habitait à Randers et bénéficiait d'un titre de séjour permanent au Danemark. Son père travaillait dans un entrepôt, sa mère était femme de ménage et le frère aîné de Jelena était au lycée. À l'été 1995, la famille s'est rendue en Bosnie pour rendre visite aux grands-parents, qui vivaient dans la ville de Bratunac, à une dizaine de kilomètres au nord de Srebrenica. Aucun d'eux n'a survécu à ce voyage.

Puis elle raconta comment la famille avait été entraînée dans la guerre quand l'armée serbe avait envahi la zone de sécurité hollandaise. Le père et le frère de Jelena avaient été abattus dans les bois entourant la ville, tandis qu'elle et sa mère avaient été capturées par des miliciens serbes, en compagnie d'autres femmes. Dans la maison située aux abords du village de Ljubičevac, et à proximité du poste d'observation danois, elles avaient été violées jusqu'à ce que Bjørn Lauritzen arrive avec son char et les libère. Après cela, elles avaient fui à pied, comme beaucoup d'autres, et s'étaient réfugiées à Tuzla, où se trouvait une autre zone de sécurité contrôlée par les forces de l'ONU.

En chemin, d'autres fuyards s'étaient joints à elles, si bien que, pour finir, leur groupe comptait une cinquantaine de personnes, dont plusieurs garçons qui étaient trop jeunes pour que les Serbes se donnent la peine de les exécuter. Mais ce soir-là, au sud de la ville de Cerska, tout avait dérapé. Deux camions transportant des soldats serbes avaient dépassé la colonne de réfugiés et, par pure cruauté, certains des militaires avaient ouvert le feu sur les civils avec leurs mitrailleuses. Vingt-deux personnes avaient été tuées, parmi lesquelles la mère de Jelena Khrobic. Jelena elle-même avait été gravement blessée, et d'autres femmes avaient tenté de la conduire en lieu sûr, mais elle avait succombé à ses blessures dans l'heure qui avait suivi.

Anica Buch poursuivit :

— Ce drame a été décrit par des témoins oculaires dans le journal *Dnevni avaz* – que l'on peut traduire par *La Voix d'aujourd'hui* – dans son édition du dimanche 21 mai 2000. J'ai joint une copie de l'article à mon rapport, accompagnée d'une traduction. Voici ce qu'on peut y lire à propos de Jelena Khrobic. Elle sortit une feuille de papier et commença à lire : "Des sept personnes qui avaient été blessées, quatre succombèrent plus tard, dont une jeune fille résidant au Danemark, mais qui était venue passer les vacances dans sa famille."

Anica Buch avait terminé son compte rendu. Malte Borup éteignit l'écran. Simonsen déclara :

— Non, attends. Avant de te libérer, nous souhaiterions savoir comment tu as découvert tout ce que tu viens de nous raconter. Et aussi si tu t'es heurtée à des murs au cours de tes recherches. Mais assieds-toi, je t'en prie. Je me lève, j'ai besoin de m'étirer un peu les jambes.

Anica Buch protesta brièvement, après quoi elle s'assit sur la chaise laissée vacante par son supérieur. Elle expliqua qu'elle n'avait rien trouvé dans le registre de l'état civil, ni dans les autres bases de données officielles. Elle avait alors passé des coups de fil et envoyé des mails aux nombreuses associations d'anciens Yougoslaves présentes un peu partout sur le territoire danois, mais cela n'avait rien donné non plus.

Puis elle avait lu divers rapports sur internet. Ceux de la Cour pénale internationale de La Haye, du groupe d'enquête chargé par le gouvernement néerlandais de faire la lumière sur les événements survenus à Srebrenica en 1995, de la Dutchbat, du bataillon de Casques bleus hollandais, ainsi que d'autres documents officiels. En vain.

En désespoir de cause, elle s'en était remise à Facebook pour lancer un appel à tous ceux qui avaient le moindre lien avec l'ancienne Yougoslavie. Elle n'avait pas demandé aux gens s'ils connaissaient la fille, juste s'ils savaient comment elle pourrait l'identifier. Et un homme avait eu une idée. Il lui avait suggéré que, si la fille se trouvait en Bosnie avec sa famille, et que celle-ci avait tenté de rentrer au Danemark, elle avait probablement dû contacter l'ambassade danoise à Belgrade.

— C'est une idée tellement évidente que j'aurais aimé pouvoir me vanter de l'avoir eue moi-même, mais ce n'est pas le cas. À l'époque, nous n'avions plus d'ambassade à Belgrade. Cette responsabilité avait été transférée à notre ambassade à Vienne. L'ambassadeur est aujourd'hui retraité et vit à Hellerup, alors je suis allée le voir. Il se souvenait qu'une famille avait effectivement demandé l'aide de son ambassade pour quitter la Bosnie à l'été 1995. Mais étant donné qu'aucun membre de la famille n'avait la nationalité danoise, que l'ambassade était déjà débordée avec d'autres affaires consulaires en Bosnie et que sa marge de manœuvre était extrêmement limitée, j'ai bien peur que leur appel à l'aide n'ait terminé en bas de la pile. L'ambassade n'a jamais enregistré leur demande, et il avait oublié le nom de la famille, mais il se rappelait en revanche où ils habitaient au Danemark, parce que c'était là qu'il était né, à Randers. Alors, j'ai appelé les écoles de la ville et demandé si quelqu'un se souvenait d'une élève bosniaque qui avait disparu à la rentrée scolaire, en août 1995. Et une des personnes s'en souvenait. J'ai ainsi obtenu le nom de la fille et appris que toute sa famille était morte. J'ai ensuite contacté la mairie de Randers, parce que je me suis dit qu'ils avaient dû gérer la succession et, dans ce cadre, vérifier si la famille avait encore des proches en Bosnie. C'est comme ça que j'ai retrouvé la grand-mère maternelle de Jelena Khrobic. C'est elle qui m'a raconté toute l'histoire et envoyé l'article de presse.

Anica se tut. Konrad Simonsen la félicita et capta le regard des autres. Anica Buch demanda d'une voix hésitante :

— Et alors, où est-ce que je dois me présenter demain matin ?

Ce fut la Comtesse qui répondit.

— Tu dois te présenter ici.

# 45

*Prison de Vestre,*
*mardi 12 octobre 2010*

Christoffer Brinch appréciait de plus en plus sa cliente.

Irene Gallagher était le genre de personne qui gagnait à être connue. Au début, elle lui avait semblé être dans le contrôle absolu, parfois même arrogante, voire calculatrice. Mais les premières impressions peuvent être trompeuses. À mesure qu'il apprenait à la connaître, il comprit que ses manières hautaines dissimulaient un sentiment d'insécurité, et qu'elle était vulnérable à bien des égards. De plus, il commençait sincèrement à se demander si les preuves qui la désignaient n'avaient pas en réalité été fabriquées par la police, comme elle le clamait. Ce qui lui avait d'abord semblé impensable était devenu pour lui une option qu'il considérait sérieusement, toute farfelue qu'elle puisse paraître.

C'était la quatrième fois qu'il venait la voir en prison. Lors de ses trois précédentes visites, il lui avait apporté des livres, des pavés en anglais, des biographies ou des œuvres historiques sur l'art de la guerre allant de la bataille de Koursk, en 1943, à la victoire d'Hannibal sur les Romains, à Cannes, en 216 avant Jésus-Christ. Elle possédait un appétit vorace pour la lecture, et il avait calculé, d'après la vitesse à laquelle elle dévorait ses livres, qu'elle devait lire plus de cinq cents pages quotidiennement. À moins qu'elle ne les survole, ce qui ne semblait pas être le cas, car elle lui parlait volontiers de ce qu'elle avait lu depuis sa dernière visite – et s'il lui demandait des détails, elle lui répondait sans difficulté. C'était sa manière à elle de bavarder.

Lorsque le maton fit entrer Christoffer Brinch dans la cellule, Irene Gallagher était, comme à son habitude, allongée sur sa couchette, plongée dans un livre. Elle leva les yeux, sourit, contente de le voir, et demanda :

— Ça vous ennuie que je termine mon paragraphe ? Ou vous êtes peut-être pressé ?

— Non, allez-y, je vous laisse finir.

Il posa les nouveaux ouvrages sur la petite table de sa cellule : une biographie de Robespierre, une revue d'histoire militaire sur la bataille de Gettysburg et un roman en deux volumes sur la guerre des Deux-Roses. Quand elle eut achevé de lire son paragraphe, elle le remercia pour les nouveaux livres, puis elle désigna l'ouvrage de huit cents pages consacré à Staline qu'elle venait juste de reposer.

— À la fin des années 1920, Staline, sa jeune épouse et quelques-uns des membres les plus puissants du Politburo vivaient les uns à côté des autres, avec leurs familles, dans l'enceinte du Kremlin. Les enfants couraient partout dans les bureaux et les appartements, sous la surveillance de ceux qui en avaient le temps et l'envie. C'était un village, une collectivité, bouillonnante d'enthousiasme et d'idéalisme, mais l'époque n'était pas aux extravagances, et les hauts dirigeants du pays, Staline inclus, ne gagnaient pas plus – enfin, ne voulaient pas gagner plus – que le travailleur russe moyen. Et ce, même si chacun de ces hommes avait la responsabilité de millions de vies, ou plus souvent de morts. Alors, les fins de mois étaient difficiles, les budgets étaient serrés et, comme la nourriture était chère, ils devaient emprunter de l'argent. Cinq roubles par-ci, dix roubles par-là, pour que la famille puisse avoir une marmite de soupe au dîner. On parle de politiciens qui, tous les jours, brisaient des milliers de Russes, les réduisaient en bouillie, avant de les exécuter au nom de la révolution. Ce n'est pas fascinant ?

Christoffer Brinch ne sut quoi répondre. Fascinant n'était pas le mot qu'il aurait employé. Elle sentit aussitôt qu'il était en désaccord avec elle et dit, sur le ton du constat :

— La grande majorité des Danois ont une relation à la vie et à la mort complètement viciée. Ils prennent la vie bien trop au sérieux.

— Qu'est-ce que vous voulez dire ?

— Je ne sais pas… Peut-être que je suis devenue trop cynique. C'est une maladie professionnelle, laissez tomber.

— Non, allez-y. Je veux savoir.

Elle lui raconta :

— Quand j'étais jeune, j'ai vu deux Chinois qui étaient sur le point d'être exécutés. Ils avaient été arrêtés pour trafic de drogue, et dans le pays où ça se passait, la sanction prévue pour ce genre d'acte était l'exécution immédiate et sur place, ce que les deux trafiquants savaient parfaitement. Mais bien qu'il ne leur restât plus qu'une minute tout au plus à vivre, ils se querellaient. Leur différend concernait une recette de cuisine, plus précisément celle du *hóngtáng*... Bon, ce n'est pas évident à traduire, mais c'est une sorte de pot-au-feu chinois typique de la province du Heilongjiang, dans le Nord du pays. Tous deux étaient persuadés de posséder la recette authentique. Le plat doit être à base de chou rouge... Pas du tout, ça doit être de la betterave... Tu ajoutes des feuilles de laurier... Mais non, surtout pas, ça gâcherait le goût. Et ils ont continué comme ça, imperturbables, même quand le colonel de la police s'est approché d'eux par-derrière et qu'il a ôté la sécurité de son pistolet. Le premier a été abattu d'une balle dans la nuque pendant que son camarade continuait de parler, même s'il s'adressait maintenant à un cadavre, et il ne s'est arrêté que quand lui-même a été tué... Nous vivons, nous mourons, ça n'a pas d'importance. La vie est précieuse, foutaises ! La vie ne vaut rien : "Pan !" et c'est fini, il n'y a pas de quoi en faire toute une histoire.

Pendant son monologue, le visage d'Irene Gallagher avait pris vie. Tout à coup, il retrouva son habituelle expression insondable. Christoffer Brinch dit :

— Très peu de gens ont vu ce que vous avez vu.

— En effet, j'ai parfois tendance à l'oublier. Et pendant qu'on en est à parler d'oubli, je voudrais m'excuser de vous avoir traité d'idiot, la première fois qu'on s'est rencontrés, mais c'est tout moi, de repousser les gens.

Christoffer Brinch sourit.

— Vous avez seulement dit que j'avais l'air d'un idiot, mais je vous pardonne.

Elle changea de sujet.

— Vous avez reçu le rapport dont on a parlé la dernière fois ? Et vous avez eu le temps de le parcourir ?

— Je l'ai lu, oui. Mais j'espère que vous n'allez pas me demander de salir un policier. Ça ne nous apportera rien et le juge ne le permettra pas, de toute façon.

— Il n'est pas juste question d'un policier. Ce que je veux, c'est que vous appreniez les principaux passages par cœur. Il n'y a rien de plus convaincant pour un jury qu'un avocat capable de jongler avec les faits sans avoir à consulter de documents. Mais vous ne devez y avoir recours que si vous le jugez utile.

— Ça me paraît raisonnable, alors je suis d'accord. Mais on va avoir besoin d'un point de départ rationnel, sans quoi votre rapport ne nous servira à rien.

— Je pense que vous obtiendrez votre point de départ rationnel pendant le procès.

Christoffer Brinch avait des doutes, mais il se garda de les exprimer. Au lieu de cela, il demanda :

— Où avez-vous appris à collecter ce genre d'informations sur les gens, et comment pouviez-vous tout simplement savoir que ça pourrait se révéler utile un jour ? J'imagine que vous avez dû travailler sur ce rapport bien avant votre arrestation.

— Je ne peux pas vous le dire, ce serait illégal. Tout ce que vous pouvez savoir, c'est que j'ai des amis un peu partout, mais ne me demandez pas où, ça me déplairait fortement de devoir vous mentir. Toutefois, je peux vous dire que j'ai appris à collecter des informations il y a de nombreuses années dans un lieu fantastique qui s'appelle Fairfax County, mais vous n'en avez sans doute jamais entendu parler.

Christoffer Brinch ôta ses lunettes et les glissa dans la poche de sa veste. Sans ses lunettes, il la distinguait vaguement, ce qui était le but recherché. Il croisa les bras sur sa poitrine.

— Surtout, ne vous méprenez pas, je suis tout à fait disposé à vous défendre, mais je me demande si vous ne seriez pas mieux représentée par un avocat disposant d'une habilitation de sécurité, avec qui vous pourriez parler plus facilement. C'est quelque chose que je voudrais que vous considériez sérieusement, dans votre intérêt.

Irene Gallagher tendit la main et lui toucha le bras.

— Vous ne voulez pas m'aider ? dit-elle d'une voix inquiète. Vous êtes la seule personne sur qui je puisse compter.

Il battit aussitôt en retraite.

— Ce n'est pas du tout ce que j'ai voulu dire. Bien sûr, que je vais vous aider.

Elle retira sa main et poussa un soupir de soulagement.

— Je suis tellement heureuse de l'entendre, Christoffer.

# 46

*Søllerød,*
*jeudi 14 octobre 2010*

— Je crois qu'on a des harceleurs, maintenant, Simon.

La Comtesse s'efforça d'employer un ton enjoué, comme si la découverte qu'elle venait de faire avait quelque chose d'amusant, mais ce fut un échec. Elle se tenait dans le salon et observait la rue depuis la fenêtre. C'était le matin, mais il ne faisait pas encore complètement jour. Simonsen prenait son petit-déjeuner dans la cuisine, si bien qu'elle dut élever la voix. *Hé oh, tu es là ?* Oui, il était là, et oui, il avait repéré la voiture stationnée dans la rue.

La Comtesse le rejoignit.

— Elle est là depuis combien de temps ? Et pourquoi tu ne m'as rien dit ?

Konrad Simonsen posa sa cuillère. Il était en train de manger du porridge d'avoine avec des raisins et de la cannelle, son repas préféré de la journée.

— Ils ont passé toute la nuit ici et c'est de la pure provocation, alors on ferait mieux de les ignorer.

— Tu ne vas rien faire de stupide au moins ?

— Non, c'est justement ce que j'essaie de te dire – on va simplement faire comme s'ils n'étaient pas là. Ils finiront peut-être par se fatiguer.

La Comtesse acquiesça. C'était probable. Malgré tout, la présence de cette voiture la préoccupait.

— Les convocations que tu as envoyées hier ont déjà atteint leur cible, et je ne suis pas sûre que c'était la bonne stratégie à adopter. Peut-être que tu t'en fiches, mais moi, je n'aime pas ça. C'est… intimidant.

La veille, Konrad Simonsen avait convoqué par courrier trois hauts dirigeants des FE à des auditions, dans les locaux de la préfecture, en spécifiant clairement que s'ils ne se présentaient pas d'eux-mêmes, ils seraient arrêtés. Ces convocations avaient aussi pour but de rappeler que c'étaient toujours les forces de police qui décidaient qui elles souhaitaient interroger, et que seules quelques personnes dans le pays étaient à l'abri de ce genre de convocations, un groupe dont les militaires ne faisaient pas partie. Bien sûr, il ne s'attendait pas à apprendre quoi que ce soit au cours des auditions, considérant que les chefs des FE ne pourraient ou ne voudraient l'aider. Mais ces convocations humiliantes leur donneraient une leçon bien méritée pour le comportement inqualifiable que leurs agents avaient eu en forêt de Store Hestehave, à Jungshoved. Il avait toujours l'impression qu'il leur devait une réponse, en plus de sa requête adressée au ministre de la Justice.

La Comtesse s'était assise en face de Konrad Simonsen avec le journal et sa tasse de thé. Il lui demanda :

— Tu n'aurais pas vu mon dictaphone, par hasard ? Je n'arrive pas à remettre la main dessus.

La Comtesse émit un *non* ronchon et désintéressé. Ce n'était pas la première fois qu'il l'égarait et il finissait toujours par le retrouver.

— C'est quand même bizarre. Je suis sûr d'avoir regardé partout, mais…

Il s'interrompit. Soudain, quelque chose lui était revenu à l'esprit, quelque chose qu'il avait complètement oublié, même si, la veille, il y avait pensé pendant une bonne partie de la journée.

— Et le *Dagbladet* ? Tu n'avais pas dit qu'on nous le livrerait par taxi dans le courant de la nuit ?

Il était pressé de savoir si *Dagbladet* avait décidé de publier son courrier au ministre de la Justice, et si oui, quelle place il avait accordée à son histoire. Il s'était couché relativement tôt – il en avait grand besoin –, mais la Comtesse était restée debout jusque tard dans la soirée et était censée recevoir un exemplaire du journal.

— Qu'est-ce que je suis en train de lire, d'après toi ?

Ce n'est qu'à ce moment-là qu'il remarqua que ce n'était pas son journal habituel qu'elle lisait.

— Dis-moi ou laisse-moi voir. Ils l'ont utilisé ?

Oui, *Dagbladet* l'avait bien utilisé. Sur trois pages. L'article était même accompagné d'une grande photo de lui. Le quotidien s'était rangé du côté de la police. Les deux journalistes qui avaient rédigé l'article ne comprenaient pas du tout pourquoi les secrets de l'armée devraient entraver une enquête criminelle portant sur le meurtre de sang-froid de seize enfants.

La Comtesse tourna les pages.

— L'édito parle aussi de l'affaire, et personne n'est épargné. Écoute un peu ça, Simon :

> La question est simple :
>
> Souhaitez-vous vivre dans un Danemark où des organisations militaires secrètes sont libres de protéger des tueurs, de saboter une enquête de police quand cela leur chante et se torchent le cul avec la Constitution ? Et avec l'argent de vos impôts, en plus de cela ?
>
> Si c'est le cas, c'est votre jour de chance, parce que c'est exactement le pays dans lequel vous vivez aujourd'hui.
>
> Sinon, faites-le savoir aux politiciens et criez bien fort car les murs du ministère de la Justice sont épais et le ministre de la Justice écoute uniquement sa cour de flagorneurs.
>
> Notre position, à *Dagbladet*, est claire. Nous disons NON !
>
> Et vous ?

Konrad Simonsen était ravi. Avec sa prise de position sans équivoque, *Dagbladet* accentuait considérablement la pression sur le ministre de la Justice pour le pousser à prendre parti pour la brigade criminelle. La Comtesse était plus mesurée :

— Évite de te bercer d'illusions, Simon. *Dagbladet* ne défend aucune valeur. Ce journal est prêt à adopter n'importe quelle position, du moment que ça booste ses ventes.

La Comtesse se prépara à aller au bureau. Simonsen l'accompagna à sa voiture et attendit près du portail jusqu'à ce qu'elle soit partie. Elle ne le lui avait pas demandé, mais il s'était dit qu'elle apprécierait. Comme prévu, l'homme dans la voiture garée en face n'avait pas bougé. Il résista à la tentation de lui adresser un geste obscène et retourna à l'intérieur, où il se força à passer en revue les comptes de la brigade criminelle, comme il y avait été fortement encouragé par la préfète. Tout le monde savait qu'il détestait cela, et c'était une tâche dont il préférait s'acquitter chez lui, au calme, loin de toute source de distraction. Ou plus exactement, loin de tout prétexte pour s'arracher à ces maudits chiffres.

Vers midi, le véhicule de surveillance disparut, avant de ressurgir, une heure plus tard, avec de nouveaux passagers à son bord, deux hommes barbus, remarqua Konrad Simonsen. Il nota l'heure, sans vraiment savoir pourquoi. Un peu plus tard, Arne Pedersen l'appela et lui annonça de bonnes nouvelles concernant Irene Gallagher. Avec l'aide de quelques autres policiers, il avait découvert que, le jour de la tuerie, en milieu de matinée, Irene Gallagher avait passé une petite heure dans un café d'Elvindsvej, en face de l'église du Messie, à Charlottenlund.

Elle était arrivée à 10 heures et repartie vers 10 h 45, après avoir bu un café et lu un gros livre intitulé *Bismarck* – le cuirassé, pas l'homme d'État.

Au journal de 10 heures, une chaîne d'informations locale était parvenue à obtenir une interview du ministre de la Justice. La fuite sur le courrier de la brigade criminelle faisait les gros titres de tous les journaux, ce matin-là, et quasiment tous – des membres de l'opposition, des penseurs, un ancien directeur des services de renseignements et des commentateurs politiques – s'accordaient à dire que le ministre de la Justice n'avait désormais d'autre option que de céder à la police, mais Konrad Simonsen lui-même commençait à douter que cela arriverait. Dans les couloirs de Christiansborg*, le Premier ministre s'était fait surprendre par quelques journalistes qui voulaient connaître son point de vue sur l'histoire révélée dans les colonnes de *Dagbladet*. Il avait d'abord répondu qu'il refusait de faire le moindre commentaire, ce qui était prévisible, puis avait ajouté que, si certaines informations étaient classées "secret-défense", ce n'était pas sans raison. À supposer que la remarque en apparence improvisée du Premier ministre eût, en réalité, été mûrement réfléchie, cela ne présageait rien de bon.

Et Konrad Simonsen vit bientôt ses craintes confirmées. Quand le ministre de la Justice arriva sur le plateau du journal de 13 heures, il déclara qu'il refusait catégoriquement d'intervenir pour forcer l'armée et les FE à communiquer leurs informations sur Irene Gallagher à la police. "Si certaines informations sont classées « secret-défense », c'est qu'il y a une bonne raison", s'employa-t-il à marteler. Toutefois, son refus était formulé en des termes généraux. Il ne souhaitait pas parler de l'affaire avant d'avoir reçu officiellement la requête de la direction générale de la police. Tant que ce n'était qu'une information diffusée par *Dagbladet*, il ne voyait aucune raison de s'y intéresser. Puis, le ministre commit une erreur quand il critiqua sévèrement la direction générale de la police, lui reprochant notamment de trop nombreuses fuites de documents dans la presse. Pour le

* Siège du Parlement danois.

reste, cependant, il fit plutôt bonne impression, se dit Simonsen, reconnaissant au passage qu'il avait perdu la partie qu'il avait lui-même initiée. Il était seulement parvenu à semer la zizanie.

Contrarié, il éteignit la télé et se replongea dans ses comptes. Quelques minutes plus tard, le mail qu'il avait attendu arriva enfin : le directeur adjoint de la police nationale était entré dans une rage folle quand le ministre avait insinué que son service avait volontairement communiqué des documents à *Dagbladet*. C'est pourquoi il avait décidé de transmettre la requête lui-même plutôt que d'attendre que le directeur général de la police revienne de ses vacances dans les Alpes. Malheureusement, cela ne faisait plus guère de différence, à présent – la requête serait repoussée. Il n'y avait pas besoin d'être un génie pour le comprendre.

# 47

*Kastellet, Copenhague,*
*vendredi 15 octobre 2010*

Konrad Simonsen s'était déjà rendu de nombreuses fois au Kastellet, que ce soit dans le cadre de son travail ou en tant que simple promeneur, avec la mère d'Anna Mia, quand ils étaient jeunes et amoureux. À l'époque, ils habitaient dans le quartier voisin d'Østerbro, et leurs balades dominicales les conduisaient souvent à la forteresse, où ils pouvaient admirer l'architecture des bâtiments et flâner sur les chemins qui surmontaient les cinq bastions couverts de pelouse. La citadelle avait été fondée au début du XVII^e siècle, par le roi Christian IV, et âprement défendue face aux Anglais durant le bombardement de Copenhague en 1807. Ses geôles avaient accueilli plusieurs détenus renommés au fil des années, comme Johann Struensee, l'idéaliste visionnaire qui avait été exécuté pour avoir tenté de promouvoir ses idées libérales auprès du peuple danois et s'être un peu trop rapproché de la reine.

Konrad Simonsen se gara dans le parking du musée de la Résistance danoise et gagna à pied Kirkepladsen, une place bordée au nord et au sud par les remparts de la citadelle, à l'est par l'église du Kastellet et à l'ouest par la résidence du Commandant, où, jusqu'à une époque récente, le chef d'État-Major des armées – le commandant suprême des forces armées danoises – avait disposé d'un logement privé et de bureaux. Mais depuis, le bâtiment était resté inoccupé.

D'ordinaire, Kirkepladsen était un lieu paisible. Bien que la citadelle fût propriété de l'armée et gardée par une poignée de soldats de la garde royale, c'était un endroit bien ordonné et accueillant, qui ressemblait davantage à un parc qu'à une fortification. Mais ce jour-là n'était pas comme les autres, se dit Konrad Simonsen en regardant autour de lui. L'ordre était le dernier mot qu'il aurait employé pour décrire la situation. Le terme de chaos aurait été plus approprié.

Une foule de journalistes s'était massée devant la résidence du Commandant et plusieurs équipes de télévision étaient en train de filmer. Trois camions de pompiers étaient garés au milieu de la place, encadrant les restes d'un feu qui n'avait rien d'impressionnant. Toutefois, les bâtiments environnants étant classés, on avait dû juger, à la caserne des pompiers d'Østerbro, qu'il valait mieux ne pas prendre de risques. Des employés de bureau et quelques soldats en uniforme se tenaient à l'extérieur. Ils semblaient furieux. Surtout, la plupart des fenêtres de la résidence du Commandant étaient ouvertes, et à chacune d'elles il pouvait voir deux ou trois hommes, majoritairement jeunes, en train d'observer la place. Ils étaient calmes, imperturbables, comme pour montrer aux civils qui s'étaient rassemblés là qu'ils savaient ce que c'était de se faire tirer dessus, de mener des patrouilles sur des routes au bord desquelles, à tout moment, des bombes pouvaient exploser sur leur passage, d'essuyer des tirs de roquettes : en bref, qu'ils avaient fait la guerre et que, quels que soient les moyens mis en œuvre pour tenter de les déloger, ce n'était pas cela qui allait les impressionner. Si quelqu'un voulait se battre, ils étaient prêts, et dans le cas contraire, eh bien, cela leur convenait aussi. Pour eux, c'était la même chose.

— Tu sais comment ils sont entrés ?

Konrad Simonsen se retourna. Un vieux policier, qu'il connaissait, se tenait derrière lui. Simonsen secoua la tête. Non, il ne le savait pas. Le policier lui expliqua.

— Ils se sont fait la courte échelle pour atteindre les fenêtres, ont brisé quelques carreaux pour pouvoir les ouvrir et ils ont tous grimpé, sous le regard des gardes. Il y en avait une demi-douzaine, ils se trouvaient à dix mètres environ et disaient qu'ils allaient ouvrir le feu. Leurs armes étaient chargées et personne n'aurait pu leur reprocher d'avoir tiré sur les intrus, ce sont leurs ordres. Mais tu sais ce qu'ont fait les vétérans de guerre ? Rien ! Ils ont tout simplement ignoré les gardes, même quand ils ont lâché des tirs de sommation. Pour finir, les gardes n'avaient plus que deux options : soit laisser tomber, soit abattre les vétérans. Alors ils sont repartis. Sauf leur commandant, qui leur hurlait dessus comme un dément, mais même lui n'a pas pu se résoudre à faire feu. Les vétérans ont aussi fait comme s'il n'existait pas. Puis il a fini par avoir la voix tout enrouée à force de crier et il s'est barré à son tour. Il faut avoir de sacrées couilles pour ignorer un soldat armé d'un fusil automatique qui peut vous couper en deux avant que vous ayez eu le temps de sourciller.

Simonsen demanda :

— Pourquoi est-ce qu'il y avait un feu ?

— C'est les vétérans qui l'ont allumé. Ils ont jeté leurs médailles dedans.

— Qu'est-ce qu'ils veulent ? Ils ont des revendications ?

— Je pense que tu dois bien le savoir. Je veux dire… Tu n'as pas coordonné cette action avec eux ?

Le policier était manifestement bien informé. C'était vrai que Simonsen avait reçu un appel, une heure plus tôt, d'un des vétérans du club, qui lui avait annoncé que certains d'entre eux comptaient le soutenir dans son bras de fer avec l'armée. Mais c'était tout ce que l'autre lui avait dit.

— Non, je n'ai rien coordonné de ce genre. Tu sais pourquoi ils sont ici ?

— Ils sont en colère à cause des révélations parues dans *Dagbladet*, mais ils n'ont pas de revendications spécifiques.

— Tu leur as parlé ?

— Oui. Je suis allé les voir pour leur rappeler que ce bâtiment était d'un grand intérêt historique et leur demander d'éviter les dégradations.

Konrad Simonsen lui demanda comment il avait fait pour entrer.

— Je suis passé par la porte principale. Tout simplement. Mais je ne représentais aucune menace pour eux. J'aurais probablement eu du mal à les chasser de là tout seul, pas vrai ? Ils m'ont dit qu'ils repartiraient d'eux-mêmes d'ici une heure, et je les crois. Alors, maintenant, tu es au courant, et tu es le seul à qui je l'ai répété.

— Pourquoi ?

— Parce que tu vas bientôt rencontrer le chef d'État-Major, qui est furax, surtout après toi, le directeur de la police de Copenhague, mon chef quoi, et – tiens-toi bien – notre très respecté ministre de la Justice. C'est ce que j'étais venu te dire. Ils t'attendent dans Søndre Magasin, mais les journalistes ne sont pas au courant qu'il est là, et il aimerait autant qu'ils ne l'apprennent pas. Le hasard a fait qu'il était déjà là quand les vétérans ont débarqué. Son gendre, qui s'est battu en Afghanistan, devait se faire remettre une médaille aujourd'hui, et il tenait à assister à la cérémonie. Mais pour en revenir à ta question : je te dis ça parce que tu pourras peut-être utiliser cette info à ton avantage, et parce que la grande majorité d'entre nous, les petits flics, on est derrière toi, pas avec les FE. Comme les vétérans, d'ailleurs. Et presque toute la presse.

— Je ne suis pas en guerre contre l'armée, les choses ne sont pas aussi simples.

Le policier sourit. Non, ce n'était peut-être pas comme cela que Konrad Simonsen voyait les choses, mais il était probablement le seul. Le policier lui expliqua que, quand ils avaient reçu un appel signalant des troubles à l'ordre public et l'intrusion de vétérans dans le saint des saints de l'armée, à savoir le Kastellet, leurs officiers avaient décidé d'employer les grands moyens. Une centaine de policiers, en tenue antiémeute, avec gaz lacrymogènes et tout le fatras, avaient été rassemblés à la hâte et dépêchés sur place, sirènes hurlantes, à bord de quatre cars et d'une multitude de véhicules de patrouille.

Le policier poursuivit son récit, en riant, cette fois :

— Manque de bol, le chef de la force d'intervention et trois de ses collègues se sont plantés – tu sais comme une erreur de communication peut facilement se produire, ça arrive tout le temps. Tout le cortège a filé à toute berzingue jusqu'à Kastelsvej au lieu du Kastellet. En ce moment même, ils sont tous garés devant l'ambassade du Nicaragua, et ils vont y rester provisoirement car le ministre de la Justice a émis des contrordres. Dans la mesure du possible, il souhaiterait résoudre le problème sans avoir recours à la violence.

L'ancien dépôt de Søndre Magasin abritait à présent la bibliothèque de l'armée, où était rassemblée toute une collection d'ouvrages spécialisés consacrés aux trois armes. La bibliothèque était ouverte au public, mais n'accueillait que rarement des visiteurs civils. Le policier escorta Konrad Simonsen à travers la salle de lecture jusqu'à un atelier situé juste derrière, où les livres étaient reliés et réparés. Le policier lui ouvrit la porte, mais n'entra pas. Il y avait déjà trois hommes à l'intérieur : le ministre de la Justice, le chef d'État-Major des armées et le directeur de la police de Copenhague. L'atmosphère était tendue. Pas besoin d'être fin psychologue pour s'en apercevoir, songea Konrad Simonsen, en se joignant aux autres à la petite table. L'accueil ne fut guère chaleureux. Le chef d'État-Major le salua d'un signe de tête raide, le "Merci d'être venu" du ministre de la Justice fut tout sauf cordial. Seul le directeur de la police de Copenhague, qui souhaitait clairement indiquer à qui allait sa sympathie, le gratifia d'un "Bonjour, Simon" amical. Konrad Simonsen regarda le ministre de la Justice, supposant que c'était lui qui allait diriger cette réunion. Le ministre exposa la situation d'une voix glaciale, puis pointa du doigt Simonsen.

— Est-ce que vous êtes responsable de ce bordel ?

Simonsen répondit franchement. Il n'avait rien organisé, mais pensait que d'autres s'en étaient chargés dans le but de l'aider.

— Mais vous avez bien transmis votre demande effrontée à la presse, n'est-ce pas ?

— Exact.

Le "Je le savais !" du chef d'État-Major lui valut un regard assassin de la part du ministre, qui se contenta de commenter la réponse de Simonsen d'un bref son nasal, avant de demander :

— Pourriez-vous les convaincre d'évacuer la résidence du Commandant ?

Simonsen s'était attendu à cette question et avait préparé sa réponse.

— Quelle est l'alternative ?

— D'après vous ?

— On pourrait les laisser là jusqu'à ce que la faim les force à sortir. Après tout, c'est juste un bâtiment vide, alors il n'y a aucun risque…

Simonsen avait soigneusement choisi ses mots afin de provoquer le chef d'État-Major, et le résultat dépassa ses espérances. L'homme lui coupa la parole, furieux.

— *Juste* un bâtiment vide ? Vous avez perdu l'esprit ? Vous êtes en train de parler de la résidence du Commandant, vous avez une idée…

Le ministre de la Justice l'interrompit.

— Silence !

Le visage du chef d'État-Major vira au rouge, puis il se tut. Le ministre de la Justice se tourna vers Simonsen, qui dit :

— D'accord, j'irai leur parler. À condition qu'ils soient disposés à me laisser entrer, bien entendu. Toutefois, s'ils acceptent de quitter les lieux de leur plein gré, il va de soi qu'ils ne devront faire l'objet d'aucune poursuite. Ça me permettra de négocier. Mais on a quand même deux problèmes. D'abord, est-ce que vos hommes obéiront aux ordres ?

La question de Simonsen était adressée au directeur de la police de Copenhague, mais le chef d'État-Major intervint une fois de plus.

— C'est une propriété de l'armée, et j'en ai assez de ces palabres. Si la police n'est pas capable de faire évacuer notre bâtiment, alors je ferai appel à des hommes qui sauront s'en charger. Et ce, quoi que vous en pensiez tous les trois.

Ces paroles étaient dangereuses, et elles poussèrent le ministre de la Justice à répondre d'une voix très lente, très douce et très distincte :

— Non, vous ne le ferez pas. Vous ferez ce que je vous dirai, et je vous prierais d'être particulièrement attentif à ce que je vous dirai de *ne pas* faire.

— Je n'ai pas d'ordres à recevoir de vous !

— Non, mais je peux passer un coup de fil à quelqu'un dont vous recevez assurément vos ordres. Ce quelqu'un n'a pas du tout envie de se retrouver mêlé à tout ça, alors j'aimerais autant éviter d'avoir à en arriver là. Et vous aussi, certainement. Parce que quand je lui expliquerai que vous ne reconnaissez pas le droit du gouvernement à prendre des décisions dans une situation comme celle que nous sommes en train de vivre, il vous suspendra immédiatement.

Le chef d'État-Major marmonna quelque chose comme quoi c'était un malentendu. Le directeur de la police de Copenhague dit d'une voix sombre :

— Si on demande à mes hommes de faire évacuer le bâtiment, ça ne leur plaira pas, mais ils le feront, surtout s'ils savent qu'il n'a pas été possible de négocier une alternative.

Le ministre approuva d'un bref "Très bien", puis demanda à Konrad Simonsen :

— Vous avez dit que vous aviez deux problèmes. Quel est le second ?

— Si nous devons recourir à la force pour faire évacuer le bâtiment, il serait peu judicieux de le faire en présence de la presse. Ou on risque de voir uniquement des images de violence dans les médias pendant toute la semaine à venir. Ça me semble évident. Alors, je suggère que les gardes escortent tous les journalistes hors de la zone.

Le chef d'État-Major posa immédiatement son veto.

— Ça donnerait une image déplorable de l'armée dans les médias. Hors de question, c'est le boulot de la police. En plus, ça peut attendre jusqu'à ce qu'on sache si les fauteurs de troubles sont prêts à quitter les lieux de leur plein gré.

Le directeur de la police de Copenhague protesta, indigné :

— Certainement pas. Mes hommes sont ici pour faire évacuer le bâtiment si c'est nécessaire, pas pour faire appliquer la loi et maintenir l'ordre sur une propriété de l'armée, ce qui n'est clairement pas de notre responsabilité. Maintenant, ça suffit !

Konrad Simonsen se demanda s'il n'était pas un peu hardi de s'adresser en des termes aussi rudes à un homme qui était le chef suprême des forces de police du pays, mais le ministre ne sembla pas s'en formaliser. Au lieu de cela, il ordonna au chef d'État-Major :

— Faites sortir la presse de la citadelle, mais sans armes, ce ne sera pas utile. Et vous, Simonsen, dès que ce sera fait, vous essaierez d'entrer dans le bâtiment. J'attends de vous que vous fassiez le maximum.

Une demi-heure plus tard, les quatre hommes se réunirent à nouveau. Konrad Simonsen était parvenu à pénétrer dans la résidence du Commandant et avait constaté que les vétérans s'apprêtaient déjà à quitter les lieux. Rien n'avait été dégradé, les éclats de verre provenant des carreaux brisés avaient été soigneusement balayés, enveloppés dans du papier journal et placés dans des corbeilles. Des billets de cinq cents couronnes avaient été déposés sur le rebord d'une fenêtre pour couvrir les frais de réparation. Les vétérans auxquels il avait parlé n'étaient guère diserts sur le but de leur action, mais ils avaient manifesté leur mécontentement face à l'attitude des FE, qui s'acharnaient à protéger Irene Gallagher, alors qu'elle avait manipulé et exploité le capitaine Bjørn Lauritzen, lequel – comme tant d'autres – n'avait jamais reçu l'aide qu'il méritait au retour de ses différents déploiements. Konrad Simonsen avait vu juste. Il n'y avait rien d'autre à ajouter, si bien qu'il avait passé ses dix dernières minutes à l'intérieur du bâtiment à bavarder avec une de ses connaissances du club de Vesterbro. Ils avaient parlé d'échecs.

Simonsen fit un bref compte rendu de sa visite aux vétérans, faisant de banalités et de bavardages insignifiants un modèle de négociation. Les autres ne firent aucun commentaire, ils s'en moquaient manifestement. Les vétérans allaient évacuer le bâtiment, c'était bien là l'essentiel. La réunion fut levée. Le chef d'État-Major ne s'attarda pas. Le directeur de la police de Copenhague non plus. Le ministre de la Justice dit à Konrad Simonsen :

— Vous allez m'accompagner. Je vais vous déposer à la préfecture de police. Si vous êtes venu en voiture, vous la ferez ramener par quelqu'un.

Ils n'échangèrent pas le moindre mot en regagnant le parking, et ce n'est qu'une fois qu'ils eurent quitté le Kastellet que le ministre de la Justice se remit à parler.

— Je vais vous demander de m'écouter très attentivement car ce que je m'apprête à vous dire n'est pas négociable. En réalité, c'est une faveur que je vous fais parce que vous avez été honnête avec moi cet après-midi, mais je ne suis pas sûr que vous le verrez de cette manière.

— Je vous écoute.

— Votre requête provocante va être rejetée. Aucun politicien, moi inclus, ne souhaite toucher à des dossiers classés secrets, en particulier si lesdits dossiers impliquent des puissances étrangères. Et il se pourrait bien que quelques maniaques des règles et experts juridiques crient au scandale, mais une majorité écrasante de Danois soit s'en moquent, soit approuvent que la police et l'armée, dans certaines circonstances, n'informent pas la population de leurs activités. Je vais toutefois vous donner un coup de pouce, mais nous y reviendrons plus tard. D'abord, vous allez annuler les convocations provocantes que vous avez envoyées aux dirigeants de l'armée, et, en retour, les FE cesseront de vous harceler.

J'y veillerai personnellement. Et je n'accepterai plus que vous m'impliquiez dans quelque combine que ce soit. Si jamais ça se reproduit, je vous fiche à la porte de la police, comme ça, vous êtes au courant. Est-ce que c'est clair ?

Message reçu. Qu'est-ce que Konrad Simonsen aurait bien pu dire d'autre ? Il tenta de changer de sujet :

— Et que fait-on des pressions exercées par votre propre ministère sur mon enquête, sans parler de la procureure ?

— C'est une erreur que je regrette. Je vous présente mes excuses. Ça ne se reproduira plus. Mais vous a-t-il traversé l'esprit qu'il serait peut-être dans l'intérêt du Danemark qu'Irene Gallagher fiche le camp en Nouvelle-Zélande ou je ne sais où ? Il arrive toujours que des criminels s'en tirent, vous le savez mieux que quiconque, et je pense qu'on se porterait tous mieux si on était débarrassés d'elle.

Konrad Simonsen protesta :

— Mon sens de la justice, en tout cas, ne s'en porterait certainement pas mieux. De plus, elle a tué une de mes subordonnées. En tant que ministre de la Justice, vous ne pouvez pas laisser passer ça.

Le ministre traversa quelques rues sans dire un mot. Peut-être avait-il besoin de temps pour digérer les propos de Konrad Simonsen. Puis il choisit de les ignorer et en revint au coup de pouce qu'il lui avait promis un peu plus tôt.

— Je vais veiller à ce que quelqu'un au sein de l'armée, qui est au courant des activités d'Irene Gallagher en Bosnie, parcoure son dossier et détermine si celui-ci contient des informations non classifiées qu'ils pourraient vous transmettre. Ce n'est pas grand-chose, mais c'est tout ce que vous aurez. Qu'en dites-vous ?

— Que ce n'est pas grand-chose, peut-être même rien du tout.

Le ministre de la Justice sourit.

— Vous avez certainement raison, mais vous pourrez au moins vous dire que vous aurez essayé.

# 48

*Cinéma Palads, Copenhague,*
*dimanche 17 octobre 2010*

— Vous avez prévu de vous rencontrer où et quand ?

La Comtesse fit la moue et secoua la tête. Elle n'avait pas l'intention de le lui dire. Konrad Simonsen eut de la peine à en croire ses yeux.

— Mais, à moi, tu peux bien me le dire. Tu sais qui c'est, au moins ?

Elle secoua de nouveau la tête, d'un air agacé, cette fois.

— Bon sang, Comtesse, on est du même côté.

— Non, pas du tout. Je suis du côté qui a solennellement promis de ne rien dire à personne, et c'est une promesse que j'ai bien l'intention de respecter.

La percée que Simonsen avait tant attendue venait enfin d'avoir lieu. Le directeur du PET l'avait appelé pour lui annoncer qu'il connaissait un officier des FE qui était disposé à lui fournir des informations sur les activités d'Irene Gallagher et Bjørn Lauritzen en Bosnie au milieu des années 1990. Le chef du PET se portait garant de cet homme et de ses renseignements, mais la rencontre devrait se faire selon les conditions de l'officier des services de renseignements. En outre, celui-ci ne voulait parler qu'à la Comtesse, ce n'était pas négociable. C'était la seule personne en qui il avait confiance.

Konrad Simonsen avait passé le téléphone à son épouse.

— Tu ne veux pas au moins me dire quand vous devez vous rencontrer ?

— Aujourd'hui. Et maintenant, arrête de me harceler.

Le cinéma Palads était un complexe de dix-sept salles, et le film pour lequel la Comtesse avait acheté des tickets était projeté dans une des plus petites. Elle s'assit dans l'avant-dernière rangée, laissant deux places libres entre elle et l'allée. Le film ne débuterait pas avant un quart d'heure, alors elle sortit un livre de son sac et se mit à lire. Dix minutes plus tard, elle entendit une voix derrière elle.

— Ne vous retournez pas. Je ne veux pas que vous voyiez mon visage.

La Comtesse répondit à voix basse, mais distincte :

— Je ne me retournerai pas, ne vous inquiétez pas.

— Vous enregistrez la conversation ?

— Non. Vous m'avez choisie parce que vous me faites confiance, et vous avez raison. Je tiens toujours mes promesses.

La respiration de l'homme ralentit et elle en déduisit que ses paroles l'avaient rassuré. Il lui dit qu'il risquait son travail et peut-être même sa liberté pour ce qu'il s'apprêtait à faire, et elle l'en remercia. Puis il lui révéla qu'il connaissait la vérité en partie, mais pas en totalité, ce qu'elle accepta. Enfin, il se lança.

— Irene Gallagher agissait en tant qu'agent de renseignements pour le compte des Américains. Elle avait le grade de major dans l'US Navy et travaillait en même temps pour nous...

— Vous voulez dire les FE ? Excusez-moi de vous interrompre, mais il est important qu'il n'y ait pas de malentendu entre nous sur ce point.

— Vous avez raison. En effet, les FE, mais elle était payée par les deux services. Son rôle en Bosnie, comme vous l'avez probablement déjà deviné, n'avait rien à voir avec ses fonctions d'auditrice. Il consistait à faire le tour des troupes de l'ONU et à convaincre un maximum de chefs de peloton des forces nordiques, polonaises et néerlandaises de signaler toutes les batteries de missiles sol-air serbes qu'ils repéreraient. Les Serbes utilisaient un système russe que l'Otan avait baptisé *SA-6 Gainful*. C'était un missile tiré par une de ces batteries qui avait abattu un F-16 américain en 1995. Dès que les Américains en localisaient une, ils la réduisaient en miettes. La plupart du temps avec un missile – tiré depuis les airs ou par un des bâtiments de leur flotte dans la mer Adriatique. D'autres fois – c'était au début du conflit –, les positions des batteries étaient juste répertoriées.

— Donc, Irene Gallagher avait recruté Bjørn Lauritzen ?

— Oui, et ce dès 1992, lors de son premier déploiement en Bosnie. Et ils sont tombés amoureux, ils se sont revus après son retour au Danemark. Elle est tombée enceinte de lui, mais a fini par avorter à l'hôpital d'Aalborg en novembre 1992.

— Vous voulez dire qu'en 1995 ils se connaissaient déjà depuis trois ans ?

— Oui, et je ne crois pas que ce soit une coïncidence si elle a été envoyée en Bosnie pour l'évaluer en 1995.

Je suis persuadé qu'elle a tout arrangé, même si je n'ai aucune preuve.

— C'est ce dernier séjour qui nous intéresse vraiment.

— Quand elle a quitté Tuzla, et plus tard le Petit Dannevirke, à bord d'une jeep, pour le retrouver, elle avait des motivations personnelles. C'était incontestablement un voyage privé, à moins qu'elle n'ait été envoyée en mission par les Américains, mais j'en doute.

La Comtesse se dit qu'au vu du peu d'informations dont disposait la brigade criminelle sur les activités d'Irene Gallagher et de Bjørn Lauritzen, les explications fournies par cet homme étaient extrêmement précieuses, mais est-ce qu'elles étaient de nature à changer fondamentalement quelque chose ?

— Merci pour vos informations.

— Ce n'est pas tout. D'abord, il faut que vous sachiez qu'il n'y a plus la moindre trace des activités d'Irene Gallagher dans l'ancienne Yougoslavie, ni même ailleurs, dans les archives. À supposer qu'il y en ait jamais eu. Son dossier a été détruit il y a déjà longtemps. Quant aux derniers jours de Bjørn Lauritzen et d'Ole Nysted en Bosnie, ces informations n'ont sans doute jamais fait l'objet d'un rapport écrit, mais ont seulement été transmises à Copenhague oralement.

La Comtesse comprenait, mais demanda :

— Vous pensez qu'il a pu se passer quelque chose de déterminant au cours de la dernière sortie de Bjørn Lauritzen et Ole Nysted ?

— Oui, certainement. Mais je ne sais pas ce que c'était. Si je devais avancer une hypothèse, je dirais que les deux soldats danois ont commis des faits horribles quand ils ont pénétré à bord de leur char dans la forêt où les Serbes étaient en train de massacrer des hommes et des jeunes garçons musulmans. Des faits que le Danemark a tenu à étouffer à tout prix. Je sais qu'ils ont remonté le lit d'un ruisseau et qu'ils avaient suffisamment de place pour manœuvrer leur blindé, alors je suppose qu'ils ont dû liquider un grand nombre de soldats serbes dans cette forêt, mais je ne peux pas en être sûr. Tout ce que je sais, c'est qu'on les a littéralement exfiltrés de Bosnie dès le lendemain, et que Bjørn Lauritzen a été renvoyé jusque chez lui, dans le Jutland du Nord, mais que tous les deux ont pu conserver leurs promotions acquises sur le terrain, ce qui concorde mal avec la façon dont ils ont été rapatriés. C'est comme si on avait acheté leur silence.

La Comtesse demanda :

— Comment savez-vous ça ?

— Vous n'avez pas besoin de le savoir.

— Pourquoi les FE aident-ils Irene Gallagher ? Qui a pris cette décision ?

— C'est une décision qui a été prise tout en haut, c'est-à-dire par le patron lui-même, bien que je croie qu'il la déteste. Mais il considère qu'il est préférable qu'elle et son mari disparaissent en Nouvelle-Zélande plutôt qu'ils soient condamnés et emprisonnés au Danemark. J'imagine qu'elle en sait trop.

— Vous voulez dire que les FE ne croient pas qu'elle sera condamnée ?

— C'est exact. Nous pensons qu'elle ne sera pas condamnée, et nous avons probablement raison.

— Vous savez si elle est coupable ?

— Je crois que oui, mais je n'en suis pas sûr. J'ai vu tellement de… sales combines, au cours de ma carrière, qu'on ne peut jamais savoir. La réalité est parfois trompeuse. Mais je sais une chose : les FE n'avaient absolument rien à voir avec la tuerie du bateau-mouche. Ce n'est pas comme ça qu'on travaille, et personne n'approuverait de telles atrocités.

La Comtesse passa une carte par-dessus son épaule.

— Voici mon numéro personnel. Vous voudriez bien me contacter dans une semaine ? Au cas où il y aurait du nouveau.

Personne ne prit la carte. Elle demanda :

— Vous êtes là ?

Pas de réponse. Elle se retourna.

Il avait disparu.

# 49

*Tribunal de première instance de Copenhague,*
*lundi 1er novembre 2010*

D'un commun accord conclu entre Christoffer Brinch au nom de l'accusée, la procureure Kirsten Hansen et le tribunal de Copenhague, le procès d'Irene Gallagher avait été avancé autant qu'il était possible sans pour autant tomber dans la précipitation. Toutes les parties souhaitaient obtenir une conclusion rapide. Ainsi, cela ne faisait qu'une semaine que Christoffer Brinch avait pris connaissance de l'acte d'accusation quand le procès débuta, ce qui n'avait guère d'importance dans la mesure où Irene Gallagher maintenait sa ligne de défense, qui consistait à affirmer que la police avait fabriqué les preuves de toutes pièces. Elle ne jugeait même pas nécessaire de faire appel à quelque témoin que ce soit.

Neuf jurés, trois femmes et six hommes, tous en âge d'être à la retraite, étaient assis à droite de la juge. Ils affichaient une mine grave. Quant à la juge, c'était une femme d'âge moyen réputée pour son style strict et sec, ainsi que pour sa froideur envers toutes les personnes présentes dans la salle. Si, d'ordinaire, les procès ne se déroulaient pas vraiment dans une ambiance chaleureuse, dans le tribunal de première instance de Copenhague, le ton y était plutôt informel. Sauf quand c'était elle qui présidait. Elle était connue pour être une juge très active qui n'hésitait pas, si elle l'estimait nécessaire, à intervenir pendant que les témoins déposaient à la barre, chose que ses collègues ne faisaient que rarement.

La salle était pleine à craquer. La moitié des places avait été attribuée à la presse, d'autres étaient réservées aux proches des victimes du bateau-mouche, et deux seulement revenaient à la police. Le reste était ouvert au public, à tous ceux qui étaient disposés à faire la queue pendant des heures.

La juge entra, s'installa et, d'un signe de la main, indiqua à l'assistance de s'asseoir. Puis elle ouvrit la séance en déclarant que, au cours de ce procès, il serait probablement abordé des sujets qui, pour des raisons de sécurité nationale, devraient rester confidentiels. Dans ce cas, les débats se dérouleraient à huis clos et tout participant serait soumis à une clause de discrétion. De plus, elle ne permettrait pas que ces sujets soient abordés à moins qu'ils n'aient un rapport direct avec l'affaire. Aucune information d'ordre général ne serait tolérée. Puis elle donna la parole à la procureure.

Kirsten Hansen lut l'acte d'accusation, après quoi Irene Gallagher déclara qu'elle était non coupable des actes qui lui étaient reprochés. La procureure passa ensuite une heure et demie à détailler les charges. Par rapport à l'acte d'accusation initial, elle avait abandonné la charge d'homicide de l'enseignante japonaise et des seize collégiens, mais retenu celle de complicité dans l'agression de Juli Denissen à l'été 2008. Ce qui lui permit plus tard d'indiquer que le mobile de la tuerie perpétrée sur le bateau-mouche était justement d'empêcher qu'il ne soit dévoilé que la jeune femme avait été agressée. C'était un peu maigre, mais c'était tout ce qu'elle avait. Irene Gallagher fut également accusée du meurtre de Bjørn Lauritzen. Concernant Ole Nysted, le vétéran retrouvé asphyxié au monoxyde de carbone dans sa cabane, la police n'était pas parvenue à prouver qu'il ne s'était pas suicidé, si bien qu'aucune charge n'avait été retenue contre Irene Gallagher dans cette affaire.

Lorsque Kirsten Hansen eut terminé son réquisitoire, ce fut au tour de Christoffer Brinch de commenter l'acte d'accusation. Il se leva et s'adressa au jury :

— Ma cliente estime que toutes les preuves présentées contre elle sont fausses et ont été élaborées par des policiers appartenant à la brigade criminelle dans le but de la faire condamner injustement. La défense démontrera au cours de ce procès que toutes ces pièces à conviction ont été fabriquées.

Sur ce, il se rassit. La juge, étonnée, demanda :

— Vous n'avez rien d'autre à ajouter ?

— Non.

— Avez-vous expliqué à votre cliente les risques que comporte une telle défense ?

— Oui.

— C'est très original comme procédé.

Irene Gallagher lança :

— Je sais parfaitement ce que je fais.

La réponse de la juge tomba comme un couperet :

— C'est la dernière fois que vous prenez la parole dans mon tribunal sans y avoir été invitée !

Elle fixa Irene Gallagher, d'un air sévère, jusqu'à ce qu'elle obtienne un hochement de tête revêche, après quoi elle approuva la stratégie de la défense d'un haussement d'épaules, puis annonça que la séance était suspendue pour dix minutes. C'était une fumeuse.

Klavs Arnold alla trouver Kirsten Hansen pendant la pause. Simonsen avait décidé qu'un membre de la brigade criminelle assisterait au procès, et comme il serait lui-même amené à comparaître en tant que témoin et que, de ce fait, il ne serait pas autorisé à prendre place dans la salle tant qu'il n'aurait pas été à la barre, la tâche avait été confiée en alternance à Klavs Arnold et Arne Pedersen.

— Elle a opté pour une stratégie suicidaire qui ne peut que tourner à notre avantage. Finalement, ça devrait être plus facile que prévu, observa la procureure.

— Vous doutiez de l'issue du procès ? demanda Klavs Arnold.

— Pas en ce qui concerne le meurtre de Bjørn Lauritzen, on a des preuves solides, mais pour la tuerie du bateau-mouche, toute notre accusation repose sur la vidéo filmée sur la plage de Charlottenlund. C'est notre seul élément probant. D'un autre côté, si Christoffer Brinch en est réduit par sa cliente à contester toutes nos preuves au motif qu'elles auraient été fabriquées par les enquêteurs, on ne craint rien. Aucun jury au Danemark n'avalera ça.

Une fois de retour dans la salle, Kirsten Hansen exposa en détail les circonstances de la mort de Juli Denissen. Ce fut long. Elle prit bien soin de ne pas se précipiter. Cette affaire était complexe et déterminante, et elle n'hésitait pas à rappeler et à répéter ce qu'elle avait dit, tandis qu'elle présentait des photos et des cartes à la cour. Christoffer ne fit aucune objection. Au contraire, il acquiesça plusieurs fois pour approuver la description des événements.

Lorsqu'elle eut enfin terminé, la juge consulta sa montre et décida qu'ils avaient encore le temps d'écouter un témoin avant le déjeuner. Ella von Eggert fut appelée et escortée à la barre par un huissier. La juge l'informa que rien ne l'obligeait à témoigner contre sa sœur, mais que si elle choisissait de déposer quand même, elle le ferait sous serment et pourrait être condamnée pour entrave à la justice en cas de faux témoignage. Ella von Eggert répliqua, indignée :

— Ça fait un mois que j'attends ce moment. Je vais enfin pouvoir dire la vérité et vous raconter comment la police m'a menti, forcée à signer de fausses déclarations et menacée de tout un tas d'horreurs. Alors, je suis plus qu'heureuse de vous livrer mon témoignage.

— Je vous rappelle que si vous mentez à la cour, vous encourez jusqu'à quatre ans d'emprisonnement.

— Je ne mens pas. Ce sont les policiers, les menteurs. Tous autant qu'ils sont.

Kirsten Hansen tendit à Ella von Eggert sa déclaration.

— Pouvez-vous lire à haute voix les dix premières lignes ?

— Hors de question. Je ne suis pas ici pour faire de la lecture. En plus, tout ça n'est qu'un tissu de fichus mensonges inventés par la police.

Kirsten Hansen lança un regard implorant à la juge, laquelle se contenta de hausser les épaules. On ne pouvait pas obliger le témoin à lire un document à voix haute.

Si Ella von Eggert refusait de le faire, Kirsten Hansen allait devoir lire elle-même le document. Irene Gallagher chuchota à Christoffer Brinch :

— Ma sœur a raison, la police a déformé sa déclaration. Demandez à la procureure de passer l'enregistrement sonore qu'on puisse comparer les deux.

Brinch approuva. C'était une excellente idée.

Quand Kirsten eut fini de lire la déclaration, elle demanda à Ella von Eggert :

— C'est bien votre signature ?

— Ils m'ont forcée à signer, je n'ai jamais rien dit de tout ça.

— Veuillez répondre à ma question. Est-ce que c'est votre signature ?

— Oui, bon sang, mais elle n'a aucune valeur.

La juge rappela à Ella von Eggert que les jurons étaient interdits dans la salle. Puis, ce fut au tour de Christoffer Brinch de l'interroger. Il demanda au témoin de raconter avec ses propres mots ce qu'elle pensait qu'il s'était passé quand elle avait été auditionnée par la police. Ella von Eggert expliqua comment, le mercredi 15 septembre, le chef de la Crim Konrad Simonsen et l'officier de police Nathalie von Rosen, après s'être introduits de force – et malgré ses protestations – à son domicile, avaient fait pression sur elle pour qu'elle implique sa sœur.

— Notamment en me montrant des quantités de photos épouvantables où on voyait les cadavres de ces malheureux enfants japonais, c'était insupportable. Les policiers ont fini par repartir, mais, environ une semaine plus tard, le 24 septembre pour être précis, le commissaire divisionnaire adjoint Arne Pedersen a débarqué. Il m'a dit qu'il avait modifié ma déclaration en se basant sur l'enregistrement sonore de ma première audition, et que je devais signer le nouveau document. Il s'est montré particulièrement désagréable et clairement menaçant, alors j'ai signé.

Elle expliqua ensuite comment Pedersen avait examiné sa voiture, qu'elle venait tout juste de récupérer après qu'elle avait été volée. Elle déclara qu'elle avait été trop effrayée pour oser l'arrêter. Puis il était parti.

— Votre audition par le commissaire divisionnaire Simonsen et l'officier von Rosen a-t-elle été enregistrée sur un dictaphone ?

— Oui.

— En êtes-vous bien sûre ?

— Oui, absolument sûre.

Christoffer Brinch se tourna vers le juge.

— La cour pourrait-elle demander à la police de bien vouloir produire cet enregistrement, afin que nous sachions qui dit la vérité ?

La juge réfléchit. Puis elle pointa du doigt Klavs Arnold et lui dit de se lever.

— Puisque vous êtes là, monsieur, pourriez-vous me dire si oui ou non l'audition a été enregistrée ?

— Oui, elle l'a été.

— La police peut-elle produire l'enregistrement ?

— Bien sûr. Je vais faire en sorte que nous l'ayons d'ici une demi-heure.

— Très bien, faites comme ça. Pendant ce temps, nous ferons une pause déjeuner. Et vous, madame von Eggert, vous ne pouvez quitter le tribunal à moins d'être accompagnée d'un huissier.

Irene Gallagher regagna sa cellule avec son avocat. Un agent pénitentiaire les suivait à distance respectable.

— Une fois que la police aura admis qu'ils n'arrivent pas à retrouver l'enregistrement, je voudrais que vous reveniez sur le fait que ma sœur a déclaré que le commissaire divisionnaire adjoint Arne Pedersen a examiné sa voiture. Il faut que les jurés s'en souviennent.

Christoffer Brinch fronça les sourcils.

— Je croyais que l'enregistrement devait servir à prouver que votre sœur disait la vérité. Ce n'est pas ce que vous m'avez dit ?

— Si, et ce sera le cas, indirectement.

— Et si la police produit l'enregistrement ?

— Ça n'arrivera pas.

Elle avait raison. La brigade criminelle ne retrouva pas le fichier, ou, plus exactement, elle ne retrouva aucun des deux supports sur lesquels il était censé être stocké. L'un était une clé USB sur laquelle le fichier original du dictaphone de Konrad Simonsen avait été transféré. Après avoir été utilisée pour la rédaction de la déclaration, elle avait été rangée dans une armoire en acier qui, pour une raison que tout le monde avait oubliée, était située dans le bureau de la Comtesse. À présent, la clé USB avait disparu. Quelqu'un devait l'avoir prise, il était difficile d'imaginer une autre explication. L'autre copie se trouvait dans le dictaphone de Konrad Simonsen. Mais celui-ci avait aussi disparu depuis plus de deux semaines. Quand Klavs Arnold lui demanda s'il se rappelait où et quand il l'avait vu pour la dernière fois, Simonsen dut se creuser les méninges. Et soudain, la mémoire lui revint. C'était pendant l'audition d'Irene Gallagher, quand il l'avait posé, éteint, sur son bureau.

Kirsten Hansen fut embarrassée d'avoir à informer la juge que la police était incapable de retrouver la clé USB contenant l'enregistrement sonore. La juge annonça la nouvelle à la reprise de la séance. Les jurés étaient libres de croire à l'une ou l'autre version, mais en aucun cas ils ne devaient accorder trop d'importance aux allégations de la défense à l'endroit des policiers.

Christoffer Brinch fut ensuite invité à poursuivre son interrogatoire d'Ella von Eggert. Il lui demanda de décrire la fouille de sa voiture par Arne Pedersen, ce à quoi la procureure ne fit pas d'objection. Au terme du témoignage d'Ella von Eggert, la juge leva la séance pour la journée. Elle était contrariée. L'incident au sujet de l'enregistrement avait fait désordre, or elle détestait le désordre, en particulier quand celui-ci avait lieu dans son tribunal.

# 50

*Tribunal de première instance de Copenhague,*
*jeudi 4 novembre 2010*

Durant les séances suivantes, la procureure parvint tant bien que mal à corriger son entrée en matière déplorable. Elle relia Irene Gallagher à Bjørn Lauritzen en diverses occasions, et la fausse déclaration de l'accusée à propos du décès de Lauritzen sur le pont du Storebælt en octobre 1998 fit particulièrement mauvaise impression sur les jurés, cela pouvait se lire sur leurs visages. Christoffer Brinch n'essaya pas de nier l'évidence. Quant à Irene Gallagher, elle estima que ce n'était qu'un détail et lui dit de laisser tomber. La juge autorisa également Kirsten Hansen à déclarer, en termes généraux, que l'accusée et Bjørn Lauritzen avaient collaboré en Bosnie au milieu des années 1990 et qu'ils s'étaient connus à cette occasion. La procureure passa ensuite un long moment à expliquer aux jurés que Bjørn Lauritzen avait perpétré la tuerie du bateau-mouche le dimanche 22 août. Dans cette affaire, les preuves étaient tellement accablantes que la juge informa le jury que la culpabilité de Lauritzen devait être considérée comme un fait. Une fois de plus, Christoffer Brinch garda le silence. Il s'abstint à plusieurs reprises de contre-interroger les témoins ou de faire des commentaires. C'est pourquoi tout le monde fut surpris qu'il choisisse d'interroger le technicien de la police scientifique qui avait examiné la voiture d'Ella von Eggert. L'homme venait de révéler qu'un cheveu appartenant à Bjørn Lauritzen avait été trouvé sous un écrou à la base du siège passager. Christoffer Brinch se leva pour faire quelques remarques dévastatrices sur des points sur lesquels Irene Gallagher avait attiré son attention. Brandissant un document, il dit :

— D'après votre rapport, vous avez découvert des traces d'oxyde de zinc dans le véhicule d'Ella von Eggert. Pourriez-vous expliquer à la cour, en langage simple, de quoi il s'agit ?

— Sous la forme dans laquelle nous l'avons trouvé, il s'agit en gros d'une fine poudre blanche.

— Où avez-vous découvert cette poudre ? Vous pouvez naturellement consulter votre rapport, si vous ne vous en souvenez plus.

— Je m'en souviens parfaitement. J'en ai découvert à divers endroits : sur le tableau de bord, sur les deux faces du pare-soleil, sur l'accroche de verrouillage de la ceinture de sécurité, sur la poignée intérieure de la portière, tout ça du côté passager.

— Et à quoi sert l'oxyde de zinc ?

— À tout un tas de choses. On l'emploie notamment pour révéler des empreintes digitales potentielles sur des surfaces sombres. Sur les surfaces claires, on utilise du dioxyde de fer, qui est rouge.

— L'intérieur de la voiture d'Ella von Eggert est-il clair ou sombre ?

— Sombre.

— L'oxyde de zinc fait-il partie de l'équipement habituel d'un enquêteur ?

— Oui.

— Qu'avez-vous pensé quand vous avez découvert cette substance aux endroits que vous venez de nous décrire ?

— Je me suis dit que quelqu'un avait dû chercher des empreintes digitales dans la voiture avant qu'elle nous soit confiée.

— Mais vous ne l'avez pas écrit dans votre rapport ?

— Bien sûr que non, ça ne fait pas partie de mon travail. Mais je l'aurais dit aux enquêteurs, s'ils m'avaient demandé mon avis.

— L'ont-ils fait ?

— Non.

Christoffer Brinch ménagea une pause pour permettre aux jurés de digérer l'information. Puis il fit apparaître une photo sur le grand écran plat qui avait été disposé dans un angle de la salle. L'image, d'une netteté parfaite, montrait un cheveu brun enroulé autour d'un écrou.

— Nous savons que ce cheveu appartient à Bjørn Lauritzen, ce n'est pas ça que nous mettons en doute. Il y a en fait un autre problème, et veuillez excuser mon raisonnement qui n'est pas très scientifique, mais vous semble-t-il logique qu'un cheveu tombé de la tête d'une personne se retrouve enroulé comme nous pouvons le voir ici autour d'un écrou ?

Le technicien de la police scientifique hésita légèrement avant de répondre.

— Non, pas de la manière dont vous le présentez.

— Que voulez-vous dire ?

— Je veux dire qu'un cheveu ne peut pas juste tomber comme ça et s'enrouler tout seul de cette façon, et encore moins se glisser sous un écrou. Mais il y a des tas de raisons rationnelles qui pourraient expliquer pourquoi je l'ai retrouvé là.

— Donc, c'est plutôt courant ?

— Non, c'est rare, mais ça arrive.

— Se pourrait-il que ce cheveu se soit retrouvé à cet endroit parce que quelqu'un l'y avait placé ?

— Oui, bien sûr, c'est évident.

Christoffer Brinch demanda à l'huissier qui contrôlait l'écran de zoomer sur le follicule, à la base du cheveu. Puis il reprit :

— Dans votre rapport, vous décrivez le cheveu de la façon suivante, je cite : "Un cheveu brun d'environ huit centimètres de long avec son follicule intact, arraché du cuir chevelu d'un homme de type européen." Pourriez-vous expliquer à la cour comment vous faites la différence entre un cheveu tombé de manière naturelle et un cheveu arraché ?

— Il y a une grosse différence. Pour faire court, chaque cheveu connaît une phase de croissance et une phase de repos, et c'est au cours de cette phase de repos que le cheveu tombe de lui-même. Un cheveu arraché, en particulier pendant sa phase de croissance, emportera son follicule et souvent même un morceau de tissu du cuir chevelu.

— Donc, ce cheveu n'est pas tombé naturellement, il a été arraché ?

— Oui, c'est incontestable. C'est pourquoi j'ai écrit "arraché du cuir chevelu" dans mon rapport.

— Mais la police ne semble guère avoir prêté d'importance à cette précision. Dites-moi, est-il possible de distinguer un cheveu arraché du crâne d'une personne vivante d'un cheveu arraché du crâne d'une personne décédée récemment – disons, deux jours plus tôt ?

— Non, je ne crois pas. Mais je n'en suis pas certain.

— Ce qui signifie que ce cheveu aurait très bien pu être arraché du crâne de Bjørn Lauritzen après sa mort, disons par le représentant de la police ici présent…

Cette fois, la juge interrompit Christoffer Brinch.

— Ce ne sont que des spéculations. Avez-vous d'autres questions à poser au témoin ?

Brinch présenta ses excuses. Il avait encore une dernière question.

— Avec votre expérience considérable des enquêtes médicolégales, diriez-vous qu'il est plus probable que ce cheveu ait été placé délibérément là où vous l'avez trouvé ou qu'il ait fini à cet endroit de manière fortuite ?

Le technicien hésita à répondre. Il était évident que la question l'embarrassait.

— Il est impossible de l'affirmer avec certitude.

La juge intervint :

— On ne vous a pas demandé d'affirmer quoi que ce soit avec certitude, juste ce qui vous paraît le plus probable. Et moi aussi je serais curieuse d'avoir votre opinion.

L'homme réfléchit. Il grimaça et fit la moue. Il était difficile de déterminer s'il était en train de rassembler tout son courage pour défier la juge ou s'il méditait sa réponse. Enfin, il déclara :

— Je dirais qu'il est plus probable que le cheveu ait été placé délibérément là où je l'ai trouvé. Et j'aurais dû le spécifier clairement dans mon rapport, mais c'est seulement maintenant que je m'en rends compte. Malheureusement !

# 51

*Tribunal de première instance de Copenhague,*
*vendredi 5 novembre 2010*

C'était la première fois depuis le début du procès qu'Irene Gallagher demandait à Christoffer Brinch de réfuter vigoureusement un témoignage. Et elle lui dicta même exactement ce qu'elle souhaitait qu'il dise. Il s'agissait du témoignage de la technicienne en imagerie qui avait traité la vidéo filmée sur la plage de Charlottenlund, où l'on voyait Irene Gallagher avec un homme qui, d'après l'accusation, n'était autre que Bjørn Lauritzen. Christoffer lui promit de faire de son mieux. Irene Gallagher demanda :

— Vous voulez savoir si c'était bien Bjørn Lauritzen ou est-ce que vous préférez l'ignorer ?

— Pouvons-nous faire comparaître cet homme ?

— Je crains que non.

— Dans ce cas, je préfère rester dans l'ignorance.

Irene Gallagher dit d'une voix hésitante :

— Quelqu'un m'a piégée, c'est pour ça que j'étais sur cette plage. Mais j'ai menti sur ce point à la police et je n'aurais jamais dû le faire.

Elle parut triste et, à un moment, il eut envie de la serrer dans ses bras, mais il se contenta de dire :

— Je suis votre avocat, mais pas le procureur. Vous n'avez pas besoin de m'en dire plus.

Il toqua à la porte de la cellule pour qu'on vienne lui ouvrir.

La technicienne en imagerie était nerveuse. C'était la première fois qu'elle témoignait dans un procès et la procureure dut s'employer à la mettre à l'aise et répéter plusieurs questions. Par deux fois, la juge lui demanda de parler plus fort. Mais si elle était nerveuse, on ne pouvait en revanche pas douter de son expertise. Elle avait apporté plusieurs photos posthumes de Bjørn Lauritzen, dont certaines où ses bras étaient positionnés selon le même angle que l'homme de la vidéo filmée sur la plage. Puis elle avait manipulé des clichés, réduit, tourné et orienté son corps avant de superposer la photo ainsi modifiée à une image de la vidéo. Le résultat était convaincant. Les deux images correspondaient. Néanmoins, elle fit preuve d'une certaine prudence dans ses conclusions : elle avait démontré que l'homme de la vidéo pouvait être Bjørn Lauritzen. C'était une possibilité, mais il pouvait tout aussi bien s'agir d'un autre homme de la même corpulence. Elle avait également calculé la taille de l'individu en se basant sur celles d'Irene Gallagher et d'un mât de drapeau à l'arrière-plan. Cette fois, elle était davantage sûre d'elle : la taille de l'inconnu correspondait à celle de Bjørn Lauritzen, c'est-à-dire un mètre quatre-vingt-sept, comme indiqué dans le rapport d'autopsie.

Tandis qu'elle dispensait ces explications à la cour, un incident embarrassant survint quand son supérieur, Kurt

Melsing, qui était assis dans l'assistance, lui adressa une série de gestes de la main, comme pour lui demander de faire preuve d'un peu plus de retenue dans ses affirmations. La juge explosa. Elle réprimanda aussitôt Melsing et l'avertit qu'il aurait de sérieux problèmes s'il recommençait. La technicienne tenta ensuite de modifier ses déclarations, mais la juge l'interrompit. La cour avait entendu sa déclaration et elle n'avait pas le droit de revenir dessus. La procureure laissa le témoin à la défense.

Christoffer Brinch s'était très bien préparé. Il commença par une question évidente :

— Selon vous, combien d'hommes pourraient correspondre à l'image que vous avez superposée sur la silhouette de l'individu filmé sur la plage de Charlottenlund ?

— Beaucoup.

— Vous voulez dire des centaines ?

— Non, beaucoup plus.

— Des millions, si l'on prend en compte la totalité de la population mondiale, n'ai-je pas raison ?

— Si, probablement.

— Et combien de Danois mesurent un mètre quatre-vingt-sept ?

— Je ne sais pas.

— Cent mille, d'après des statistiques officielles. Donc, outre Bjørn Lauritzen, l'inconnu de la vidéo pourrait être l'un de ces cent mille hommes. Toutefois, je voudrais en savoir un peu plus sur la façon dont vous avez calculé la taille de cet individu. Vous avez déclaré tout à l'heure à la cour que votre calcul était précis. Mais dans quelle mesure est-il précis ?

La technicienne expliqua qu'elle avait procédé à pas moins de dix expériences avec la même caméra de téléphone sur la même plage, de la même distance et…

Christoffer Brinch l'interrompit.

— Il doit certainement y avoir une marge d'erreur ? Pourtant, vous vous exprimez avec une telle assurance, quand vous décrivez votre mode opératoire, qu'on pourrait en déduire que le degré d'incertitude de votre calcul est inférieur à 0,1 %. C'est ce que je qualifierais d'exceptionnellement fiable.

La technicienne réfléchit soigneusement avant de répondre :

— Non, c'est trop faible.

— Et une marge d'erreur de 0,5, alors ? Cinq fois plus.

— Oui, ça me semble plus raisonnable.

— Donc, une marge maximale de 0,5 %?

— Oui.

— Très bien, c'est noté. Maintenant, je sais parfaitement que vous n'êtes pas médecin, mais saviez-vous que les gens sont plus petits le soir que le matin ? C'est parce que la colonne vertébrale se comprime légèrement durant la journée, et elle s'étire de nouveau la nuit, quand nous sommes couchés. Pour un homme de la taille de Bjørn Lauritzen, la différence entre sa taille le matin et sa taille le soir devait être d'environ un centimètre et demi.

La technicienne devint écarlate. Christoffer Brinch poursuivit son contre-interrogatoire.

— D'après le rapport d'autopsie, Bjørn Lauritzen a été tué dans la soirée, avant de se coucher. Après la mort, la colonne vertébrale ne s'étire plus. Or, nous savons qu'au moment de son décès, Bjørn Lauritzen mesurait un mètre quatre-vingt-sept, comme vous l'avez vous-même indiqué dans votre rapport. Mais ça signifie aussi que le midi, sur la plage de Charlottenlund, à supposer qu'il y ait été, il aurait mesuré un mètre quatre-vingt-huit. Et peut-être même un peu plus, puisqu'il était censé avoir nagé pendant trois heures, ce qui aurait dû lui étirer la colonne vertébrale. Je ne sais pas à quel point vous êtes bonne en calcul mental, mais est-ce que vous pensez toujours que l'inconnu pouvait être Bjørn Lauritzen ?

— Peut-être que ça se joue à quelques millimètres, et j'ai seulement donné sa taille en centimètres.

— Répondez à ma question.

Le témoin sollicita l'aide de la juge.

— Si vous me laissiez tout réexpliquer depuis le début, je pourrais vous donner la taille de l'homme en millimètres. C'est ça qui crée de la confusion, j'en suis certaine.

Christoffer Brinch intervint :

— À vous entendre, on croirait presque que vous voudriez que cet homme soit Bjørn Lauritzen. Mais maintenant je vous repose ma question : si l'on considère que vos propres calculs et que mon exposé sur la variation de la taille des personnes durant la journée sont exacts, se peut-il que l'homme que l'on voit sur le film soit Bjørn Lauritzen ?

La technicienne prit son élan avant de lâcher à voix basse :

— Non, c'est impossible.

La juge dit, les mâchoires serrées :

— Plus fort, que les jurés vous entendent.

— Non, ça ne peut pas être Bjørn Lauritzen.

# 52

*Tribunal de première instance de Copenhague,*
*mardi 9 novembre 2010*

Konrad Simonsen avait été appelé à la barre un nombre incalculable de fois et connaissait les procédures du tribunal sur le bout des doigts, si bien que, tandis que la procureure procédait avec lui aux formalités préliminaires, lui demandant son nom, sa qualité, etc., il eut le loisir de se concentrer sur un certain spectateur qui avait attiré l'attention de la brigade criminelle.

C'était un homme d'environ trente ans, de taille moyenne et bien proportionné, avec des cheveux blonds coupés court, des yeux bleu clair et un visage quelque peu enfantin. Jusque-là, il avait assisté à chacune des séances et avait clairement un arrangement avec les huissiers, qui lui réservaient systématiquement une place. Simonsen ignorait pourquoi. Ce qui était sûr, c'était que la consigne devait venir d'en haut. Aucun des huissiers n'avait voulu lui en dire plus, et il est probable qu'ils n'étaient au courant de rien. Klavs Arnold et Arne Pedersen auraient souhaité placer l'homme sous surveillance, mais Simonsen avait refusé.

Il n'avait pas envie de gaspiller des ressources juste pour satisfaire sa curiosité, qui était sans doute infondée.

— Dites-moi, est-ce que vous m'écoutez, au moins, monsieur Simonsen ? dit Kirsten Hansen, l'arrachant à sa rêverie.

Des ricanements se firent entendre dans la salle, et même la juge sourit lorsqu'elle lui demanda de bien vouloir se concentrer. Simonsen dit qu'il était désolé et la juge lui adressa en retour un regard indulgent signifiant qu'il était pardonné, mais que cela ne devait pas se reproduire. La procureure réitéra sa question :

— L'accusée, Irene Gallagher, connaissait Bjørn Lauritzen et Ole Nysted. Tous deux étaient des vétérans de guerre et menaient des vies isolées. Pourriez-vous exposer à la cour les preuves qui établissent ce fait ? Et je parle uniquement de celles retrouvées au Danemark.

La dernière remarque de Kirsten Hansen était destinée à la juge.

Jusqu'à l'heure de la pause déjeuner, Konrad Simonsen dut répondre à ce type de questions, ne s'interrompant que pendant l'habituelle pause cigarette de dix minutes. À la fin, personne ne pouvait douter qu'Irene Gallagher avait connu les deux hommes, qu'elle avait fait en sorte que les boutiques de son mari les ravitaillent en nourriture et qu'elle leur avait même rendu visite à l'occasion, même si c'était rare.

Enfin, comme c'était inévitable, Kirsten Hansen l'interrogea à propos de la Bosnie et de l'été 1995. Toutefois, à peine eut-elle mentionné ce pays que la juge intervint et ordonna que la séance se poursuive à huis clos. La salle se vida. La juge réprimanda la procureure au sujet des règles comme elle l'avait déjà fait au début du procès. Kirsten Hansen accepta la remontrance. Elle n'avait de toute façon pas le choix, et de vaines protestations n'auraient guère fait bonne impression sur les jurés. Elle demanda à Konrad Simonsen :

— Quelles étaient les relations entre Bjørn Lauritzen et Ole Nysted en Bosnie ?

Konrad Simonsen fournit des détails, puis la procureure enchaîna :

— Les deux hommes furent renvoyés précipitamment à la maison par l'armée après un incident survenu le 13 juillet 1995, et dans lequel l'accusée, Irene Gallagher, était aussi impliquée. Pourriez-vous nous décrire cet incident ?

Simonsen expliqua ce qu'il savait, ne manquant pas de signaler au passage le manque de coopération de l'armée pour éclaircir ce qui s'était passé.

La juge grimaça comme si elle avait mordu dans un citron, ses traits se durcirent, mais elle ne l'interrompit pas. Kirsten Hansen demanda :

— Irene Gallagher avait été envoyée en Bosnie en tant qu'auditrice par l'armée danoise, mais elle occupait d'autres fonctions en même temps. De quoi s'agissait-il ?

— Elle servait comme agent de renseignements avec le grade de major dans l'ar…

La juge eut recours à son marteau. Le bruit fit sursauter tout le monde.

— Ça suffit. Pouvez-vous prouver avec des éléments directs et vérifiables que les événements survenus en Bosnie en 1995 ont un lien avec les accusations dont Mme Gallagher fait l'objet aujourd'hui ?

Comme Simonsen n'avait pas de telles preuves, la juge annonça qu'il était l'heure de la pause déjeuner.

Christoffer Brinch avait appris par cœur la majeure partie du rapport qu'il avait remis à Irene Gallagher. Après le déjeuner, et sur demande de sa cliente, il posa plusieurs questions à Konrad Simonsen à propos d'Arne Pedersen.

— Sur la fin, quel genre de relation entretenaient le commissaire divisionnaire adjoint et Pauline Berg ?

Simonsen décrivit leur relation en termes vagues et généraux.

— Mais ils ont été plus que des collègues à une époque, n'est-ce pas ?

— En effet. En 2006, ils se sont rapprochés et ont eu une relation… disons, une relation intime.

— Combien de temps cette relation a-t-elle duré ?

— Environ un an, pour autant que je sache.

— Je vois. Il y a autre chose : à l'automne 2007, Pauline Berg a été enlevée par un homme mentalement perturbé. Au bout d'un certain temps, votre brigade est parvenue à remonter jusqu'à cet individu, mais vous avez décidé de ne pas l'arrêter car vous craigniez qu'il refuse de révéler où il avait caché sa victime. L'homme a passé une nuit dans un hôtel de Copenhague. Je sais que vous et M. Pedersen vous trouviez à la préfecture de police pendant ce temps-là. Mais dites-moi, le commissaire divisionnaire adjoint Pedersen a-t-il participé aux recherches ?

— Non.

— Pourquoi ?

— Il était bouleversé à cause de ce qui était arrivé à Pauline Berg.

— Et pourtant, il a fait quelque chose, cette nuit-là. Pourriez-vous raconter à la cour ce qu'il s'est passé ?

Konrad Simonsen soupira, puis dit :

— Arne Pedersen s'est rendu à l'hôtel de sa propre initiative.

— Pour quelle raison ?

— Pour obliger le ravisseur à lui dire où il retenait Pauline.

— L'obliger de quelle manière ?

— Par la force.

— Était-il armé ?

— Oui, il avait emporté une matraque et un cutter.

— Heureusement, on l'a arrêté à temps. Mais à votre avis, aurait-il fait usage de ces armes contre le ravisseur ?

— Comment je pourrais le savoir ?

— Mais c'était bien son intention, n'est-ce pas ?

— Oui.

— Je voudrais aussi vous demander si vous êtes au courant de l'accès de colère du commissaire divisionnaire adjoint Pedersen, le samedi 18 septembre, juste après les obsèques de Pauline Berg. Ses propos ont ensuite été rapportés par trois différents journalistes dans leurs journaux respectifs.

— Oui, je suis au courant. J'en ai parlé avec Arne et j'ai bien insisté sur le fait que je ne trouvais pas ça très malin.

— "On va le choper, promit Arne Pedersen au Jutlandais. Et aussi cette salope de Gallagher, tu peux me croire. Je ne sais pas encore comment, je m'en fous, mais je te garantis qu'on va choper ces ordures." Est-ce que ce sont ces propos que vous qualifiez de "pas très malins" ?

— Ça paraît pire quand c'est répété de cette manière, hors contexte.

— "Je ne sais pas encore comment, je m'en fous, mais

je te garantis qu'on va choper ces ordures." Vous ne trouvez pas ça suffisamment explicite ?

Konrad Simonsen choisit de ne pas répondre, et Christoffer Brinch n'insista pas. Au lieu de cela, il passa à son ultime sujet.

— Lundi 20 septembre, vous et le commissaire divisionnaire adjoint Pedersen avez interrogé Irene Gallagher à son domicile de Næstved, c'est bien ça ?

— Oui, c'est exact.

— Étiez-vous présent pendant tout l'interrogatoire ou avez-vous laissé le commissaire divisionnaire adjoint Pedersen seul avec ma cliente à un certain moment ?

— Je me suis absenté un instant. J'ai reçu un coup de fil, alors je suis sorti.

— Combien de temps ?

— Dix minutes, peut-être un quart d'heure. Je ne sais pas exactement.

— Quel était l'objet de cet appel ?

Simonsen expliqua comment on lui avait fait croire que sa fille avait eu un accident.

— Avez-vous ensuite tenté de tracer l'appel ?

— Oui.

— Et qu'avez-vous appris ?

— Qu'il avait été passé depuis la préfecture de police. C'est tout ce que nous avons pu obtenir.

— Est-il possible que quelqu'un vous ait appelé dans le but de vous faire quitter l'interrogatoire afin que le commissaire divisionnaire adjoint Pedersen et Irene Gallagher se retrouvent seuls ?

— Bien sûr que c'est possible. Mais il y a des tas d'autres explications potentielles.

Christoffer Brinch remercia le témoin. Il en avait terminé avec lui. La juge demanda :

— Vous n'en tirez pas de conclusions ?

— Pas encore, mais je le ferai plus tard. La défense voulait seulement établir que ma cliente et le commissaire divisionnaire adjoint Arne Pedersen s'étaient retrouvés seuls à un moment pendant l'interrogatoire.

La juge approuva. Christoffer Brinch se dit qu'il était aussi perplexe qu'elle. En réalité, lui non plus ne savait pas en quoi c'était important.

La séance fut levée pour la journée.

Konrad Simonsen et Arne Pedersen, qui avaient été présents dans l'assistance, se retrouvèrent dans la salle. Pedersen était furieux.

— Putain, mais qu'est-ce que c'est que ce bordel, Simon ? s'exclama-t-il.

Mais Konrad Simonsen n'en avait aucune idée. Arne Pedersen dit :

— D'abord ce mensonge, la semaine dernière, comme quoi j'aurais déposé des preuves dans sa voiture. Je ne l'ai même pas approchée, cette bagnole. On n'avait pas encore de mandat à ce moment-là.

Simonsen posa une main sur l'épaule de son adjoint pour tenter de le calmer.

— On en a déjà parlé des dizaines de fois, Arne. Personne ne croit que tu as déposé des preuves. Et bien sûr, Ella von Eggert a signé sa déclaration de son plein gré, on le sait tous.

Mais Arne Pedersen ne se calma pas. Au contraire, il haussa encore le ton :

— Et puis tout ce qui s'est passé aujourd'hui. Je ne peux pas le tolérer. Ils sont en train de détruire ma réputation.

— On ne peut rien faire d'autre que de garder notre calme. Contrôle-toi, Arne. Tu ne peux pas hurler comme ça en plein tribunal, ce n'est pas très malin.

Son chef avait raison. Arne Pedersen essaya de se reprendre. Il poursuivit, sur un ton relativement normal :

— Tu retournes à la préfecture ? Ça me ferait du bien de parler à quelqu'un.

— D'accord, on fait comme ça. Mais d'abord, il faut que je…

Konrad Simonsen se tut lorsqu'une jeune femme vint se placer entre eux, passa ses bras autour d'Arne Pedersen et lui donna un baiser fougueux.

C'était Louise Berg.

# 53

*Copenhague,*
*mercredi 10 novembre 2010*

Klavs Arnold attendit devant le tribunal de première instance de Copenhague jusqu'à la fin de la séance. Il avait décidé de s'intéresser au jeune inconnu qui était constamment dans l'assistance. Il comprenait que son chef préfère ne pas consacrer de ressources à tenter d'établir l'identité de l'homme, mais personne ne pouvait l'empêcher de le suivre discrètement sur son temps libre pour voir où il se rendait. Et c'était exactement ce que Klavs Arnold faisait en cette fin d'après-midi.

Il avait espéré que l'homme était venu en voiture et qu'il avait garé celle-ci à proximité. Ainsi, il lui aurait suffi de relever le numéro d'immatriculation – cela aurait été la manière la plus simple de l'identifier –, mais l'inconnu ne semblait pas avoir de voiture. Lorsqu'il quitta le tribunal, Klavs le suivit dans une série de ruelles jusqu'à Kongens Nytorv, où sa cible prit le temps d'examiner toutes les vitrines des boutiques devant lesquelles il passait. Klavs se tenait à une vingtaine de mètres derrière et se cachait dans des entrées de bâtiments ou des arrêts de bus chaque fois que l'homme s'arrêtait. Une fois arrivé à Kongens Nytorv, il traversa la place en diagonale et s'engagea dans Store Kongensgade en maintenant la même allure décontractée et en continuant d'observer avec intérêt les vitrines des magasins. Puis, tout à coup, il disparut. Évaporé. Klavs Arnold se mit à courir, s'arrêta et regarda dans toutes les directions possibles sans parvenir à le repérer. Puis il haussa les épaules et se dit que ça avait valu la peine d'essayer et qu'il pourrait toujours refaire une tentative un autre jour, s'il en avait envie. Mais alors qu'il retournait vers le tribunal, l'homme ressurgit droit devant lui, tout sourire. Klavs Arnold mit quelques instants à se ressaisir, puis il présenta à l'homme sa carte de police et dit :

— Vous êtes dans une zone de contrôle, alors je suis autorisé à vous demander une pièce d'identité. Vous en avez une sur vous ?

Le sourire de l'homme s'élargit, il éclata presque de rire, mais il n'y avait absolument rien de menaçant dans son attitude, si bien que Klavs Arnold sourit à son tour. L'homme dit :

— Un peu que j'en ai une.

Il sortit un passeport de la poche intérieure de sa veste. Il était noir avec une inscription en caractères blancs : *Diplomatic Passport, United States of America.*

Klavs Arnold tendit la main pour s'emparer du passeport, mais l'homme fut plus rapide que lui et le retira.

— Il me semble que vous devez suivre une certaine procédure si vous voulez autre chose. Je n'ai pas raison ?

Il avait raison.

Klavs Arnold dit d'une voix prudente :

— En effet, je vous prie de m'excuser. Je suis au courant. Mais pourriez-vous au moins me donner votre nom ? Volontairement, je veux dire. Et est-ce que je peux aussi vous demander pourquoi vous vous intéressez autant au procès d'Irene Gallagher ? Nous… enfin, ça m'intrigue.

L'homme secoua la tête d'un air désolé.

— Pas aujourd'hui. Peut-être plus tard, une fois que le verdict aura été prononcé. Alors, peut-être qu'on parlera. Après tout, maintenant, vous savez où me trouver.

Il ricana et tourna les talons.

# 54

*Tribunal de première instance de Copenhague,*
*jeudi 11 novembre 2010*

— Une fois que j'aurai été acquittée, je pourrais peut-être vous inviter à dîner à la maison pour vous remercier de votre brillante prestation.

Christoffer ne répondit pas à l'invitation d'Irene Gallagher. Ils mangeaient dans sa cellule pendant la pause déjeuner. Brinch s'essuya la bouche.

— Je n'aime pas ça. Vous êtes vraiment sûre de savoir ce que vous faites ?

— Absolument sûre.

— C'est totalement contraire à l'éthique, ça ne me plaît pas du tout.

— Ce que la police m'a fait subir ne me plaît pas non plus, et j'estime avoir droit à la meilleure défense possible… Vous n'êtes pas d'accord ?

Christoffer Brinch hésita, sachant pertinemment que ce n'était pas la réaction qu'elle attendait, alors il finit par hocher la tête. Sa cliente sourit. Il ne lui retourna pas son sourire. Au lieu de cela, il dit qu'il était désolé, mais qu'il avait besoin de prendre l'air pendant cinq minutes avant de retourner dans la salle du tribunal.

Lorsqu'il arriva dehors, sur la place Nytorv, il se dirigea vers une petite plate-forme pavée, où se dressaient autrefois les piloris de la ville. C'était là que les petits criminels et les prostituées étaient fouettés en public. C'était de la répression, pas de la justice, songea-t-il tristement. Et soudain, il comprit qu'il était arrivé au terme de sa carrière d'avocat. Dans les premiers temps, il avait été motivé par l'argent, mais ces dernières années, il avait voulu apporter sa contribution personnelle – quoique modeste – à son pays en tant que société régie par la loi. Désormais, c'était fini. Une fois ce procès terminé, plus jamais il n'officierait dans un tribunal. Il avait été piégé par sa cliente, manipulé et utilisé comme un pion dans une partie d'échecs, ce qu'il avait compris bien trop tard. Tout ce qu'il pouvait faire désormais, c'était terminer son sale boulot, il n'avait pas d'autre choix. Il cracha par terre, dans la rue, ce qu'il n'avait pas fait depuis son enfance.

Lorsque la séance reprit après le déjeuner, un technicien de la police scientifique s'exprima sur le meurtre de Bjørn Lauritzen. Il commença par indiquer la date et l'heure de la mort et déclara :

— La victime a d'abord reçu une balle derrière la tête, alors qu'elle était assise sur une caisse, puis une autre en plein front. Ce n'était pas une arme puissante, et il n'y a pas d'orifices de sortie. Les deux balles de calibre 5,6 mm ont été retrouvées dans le crâne de la victime.

Ensuite, le technicien décrivit méticuleusement les angles de tir et estima leur distance, ce qui prit un certain temps. Lorsqu'il eut terminé, la procureure lui posa quelques questions complémentaires. Christoffer Brinch renonça à le contre-interroger.

Le témoin suivant était aussi une technicienne de la police scientifique. Elle expliqua à la cour comment un pistolet avait été découvert dans le garage d'Irene Gallagher pendant une perquisition. L'arme était enfermée dans un sac en plastique et cachée au fond d'un seau de sel de déneigement. C'était un modèle Ruger Mark I 22LR, produit par Sturm, Ruger & Co. dans le Connecticut, aux États-Unis, et dont la commercialisation avait débuté en 1948. Le guidon avait été limé. L'examen balistique du pistolet et des deux projectiles retrouvés dans le crâne de Bjørn Lauritzen avait permis de confirmer avec certitude qu'il s'agissait de l'arme du crime. Ils avaient aussi découvert des empreintes digitales et des traces d'ADN sur le pistolet. Une série d'empreintes relevées sur le canon n'avaient pas encore pu être identifiées car elles n'étaient pas répertoriées dans la base de données de la police. Quant aux empreintes relevées sur la crosse, elles appartenaient à Irene Gallagher, tout comme l'ADN. Ensuite, la technicienne s'intéressa au sac en plastique. C'était un sac congélation vendu par la chaîne de supermarchés Fakta. La technicienne était même en mesure de dire dans quelle usine il avait été fabriqué, et grâce à des tests moléculaires, elle avait aussi réussi à établir que le lot auquel appartenait le sac avait été vendu dans la région de Copenhague. Enfin, elle informa la cour qu'une autre série d'empreintes digitales et palmaires avait été découverte sur le sac plastique et qu'elles avaient probablement été déposées quand le sac précédent avait été détaché. Ces empreintes n'avaient toujours pas été identifiées, mais à en juger par leur taille, c'étaient très vraisemblablement celles d'un enfant. C'était tout, la technicienne avait terminé. Christoffer Brinch se prépara à la contre-interroger :

— Concernant les empreintes digitales non identifiées retrouvées sur le pistolet, est-il possible de dire, d'après leur localisation, que celui ou celle qui les a déposées a donné l'arme à quelqu'un d'autre ? Je veux dire, en pointant le canon du pistolet vers cette personne ?

— Oui, c'est possible. C'est exactement ce que suggère leur position.

— Ces empreintes ont-elles été déposées là avant ou après que le pistolet a été utilisé pour la dernière fois ? En d'autres termes, est-il possible de le déterminer ?

— Oui, tout à fait. Et les empreintes ont été déposées avant.

— Y avait-il des empreintes sur la queue de détente ?

— Non.

— Ça ne vous a pas intriguée ?

— Si, un peu.

— Y avait-il, parmi les empreintes relevées sur la crosse, une empreinte d'index ?

— Oui.

— Qui, normalement, aurait plutôt dû être sur la queue de détente, si vous voyez ce que je veux dire ?

— C'est exact.

— Tout comme les empreintes non identifiées relevées sur le canon suggèrent que l'arme a été transmise à quelqu'un, celles retrouvées sur la queue de détente correspondent-elles à une prise en main ?

— C'est le cas. Ça ne fait même aucun doute. Nous avons comparé les empreintes digitales relevées sur le canon à celles de Bjørn Lauritzen parce que nous pensions qu'il avait peut-être lui-même remis l'arme à son assassin. Mais elles ne correspondaient pas.

Christoffer Brinch remercia la technicienne, se tourna vers la juge et ménagea une pause de quelques secondes avant de déclarer à voix haute et distincte :

— Ma cliente affirme que, au cours de l'interrogatoire mené à son domicile, et alors qu'elle était seule avec le commissaire divisionnaire adjoint Arne Pedersen – comme cela nous a été confirmé par un précédent témoin –, celui-ci lui a remis ce pistolet et demandé si elle l'avait déjà vu. Elle l'a pris, l'a examiné et a répondu que non, après quoi le commissaire divisionnaire adjoint Pedersen l'a remis dans son porte-documents. Ainsi, ma cliente est convaincue que les empreintes retrouvées sur le canon du pistolet appartiennent au commissaire divisionnaire adjoint Pedersen. Et si elles n'ont donné aucune correspondance dans la base de données de la police, c'est tout simplement parce que le commissaire divisionnaire adjoint Pedersen, ou un complice, a effacé ses empreintes digitales du fichier. Ma cliente croit également que les empreintes sur le sac en plastique dans lequel a été découvert le pistolet sont celles d'un des deux enfants du commissaire divisionnaire adjoint Pedersen. En tant que représentant d'Irene Gallagher, je me permets de demander respectueusement à la cour de bien vouloir prendre les mesures nécessaires afin que soient menés les tests adéquats, et ce par un laboratoire indépendant de la police de Copenhague, ou sous le contrôle d'une personne impartiale nommée par la cour.

Le silence s'abattit sur la salle. On aurait pu entendre voler une mouche. Toutes les personnes présentes retinrent leur souffle, stupéfaites par l'énormité des paroles de Christoffer Brinch. Même la juge demeura figée. Pour finir, elle se ressaisit.

— Je suppose que vous avez conscience de l'absurdité de vos accusations ?

— Je les ai exprimées au nom de ma cliente. De plus, elles peuvent facilement être vérifiées, ce que je…

— Oui, j'ai compris. Ça ne me laisse pas le choix. Je déclare la séance suspendue pendant trois heures, le temps que ces demandes délirantes soient examinées, mais nous reprendrons de toute façon à 17 heures. Je n'ai pas envie de laisser des questions aussi importantes en suspens toute la nuit.

À 17 heures précises, la cour fit son retour dans la salle. La juge affichait une mine sombre lorsqu'elle rouvrit la séance en faisant une annonce. Premièrement, il avait été établi que les empreintes digitales du commissaire divisionnaire adjoint Arne Pedersen avaient été supprimées du fichier automatisé de la police. Deuxièmement, les empreintes digitales du commissaire divisionnaire adjoint Arne Pedersen correspondaient à celles retrouvées sur le canon du pistolet qui avait servi à tuer Bjørn Lauritzen. Troisièmement, les empreintes digitales relevées sur le sac plastique dans lequel le pistolet avait été découvert appartenaient à un des jumeaux du commissaire divisionnaire adjoint Arne Pedersen. Il avait été impossible de déterminer lequel des deux, mais cela n'avait clairement pas d'importance. Ensuite, la juge s'adressa à la procureure.

— Sur la base de cette découverte, la cour recommande fortement que toutes les charges pesant sur Mme Gallagher soient levées.

Kirsten Hansen acquiesça. Elle n'avait pas le choix, tout le monde le savait. La juge déclara l'affaire classée et annonça à Irene Gallagher qu'elle était libre.

Une bonne demi-heure plus tard, Christoffer Brinch s'enferma dans son bureau. Un certain nombre de ses collaborateurs étaient restés pour le féliciter à son retour, mais il était passé devant eux sans s'arrêter. Il sortit une bouteille de cognac de son bar, dévissa le bouchon et but directement au goulot. Un peu plus tard, alors que l'alcool commençait à faire effet, il décrocha ses diplômes et ses certificats joliment encadrés du mur qui était derrière son bureau et les fracassa contre l'écran de son ordinateur tout en continuant de boire. Ensuite, il renversa avec peine son étagère. Plusieurs de ses collaborateurs accoururent dans la pièce, paniqués. Il leur hurla : "Barrez-vous ! Allez au diable ! Déguerpissez de mon bureau !" Ils refluèrent aussitôt. Finalement, l'un d'eux appela son épouse et lui expliqua que son mari avait complètement pété les plombs et qu'il fallait qu'elle vienne de toute urgence. Mme Brinch réagit avec flegme, écoutant patiemment le collaborateur, puis déclara que si Christoffer voulait détruire ses propres biens, ça ne regardait que lui, et que s'il buvait jusqu'à s'en rendre soûl, c'était probablement qu'il en avait besoin. Toutefois, elle dit qu'elle leur serait reconnaissante si quelqu'un pouvait le reconduire à la maison ou le mettre dans un taxi une fois qu'il se serait enfin calmé.

# PARTIE 4

# LA MAISON EN BOSNIE

## 55

*Préfecture de police,*
*vendredi 12 novembre 2010*

— … une peine d'emprisonnement pouvant aller jusqu'à trois ans pour falsification de preuves, à laquelle pourrait s'ajouter une accusation d'homicide volontaire pour l'assassinat de Bjørn Lauritzen.

D'une voix monocorde, le directeur général de la police passa en revue les charges et leurs conséquences potentielles pour Arne Pedersen. La préfète, qui semblait ne pas avoir dormi de la nuit, l'écouta, le visage livide et dénué d'expression. La réunion se tenait dans son bureau. La secrétaire du directeur général de la police, une femme fort aimable qui était appréciée et respectée de tous à la préfecture, avait été chargée de la rédaction du procès-verbal. Ses yeux étaient humides et elle devait les sécher régulièrement avec une petite serviette. La Comtesse, qui n'avait pas été invitée, mais s'était présentée à la réunion avec son mari sans que personne n'y voie d'objection, bouillonnait de rage. Ses paupières étaient plissées, ses lèvres serrées, ses gestes saccadés, comme si la rage qu'elle réprimait avait court-circuité son amplitude de mouvement. Seul Konrad Simonsen semblait prendre la situation avec sérénité. Le directeur général de la police poursuivit :

— J'ai mis sur pied un groupe spécial d'investigation constitué de deux enquêteurs expérimentés de la police d'Aarhus et de deux agents du PET, qui aura pour mission d'examiner les accusations dont Pedersen fait l'objet. Il faut que vous sachiez qu'il va très certainement être inculpé et placé en détention dès cet après-midi, probablement à l'isolement – ne notez pas ça, Margrete. J'ai également créé un autre groupe pour enquêter sur son passé. C'est une apocalypse judiciaire, un cauchemar, je n'arrive même pas à…

Il se tut. La Comtesse se pencha sur la table et s'empara de la feuille qu'il lisait et qu'il tenait devant lui, tel un bouclier. Elle la froissa et jeta la boule de papier par terre d'un léger mouvement du poignet. Puis elle dit, d'une voix tellement haineuse et éloignée de son ton habituel que même Konrad Simonsen en resta bouche bée :

— N'allez pas vous imaginer que vous allez vous en tirer aussi facilement. Dans quelques semaines, quand on aura prouvé que ces accusations ridicules sont le fruit de manipulations, je veillerai personnellement à ce que votre incompétence et votre déloyauté envers vos subordonnés soient si abondamment exposées dans la presse que tout le monde exigera votre départ en moins de temps qu'il n'en faut pour dire *au revoir*.

Le visage du directeur général de la police vira au rouge vif et des perles de sueur affleurèrent à la surface de ses narines. Il bafouilla et peina à articuler.

— Êtes-vous en train de me menacer ?

— C'est exactement ce que je fais. Et je peux vous garantir que ce ne sont pas des menaces en l'air.

— Bon sang, Comtesse, on devrait bien pouvoir trouver une solution. Quelque chose… un arrangement qui ne… qui soit acceptable pour tout le monde.

Il dévisagea les autres tour à tour, avec anxiété. Sa secrétaire dit à la Comtesse :

— Vous croyez sincèrement que ça va aider à arranger la situation ? Car moi j'en doute.

La Comtesse se calma quelque peu, mais elle ne s'excusa pas. Puis, contre toute attente, la préfète intervint. C'était une femme qui s'était récemment imposée dans ses fonctions, à sa manière légèrement maladroite. Au fil des jours, elle avait gagné le respect et la loyauté de ceux qui travaillaient sous ses ordres. D'une voix posée, elle dit au directeur général de la police :

— Je peux me charger personnellement de cette réunion. Vous m'avez déjà suffisamment informée. J'aurais dû proposer… ou plutôt insister pour le faire… lors de notre entretien de ce matin.

Elle regarda la secrétaire. "Je vais aussi m'occuper du compte rendu." Puis, avant que quiconque ait eu le temps de répondre, elle se leva et alla ouvrir la porte de son bureau. Le directeur général de la police ressemblait à un naufragé sur le point de se noyer à qui l'on venait de jeter une bouée de sauvetage. "Bien sûr, c'est beaucoup mieux comme ça… pour tout le monde… plus conforme à la hiérarchie." Il tituba jusqu'à la porte, qui était grande ouverte. Sa secrétaire rassembla ses papiers, salua la préfète d'un signe de tête et courut rejoindre son chef.

Lorsqu'ils eurent tous les deux quitté le bureau, la préfète ferma la porte et retourna s'asseoir. Au passage, elle toucha furtivement l'épaule de Konrad Simonsen, un geste qui, de la part de n'importe qui d'autre, aurait été déplacé, voire condescendant, mais pas venant d'elle. Elle n'était pas comme cela, la Comtesse et Simonsen le savaient.

— Maintenant, je vais jouer cartes sur table. Simon, si tu crois que je devrais refuser de faire ce que je m'apprête à t'exposer, dis-le-moi et je refuserai. Bien sûr, je serai démise de mes fonctions, mais tant pis. De toute façon, j'ai déjà songé à refuser d'obéir aux ordres, mais je ne suis pas certaine que ça bénéficierait à qui que ce soit, je pense plutôt que ça ferait encore plus de dégâts. Et pas seulement pour Arne. Mais cette décision te concerne autant que moi.

Simonsen et la Comtesse approuvèrent.

— Tu as deux options, Simon. Tu peux choisir de partir à la retraite. Dans ce cas, je pourrai t'offrir des conditions financières extrêmement favorables. Ou bien tu peux décider de rester, et alors je te suspendrai immédiatement pour une durée indéfinie, mais avec l'intégralité de ton salaire. Tous les deux – et en réalité, ça vaut pour toute la brigade criminelle –, vous avez interdiction d'évoquer cette affaire avec la presse, et toi, Simon, tu as interdiction d'en parler à qui que ce soit. Je ne suis pas sûre que cette dernière mesure soit légalement compatible avec les règles matrimoniales et de liberté d'expression, mais je ne l'ai pas encore vérifié car nous avons pour l'instant des problèmes autrement plus importants. Maintenant, je te laisse la parole, Simon.

Les deux femmes le regardèrent et constatèrent qu'il paraissait toujours imperturbable. Et, en effet, il répondit aussitôt, sans prendre le temps de réfléchir à sa proposition.

— Je ne permettrai jamais qu'on me pousse vers la sortie. Il n'est pas question que je prenne ma retraite. Et je suis d'accord : ce ne serait bénéfique pour personne que tu te fasses renvoyer.

La préfète sembla étrangement soulagée car ce n'était pas seulement de son travail qu'il s'agissait.

— J'avais espéré que tu dirais ça. Tu recevras tout ça par écrit. Tu as besoin que je t'informe officiellement de ta suspension ?

Konrad Simonsen lui épargna cette peine.

— Non, ce ne sera pas nécessaire, je comprends. Je laisserai ma carte de police sur ton bureau avant de partir.

— Tu es seulement autorisé à emporter tes effets personnels. Je devrais te faire accompagner d'un officier quand tu rassembleras tes affaires, mais je ne le ferai pas parce que je me moque de ce que tu prendras. Voilà, c'est dit. Je veillerai à ce que tu récupères discrètement les clés du bureau de Simon, Comtesse, car j'imagine que – malgré toutes les interdictions – tu ne comptes pas laisser tomber cette affaire.

La Comtesse répondit sur un ton caustique :

— Oh, ça, non, je n'en ai pas fini.

Simonsen se leva de sa chaise, mais la préfète protesta.

— Assieds-toi, Simon.

Il s'exécuta.

— Je suppose que tu n'es pas le seul à avoir réfléchi à la situation d'Arne. Je veux dire… bien sûr que personne ne croit qu'il ait pu être assez idiot pour prendre un sac plastique chez lui ou encore laisser ses propres empreintes sur le pistolet qu'on l'accuse d'avoir utilisé pour tenter d'incriminer Irene Gallagher. Même le plus stupide des criminels n'aurait pas fait ça, et Arne est dans la police depuis plus de vingt ans. Même s'il avait eu de mauvaises intentions, il n'aurait jamais commis ces fautes de débutant. De plus, ça n'a aucun sens de croire qu'il ait pu supprimer ses empreintes du fichier alors qu'il lui aurait suffi d'effacer ses traces sur le canon du pistolet avec un chiffon. C'est aussi la conviction du groupe d'investigation. Ils ne croient pas qu'il soit coupable, mais ils ne savent pas quoi croire d'autre. Et moi non plus. Mais, encore une fois, ils ne peuvent pas faire comme si les empreintes d'Arne Pedersen n'étaient pas sur ce maudit pistolet, car elles y étaient bel et bien.

Elle adressa un regard implorant à Simon, qui répliqua :

— Pourquoi est-ce que vous vous interrogez sur des choses dont vous ne savez rien ?

La préfète rougit légèrement, et elle demanda, presque sur un ton humble :

— Mais tu ne crois pas non plus qu'il ait fait ça ?

— Non, bien sûr qu'il ne l'a pas fait. Autre chose ?

Non, elle en avait fini. En sortant, la Comtesse dit à la préfète :

— J'appellerai l'autre mauviette et je lui présenterai mes excuses. Après tout, ce n'est pas sa faute.

Simonsen aussi avait un dernier commentaire à faire :

— Assure-toi qu'Arne soit placé dans une cellule ici, à la préfecture. Peu importent les moyens que tu emploieras. Et libère tout un couloir pour lui. Comme tu le sais, en prison, les policiers sont rarement bien accueillis par les autres détenus.

# 56

*Søllerød,*
*vendredi 12 novembre 2010*

L'ambiance était sombre.

La Comtesse avait passé commande dans un restaurant, un repas raffiné, mais cela paraissait déplacé, comme s'ils avaient quelque chose à fêter, et, maintenant, elle regrettait son choix. Sur le coup, elle avait pensé que ce serait le moyen de montrer que la vie continuait normalement pour elle et son mari et qu'ils ne se laissaient pas intimider si facilement – après tout, il y avait des choses pires dans la vie. Mais cela avait été un fiasco. Ils n'avaient pas savouré la nourriture et s'étaient contentés de l'avaler machinalement, sans un commentaire. Kurt Melsing était chez eux. Il s'était invité, et la Comtesse trouvait que c'était une bonne idée. C'était peut-être la personne avec laquelle Simon s'entendait le mieux sur le plan professionnel, malgré leurs personnalités radicalement différentes. Chacun d'eux était à la tête d'un département spécialisé et était respecté pour ses compétences. Mais pendant tout le dîner, et aussi après, Kurt s'était montré encore plus taciturne que d'habitude. Quant à Simonsen, il semblait complètement dans la lune. Il se désintéressait de la conversation et, quand ils lui parlaient, il leur fallait tout le temps répéter, comme s'il venait de se réveiller. Au bout d'un moment, Kurt Melsing s'exprima sur la situation de son ami, et il le fit avec une sincérité brutale.

— Ça ne m'étonne pas qu'ils t'aient suspendu, Simon. Ils n'avaient pas d'autre choix et, à leur place, j'aurais fait la même chose.

La Comtesse protesta, mais pas Simonsen. Oui, bien sûr qu'ils étaient obligés, mais ce n'était qu'une broutille qui ne méritait pas qu'on en parle. Et aussitôt, son esprit s'égara à nouveau.

En sa qualité d'hôte, la Comtesse s'efforça d'alimenter un semblant de conversation, jusqu'à ce qu'elle comprenne qu'elle parlait toute seule. Alors, elle renonça. Comme le long silence qui s'installa ensuite ne semblait pas déranger les hommes, elle se mit à lire un livre.

Vers 19 heures, quelqu'un sonna à la porte. La Comtesse consulta sa montre, interloquée. Anna Mia et Klavs Arnold avaient prévu de venir, mais seulement à 20 heures. Elle sortit de la pièce pour aller ouvrir. Et là, elle n'en crut pas ses yeux. Face à elle se tenait la dernière personne qu'elle s'était attendue à voir : Christoffer Brinch, l'avocat d'Irene Gallagher.

Il se présenta avec une légère révérence et s'excusa de passer à l'improviste. Mais il tenait à les aider, c'était très important pour lui. La Comtesse lui demanda, suspicieuse :

— Nous aider ?

— Oui, à sortir le commissaire divisionnaire adjoint Arne Pedersen de la situation terrible dans laquelle je l'ai mis.

— Et de quelle manière comptez-vous nous aider ? C'est un petit peu tard pour ça, vous ne trouvez pas ?

Brinch l'ignorait, mais il pouvait certainement faire quelque chose, il en était convaincu. La Comtesse resta plantée dans l'embrasure de la porte.

— Si vous êtes venu ici pour implorer notre pardon, vous pouvez repartir tout de suite.

— Ce n'est pas ce que je suis venu chercher. La vérité, c'est que je serais obligé d'agir exactement de la même manière si c'était à refaire. Mais maintenant, l'affaire est close, et ça change tout.

La Comtesse, qui comprenait parfaitement que ses obligations professionnelles puissent entrer en conflit avec son éthique, réfléchit quelques instants, puis elle s'écarta pour le laisser passer et dit d'un ton sec et peu accueillant :

— Très bien, vous pouvez entrer.

Dans le séjour, Christoffer Brinch répéta ce qu'il avait dit à la Comtesse et poursuivit :

— En tant qu'avocat de la défense, je suis tenu par le secret professionnel vis-à-vis de mes clients, bien entendu, ce qui s'applique à tout ce que je peux être amené à apprendre dans le cadre de mes fonctions. Et je peux être sanctionné si je transmets des informations sur un client sans motif valable. En revanche, rien ne m'empêche de parler d'une affaire fictive impliquant un avocat de la défense, appelons-le Ib, et un accusé, appelons-le Bo, ainsi qu'une série d'autres personnages inventés.

Ensuite, il retraça le procès en détail, expliquant comment Bo avait constamment plusieurs temps d'avance sur tout le monde et savait des choses que même la police et la procureure ignoraient. La parabole de Christoffer

Brinch était bien préparée et extrêmement instructive pour les autres. Même Simonsen l'écouta attentivement. Brinch conclut :

— Je ne sais pas comment je peux vous aider. Mais je suis un avocat très compétent, je possède un réseau étendu et dispose de toute une équipe d'experts juridiques. Enfin, je suis un homme riche et je serai ravi d'utiliser mes propres ressources financières, si ça peut vous aider.

Personne ne répondit directement à sa proposition, mais l'atmosphère se détendit sensiblement, signe qu'il pouvait désormais rester s'il le souhaitait. La Comtesse demanda :

— Je peux vous offrir quelque chose à boire ?

— Hum… Je me suis soûlé, cette nuit, chose que je n'avais pas faite depuis environ trente ans. Mais autant combattre le mal par le mal, alors peut-être un verre de cognac, si vous en avez.

La Comtesse esquissa un sourire, puis alla lui chercher un verre. Lorsqu'elle le lui tendit, elle dit :

— Nous ne manquons pas d'argent nous-mêmes, alors nous n'avons pas besoin d'aide financière.

Anna Mia et Klavs Arnold arrivèrent peu de temps après, mais ils n'étaient pas seuls. Anica Buch et Louise Berg les accompagnaient. Anna Mia donna à son père un baiser sur le front, tout comme Louise, qui déclara qu'elle lui en devait un. Voyant cela, Anica Buch les imita. Les quatre nouveaux arrivants allèrent se chercher des chaises et se joignirent au cercle. Anna Mia expliqua pourquoi elle avait amené deux invitées supplémentaires. C'était une pure coïncidence, ou plutôt deux coïncidences différentes, parce que…

La Comtesse l'interrompit en secouant la tête, ça n'avait aucune importance, maintenant elles étaient là, et à ce qu'elle pouvait voir – à ce moment-là, la Comtesse jeta un regard à Simonsen –, son père se moquait de savoir pourquoi.

Les trois jeunes femmes réchauffèrent l'atmosphère. Ce n'était pas dans leur nature de faire la tête. Aussi, la conversation ne tarda pas à s'animer. Elles élaborèrent différentes théories pour tenter de comprendre comment Arne Pedersen avait pu être amené à laisser ses empreintes sur le pistolet, les examinèrent, en rejetèrent certaines et en reconsidérèrent d'autres après les avoir modifiées. La Comtesse et Kurt Melsing finirent par se joindre à elles. Seul Simonsen resta en dehors de ces délibérations. Au bout d'un moment, la conversation s'essouffla et il devint le centre de toutes les attentions.

— Papa, ici la Terre. C'est l'heure de se réveiller. Qu'est-ce qu'on doit faire, d'après toi ? demanda Anna Mia.

Konrad Simonsen secoua la tête et les dévisagea l'un après l'autre, comme s'il venait seulement de remarquer leur présence. Puis il dit :

— Je vais me rendre en Serbie pour voir cette maison de mes propres yeux et tenter de découvrir ce qu'il s'y est passé.

## 57

*Préfecture de police,*
*dimanche 14 novembre 2010*

Arne Pedersen fut placé dans une cellule à la préfecture. Plusieurs détenus furent déplacés de manière à ce qu'il ait tout un couloir pour lui tout seul. Personne n'y trouva rien à redire. En plus d'être une mesure de protection, ce placement répondait aux instructions de la cour, qui avait ordonné qu'il soit enfermé à l'isolement pendant deux semaines. Ni le groupe spécial chargé d'enquêter sur son cas, ni la procureure n'y avait vu d'objection. Peut-être s'agissait-il d'un aveu tacite que personne ne croyait sérieusement à sa culpabilité, mais que d'un autre côté, étant donné les preuves… ils n'avaient pas d'autre choix que de le poursuivre. De ce fait, ses collègues et ses proches étaient libres de lui rendre visite dans sa cellule quand ils le voulaient. Le chef du quartier pénitentiaire enfreignit toutes les règles qui s'appliquaient normalement aux prisonniers placés à l'isolement, sachant pertinemment que ses supérieurs ne risquaient pas de se montrer dans les parages. Aucun d'eux n'avait envie d'être mêlé à cette affaire. De plus, le directeur adjoint de la Crim lui avait donné sa parole qu'il n'abuserait pas de ses privilèges pour influer de manière illégale sur son affaire. Et puis le chef du quartier pénitentiaire ne souhaitait pas qu'on pense de lui qu'il était incapable de faire preuve d'un peu de bon sens face à ces règles rigides. Bref, il fermait les yeux, quel que soit le visiteur, quelle que soit la durée de la visite, tout comme il faisait semblant de ne pas voir le téléphone du détenu qui trônait constamment bien en vue sur l'unique table de la cellule.

— Tu as besoin de quelque chose ?

Klavs Arnold avait sorti son calepin, prêt à noter ses demandes. Mais Arne Pedersen répondit que non, il n'avait besoin de rien, il avait déjà tout ce qu'il lui fallait.

— Sinon, tu peux toujours m'appeler, quelle que soit l'heure. Tu peux aussi le faire si tu as juste envie de parler. Tu as un chargeur pour ton téléphone ?

Oui, il en avait un, et oui, il appellerait si nécessaire. La voix d'Arne Pedersen était fatiguée. Il ajouta :

— Et s'il te plaît, ne me dis pas que Stella va me faire un gâteau ou ça fera le quatrième qu'on me promet de la journée.

Stella était l'épouse de Klavs Arnold. C'était une femme très occupée qui n'avait pas l'habitude de faire des gâteaux pour les hommes – ils n'avaient qu'à se débrouiller tout seuls s'ils en voulaient un –, mais cette fois, Arne Pedersen tira dans le mille. En lisant la déception sur le visage du Jutlandais, il fut soudain pris de remords.

— Dis-lui que je me réjouis déjà de le goûter et que c'est très gentil de sa part d'avoir pensé à moi. Et, bon sang, tu ne voudrais pas m'informer de ce qu'il se passe plutôt que de jouer les majordomes ? Je m'en fous qu'on me dorlote, ce que je veux, c'est sortir.

Klavs Arnold lui raconta le peu qu'il savait à propos de Konrad Simonsen et de son voyage à l'étranger. Et le Jutlandais ne fut pas en mesure de répondre à toutes les questions d'Arne Pedersen. Pourtant, son ami insista, si bien que cela prit du temps avant que Klavs Arnold puisse lui exposer la véritable raison de sa visite.

— Tous les deux, il va falloir qu'on découvre comment tes empreintes ont pu se retrouver sur le canon du pistolet. Pour ça, on va devoir passer en revue tous les scénarios possibles, minute par minute, même les plus improbables. Et si ça ne marche pas du premier coup, on recommencera, et encore plus méticuleusement, cette fois. Et on continuera comme ça jusqu'à ce qu'on ait la réponse. Ce sera peut-être aujourd'hui, ce sera peut-être demain, ou dans deux semaines… peu importe. L'important, c'est qu'on découvre la vérité. Alors, pour commencer, on va se concentrer sur la période qui s'étend de la tuerie du bateau-mouche au moment où on a trouvé le pistolet dans le garage d'Irene Gallagher. J'ai apporté une copie de ton agenda pour qu'on se fasse déjà une idée générale.

Arne Pedersen répondit sur un ton sceptique :

— J'ai déjà fait plusieurs fois le tour de toutes les possibilités et je peux te garantir qu'il n'y a pas de vérité, comme tu dis.

— Si, bien sûr qu'il y en a une, et on commence maintenant.

— La simple pensée que cette salope se soit introduite chez moi m'est insupportable. Qu'elle ait fouillé dans mes affaires, ça me rend dingue.

— En effet, ça ne doit pas être drôle, je comprends. Mais il faut qu'on se mette au boulot.

— Pourquoi est-ce que tu as dit qu'on allait commencer par se concentrer sur la période allant de la tuerie jusqu'à la découverte du pistolet ? Je n'aurais pas pu laisser mes empreintes à un autre moment, c'est impossible.

Klavs Arnold, qui avait aussi envisagé sérieusement plusieurs scénarios sans parvenir à aucun résultat concluant, réagit aussitôt à sa remarque :

— C'est la dernière fois qu'on emploie le mot *impossible* dans cette affaire. Le fait est que tes empreintes ont été relevées sur cette putain d'arme, ce qui veut manifestement dire que rien n'est impossible. Alors, mets-toi au boulot, Arne, et tout de suite !

Ils dressèrent une longue liste des lieux où Arne Pedersen s'était rendu, avec qui, et de ce qu'il avait fait au cours de la période de quarante jours identifiée par Klavs Arnold. Ce fut un travail fastidieux, malgré l'excellente mémoire d'Arne Pedersen. Le Jutlandais insistait pour obtenir le plus de détails possible. La réunion s'était-elle achevée à 13 heures ou à 13 h 15 ? Arne Pedersen leva les mains. Ça n'avait pas d'importance, mais apparemment, si. "Concentre-toi, il était quelle heure ?" Et ils avancèrent ainsi, pas à pas, pendant quatre heures. Lorsqu'ils eurent enfin terminé, Klavs Arnold dit :

— Maintenant, je vais retourner à mon bureau et recopier tout ça au propre. Je te donnerai une copie, que tu pourras relire – plusieurs fois, si nécessaire –, et si jamais quelque chose te revient en mémoire, note-le. Même si c'est un détail qui te semble anodin, note-le. Pendant ce temps-là, je vérifierai tout ce qui pourra l'être pour m'assurer qu'on ne s'est pas trompés.

Arne Pedersen était épuisé. Il s'allongea sur sa couchette, les bras croisés derrière la tête, et regarda le Jutlandais. Tout à coup, il dit :

— Une fois, j'ai lu un bouquin qui parlait d'un groupe de prisonniers qui avaient creusé un tunnel qui partait de leur baraquement et débouchait de l'autre côté de la clôture, dans un camp, pendant la guerre. Ils n'ont pas été les seuls, ça s'est produit dans plusieurs camps. Cette histoire-là s'est passée à Horserød. Enfin bref, le type qui était responsable du tunnel, son architecte, en quelque sorte, a été incapable de s'arrêter quand il a été terminé. Au lieu de filer tout de suite, il a continué à l'améliorer, en renforçant la galerie, en ajoutant de l'éclairage, qu'il a joliment aligné le long des parois, tout ça alors que le tunnel était déjà fonctionnel et que les prisonniers auraient pu se barrer.

Klavs Arnold fronça les sourcils.

— Tu comptes creuser un tunnel pour t'échapper d'ici ?

Pedersen libéra un de ses bras et se couvrit les yeux de la main.

— Il y a des fois où je me demande si tu es vraiment ignorant ou si tu fais semblant. Je faisais juste une analogie avec toi et ta fichue liste, espèce d'idiot.

Sa remarque glissa sur Klavs Arnold, qui répliqua, stoïque :

— Tu ne peux pas creuser de tunnel d'évasion au premier étage, et là d'où je viens, on n'a pas besoin de ton analogie bidule.

Ce n'était pas la première fois qu'ils se livraient à ce petit jeu, tous les deux. Au contraire, ils se taquinaient et s'envoyaient des piques chaque fois qu'ils en avaient l'occasion. Souvent, ils faisaient cela juste pour passer le temps, quand ils travaillaient sur une mission qui traînait en longueur. C'était plutôt bon signe qu'ils aient assez d'énergie pour cela maintenant, songea Arne Pedersen. Et sans avoir décidé s'il voulait vraiment impliquer son collègue là-dedans, il lui fit une annonce :

— Je vais divorcer. Ma femme m'a envoyé une lettre, ce matin. Une putain de lettre. Elle ne s'est même pas donné la peine de se déplacer. Mais bon, c'est comme ça.

Klavs Arnold, qui venait juste de se lever pour partir, se rassit.

— Et qu'est-ce que tu ressens ?

— Je ne sais pas trop. C'est bizarre, mais je suis loin de me sentir aussi triste que je devrais l'être. En fait, je ne le suis pas du tout. Dans un sens, c'est même un soulagement. C'est surtout les garçons qui vont me manquer.

— Ils ne vont pas disparaître juste parce que tu ne vis plus avec leur mère.

Klavs avait raison, bien entendu.

— Tu veux bien me rendre un service ? Un énorme service ?

Le Jutlandais acquiesça sans savoir de quoi il s'agissait.

— Tu pourrais aller voir mes fils, ce soir, et leur dire que je n'ai rien fait d'illégal, quoi qu'ils aient entendu ? J'apprécierais vraiment.

Klavs Arnold indiqua le téléphone, sur la table, juste à côté de lui.

— Pourquoi est-ce que tu ne les appelles pas ?

— J'ai peur que leur mère porte plainte et qu'elle signale que j'ai un téléphone dans ma cellule. N'oublie pas que je suis à l'isolement. Et puis ce n'est pas sûr qu'elle acceptera de te laisser entrer, mais en tout cas ce serait sympa si au moins tu essayais. Je veux dire… son comportement… c'est devenu n'importe quoi – on dirait qu'elle s'imagine que j'ai mis en place tout ce cirque juste pour le plaisir de lui pourrir la vie. Mais tu ferais mieux d'y aller, maintenant, il y a un livre que j'aimerais bien finir de lire… et… et merci, Klavs.

Klavs Arnold accueillit cette marque de gratitude d'un simple grognement. Puis il consulta sa montre.

— Tu n'auras pas le temps de finir quoi que ce soit. Tu auras un visiteur dans cinq minutes.

— Qui c'est ?

— Une personne qui est bien trop charmante et trop jeune pour toi, Arne.

## 58

*Paris,*
*lundi 15 novembre 2010*

— Allez donc lui faire un sourire, c'est ce que font tous les gens la première fois qu'ils la voient.

Anica Buch poussa légèrement Konrad Simonsen et, alors que des touristes chinois se rassemblaient autour de leur guide, il profita de l'occasion pour suivre sa suggestion. Au moins, il n'allait pas avoir besoin de se battre pour une place.

Alors qu'ils repartaient, Anica dit :

— Je comprends pourquoi le personnel en a un peu marre d'elle. On est dans un des plus grands et des plus impressionnants musées au monde, qui renferme une multitude d'œuvres d'art immortelles, et la moitié des visiteurs se dirigent droit vers elle dès qu'ils ont franchi l'entrée sans même regarder à droite ou à gauche. Et puis ils passent trois minutes à la contempler avant de mettre le cap sur la sortie.

— C'est quand même le personnel qui a placé toutes ces flèches qui mènent jusqu'à elle.

— Oui, sinon ils passeraient leur temps à indiquer le chemin aux visiteurs. Mais qu'en avez-vous pensé ? Est-ce qu'elle était à la hauteur de vos attentes ?

Simonsen hocha la tête. Tout à fait, elle était exactement comme il l'avait espéré.

C'était son premier séjour à Paris. Bien que, de sa propre opinion, il eût pas mal voyagé à travers le monde, il n'avait encore jamais visité cette ville. Pas par choix, évidemment, il n'en avait juste jamais eu l'occasion.

Ils étaient arrivés la veille au soir et avaient rejoint directement leur petit hôtel de Saint-Germain-des-Prés. Après deux journées éreintantes, ils n'avaient tous eu qu'une envie : aller au lit.

Le vendredi précédent, quand Simonsen avait annoncé son intention d'aller en Serbie, une bataille avait immédiatement éclaté pour savoir qui l'accompagnerait. Tout le monde estimait être le compagnon de voyage idéal et détenir les compétences requises pour cette mission. Tour à tour, chacun avait plaidé sa cause auprès de Simonsen. Puis il avait pris sa décision, de manière brutale, sans tenir compte des sentiments des candidats.

— Kurt, parce que nous aurons à mener des investigations scientifiques, et Anica, parce qu'elle parle la langue. Je n'ai besoin de personne d'autre et ce n'est pas négociable, ce ne sont pas des vacances. Et avant de vous plaindre, rappelez-vous qu'Arne est en prison et que nous avons un travail à faire. Pour ceux qui restent, vous nous serez plus utiles ici.

Même la Comtesse et Klavs Arnold avaient accepté le verdict sans broncher. Seule Anna Mia s'était exprimée, et elle avait paru déçue.

— Et qu'est-ce que je vais faire ?

— Tu pourrais me consoler ?

C'était Louise Berg qui avait dit cela. Anna Mia avait alors dit tout haut ce que tout le monde pensait tout bas.

— Parce que tu t'es engagée dans une relation avec un homme marié qui a le double de ton âge et qui sera certainement libéré d'ici quelques semaines au plus tard ?

Louise Berg avait pouffé de rire et rejeté ses cheveux en arrière d'un geste éprouvé. Puis, avec un sourire, elle avait répondu :

— Non, parce que je ne vais pas en Serbie.

Anna Mia en avait conclu qu'elles pourraient devenir de bonnes amies, après quoi elle s'était pliée à la décision de son père.

Christoffer Brinch non plus n'était pas d'accord. Mais il l'avait fait savoir à sa façon, discrète et efficace :

— N'oubliez pas que vous n'êtes plus soutenu par votre hiérarchie. Il va falloir que quelqu'un se charge des réservations d'hôtel, des billets de train, des billets d'avion, des locations de voiture et de vous trouver un logement sur place, dans le village de Ljubičevac, pour ne mentionner que quelques-uns de vos… comment on appelle ça, des problèmes logistiques ? En plus, vous vous rendez en Bosnie-Herzégovine, pas en Serbie, ou plus exactement en Republika srpska – oui, je sais, c'est complètement imprononçable, à moins d'être serbe. Srebrenica et Ljubičevac sont situés tout près de la frontière entre la Bosnie et la Serbie.

— Et il y a aussi les visas, avait ajouté Kurt Melsing, sur un ton qui indiquait qu'il était fatigué à cette simple pensée.

L'avocat l'avait corrigé. Les ressortissants danois pouvaient se déplacer librement en Bosnie-Herzégovine, à condition que leur séjour ne dépasse pas quatre-vingt-dix jours, si bien qu'ils n'auraient pas besoin de visas. Mais il leur avait recommandé de prendre le train de Copenhague à Paris, c'était beaucoup plus discret. Une fois là-bas, ils pourraient continuer en avion. Si sa mémoire était bonne, Air France assurait la liaison entre Paris et Sarajevo, *via* Zagreb.

Konrad Simonsen avait alors commencé à comprendre où l'avocat voulait en venir.

— Vous avez beaucoup voyagé ?

Christoffer Brinch ne lui avait pas répondu directement, mais s'était penché vers lui.

— Je me chargerai de tout le côté pratique. Vous trois, vous n'aurez rien à faire. Contrairement à vous, je dispose d'importants moyens. Tout le monde dans ma société, même le dernier stagiaire arrivé, est au courant que vous soutenir est une priorité absolue.

Les arguments de l'avocat avaient fait mouche et Konrad Simonsen s'était laissé convaincre. “Quatre, d'accord, alors on sera quatre.” Et l'affaire avait été conclue.

Ils étaient partis de la gare centrale de Copenhague tôt le matin, et l'avocat avait tenu parole. Il avait acheté des billets de première classe et réservé un compartiment rien que pour eux. Ils avaient même eu droit à tout un arsenal de boissons et de sandwichs qui surpassait de loin l'offre du wagon-restaurant. Plus important, il avait promis à Kurt Melsing que tout le matériel dont il aurait besoin l'attendrait à Sarajevo. Cela évita à l'expert de la police scientifique de s'encombrer de son propre équipement, qui risquait en outre de leur causer des problèmes aux douanes. Melsing avait simplement remis une liste à Christoffer Brinch, lequel devait se rendre à Sarajevo par un vol direct. Ils supposaient que personne ne le surveillerait.

Ils avaient changé de train à Hambourg, puis de nouveau à Cologne, où ils avaient pris un dîner tardif – un ragoût accompagné de boulettes de pommes de terre – avec vue directe sur l'immense et magnifique cathédrale de Cologne, qui se trouvait juste à côté de la gare centrale. Durant le repas, la préfète appela et annonça qu'Anica Buch avait été affectée aux missions spéciales et placée directement sous ses ordres, si bien qu'elle était désormais libre de partir à l'étranger. À ce moment précis, la jeune policière se trouvait déjà à plusieurs centaines de kilomètres de son lieu de travail habituel. Après avoir remercié la préfète, Konrad Simonsen avait raccroché en se disant qu'on ne pouvait accuser sa nouvelle recrue d'être une tire-au-flanc. Elle avait tout misé sur la brigade criminelle au moment même où celle-ci traversait la pire crise de son histoire. Il était impressionné et n'oublierait pas la loyauté dont elle avait fait preuve lorsque les choses reviendraient enfin à la normale.

Ce matin-là, à Paris, Simonsen avait été réveillé quand lui était parvenu par son balcon le bruit des vendeurs de fruits et légumes qui s'affairaient à monter leurs stands, dans la rue, et les premiers coups de klaxon impatients. Ils avaient pris leur petit-déjeuner ensemble dans un café en bord de Seine, puis Kurt était rentré à l'hôtel pour se reposer. Il ne se sentait pas très bien et craignait d'avoir attrapé la grippe. Anica avait ensuite sélectionné cinq monuments que Simonsen devait absolument voir pour sa première visite de Paris. Il avait passé une bonne partie de la journée à faire le touriste – mais un touriste avec son guide personnel.

Le dernier lieu sur la liste d'Anica était le Louvre. De là, ils regagnèrent leur hôtel, où Simonsen espérait pouvoir faire une petite sieste avant le dîner.

Mais les choses ne se passèrent pas comme prévu.

Dans sa chambre, Anica découvrit que quelqu'un avait laissé un mot sur le bureau près de la fenêtre. Une feuille blanche de format A4, le genre de papier qu'on met dans les imprimantes. Il était écrit à la main, en lettres capitales rouges, en cyrillique.

## 59

*Sarajevo,*
*mardi 16 novembre 2010*

Kurt Melsing examina longuement la lettre de menace. Konrad Simonsen le laissa se faire tranquillement son opinion, tandis que lui-même observait la formation nuageuse qu'ils survolaient. L'avion se préparait à atterrir à l'aéroport de Sarajevo.

— Pourquoi tu ne m'as pas montré ça plus tôt ? finit par lâcher Kurt, en colère.

Simonsen avait redouté cette question, et il n'avait pas de bonne réponse à lui fournir.

— J'avais peur que tu veuilles qu'on rentre chez nous, dit-il honnêtement.

Kurt Melsing plissa les yeux.

— J'espère que c'est la dernière fois que tu me fais ce coup-là, Simon. Parce que sinon je rentrerai vraiment au Danemark. Mais qu'est-ce qui t'est passé par la tête, bon sang ?

— Je suis désolé, j'ai fait une erreur de jugement.

— Une erreur que tu ne referas plus jamais !

— Tu as raison, une erreur que je ne referai plus jamais.

— Très bien, oublions ça. Tu peux m'en dire un peu plus sur les circonstances ?

C'est ce que fit Simonsen, bien que, en réalité, il n'y eût pas grand-chose à dire. Anica avait découvert le mot sur la table de sa chambre d'hôtel, la veille en fin de journée. Ils étaient descendus ensemble à la réception et, peu de temps après, ils avaient pu parler à la femme de ménage de l'hôtel. Elle avait trouvé la lettre par terre dans l'entrée quand elle avait pénétré dans la chambre, vers 11 heures, pour faire le ménage. Supposant que c'était un message que quelqu'un avait glissé sous la porte, elle l'avait ramassé et posé sur la table afin que l'occupant de la chambre ne puisse pas la manquer. La femme de ménage n'avait pas pu la lire, mais Anica si. Elle était rédigée en serbe et annonçait que si les Danois mettaient les pieds en Bosnie, ils risquaient de se prendre une balle dans la nuque. Kurt Melsing opina de manière peu appropriée, comme s'il approuvait la menace, et déclara sans la moindre trace de peur dans la voix :

— Ce n'est pas très gentil. C'est quoi ce dessin, et qu'est-ce qu'il représente ?

En bas de la feuille, il y avait un logo indiquant l'identité de l'expéditeur. Un mauvais dessin accompagné de trois mots entourés aux deux tiers par ce qui ressemblait à un fer à cheval.

— C'est un loup, expliqua Konrad Simonsen. Oui, on dirait un canard avec des dents, mais le texte dit : Les Loups de la Drina…

Kurt Melsing l'interrompit.

— Les Loups de la Drina ? Je croyais que ces crapules avaient été éliminées il y a des années.

— Tu connais cette organisation ?

— Un groupe paramilitaire qui a sévi pendant la guerre des Balkans – à ne pas confondre avec le corps de la Drina, qui était une unité régulière de l'armée serbe. C'est elle qui a perpétré le massacre de Srebrenica, et son commandant, si je me souviens bien, a été condamné à La Haye. Les Loups de la Drina n'étaient qu'un ramassis de psychopathes serbes, sans aucune valeur au combat, mais ils terrorisaient les civils. Meurtres, torture, incendies, terrorisme, viols, nettoyage ethnique, tel était l'éventail de leurs pratiques – ils étaient le mal incarné. Ils s'en prenaient principalement aux musulmans de Bosnie, mais aussi aux familles croates qu'ils croisaient. Mais là, il y a quelque chose qui ne colle pas.

Konrad Simonsen l'avait remarqué aussi. D'abord, jamais les FE ne collaboreraient avec une bande de bouchers comme les Loups de la Drina. Ensuite, si cette organisation existait toujours, ses dirigeants étaient occupés à se cacher des autorités de peur d'un aller simple pour La Haye, et il était difficile de croire qu'ils disposaient des ressources suffisantes pour repérer et localiser trois Danois à Paris. Les deux hommes étaient d'accord là-dessus. Simonsen résuma la situation.

— Quelqu'un est au courant qu'on arrive en Bosnie et ça ne me plaît pas, c'est à peu près tout ce qu'on peut en déduire. Et aussi qu'en général, ceux qui aboient le plus fort sont ceux qui mordent le moins.

— Tu as raison. Mais qu'en pense Anica ?

— Elle les craint – je veux dire les Loups –, même si elle essaie de ne pas le montrer. Je pense qu'elle a déjà eu affaire à eux, mais je ne lui ai pas posé la question.

Quoique… elle est arrivée au Danemark en 1990, et je ne suis pas sûr qu'ils existaient déjà à cette époque.

— Et malgré tout, elle nous a quand même accompagnés à Sarajevo. J'espère que tu lui as proposé de faire demi-tour après la découverte de la lettre ?

— Bien sûr. Elle a dit que c'était dangereux de continuer notre voyage, mais que si je ne rentrais pas, elle ne rentrait pas non plus.

À la douane, on fit signe aux trois Danois de passer directement. Quant à l'officier qui contrôlait les passeports, c'est à peine s'il daigna jeter un coup d'œil à leurs papiers. Konrad Simonsen fut intrigué, des petits signaux avaient activé des alarmes dans son cerveau. Les officiers des douanes ne les avaient pas seulement laissés pénétrer dans le pays sans vérifier leurs passeports, on aurait dit qu'ils n'avaient pas envie de les voir. Quelque chose clochait.

Dans le hall des arrivées, Christoffer Brinch les accueillit chaleureusement, comme de vieux amis qu'il n'aurait pas vus depuis des années, mais il était ainsi – exubérant et attaché aux bonnes vieilles règles de courtoisie. Ils s'y étaient déjà habitués. Kurt Melsing s'enquit aussitôt de son équipement : les produits chimiques, un microscope et un ordinateur avec une connexion satellite décente. L'avocat lui assura que tout était en ordre, mais s'ils voulaient bien le suivre, il avait une voiture de location garée juste à l'extérieur. Ils ramassèrent leurs bagages et se mirent en route, mais ils n'avaient pas fait plus de quelques pas que trois jeunes agents vinrent à leur rencontre. L'un d'eux leur demanda, dans un anglais excellent, poli mais ferme, de bien vouloir les accompagner. Ils n'eurent pas le choix. Les deux autres agents formèrent une arrière-garde discrète, quelques mètres derrière eux, mais le message était clair.

Ils furent conduits dans la zone douanière, dans un bureau où on leur demanda de s'asseoir à une table et d'attendre. L'agent les pria de l'excuser pour le dérangement, mais il y avait un certain nombre de choses qu'il devait vérifier. Il ne répondit pas aux questions de Christoffer Brinch.

Une bonne demi-heure plus tard, il revint avec un collègue qui était presque sa copie conforme, mais armé d'un carnet et d'un stylo. Il était manifestement là pour retranscrire la conversation. L'agent demanda à voir leurs passeports, dont chaque détail fut soigneusement noté par son collègue. Ensuite, il les interrogea sur la raison de leur séjour en Bosnie-Herzégovine. Christoffer Brinch lui répondit en leur nom à tous. Ils étaient venus dans ce charmant pays pour y passer des vacances et admirer les paysages magnifiques. L'agent voulut savoir d'où ils se connaissaient et, instantanément, l'avocat inventa une histoire de club de bridge dont les bénéfices annuels servaient à financer des voyages à travers l'Europe pour ses membres. Ainsi, ces dernières années, ils avaient eu le plaisir de visiter le Portugal, l'Écosse et la Corse. Le collègue écrivit aussi vite qu'il le pouvait. Lorsqu'il eut terminé, les deux agents repartirent avec un *wait please*. En leur absence, les Danois convinrent qu'ils avaient bien géré leur interrogatoire.

Quelques minutes plus tard, une femme entra dans la pièce. Elle ne portait pas d'uniforme, mais la façon dont elle donnait des ordres au soldat qui l'accompagnait indiquait clairement qu'elle était habituée à commander. Puis elle leur annonça que, malheureusement, tous les quatre allaient être remis dans le premier avion pour Paris. Il décollait dans cinq heures, mais elle leur ferait apporter à boire et à manger entre-temps. Elle aussi parlait parfaitement anglais.

Christoffer Brinch protesta, indigné. Sur quelle base légale s'appuyait cette expulsion ? Autant qu'il sache, la Bosnie-Herzégovine était un pays démocratique doté d'un système juridique sérieux… Elle lui coupa la parole, puis évoqua le procès manqué d'Irene Gallagher, à Copenhague, qui avait valu à un dirigeant de la police d'être mis à pied. Elle savait qu'ils étaient venus dans son pays pour tenter de découvrir ce qu'il s'était passé aux alentours du poste d'observation danois de Ljubičevac durant l'été 1995. Pourtant, un quart d'heure plus tôt, ils n'avaient pas hésité à mentir à la police à propos des raisons de leur présence, ce qui était une atteinte à la loi – et c'était sur cette base qu'ils leur refusaient l'accès au pays. Christoffer Brinch se tut. La femme avait raison et, désormais, ses compétences juridiques ne lui seraient plus d'aucune utilité. Alors, il décida de changer de tactique. Il sortit une grosse liasse d'euros de la poche intérieure de sa veste et la tendit à la femme. Peut-être qu'ils pourraient trouver un moyen de s'arranger. Elle secoua la tête et répondit que non, ce n'était pas possible, et qu'il ferait mieux de ranger ses billets, son geste pouvant facilement être mal interprété. Christoffer Brinch remit ses billets dans sa poche aussi vite qu'il les en avait sortis.

Ensuite, la femme en civil s'adressa à Anica Buch directement en bosniaque. Elle se mit même à parler avec les mains. Lorsqu'elle eut terminé, Anica traduisit pour ses camarades :

— Elle dit que la Bosnie possède une longue histoire traumatisante. Les nazis durant la Seconde Guerre mondiale, les oustachis – l'organisation fasciste croate responsable de la mort de dizaines de milliers de Bosniaques innocents – et, pour finir, le génocide des musulmans par l'armée serbe en 1995. Ce ne sont que trois épisodes atroces parmi d'autres. Mais c'est son histoire et celle de son peuple, et il n'est pas question qu'elle soit racontée par quatre étrangers anonymes qui n'ont aucune idée de ce qu'ils risquent en remuant le passé.

Konrad Simonsen se dit qu'il comprenait son point de vue. Il se dit aussi que leur séjour allait être extrêmement court, et c'est effectivement ce qu'ils pensèrent tous pendant les dix minutes suivantes, au cours desquelles ils lurent et signèrent leurs documents d'expulsion. Puis, l'agent qui avait rédigé le compte rendu de leur interrogatoire fit irruption dans la pièce et tendit à la femme un bout de papier plié, qu'elle ouvrit et lut. Subitement, son comportement changea du tout au tout. Alors, elle leur expliqua, sans montrer le moindre signe de contrariété, qu'ils avaient commis une énorme erreur, et se confondit en excuses pour les avoir retenus inutilement. Ils étaient maintenant libres de partir.

Une fois à l'extérieur de l'aéroport, Christoffer Brinch, pantois, demanda à Konrad Simonsen :

— Mais qu'est-ce qui a bien pu se passer ?

— Ça, je n'en sais rien. Mais je pense que les FE, à Copenhague, nous ont devancés et ont demandé à leurs homologues bosniaques de leur rendre un petit service.

— Mais pourquoi est-ce qu'ils nous ont autorisés à entrer dans le pays, alors ? Qu'est-ce qui s'est passé ?

— Quelqu'un a dû intervenir, quelqu'un qui a le bras très, très long, répondit Konrad Simonsen.

Il ne voyait pas d'autre explication.

# 60

*Bosnie-Herzégovine,*
*mardi 16 novembre 2010*

Christoffer Brinch avait loué un Land Rover, et lorsque ses compagnons de voyage et lui sortirent de l'aéroport, il découvrit une contravention sous l'essuie-glace. *Amplement mérité*, songea Konrad Simonsen. L'avocat s'était garé à cheval sur un passage protégé, si bien que les piétons étaient obligés de contourner la voiture. Un contractuel – ou peut-être un policier de la route – les attendait. Il avait l'air furieux, mais la femme en civil qui avait voulu les expulser du pays quelques minutes plus tôt les avait accompagnés. Elle le chassa et froissa la contravention. Les Danois la remercièrent et prirent congé d'elle. Elle leur fit au revoir de la main, tandis qu'ils s'éloignaient, ce qui leur parut pour le moins incongru.

Comme Christoffer Brinch connaissait la route, c'était lui qui conduisait. Bientôt, ils quittèrent Sarajevo en direction du nord-est. Le temps était brumeux et, au-dessus d'eux, un soleil pâle luttait pour transpercer la couverture de nuages blancs et gris. L'avocat expliqua :

— Le village n'est qu'à quatre-vingts kilomètres à vol d'oiseau, mais le paysage devient de plus en plus montagneux à mesure qu'on s'enfonce dans les Alpes dinariques. Et, évidemment, la qualité des routes se détériore en conséquence. Sur les seize derniers kilomètres, il n'y a même pas de bitume. Hier, j'ai mis presque trois heures à faire le trajet, mais il faisait aussi moins beau qu'aujourd'hui, alors peut-être qu'on mettra seulement deux heures ou deux heures et demie. Le côté positif, c'est que les paysages sont magnifiques, avec d'impressionnants massifs calcaires blancs comme de la craie et des forêts aux couleurs de l'automne. Je suis sûr que vous n'avez encore jamais rien vu d'aussi beau.

Konrad Simonsen décida d'en profiter pour faire une sieste. Le paysage, aussi impressionnant fût-il, ne l'intéressait pas. Anica Buch avait sa propre théorie pour expliquer la lenteur du voyage. "Si vous en avez assez de conduire, je peux prendre le relais." Elle s'efforça de donner un ton amical à sa proposition, mais l'avocat déclina, c'était gentil de sa part, mais maintenant il connaissait la route. Seul Kurt Melsing contempla le paysage avec curiosité. Ils passèrent devant un immense panneau publicitaire Coca-Cola et un troupeau de moutons dans un pré.

Alors qu'ils roulaient déjà depuis un certain temps, Christoffer Brinch distribua des enveloppes et des téléphones satellites. Les enveloppes contenaient de l'argent, à utiliser en cas de besoin.

— Dans la campagne, oubliez les cartes de crédit, expliqua-t-il, personne ne les utilise. La monnaie s'appelle le *konvertibilna marka* et vaut un peu moins de quatre couronnes danoises. Vos nouveaux téléphones auront du réseau partout – sauf, évidemment, quand vous passerez dans des tunnels de montagne, où vous perdrez immédiatement la connexion. On sera répartis par groupes de deux. Chaque tandem aura sa propre famille d'accueil, qui nous fournira aussi le couvert. Les conditions de vie, ici, sont primitives, mais parfaitement tolérables, et vos chambres sont propres et bien tenues, au cas où vous vous poseriez la question. Il y a une salle de bains, mais l'eau est plutôt froide.

— Comment seront composés les groupes ? s'enquit Anica. Ça a déjà été décidé ?

Non, ce serait à eux de le faire. Kurt Melsing se tourna vers Simonsen, qui fit semblant de ne pas le voir et dit :

— Je me mets avec Anica.

Il n'expliqua pas la raison de sa décision et personne ne l'interrogea non plus à ce sujet.

— Maintenant, n'ayez pas peur, dit Brinch, je ne vais pas me lancer dans un exposé, mais pour faire bref, la Bosnie-Herzégovine se compose essentiellement de deux régions : la fédération de Bosnie-et-Herzégovine, qui est peuplée de Croates et de musulmans bosniaques, et la Republika srpska, la République serbe, dominée par les Serbes. C'est dans cette deuxième région que se trouve Ljubičevac. Sa population est comprise entre quatre et cinq millions d'habitants et les langues officielles sont le bosniaque, le croate et le serbe, qui toutes…

Konrad Simonsen bâilla. Il aurait dû savoir que, pour un avocat, *pour faire bref* était un concept extrêmement flou.

À Banja Luka, qui était situé à peu près à mi-chemin, ils s'arrêtèrent pour faire une pause. C'était la deuxième plus grande ville du pays, et le centre administratif de la République serbe. Ils y trouvèrent un hôtel international où on leur servit un déjeuner excellent, quoique sans intérêt culinaire particulier, et Brinch en profita aussi pour faire le plein d'essence.

Au moment de repartir, Anica s'arrangea pour prendre le volant, ce qui accéléra considérablement leur voyage. Non pas que sa conduite fût hasardeuse, au contraire, c'était plutôt celle de l'avocat qui était très… prudente, pensa Simonsen, satisfait du changement de conducteur. Toutefois, une demi-heure plus tard, la qualité de la voie commença à se détériorer sérieusement et le relief à se durcir, si bien qu'Anica dût réduire radicalement sa vitesse afin de ne pas finir dans un ravin ou dans un des innombrables lacs de montagne idylliques devant lesquels ils passèrent. Même Konrad Simonsen commença à se prendre d'intérêt pour le paysage. Tout le monde admira avec émerveillement, à mesure que de nouveaux panoramas défilaient sous leurs yeux, toujours plus splendides les uns que les autres, tandis qu'ils s'enfonçaient toujours plus profondément dans les montagnes. Des étendues de collines jaune pâle aux courbes douces. Des colosses de calcaire se dressant agressivement vers le ciel et déchirant l'horizon. Des pentes rocheuses parsemées d'arbres parés de leur feuillage automnal aux couleurs chamarrées, même si la plupart d'entre eux n'étaient que des silhouettes nues et desséchées. Puis, la forêt prit le dessus, avec des arbres qui poussaient si près de la route qu'il faisait désormais sombre dans la voiture, sauf quand ils franchissaient les ponts qui enjambaient des cours d'eau turbulents. Chaque fois qu'ils entraient dans un tunnel, et ce n'était pas cela qui manquait, il leur était impossible de prévoir ce qui les attendait de l'autre côté. D'autres forêts, un paysage calcaire et désertique sans le moindre arbuste sur des kilomètres à la ronde ou un petit hameau de maisons grises près desquelles se dressaient d'immenses tas de foin. Les êtres humains étaient rares.

Il était quasiment 14 heures lorsqu'ils atteignirent enfin leur destination. Ljubičevac était situé dans une zone forestière, au pied des montagnes, à proximité de la frontière avec la Serbie. Ils descendaient d'une crête sur une route sinueuse quand Brinch leur indiqua le village en contrebas, et ils eurent tout le loisir de l'observer avant d'arriver. Il devait y avoir entre vingt et vingt-cinq maisons et les rues ne répondaient à aucun plan particulier. Certaines de ces habitations étaient en briques brutes, d'autres en grosses pierres grossièrement taillées. Les toits étaient souvent défraîchis et faits de couches d'aisseaux en thuya ou en cèdre cloués entre eux, mais dans la plupart des cas, le bois avait été remplacé par des plaques en tôle galvanisée qui avaient acquis une jolie patine avec le temps. Vu de la crête, cela donnait au village un aspect pittoresque très particulier. Seules deux ou trois maisons avaient plus d'un étage et autour de la moitié du village s'étendait un enclos de forme ovale au sein duquel un troupeau de cochons sondaient le sol avec leurs groins. De l'autre côté se trouvait un joli cimetière clos dont la taille était surdimensionnée par rapport au village, un des nombreux témoignages de la guerre qui avait ravagé la région. Autre témoignage de ce conflit : une maison à laquelle il manquait un pignon, et dont les poutres noircies du grenier racontaient la terrible histoire.

— De quoi vivent les gens, ici ? demanda Konrad Simonsen à Christoffer Brinch.

— Eh bien, il y en a quelques-uns qui touchent une petite pension, me semble-t-il. À part ça, ils vendent des moutons et des légumes sur le marché de Nova Kasaba, qui se trouve à une dizaine de kilomètres. Mais ne vous laissez pas abuser par la taille du village. Beaucoup des maisons sont inoccupées. Je ne sais pas si c'est à cause de la guerre civile ou parce que les gens sont simplement partis.

— Il y a des commerces ?

— Un seul. Une sorte d'épicerie de village. Et de lieu de rassemblement devant lequel les personnes âgées s'assoient à des tables pour fumer, pour boire du vin, ou jouent à la pétanque. J'y ai moi-même pris un verre de vin, hier, et il était excellent. Et j'en ai eu pour seulement une couronne danoise ! Ralentissez, Anica, prenez à gauche, là. Je voudrais vous montrer quelque chose.

Après avoir tourné, elle roula encore sur deux cents mètres, puis Christoffer Brinch lui dit de s'arrêter près d'un pré où un âne broutait l'herbe clairsemée. L'avocat descendit de voiture et les autres l'imitèrent. Pointant du doigt en direction de l'âne, il dit alors :

— C'est là qu'était le Petit Dannevirke. Des locaux m'ont indiqué son emplacement hier.

Konrad Simonsen scruta les alentours. Derrière lui, au-delà du pré, il y avait de la forêt, et, à gauche, il pouvait distinguer les toits les plus élevés du village, qui était situé à peu près au même niveau, séparé par une étendue d'herbe verte qu'aucune route ni aucun chemin ne semblait traverser. En dessous de lui, plusieurs bois rejoignaient celui à côté duquel il se trouvait, et la route continuait en décrivant une longue courbe avant de disparaître dans la végétation en contrebas, à un ou deux kilomètres de distance. En dehors du village, il ne voyait aucune maison, juste quelques troupeaux de moutons disséminés dans la pente. Son regard se fixa sur la clôture face à lui. Certaines planches étaient en épicéa relativement frais, tandis que le reste était constitué de vieux bois d'un blanc grisâtre en très mauvais état. Il s'adressa à Kurt Melsing :

— Une fois qu'on aura défait nos valises, on reviendra ici. Il faut qu'on soit absolument sûrs de l'emplacement. Ensuite, je veux qu'on établisse une carte des lieux – un simple croquis suffira, pas besoin que ce soit trop précis. Tu es doué pour ce genre de choses, pas vrai ?

— Dire que je suis doué est sans doute un peu exagéré. Mais je veux bien essayer.

Cela convenait parfaitement à Konrad Simonsen. Il avait seulement besoin d'un croquis, et peut-être aussi de quelques photos.

Les gens chez qui logeaient Anica Buch et Simonsen étaient un couple âgé. L'homme était sec mais robuste, avec des taches de vieillesse et des yeux clairs d'un bleu délavé. La femme, qui était petite et potelée, portait une robe à fleurs et avait du vernis rose sur les ongles. Tous les deux avaient environ soixante-dix ans. Ils avaient mis le premier étage à disposition de leurs hôtes et prévu de dormir eux-mêmes dans une dépendance, expliqua Anica à Simonsen, tandis qu'un flot de paroles s'écoulait de la femme.

On leur fit visiter la maison, qui leur rappela une vieille maison de vacances danoise des années 1950. La femme leur indiqua un escalier, derrière la cuisine, qui menait à l'étage. Alors que Simonsen se débattait avec sa lourde valise, Anica Buch dit :

— Il y a une grande chambre et un débarras. Je prends le débarras. Notre logeuse a insisté plusieurs fois pour que je le prenne, mais c'est ce que j'aurais fait de toute façon. Le dîner est servi à 18 heures, il y aura du poulet au menu, et elle m'a demandé si on préférait manger seuls, mais je lui ai dit que non. Ça vous convient ?

Simonsen approuva. Une fois l'escalier monté, il ouvrit la porte de sa chambre. En passant à côté de lui, Anica demanda :

— Je peux venir avec vous au poste d'observation ?

Bien sûr, il n'y voyait aucun inconvénient. Elle le remercia et il entra dans sa chambre sans répondre.

La pièce était vaste et lumineuse, dominée par un lit double, mais avec assez de place pour un bureau, deux grosses armoires en teck, qui avaient été vidées pour lui, et une confortable chaise tournante en cuir, disposée face à une bibliothèque sur laquelle trônait un petit téléviseur. Tout était propre et bien rangé et il y avait même des grosses pommes rouges dans un plat. Il se dit qu'il avait bien fait d'autoriser Christoffer Brinch à les accompagner. Hormis l'incident survenu à l'aéroport, qui n'était pas la faute de l'avocat, le voyage s'était parfaitement déroulé.

Cette pensée venait tout juste de lui traverser l'esprit que le fauteuil tourna de cent quatre-vingts degrés.

Un jeune homme était assis là – un homme qu'il avait déjà vu.

— Bienvenue en Bosnie, monsieur le commissaire divisionnaire. Entrez et fermez la porte derrière vous.

## 61

*Copenhague,*
*mardi 16 novembre 2010*

Les conditions d'incarcération d'Arne Pedersen s'étaient encore améliorées. Son espace de vie avait doublé puisqu'il incluait désormais la cellule voisine. Le chef du quartier pénitentiaire avait aussi accepté de laisser les portes ouvertes contre la promesse que le détenu ne se déplacerait qu'entre les deux cellules. Il s'agissait plus d'un arrangement d'ordre pratique que d'un geste destiné à améliorer ses conditions de vie, la cellule voisine ayant été transformée en salle d'interrogatoire de fortune, où jusqu'à cinq personnes pouvaient s'asseoir autour de la table, à condition de ne pas être trop claustrophobes.

Les quatre enquêteurs expérimentés du groupe spécial que le directeur général de la police avait mis sur pied pour examiner les accusations portées contre Arne Pedersen en étaient rapidement arrivés aux mêmes conclusions que tous les autres, notamment les journalistes judiciaires, à savoir que le directeur adjoint de la Crim devait avoir été piégé et amené à déposer à son insu ses empreintes sur le pistolet qui avait servi à liquider Bjørn Lauritzen. C'était la seule explication rationnelle. Toutes les autres théories étaient absurdes.

Personne non plus ne contestait le fait que la révélation de la présence des empreintes de Pedersen sur l'arme du crime avait provoqué l'abandon du procès d'Irene Gallagher. C'est la raison pour laquelle elle était la seule personne à qui ce coup de théâtre avait profité. C'étaient les conclusions du groupe spécial, et elles étaient confirmées par une conversation classée hautement confidentielle avec les FE, qui avaient formellement nié avoir saboté le procès. Peut-être avaient-ils contribué à faire disparaître certaines preuves contre leur ancienne employée, cette possibilité ne pouvait être complètement écartée, et oui, ils voulaient qu'Irene Gallagher soit acquittée et qu'elle quitte le territoire au plus tôt, mais jamais ils n'auraient essayé de faire porter le chapeau à un innocent pour ses prétendus crimes, et ils n'étaient certainement pas responsables des ennuis du directeur adjoint de la Crim. Les deux agents du PET membres du groupe spécial étaient persuadés que leurs collègues militaires disaient la vérité, et ils ne tardèrent pas à en convaincre les deux enquêteurs de la police. Maintenant, il ne leur restait plus qu'à découvrir comment les empreintes d'Arne Pedersen s'étaient retrouvées sur l'arme du crime. Le groupe spécial commença alors à interroger Arne Pedersen tous les jours, ce qui expliquait pourquoi la cellule voisine avait été mise à leur disposition. Pour finir, le détenu lui-même en eut assez de ces interrogatoires interminables et invoqua la loi sur l'administration de la justice.

— Ce n'est pas à l'accusé d'apporter la preuve de son innocence.

— Ferme-la, Arne, et viens avec nous dans la pièce d'à côté.

— Je veux un avocat.

— Et moi, je veux une augmentation de salaire, vu que tu ne cherches même pas à faire d'efforts. Tu pourrais te magner, s'il te plaît ? Je dois récupérer mes enfants à l'école, de préférence avant 17 heures si je ne veux pas avoir d'ennuis avec les maîtresses.

La Comtesse passa rendre visite à Arne Pedersen. Même si ce n'était plus tellement l'heure, elle avait apporté de quoi déjeuner – ces délicieux sandwichs qu'il aimait tant – ainsi que de la bière, s'il en avait envie, et de l'eau minérale. Elle avait un panier rempli, comme si elle avait prévu de faire un pique-nique en forêt.

— Comment ça va ? demanda-t-elle, tandis qu'elle mettait la table.

— Mal, j'ai le cerveau lessivé. Et ce lourdaud de Jutlandais, c'est lui le pire.

— Je faisais plutôt allusion à ton divorce.

— Je ne me suis pas encore vraiment mis dedans. Je n'y pense presque pas, et je ne dis pas ça parce que je n'ai pas envie d'en parler. C'est la vérité. Mes enfants me manquent, mais ils me manqueraient aussi si je n'étais pas enfermé ici. Tu as des nouvelles de Simon ?

— Normalement, je devrais en avoir ce soir. Je t'appellerai après, promis.

Et quand on parle du loup… Konrad Simonsen l'appela au même moment.

La Comtesse l'écouta – il avait coupé court à son explosion de joie quand elle avait décroché, en disant qu'ils n'avaient pas le temps pour cela. Arne Pedersen l'observait, anxieux, mais l'expression concentrée de la Comtesse et la série de six brefs oui qu'elle prononça n'avaient pas beaucoup de sens. Elle mit fin à la conversation en assurant à son mari qu'elle avait bien compris, bien qu'on eût dit le contraire lorsqu'elle raccrocha.

— Qu'est-ce qu'il voulait ? s'enquit Arne Pedersen.

— Il veut que j'aille à l'ambassade américaine.

Elle avait l'air abasourdie.

— J'aurais dû m'en douter.

— Là, tout de suite.

— Bien sûr, c'est le genre de choses qui ne peut pas attendre. Qu'est-ce que tu dois faire là-bas ?

— Je n'en sais rien. Tu connais l'ambassadeur américain au Danemark ?

Non, Arne Pedersen ne le connaissait pas. Les Américains avaient manifestement oublié de l'inviter à la réception… Elle l'interrompit.

— Non, pas personnellement, espèce d'idiot !

Elle voulait simplement savoir comment il s'appelait et à quoi il ressemblait. Il lui emprunta son smartphone et dénicha bientôt sur le Net les renseignements qu'elle souhaitait. Il était meilleur qu'elle pour ces choses-là.

L'ambassadeur se révéla être une séduisante femme d'une cinquantaine d'années.

— Les ambassadeurs ou les ambassadrices sont en général des personnes riches qui ont généreusement contribué à la campagne présidentielle, et qui obtiennent le Danemark ou un autre petit pays pour quelques années en remerciement, mais elle, il me semble que c'est une vraie diplomate de carrière, pas juste une riche arriviste, si je me souviens bien. J'avais juste oublié que c'était une femme.

Maintenant, vas-y et essaie de découvrir ce qui se passe. Ensuite, appelle-moi… je veux tout savoir, alors n'oublie pas de m'appeler !

Sur ce, il la mit presque à la porte de sa cellule, tout en insistant sur le fait qu'il vivait une situation terrible et qu'il était important qu'elle le rappelle lorsqu'elle en saurait plus.

D'une voix distraite, elle lui promit de ne pas l'oublier. Mais à peine était-elle sortie du bâtiment qu'elle l'avait déjà oublié.

L'ambassade des États-Unis à Copenhague, dans le quartier d'Østerbro, comptait normalement parmi les endroits les mieux gardés du Danemark, mais en cet après-midi de novembre, la Comtesse eut l'impression d'entrer dans un grand magasin. Elle se gara, parfaitement illégalement, dans une ruelle à proximité de l'ambassade en se disant que, si elle ne recevait pas de contravention, c'était qu'il y avait un problème avec les contractuels à Copenhague. Devant l'ambassade, elle fut accueillie par deux hommes qui semblaient l'attendre. L'un d'eux prononça son nom sur un ton interrogatif. Elle confirma, puis on lui fit passer tous les points de sécurité sans la contrôler, jusqu'à un ascenseur qui la conduisit au deuxième étage. Là, on l'escorta à travers un couloir jusqu'à un vaste bureau.

L'ambassadrice l'accueillit presque chaleureusement, sans toutefois en faire trop, ce qui témoignait de ses grandes compétences en matière de diplomatie étant donné la situation. La Comtesse se vit offrir une chaise, après quoi un appel téléphonique fut transféré sur la ligne fixe de l'ambassadrice. Celle-ci conversa pendant quelques minutes avant de tendre le combiné à la Comtesse. L'interlocuteur n'était autre que Konrad Simonsen. Il demanda à sa femme où elle se trouvait. Elle lui répondit. Puis il lui parla d'un homme qu'il avait rencontré dans de drôles de circonstances. Un homme qui prétendait être un attaché culturel de l'ambassade américaine, habitué du bureau de l'ambassadrice et détenteur d'un diplôme en langue et littérature danoises, spécialisé dans "la percée moderne de la fin du XIXe siècle", obtenu à l'université de Berkeley, en Californie. Il demanda à la Comtesse de vérifier l'identité de l'homme en posant quelques questions. Puis il passa le téléphone à un étranger à la voix amicale, qui était prêt à lui répondre.

Elle scruta le bureau et lui demanda :

— Que représente le tableau derrière le bureau de l'ambassadrice, à côté du portrait du président américain ?

Il lui répondit en citant la formule d'introduction :

— *In Congress, July 4, 1776. A declaration by the representatives of the United States of America, in general Congress assembled.* Puis il l'informa qu'elle regardait une des quelque deux cents copies originales existantes de la Déclaration d'indépendance des États-Unis. Celle-ci appartenait à l'ambassadrice et sa valeur était estimée à plus de trois millions de couronnes danoises. La Comtesse se dit que cette révélation mettait à mal la théorie d'Arne Pedersen selon laquelle l'ambassadrice aurait été une diplomate de carrière. Elle remercia l'homme à l'autre bout de la ligne et lui demanda de lui dire quelque chose à propos de la célèbre *Critique de la poésie du XIXe siècle* d'Andreas Brandes. Il put presque l'entendre sourire lorsqu'il déclara qu'il était terriblement désolé, mais c'était hélas une œuvre qui lui avait échappé. Il ne rectifia pas les erreurs qu'elle avait délibérément commises en citant le prénom de Brandes et le titre de son livre. Elle le remercia une nouvelle fois, et l'homme lui repassa son mari.

— Il a bien quelque chose à voir avec l'ambassade, mais il est peu probable qu'il soit leur attaché culturel. Il est impossible qu'il ait étudié la littérature danoise du XIXe siècle.

Puis elle ajouta prudemment, afin de ne pas le froisser, car elle savait que Konrad Simonsen était complexé par la pauvreté de son anglais :

— Et tu sais que John Doe n'est pas son vrai nom, n'est-ce pas ?

## 62

*Ljubičevac,*
*mardi 16 novembre 2010*

— Vous me croyez, maintenant ?

Konrad Simonsen jeta son téléphone satellite sur le lit. Oui, il le croyait. Il venait juste d'avoir la confirmation que son visiteur inconnu travaillait pour les Américains, à un poste important.

— Votre ambassade vous a peut-être déclaré en tant qu'attaché culturel, mais ce n'est pas votre vraie fonction, quant à votre prétendue expertise en littérature danoise, c'est un mensonge.

L'homme ne chercha pas à nier, mais adressa un regard de reproche à Simonsen.

— Est-il vraiment nécessaire qu'on en parle ?

— Et John Doe n'est pas non plus votre vrai nom.

Cette fois, l'homme sourit. Il avait ce genre de regard qui inspire la confiance.

— Non, c'est exact.

— Alors, comment vous vous appelez ?

— Vous pouvez m'appeler comme bon vous semble.

Simonsen se leva, soudain envahi par un sentiment de répulsion à l'égard de tous ces secrets. Il ne savait jamais vraiment ce qu'il se passait, tous les autres avaient toujours un temps d'avance sur lui, et il devait constamment deviner la vérité, dont – dans le meilleur des cas – il ne pouvait espérer obtenir que la confirmation partielle. Il ouvrit sa valise et se mit, avec des gestes brusques et énervés, à balancer ses vêtements dans une des armoires. Il était un témoin, il était même possible qu'il soit en première ligne, mais il n'était pas acteur, ni en tant que soldat ni en tant que général, juste un misérable spectateur, et il en avait assez de ce rôle. Il éleva la voix :

— Dites-moi comment vous vous appelez, bordel !

— John Tyler.

— Et c'est votre vrai nom ?

— Non.

Simonsen jeta sa valise au-dessus de l'armoire. Puis il se ressaisit et s'empara d'une chaise qu'il traîna à côté de John Tyler.

— J'ai entendu dire que vous étiez doué pour repérer les gens qui vous filent le train. C'est une compétence que vous avez développée au cours de vos événements culturels ? Et où avez-vous appris le danois, vous le parlez presque parfaitement ?

— À Berkeley, comme je vous l'ai dit tout à l'heure. Et puis j'ai passé pas mal de temps à Copenhague.

— Vous semblez savoir beaucoup de choses sur moi, mais, moi, je ne sais rien de vous. Je n'aime pas ça. C'est vous qui avez fait en sorte que mes compagnons de voyage et moi soyons autorisés à entrer dans le pays, alors qu'on était déjà en train de nous expulser ?

— Oui.

— Comment vous avez réussi à faire ça ?

— En parlant à quelqu'un qui a parlé à quelqu'un qui vous a laissé passer. Mais vous ne voudriez pas plutôt savoir pourquoi ?

Simonsen ignora sa question, même si l'homme avait raison, évidemment.

— Comment avez-vous su qu'on avait été arrêtés ?

— Parce que vous n'êtes pas sortis de l'aéroport.

— Et pourtant, vous avez eu le temps d'arriver dans ma chambre avant moi. Comment c'est possible ?

— Je suis venu en hélicoptère.

— Comment vous connaissiez ma destination ?

— On a suivi M. Brinch hier, puis on a questionné des gens dans le village.

— J'aurais pu choisir une autre chambre. Vous ne pouviez pas le savoir, ça. Et qui est *on* ?

— Dans ce cas, en ce moment, je serais en train de parler avec M. Melsing, ça ne fait pas de différence pour nous. Et *on*, c'est moi et les gens avec qui je collabore.

— Sous-entendu : je ne dois pas poser de questions sur eux ?

— Vous pouvez toujours demander.

Dehors, un chien se mit à aboyer, il avait l'air effrayé. Simonsen se leva et alla regarder par la fenêtre. Un vieil homme menaçait le chien de sa canne. Il portait un béret noir, un pull-over et un pantalon gris et avait un corps mince et costaud. Peut-être avait-il battu l'animal par le passé. C'était en tout cas l'impression que cela donnait. Le chien sortit du champ de vision de Konrad Simonsen. Il fit volte-face et poursuivit sa conversation délicate en s'efforçant de donner à ses paroles une autorité qu'il n'était pas persuadé d'avoir.

— Vous allez m'expliquer pour quelle raison vous et votre pays vous intéressez tellement à Irene Gallagher ainsi qu'à mon voyage en Bosnie-Herzégovine. Après quoi je vous dirai pourquoi je suis ici, bien que je soupçonne vaguement que vous le sachiez déjà. Ensuite, on verra s'il y a moyen qu'on coopère.

John Tyler, hésitant, réfléchit un moment à la suggestion de Konrad Simonsen avant de répondre lentement, comme pour se convaincre qu'il disait la vérité.

— Je vais vous parler d'Irene Gallagher, mais sans entrer dans les détails. Vous avez connaissance d'un lieu, que je ne connais pas, mais j'aimerais vraiment beaucoup le trouver. Pourquoi je tiens tellement à connaître cet endroit, vous l'apprendrez plus tard, si vous trouvez ce que vous cherchez, et… vous aurez aussi la réponse à une autre question.

— Je croyais que les gens comme vous collaboraient étroitement avec leurs homologues danois. Pourquoi vous ne leur demandez pas tout simplement où se trouve l'endroit que, d'après vous, je suis censé connaître ? Je serais très surpris qu'ils refusent de vous aider.

— Voilà au moins un point sur lequel nous sommes d'accord, car je suis moi-même extrêmement surpris qu'ils refusent de nous le dire. Mais en ce qui concerne Irene Gallagher, eh bien…

John Tyler raconta qu'Irene Gallagher, comme Konrad Simonsen le savait très certainement, avait travaillé pendant des années pour… “Appelons ça les forces armées américaines”. Dans ce cadre, elle avait acquis des connaissances considérables sur les mesures de précautions que les États-Unis appliquaient partout dans le monde pour se prémunir contre le terrorisme. Elle connaissait le système de l'intérieur, pour ainsi dire. En 2002, elle avait informé son contact chez… une puissante agence américaine, qu'elle avait découvert l'existence d'un individu particulièrement dangereux au sein d'une cellule d'al-Qaida à Sarajevo, qui prévoyait d'enlever un fonctionnaire américain haut placé. Le renseignement avait été transmis à l'agent de la CIA sur place, mais aucune mesure n'avait été prise à l'encontre de ce terroriste présumé. Normalement, pour intervenir, il fallait que l'information provienne de deux sources distinctes. Mais peu de temps après, l'agent de la CIA avait reçu un renseignement similaire de Copenhague, qui avait mené à la capture de l'individu, un étudiant bosniaque de vingt ans. Et puis – John Tyler n'en était pas très fier, mais… –, le jeune homme avait été transféré dans un pays où les autorités n'étaient pas très regardantes en ce qui concernait les… méthodes d'interrogatoire. Malheureusement, il s'était avéré que l'étudiant n'avait rien à voir avec al-Qaida. Pire, d'après ce qu'il savait, le jeune homme n'avait pas survécu…

John Tyler parlait de plus en plus lentement. Konrad Simonsen finit par intervenir et résuma les choses.

— Le garçon a été enlevé, envoyé dans un pays dictatorial, où il a été torturé et tué, tout ça alors qu'il n'avait rien à dire ?

— Je vous ai dit que je n'en étais pas fier. Quelques années plus tard, deux de mes collègues ont évoqué l'affaire entre eux, un peu par hasard, et ils se sont rendu compte qu'Irene Gallagher était la source des deux renseignements sur l'étudiant qui, donc, était innocent. À la même époque, d'autres sirènes d'alarme ont commencé à retentir. Je n'ai pas envie d'entrer dans les détails pour l'instant, en tout cas une enquête interne a été lancée, qui est toujours en cours. J'y participe.

— Quel est le lien entre votre triste affaire et cet endroit ?

— Quand j'ai commencé à creuser, je me suis aperçu que le terroriste présumé avait été assigné à comparaître en tant que témoin devant le tribunal de La Haye juste avant qu'Irene Gallagher ne fabrique ces fausses accusations contre lui.

— Il était censé témoigner sur les événements qui se sont passés ici en 1995 ?

— Oui, mais comme je vous l'ai dit, je l'ai découvert trop tard.

— Est-ce qu'Irene Gallagher savait qu'il avait été convoqué ?

— Oui, parfaitement. Elle savait aussi qu'on avait très envie d'avoir une petite discussion avec elle. Un souhait que, bien évidemment, elle ne partageait pas du tout.

Ils étaient parvenus à une entente provisoire. Simonsen voyait désormais où la conversation allait le mener, aussi se donna-t-il le temps de la réflexion. Dehors, le soleil avait enfin percé la couverture nuageuse et envoyait à présent un rayon de lumière blanc à travers la fenêtre, jusque sur la tapisserie à motif de roses qui habillait le mur du fond, sur laquelle se détachait l'ombre d'un des montants du lit.

— Pourquoi est-ce que vous êtes venu à moi ? Vous auriez pu vous contenter de nous suivre et on vous aurait conduit jusqu'à l'endroit présumé.

— Parce que nous avons des intérêts communs et parce que vous m'auriez probablement repéré.

— Vous pouvez nous faire expulser du pays, si on refuse de vous aider.

— Sans doute, mais qu'est-ce que ça m'apporterait ?

— Rien. Je faisais simplement remarquer que vous n'aviez pas brandi cette menace.

— Une collaboration basée sur la menace a peu de chances de se révéler fructueuse.

— Mais si je refusais de collaborer avec vous ?

— Alors, j'aurais commis une erreur. J'aurais mieux fait de vous suivre, comme vous l'avez suggéré.

— Et comment je vais pouvoir expliquer tout ça aux autres, d'après vous ?

— C'est très simple. On était quatre, maintenant on est cinq.

Simonsen prit sa décision. Ils se serrèrent la main, puis il dit :

— Vous auriez mieux fait d'enlever Irene Gallagher plutôt que ce pauvre gamin.

Pour la première fois depuis le début de leur conversation, la voix de John Tyler laissa transparaître une émotion.

— Croyez-moi, on y a sérieusement songé, mais ça n'arrivera pas.

## 63

*Ljubičevac,*
*mardi 16 novembre 2010*

L'âne s'était déplacé. Il se trouvait maintenant tout à l'autre bout du pré.

À part cela, rien n'avait changé, et Simonsen en conclut que cela reflétait le style de vie du village : stagnant, ensommeillé, où les jours se suivent et se ressemblent. Puis il se rappela la maison au pignon effondré et regretta aussitôt d'avoir eu une pensée aussi condescendante. Lui, avec sa petite vie confortable et ses problèmes futiles, il n'avait absolument aucun droit de juger ces gens.

Il venait d'arriver en compagnie d'Anica Buch. Kurt Melsing était déjà là. Il était assis sur une chaise pliante avec une planche en bois sur les genoux, supportant quatre feuilles A4 qu'il avait scotchées ensemble. Un crayon gras dans une main et une gomme dans l'autre, il était occupé à dessiner la carte que Simonsen lui avait demandée. Il avait quasiment terminé et le résultat était remarquable. Christoffer Brinch ne tarda pas à les rejoindre. L'avocat commença par s'excuser pour sa présence, assurant Konrad Simonsen qu'il se ferait tout petit et qu'il n'interférerait pas dans leur travail. Il savait qu'il était là pour gérer les aspects pratiques, “mais je suis fasciné par ce que vous faites, alors si vous me le permettez”... On aurait dit un enfant, c'en était presque gênant. Simonsen pointa du doigt l'Américain, qui se dirigeait vers eux, sur la route.

— Cet homme, là, s'appelle John Tyler. Il travaille pour le gouvernement américain. J'ai eu une longue conversation avec lui, au cours de laquelle j'ai appris qu'il partageait notre intérêt pour Irene Gallagher, alors à partir de maintenant, on va coopérer avec lui. Il parle danois et est mieux informé que nous, si bien qu'il pourrait nous être très utile. Il faut que vous sachiez qu'il est un peu timide et qu'il n'aime pas tellement parler de lui, alors évitez de lui poser trop de questions.

— Et tu es sûr que ce M. Tyler est bien celui qu'il prétend être ? demanda Kurt Melsing.

Simonsen lui assura que c'était le cas. Kurt Melsing se contenta de cette réponse, mais pas Anica Buch, qui s'exclama sur un ton étonnamment coléreux :

— Il parle le serbe ?

Simonsen l'ignorait, mais il pourrait toujours lui poser la question. Sa nouvelle subordonnée ne semblait guère supporter la concurrence. C'était un diamant pur dont les angles devaient encore être polis, mais elle finirait sans doute par s'adoucir avec le temps.

John Tyler serra la main à tout le monde et sourit pendant les présentations. Puis il fit un petit pas en arrière et se mit en position d'attente, comme pour signifier physiquement qu'il n'était pas du genre à fanfaronner ou à s'imposer dans un groupe déjà établi. Konrad

Simonsen lui parla du Petit Dannevirke et lui expliqua que leur première tâche allait consister à établir que le poste d'observation avait bien été situé là où ils se trouvaient actuellement. Kurt Melsing, qui s'était replongé dans sa carte, dit sans lever les yeux :

— C'est bien le bon endroit, Simon. Mais je suis sûr que tu vas vouloir le vérifier toi-même.

Simonsen sortit une photo de sa poche intérieure et la déroula. C'était le poste d'observation au printemps 1995.

On y voyait le mur latéral du poste d'observation, qui faisait environ trois mètres de haut. Il était constitué de sacs de sable noirs, kaki et blancs. Les murs faisaient un bon mètre d'épaisseur. Quant au toit, il était plat et comportait plusieurs couches. Une première, faite de branches solides, puis trois de sacs de sable, encore des branches, disposées en angle droit par rapport aux premières, le tout surmonté de trois autres couches de sacs de sable. Un soldat posait fièrement devant la structure. Il portait un treillis de camouflage avec le drapeau danois sur l'épaule et un béret bleu des Nations unies. Derrière le poste d'observation, on voyait dépasser les canons de deux chars Leopard, imposants et menaçants. À l'arrière-plan, qui était légèrement flou, une falaise blanche en forme de W se dressait vers le ciel, tandis que sur la gauche s'étendaient quatre collines facilement identifiables, couvertes de toundra alpine d'un brun rougeâtre.

Melsing indiqua un bloc de granit grossièrement taillé, enfoncé dans le sol, au bord de la route, quelques mètres derrière Simonsen.

— Si tu vas là-bas et que tu t'accroupis, tu constateras que la vue est exactement identique. Tu as au moins deux repères évidents à l'arrière-plan : le massif calcaire, bien sûr, mais aussi les contours du paysage. J'ai remarqué quelques autres détails, si tu n'es toujours pas convaincu.

Simonsen fut impressionné, c'était tout bonnement incroyable. Kurt Melsing n'avait vu la photo qu'une seule fois auparavant, et c'était plusieurs semaines plus tôt. Mais il était connu pour sa mémoire photographique exceptionnelle et, manifestement, sa réputation n'était pas exagérée.

Christoffer Brinch et Anica Buch suivirent Konrad Simonsen jusqu'à la borne kilométrique. Ils s'accroupirent tous les trois et comparèrent la vue avec la photo, tandis que John Tyler, sans qu'on l'y ait invité, alla se placer là où se tenait le soldat qui posait. Ça ne faisait aucun doute : c'était bien là que s'était trouvé le Petit Dannevirke. Après avoir rejoint Melsing, Simonsen demanda :

— C'est quoi les autres détails dont tu as parlé ?

— Tu as encore des doutes ?

— Non, c'est juste que j'aimerais bien savoir.

Kurt Melsing s'empressa de finir le dernier coin de sa carte, puis il se leva et montra aux autres une zone où le sol avait été remué. Il expliqua que les sacs étaient remplis de terre quand il n'y avait pas de sable à disposition, ce qui était le cas ici. La terre et le sable offraient une protection très similaire contre les balles. Puis il sortit des petits objets en métal de sa poche.

— Et j'ai trouvé ça. Nos soldats ont bien fait le ménage derrière eux, je dois le reconnaître, mais ces déchets ont été jetés dans l'herbe, à l'orée de la forêt. Il y en a plein d'autres, j'en ai ramassé seulement quelques-uns.

— Ils proviennent de boîtes de conserve, c'est bien ça ? observa Anica.

— Ce sont en effet des anneaux d'ouverture, confirma Melsing, et ils sont en aluminium.

Dans le cadre de l'enquête, la brigade criminelle avait interrogé quatorze anciens soldats qui avaient servi avec Bjørn Lauritzen en Bosnie. Simonsen avait soigneusement lu tous les témoignages plusieurs fois. À présent, il les connaissait presque par cœur. Un des vétérans lui avait raconté que les hommes, au Petit Dannevirke, avaient l'habitude de jouer au poker pour passer le temps. Malheureusement, deux ou trois soldats avaient perdu de grosses sommes, ce qui avait quelque peu pourri l'ambiance, si bien que Bjørn Lauritzen avait fini par leur interdire de jouer de l'argent. Alors, ils avaient commencé à utiliser des anneaux de boîtes de conserve et à porter leurs jetons autour du cou, comme un collier, pour afficher leur fortune et leur talent aux cartes.

Simonsen se fit la remarque qu'au Danemark, Kurt Melsing marmonnait constamment des propos incompréhensibles, au point que cela pouvait souvent être un calvaire de discuter avec lui. Alors qu'ici, à l'étranger, il s'exprimait librement et tout à fait distinctement.

Simonsen passa les dix minutes suivantes à scruter les environs avec les jumelles qu'il avait apportées. Il s'était procuré exactement le même modèle que celui que Bjørn Lauritzen avait utilisé en Bosnie quinze ans plus tôt. Ce que Simonsen recherchait, en particulier, c'était la ferme qui, d'après ce qu'il savait, était située à environ un kilomètre, un kilomètre et demi en contrebas, en lisière de la forêt. Mais elle n'était plus là. Malgré tout, il prit tout son temps, sans se soucier du fait que les autres l'attendaient. Lorsqu'il eut terminé, il tendit les jumelles à Kurt Melsing, qui déclina. Comme aucun des autres ne voulait les emprunter, il s'empara de la carte et s'appuya dessus pour leur exposer son plan.

— Évidemment, il faudra qu'on se rende là-bas demain. On prendra la voiture pour pouvoir transporter le matériel de Kurt. Disons qu'on partira à 9 heures. Mais il y a autre chose qui vaut le coup d'être vérifié. Bjørn Lauritzen et Ole Nysted ont déclaré être descendus jusque dans le fond de la vallée avec leur tank, avoir traversé la forêt et être remontés derrière l'endroit où on se trouve en ce moment, après quoi ils ont rejoint leurs camarades du groupe d'observation. Un peu plus tard, ils se sont tous repliés sur Tuzla. Dans la forêt, Lauritzen et Nysted ont récupéré une poignée de réfugiés, qui étaient assis sur le char quand ils sont retournés au Petit Dannevirke. Ensuite, il semble que leurs trois chars ont conduit des réfugiés à Tuzla. Mais ça n'a peut-être rien à voir. En tout cas, pour traverser la forêt, le char a dû suivre un cours d'eau. Et la raison pour laquelle je suis aussi vague, c'est que les témoins l'ont tous décrit différemment, comme une rivière, un ruisseau, un torrent, un lit de rivière quasiment asséché. Je ne sais pas ce qu'il en est exactement, mais j'aimerais bien en avoir le cœur net.

— On ne ferait pas mieux d'attendre demain ? dit Kurt Melsing. Il fera nuit dans une heure, Simon. Peut-être qu'Anica pourrait déjà commencer par demander aux locaux s'il y a bien un cours d'eau dans la forêt ? Ils doivent bien le savoir.

— Je voudrais bien qu'on profite quand même du temps qu'il nous reste. Si on observe le paysage et qu'on le compare aux témoignages, ce cours d'eau doit se trouver derrière nous, alors autant aller vérifier. On verra bien. Et s'il le faut, on pourra toujours revenir un autre jour.

John Tyler et Kurt Melsing partirent avec Konrad Simonsen. Anica fut renvoyée au village pour se renseigner, comme Melsing l'avait suggéré, et Brinch l'accompagna. Il n'avait pas tellement envie de se lancer dans l'exploration d'une forêt inconnue. Il se contenterait d'un petit compte rendu à leur retour.

Les trois hommes empruntèrent le chemin qui rejoignait la route quelques centaines de mètres avant le poste d'observation et menait à la forêt. Ils progressèrent rapidement. Simonsen profita de l'occasion pour poser une question personnelle à son vieil ami.

— Comment ça se fait que tu parles… Bon, maintenant, je vais être franc avec toi… tout à fait normalement ici, alors que quand on est chez nous tu n'articules pas la plupart du temps ?

Melsing secoua la tête.

— Je ne sais pas. Je suis comme ça depuis que je suis gamin. À l'école, personne ne me comprenait, et on m'a fait passer toutes sortes de tests. À un moment, j'ai même eu droit à un traitement, mais je n'avais aucun problème dans la cour de récré. Seulement en classe. Maintenant, j'ai accepté l'idée que j'étais comme ça et que je ne saurai sans doute jamais pourquoi. De toute façon, ça n'a pas d'importance. Qu'est-ce que ça change ?

Simonsen le remercia pour sa réponse pleine d'honnêteté. Tyler leur parla d'une femme de sa connaissance qui avait le même problème, sauf qu'elle bégayait.

Juste devant la forêt, le chemin s'arrêta brusquement, sans qu'ils aient trouvé le moindre cours d'eau.

Ils hésitèrent. La forêt était épaisse. Tyler consulta sa montre.

— Il nous reste vingt-cinq minutes de jour, ce qui veut dire dix minutes pour aller, dix minutes pour revenir et cinq minutes de marge. Qu'en pensez-vous ? C'est à vous de décider.

Les deux hommes mûrs déclarèrent que cela leur convenait et qu'ils préféraient que John Tyler ouvre la marche et surveille l'heure puisqu'il semblait être le mieux équipé. Ils avancèrent lentement parmi les arbres. Il y avait là des chênes de Hongrie et du Caucase, des hêtres des Balkans, souvent étouffés par des plantes grimpantes agressives qui montaient jusqu'au sommet, et sur les pentes rocheuses, ils virent des petits pins tortueux semblables à des trolls difformes et ravagés par les verrues, véritables survivants dans cet environnement hostile. Partout, le tapis forestier était couvert de feuilles humides et pourries qui pouvaient se révéler traîtresses quand le sol en dessous était dur. Simonsen glissa deux fois, sans autre conséquence qu'il s'étala dans les feuilles et repoussa sèchement les mains tendues qui voulaient l'aider à se relever.

Ils avaient parcouru moins de cent mètres quand un large cours d'eau leur barra la route. Il sinuait tel un serpent à travers la forêt, ses rives se fondant dans la végétation. Ses eaux, jaunies par les nombreuses feuilles mortes, s'écoulaient relativement vite en direction du sud. Dans un des méandres, un héron était perché sur une pierre, partiellement dissimulé derrière un laurier, et explorait l'eau de son long bec pointu.

— Ils ont très bien pu faire passer un char par la rivière, surtout en été, quand le niveau de l'eau est plus bas qu'il ne l'est actuellement. Et ils ont aussi pu arriver par le même chemin que nous. Beaucoup de ces arbres devaient être jeunes à l'époque, et le char n'aurait eu aucun mal à coucher tous ceux qui se trouvaient sur son passage. C'est trop tard pour aujourd'hui, mais ce serait une bonne idée si un jeune homme se portait volontaire, demain, pour suivre la berge à travers la forêt jusqu'à l'endroit où se termine le chemin. Peut-être même qu'il pourrait commencer une heure avant nous.

John Tyler répondit avec un sourire :

— Dans ce cas, vous allez devoir expliquer au jeune homme pourquoi exactement vous voulez qu'il longe le cours d'eau, parce qu'il a un peu de mal à comprendre.

Simonsen lui promit de lui fournir des instructions plus précises, vu qu'il avait eu la gentillesse de se porter volontaire, mais il allait devoir attendre qu'ils aient rejoint la route. Ce serait plus facile de parler une fois là-bas.

— C'est donc là que ces salopards les ont massacrés, dit Kurt Melsing d'une voix sombre. Bon sang, comme ça a dû être horrible. Mais qu'est-ce que Lauritzen est venu faire ici avec son char, ça me dépasse complètement. Si c'était pour sauver des victimes, il aurait mieux fait de se diriger vers la toundra, où les unités de l'armée serbe qui bombardaient les réfugiés auraient été dans sa ligne de tir. Il devait bien le savoir.

Konrad Simonsen avait une autre théorie. Il soupçonnait les soldats présents à bord du char d'avoir eu une raison plus égoïste de suivre la rivière, mais il n'avait pas envie d'en faire part aux autres pour l'instant. Lorsqu'ils furent de retour sur la route, il confia ses jumelles à John Tyler et lui dit :

— Bjørn Lauritzen et son subordonné ont remonté la rivière jusqu'à l'endroit où la route se termine et la forêt commence. Mais ils sont partis dans la direction opposée. À l'époque, il y avait une ferme, là-bas. Maintenant, elle a disparu, mais il va falloir qu'on aille y jeter un coup d'œil demain matin.

Tyler baissa les jumelles.

— Il y avait une maison là-bas ?

Konrad Simonsen acquiesça.

L'Américain pâlit.

— Putain de merde !

## 64

*Préfecture,*
*mardi 16 novembre 2010*

Arne Pedersen était un homme déçu. La Comtesse l'avait oublié.

Il se plaignit auprès de Klavs Arnold. Ils avaient un accord. Un accord on ne peut plus clair – elle avait *promis*, pas juste une fois, mais à plusieurs reprises, qu'elle l'appellerait, après être allée à l'ambassade, pour lui faire un compte rendu. Voilà ce qu'ils avaient conclu. Mais elle n'avait pas appelé, elle l'avait complètement oublié.

Klavs Arnold réagit tièdement. Il n'était pas au courant d'une quelconque visite de la Comtesse à une ambassade, et il s'en moquait, il avait déjà bien assez de soucis comme ça. Sa femme l'avait renvoyé juste après le dîner. Elle s'occuperait de mettre les enfants au lit et de débarrasser la table, il n'avait pas à s'en faire, son boulot à lui, c'était d'aider ce pauvre Arne Pedersen qu'on avait injustement incarcéré. La veille au soir, le pauvre Arne Pedersen injustement incarcéré avait fait l'objet d'un long reportage aux infos. On y avait insisté sur l'horreur de sa situation, lui qui avait perdu son travail du jour au lendemain et été brutalement séparé de sa famille aimante à cause d'une affaire dans laquelle n'importe quelle personne dotée d'un minimum de jugeote pouvait voir qu'il avait été piégé. Le reportage avait été suivi d'une interview de sa femme et des jumeaux – "C'est dur de s'endormir, le soir, en sachant qu'ils ont mis papa en prison" –, après quoi un professeur de droit, sur un ton solennel, avait passé en revue une partie des nombreuses failles et défauts dont la loi sur l'administration de la justice, selon lui, était truffée. À la suite de cette émission, la cote de popularité d'Arne Pedersen avait littéralement explosé, surtout parmi la moitié féminine de la population, dont faisait partie Stella Arnold.

— Elle t'appellera probablement plus tard. En attendant, on va de nouveau passer en revue les trois principaux épisodes. J'ai une théorie, qui va peut-être nous mener à la solution.

— Mais elle m'a promis qu'elle m'appellerait directement, pas plus tard.

Le Jutlandais ignora la remarque d'Arne Pedersen et tira un petit dossier de la pile considérable de papiers qu'il avait apportée et qui trônait à présent sur la table, entre eux. Il l'ouvrit à la première page.

Klavs Arnold et les quatre enquêteurs du groupe spécial avaient réalisé un travail conséquent et méticuleux. En se basant sur la liste des activités de Pedersen au cours de la période s'étendant entre le 22 août et le 29 septembre, ils avaient, après bien des discussions, sélectionné huit épisodes qui, selon eux, étaient les plus susceptibles d'avoir mis leur collègue dans une situation où il aurait pu être amené à laisser à son insu ses empreintes digitales sur le petit pistolet Ruger. Parmi ces huit épisodes, ils en avaient identifié trois qui étaient hautement probables : l'interrogatoire d'Irene Gallagher à son domicile le 20 septembre et les deux visites qu'Arne Pedersen avait rendues au désormais défunt Ole Nysted, la première le 13 septembre, quand Arne Pedersen avait bu plus que de raison, et la deuxième le 17 septembre, quand le vétéran l'avait mordu.

— On pourrait commencer par ta théorie, s'il te plaît ? suggéra Arne.

Il ne savait que trop bien à quel point il était mentalement éprouvant de passer une fois de plus en revue une série d'événements dont il avait déjà été question tant de fois. Il était plus tentant de suivre le chemin qu'il avait déjà tracé, d'employer les mêmes mots et les mêmes phrases, de les répéter sans avoir à les reformuler. Mais s'il le faisait, ce serait une perte de temps pour tout le monde car son histoire ne serait rien d'autre qu'une copie de celle qu'il avait racontée la dernière fois.

Klavs lui exposa sa théorie :

— Il est très probable qu'Irene Gallagher se soit introduite chez toi, bien qu'on ne sache pas quand, ainsi que dans l'appartement de Pauline, ce qu'elle a probablement fait le matin du 22 août, avant d'aller récupérer Bjørn Lauritzen sur la plage de Charlottenlund et de le reconduire chez lui, dans la forêt de Jungshoved. Maintenant, supposons qu'elle ne se soit pas introduite à ton domicile à un moment où elle savait qu'il n'y aurait personne, mais dans la soirée du 13 septembre, après avoir appris d'Ole Nysted que tu étais ivre mort. Elle aurait pu prendre ta main et la presser contre le canon du pistolet sans que tu te réveilles.

Les deux hommes débattirent de cette possibilité pendant environ un quart d'heure, mais aucun d'eux n'était vraiment convaincu, pas même Klavs Arnold. Du point de vue d'Irene Gallagher, cela aurait été une entreprise extrêmement risquée, et il y avait beaucoup trop de facteurs inconnus pour qu'elle soit sûre d'obtenir ce qu'elle était venue chercher. Ils abandonnèrent cette piste et s'attaquèrent à la partie la plus dure de leur travail.

Ensemble, ils parcoururent les trois épisodes principaux pour la cinquième fois, sauf que, ce jour-là, Klavs Arnold avait de nouvelles informations. Il avait apporté une sélection de photos que les techniciens de la police criminelle avaient prises dans la cabane d'Ole Nysted, tandis que celui-ci gisait sur son canapé, mort, asphyxié au monoxyde de carbone. Son décès avait été considéré comme suspect, si bien que les techniciens avaient pris soin de tout enregistrer, et les images étaient nettes. Il s'agissait surtout de clichés du cadavre, mais les techniciens avaient aussi photographié sa cabane, et Klavs Arnold avait choisi ces photos dans l'espoir qu'elles puissent stimuler la mémoire déjà excellente de son collègue. Ce n'était pas une mauvaise idée. Arne Pedersen se souvint en effet de quelques détails supplémentaires en voyant les photos. Lors de sa première visite, il avait ramassé un cendrier sur le sol après l'avoir fait tomber accidentellement de la table basse pendant qu'il buvait avec Ole Nysted. Et lors de sa seconde visite, il avait laissé la porte ouverte pendant qu'il allait chercher du bois pour le poêle, afin de ne pas être gêné quand il rentrerait, les bras chargés de bûches, mais aussi pour aérer un peu la cabane.

Bien qu'elles n'eussent guère de valeur, Klavs Arnold le félicita pour ces nouvelles précisions.

— Peut-être qu'on devrait aller jeter un coup d'œil à cette cabane demain. Rien n'a été bougé, à l'intérieur, depuis la mort d'Ole Nysted. C'est toujours une scène de crime. Si tu racontes ton histoire pendant qu'on est dans la cabane, d'autres détails te reviendront certainement.

— Je suis en taule, à l'isolement, je suppose que tu ne l'as pas oublié ? Mes geôliers m'ont déjà accordé beaucoup plus de faveurs qu'ils ne l'auraient dû, et je n'ai pas envie de leur demander ça.

— Tu n'auras pas non plus à le faire. Le groupe spécial t'emmènera sur la scène de crime pour une reconstitution cruciale. On peut faire ça de manière officielle, et rien ne me ferait plus plaisir que de te promener à travers le Danemark avec des menottes aux poignets.

Arne ne répondit pas. Quelque chose d'autre avait capté son attention. Il désigna une des photos du cadavre du vétéran.

— Il s'est drôlement vite remis de sa blessure au pied, regarde, le bandage a disparu. Et cinq jours plus tôt, quand je lui ai rendu visite, il pouvait à peine le bouger.

— Mais, bon sang, tu as raison. Aucun de nous n'y avait pensé. Je ne l'ai pas apporté. Je remonte le chercher tout de suite.

Klavs Arnold s'était déjà levé. Il faisait référence au rapport d'autopsie, ils le savaient tous les deux, et tous deux éprouvèrent aussi une soudaine excitation. Ça, c'était du neuf.

Klavs Arnold avait jeté un coup d'œil rapide au rapport, tandis qu'il retournait vers la cellule supplémentaire d'Arne Pedersen, et il cria presque lorsqu'il entra.

— Rien… il n'y a rien là-dedans à propos d'une blessure au pied ! Il s'est fichu de toi !

Ils lurent attentivement les quatre pages du rapport d'autopsie. Il était absolument impossible qu'Ole Nysted se soit coupé au pied avec une hache cinq jours avant sa mort. La question suivante était évidente, et Klavs Arnold la posa :

— Mais pourquoi est-ce qu'il aurait fait ça ?

Mais ils eurent beau chercher et émettre des théories – et il y en eut beaucoup, notamment de la part d'Arne Pedersen, qui avait retrouvé toute sa détermination et son enthousiasme –, ils ne trouvèrent que deux situations où la fausse blessure avait joué un rôle : la première quand Arne Pedersen était sorti chercher du bois pour le poêle, et la deuxième quand, à la demande de son hôte, il avait sorti une bouteille de whisky d'un placard. Il n'y en avait pas d'autres. Alors, ils durent passer ces épisodes en revue une fois de plus. Arne commença par le bois de chauffage.

— Je suis assis dans le canapé, à sa gauche, et alors il me demande si je veux bien aller lui chercher quelques bûches… Oh, bordel, c'est ça ! Oui c'est bien ça. Quel idiot, j'aurais dû y penser depuis longtemps. Bien sûr, c'est aussi pour ça qu'elle avait limé le guidon du flingue, tout concorde, pareil pour le jeune couple dans la forêt – tout s'éclaircit, maintenant !

Dans son excitation, Arne s'était levé si brusquement que sa chaise se renversa. Au même moment, son téléphone sonna. Il le regarda d'un air soupçonneux, ce n'était pas vraiment le bon moment, mais il répondit quand même. C'était la Comtesse, Klavs Arnold le comprit. Et le Jutlandais fit appel à toute sa patience légendaire. Ce n'était sûrement qu'une question de minutes avant qu'il connaisse la réponse, alors qu'est-ce que cela pouvait bien faire ? Malgré tout, il ne put s'empêcher de penser que si son ami tombait raide mort, là, tout à coup – après tout, cela pouvait toujours arriver –, alors il ne saurait jamais comment les empreintes digitales d'Arne Pedersen s'étaient retrouvées sur le pistolet. C'était une idée terrifiante.

# 65

*Ljubičevac,*
*mercredi 17 novembre 2010*

Le coup de feu tira Konrad Simonsen de son sommeil. Il se redressa sur son lit, se demandant si la détonation faisait partie de son rêve. Après avoir recouvré ses esprits, il tâtonna à la recherche du réveil qu'il avait placé sur sa table de nuit. L'horloge luisait dans le noir lorsqu'il s'en empara, et il constata qu'il était presque 2 h 30 du matin. Il se leva et alluma la lumière, mais sans résultat. L'alimentation électrique n'était pas stable à Ljubičevac, et il y avait régulièrement des coupures, en particulier la nuit. Christoffer Brinch les avait prévenus, la veille, après leur départ de Sarajevo, sans que personne y ait réellement prêté attention. À la faible lueur du réveil, il parvint à enfiler son pantalon, ses chaussures et sa veste, renonçant à mettre sa chemise et ses chaussettes. Quelqu'un frappa à la porte. Il la déverrouilla et ouvrit. C'était Anica, comme il l'avait deviné. Il ne la voyait pas, il pouvait seulement distinguer sa silhouette. Elle lui demanda, d'une voix anxieuse :

— C'était bien un coup de feu ?

— Je crois, oui.

— C'était tout à côté ?

— On le dirait bien. Je vais jeter un coup d'œil.

Son agitation se mua en panique. Elle ne voulait pas rester seule, elle allait l'accompagner, ils allaient descendre ensemble, elle ne voulait surtout pas rester seule, il ne devait pas la laisser. Il sentit qu'elle lui saisissait le bras et il lui dit calmement qu'il n'avait pas l'intention de la laisser, que, bien sûr, ils allaient descendre ensemble. Et il était certain qu'elle n'avait aucune raison de s'inquiéter, ce n'était sûrement rien de sérieux. Il se libéra, enfila son manteau et s'aperçut que ses yeux s'étaient habitués à l'obscurité, qui n'était plus si épaisse.

Dehors, la lune pâle illuminait la nuit du côté où le Land Rover était garé. Simonsen distingua deux silhouettes qui se tenaient à côté de la voiture. Des chiens se mirent à aboyer dans le voisinage pour protester contre le fait qu'il y avait quelque chose d'anormal dans la nuit. L'instant d'après, la logeuse de Simonsen sortit dans la rue. Elle portait un enfant qu'il n'avait encore jamais vu. Le gamin s'agrippait à elle et avait la tête enfouie dans le creux de son cou. Simonsen et Anica Buch se dirigèrent vers leur voiture, mais s'arrêtèrent en voyant une puissante lampe torche surgir au coin de la rue. Son faisceau balayait l'obscurité, de haut en bas, puis, la personne qui la brandissait les rejoignit. C'était Kurt Melsing.

— Qu'est-ce qui s'est passé, Simon ? J'ai entendu un coup de feu.

Ils s'approchèrent de la voiture, près de laquelle quatre hommes, tous d'un certain âge, étaient maintenant rassemblés. Ils riaient, pointaient du doigt et échangeaient des propos incompréhensibles dans leur langue. La vitre de la portière conducteur avait disparu, à l'exception de quelques débris de verre le long du joint en caoutchouc. Melsing fit reculer les hommes et passa sa lampe torche dans le trou laissé par la vitre brisée pour évaluer les dégâts.

— Un fusil de chasse, à canon scié, ça ne fait aucun doute vu comme les éclats de verre et les plombs sont éparpillés. Un seul coup, tiré d'environ trois ou quatre mètres, je dirais. De la grenaille de plomb, une munition interdite au Danemark pour des raisons écologiques depuis 1996. Pour moi, c'est du 3,5 mm, taille 3. La voiture n'a subi aucun dégât en dehors de la vitre brisée, et on pourra l'utiliser sans problème quand on aura enlevé les éclats de verre et les plombs qui traînent un peu partout.

— Qui aurait pu faire une chose pareille ? demanda Anica. Je n'aime pas ça.

Les deux hommes relativisèrent la situation. Après tout, ce n'était pas si grave. Peut-être qu'elle pourrait demander aux curieux si l'un d'eux avait vu ce qui s'était passé. Ce qu'elle fit, en vain.

Ils restèrent près de la voiture pendant encore un quart d'heure, comme les locaux qui étaient sortis dans la rue. Ils n'avaient pas vraiment de raison de rester là, c'était plutôt histoire d'être avec d'autres personnes le temps de digérer l'incident. Simonsen commençait à avoir froid. La nuit était glaciale, la température probablement proche de zéro.

— Allez, ça suffit. De toute façon, on n'apprendra rien de plus ce soir, dit-il.

Melsing tendit sa lampe à Simonsen. Son téléphone avait une fonction torche, si bien qu'il pouvait regagner sa chambre sans difficulté. Simonsen se demanda si son propre téléphone possédait la même fonction. Il faudrait qu'il vérifie, cela pouvait toujours s'avérer utile.

Anica et lui remontèrent dans leurs chambres. Dans le couloir, il lui donna la lampe, mais alors qu'ils étaient sur le point de se séparer, elle lui dit :

— Simon.

Elle ne l'avait encore jamais appelé comme ça, et cela sonnait mal, faux même, sans doute parce qu'elle était si jeune, ou peut-être parce qu'ils ne se connaissaient pas depuis très longtemps. Malgré tout, il lui répondit d'une voix aimable :

— Oui ?

— Je sais que ça peut paraître idiot, mais vous voulez venir avec moi dans ma chambre pour vérifier qu'il n'y a personne ? Quand on est descendus, je n'ai pas eu le temps de fermer à clé et… Oh, je sais que c'est stupide, mais vous voulez bien ?

Naturellement, qu'il pouvait l'accompagner, ce n'était pas un problème.

Simonsen, qui avait récupéré la torche, la pointa lentement et systématiquement dans les coins de la pièce, deux fois, et à la demande d'Anica, il regarda même sous le lit.

— Il n'y a personne ici, Anica, tu peux retourner te coucher en toute sécurité.

Pourtant, elle hésita encore. Elle dit qu'elle savait qu'il avait raison, mais elle avait toujours peur. Il lui proposa de rester encore quelques instants. C'est alors qu'il vit la lettre quand il pointa par hasard la torche sur son lit.

— Qu'est-ce que c'est, Simon ? s'écria-t-elle. Ils sont venus ici, c'est ça ? Ils sont venus dans ma chambre !

Elle s'adossa au mur et gémit quelque chose en serbe.

Le papier était le même qu'à Paris, une feuille A4 tout à fait ordinaire. L'écriture aussi identique, du cyrillique, en lettres capitales rouges, mais le loup était un peu mieux dessiné que la première fois. Le message était planté dans l'oreiller par un poignard dont la poignée était dorée et en forme de dragon, un article de décoration bon marché.

Simonsen prit le poignard et le glissa dans la poche de son manteau. Il enroula la lettre autour de la lampe torche et entraîna Anica Buch vers sa chambre en la tirant par la main. Il sortit une bouteille de rhum de sa valise, l'ouvrit et versa un peu d'alcool dans le bouchon, qu'il tendit à la jeune femme. Il lui en servit un deuxième. Alors, elle commença à se détendre.

— Prends mon lit, je te le laisse, et essaie de te reposer. Moi, je prends le fauteuil. Ne t'en fais pas, je n'irai nulle part. On lira la lettre demain, dit-il.

Elle protesta avec véhémence. Elle en avait déjà lu une partie, il fallait qu'elle lise le reste. Tout de suite ! Ne comprenait-il pas ? Il se ravisa et lui remit la lettre en dirigeant le faisceau de la lampe vers le plafond pour lui permettre de lire à sa lueur. Elle resta figée un long moment, comme si elle n'arrivait pas à déchiffrer le message, puis elle se mit à pleurer. Doucement. Il se demanda s'il ne devait pas aller s'asseoir auprès d'elle et la prendre dans ses bras, mais il n'en fit rien.

— Tu veux bien me traduire le message, s'il te plaît ? Moi aussi, j'aimerais bien savoir ce qu'il dit.

Elle essaya, mais cela prit du temps et, au début, les mots sortirent un par un.

— *Sale truie musulmane, avant qu'on en ait fini…*

Elle eut du mal à traduire la suite. Il n'y avait pas d'expression qui corresponde exactement en danois, mais le sens était... extrêmement mauvais, quelque chose de sexuel. Elle se remit à pleurer, mais entre deux sanglots, elle reprit :

— *Sale truie musulmane, avant qu'on en ait fini avec ton cul, tu nous supplieras de te tuer.*

Lorsqu'elle eut enfin fini de pleurer, elle dit d'une voix ferme :

— Il faut qu'on rentre chez nous demain à la première heure.

Il repoussa sa suggestion.

— On attend de voir.

Elle protesta, presque furieuse cette fois :

— Vous ne comprenez donc pas ? Ils vont me violer et me torturer à mort.

— Je sais que ce n'est pas très agréable à entendre, mais je ne crois pas que ça arrivera. Maintenant, essaie de te calmer et repose-toi.

Il éteignit la lampe. Au bout d'un moment, il entendit que la respiration d'Anica s'était faite lourde et régulière. Il s'installa confortablement dans le fauteuil afin de pouvoir dormir, lui aussi, quand, soudain, elle dit :

— Vous pouvez venir avec moi dans le lit, si vous voulez.

Simonsen ne répondit pas. Au lieu de cela, il émit quelques ronflements, comme s'il s'était endormi.

## 66

*Préfecture,*
*mercredi 17 novembre 2010*

Louise Berg éclata de rire, et Arne Pedersen aussi. Son rire était communicatif, et il adorait rire avec elle. C'était une sensation merveilleuse. Ils étaient assis en tailleur sur la couchette de sa cellule, adossés au mur, en train de regarder *Toy Story 3* sur le Mac de Louise. Elle l'avait loué dans les règles et non pas téléchargé illégalement sur le Net. Elle ne manqua pas d'insister sur son honnêteté. Elle n'avait envie d'enfreindre aucune loi quand elle était avec lui, du moins pas pour l'instant. Elle avait aussi acheté du cola dans d'énormes gobelets en carton pourvus de pailles, et des bacs de pop-corn encore plus énormes. *Comme si on était pour de vrai au cinéma*. Elle l'embrassa et il mangea son pop-corn. Son cola, en revanche, descendait lentement. Il n'était pas très fan des boissons excessivement sucrées. Il était midi passé, et Louise ne travaillait qu'à 18 heures. Arne se dit que l'isolement avait ses bons côtés, alors il fit l'effort de boire toute une gorgée et atténua le goût de la boisson avec une poignée de pop-corn.

Ils en étaient à plus de la moitié du film quand le chef du quartier pénitentiaire toqua et annonça que Sa Seigneurie avait d'autres visiteurs et qu'il était préférable qu'il les reçoive dans sa suite adjacente. Peu de temps après, Klavs Arnold et les deux enquêteurs du PET appartenant au groupe spécial arrivèrent. Ils pouvaient à peine tenir tous dans la cellule. L'un des agents du PET dit, en s'adressant à Louise Berg :

— Désolé de vous interrompre en plein film, mais nous allons avoir besoin d'Arne. Je suis certain que vous allez être autorisée à attendre ici. Ça ne nous prendra qu'une heure, peut-être moins.

Louise Berg n'était pas habituée à être commandée par des hommes. Elle se leva, détailla l'agent du PET de la tête aux pieds, émit un bref son guttural, fit une grimace et leva le nez.

— Non merci, je n'ai pas l'intention d'attendre seule dans une cellule. Et je suis certaine que votre petite conversation pourra attendre jusqu'à ce que nous ayons fini de regarder notre film.

L'agent du PET lança un regard implorant à Arne Pedersen, qui pouffa de rire. Oui, quoi ?

Klavs Arnold prit la relève. À une certaine époque, il avait travaillé comme videur dans une boîte de nuit, et il connaissait tous les profils de jeunes femmes : les colériques, les coquettes, les provocatrices, les fragiles, les protestataires, les moralisatrices et bien d'autres encore. Leur point commun, c'est qu'il les trouvait toutes aussi insupportables les unes que les autres. Il savait comment s'y prendre avec la jeune petite amie de son collègue, alors il la saisit par le bras, lui fit faire un demi-tour sur elle-même et la poussa vers la sortie avec une main derrière son dos et l'autre fermement calée sur son épaule.

— Allez, allez, au revoir, Louise, on se voit un autre jour.

"Salut Arne, je reviens demain." Louise Berg accepta la situation, notamment parce qu'elle appréciait Klavs Arnold, et aussi parce qu'elle savait qu'elle ne pouvait pas tout le temps gagner. C'était la vie.

— Lâche-moi, sale orque, je suis parfaitement capable de marcher toute seule. Tu me dois un film. Et file-moi mon Mac, j'en ai besoin.

Un des enquêteurs du groupe spécial avait apporté un projecteur, qu'il installa et orienta vers le mur du fond de la cellule. Il l'avait bricolé de manière à pouvoir le contrôler depuis son ordinateur et le dispositif fonctionnait plutôt bien étant donné les circonstances. C'était Klavs Arnold qui avait été désigné pour présenter la première série de résultats. Il avait hérité de la meilleure place à la table, face au mur où étaient projetées les images. Le Jutlandais commença par dire que tout le monde avait fait des heures supplémentaires, en particulier la Scientifique, et que certains résultats n'étaient encore que provisoires. Leur confirmation ne serait qu'une formalité, mais Arne Pedersen était au moins prévenu, au cas où cela ne tournerait pas comme prévu. Puis, il demanda qu'on passe sa première photo, qui montrait le placard de cuisine d'Ole Nysted, avec ses rideaux orange.

— C'est à ça que ressemblait le placard de cuisine du vétéran de la cabane…

Arne Pedersen lui coupa la parole.

— Ne l'appelle pas comme ça, s'il te plaît. Son nom était Ole Nysted.

— C'est comme ça que tu l'appelais.

— Oui, mais j'essaie vraiment d'arrêter.

Klavs Arnold admit que c'était une bonne chose. Il reprit.

— Voilà à quoi ressemblait le placard de cuisine d'Ole Nysted la première fois que tu es passé le voir chez lui. En fait, tu ne l'as pas vu puisque les rideaux étaient tirés. C'est aussi à ça qu'il ressemble aujourd'hui, comme tu le verras tout à l'heure.

Il décrivit le placard. C'était une vieille bibliothèque en teck qui avait été peinte, puis vissée au mur de planches de la cabane. La bibliothèque était divisée en deux au milieu et comptait trois étagères de chaque côté. Une tringle avait été fixée au sommet pour accueillir les deux rideaux orange, mais comme elle dépassait d'une vingtaine de centimètres de part et d'autre de la bibliothèque, pour compenser, des planches avaient été vissées sur les flancs supérieurs du meuble.

Arne Pedersen l'interrompit une nouvelle fois.

— Tu veux bien en venir au fait ?

Mais Klavs Arnold ignora sa remarque et poursuivit :

— On reviendra sur ces planches plus tard car elles ont leur importance. Les rideaux ont sans doute été installés pour protéger les étagères et leur contenu de la fumée du poêle, pas pour faire joli. Photo suivante.

Un trou de vis apparut en gros plan sur le mur.

— Les trous nous indiquent que quelqu'un – et cette personne est très vraisemblablement Irene Gallagher – a installé deux portes de placard derrière les rideaux de manière à ce que, plus tard, quand elle les enlèverait, cela ne laisse que quelques trous minuscules.

À ce moment-là, un des agents du PET intervint. Lui aussi en avait assez de tous ces détails.

— Tu trouveras les explications techniques et tous les éléments sur lesquels s'appuient ces constatations dans notre rapport. Pour faire court, la poignée d'une des portes de placard, celle qui ne s'ouvrait pas, n'était pas en forme de bouton, c'était plutôt de demi-coquille, le genre de poignée où il faut passer les doigts en dessous et tirer. Et le canon du pistolet était fiché à travers la porte, juste derrière, si bien qu'il était invisible de face.

Klavs reprit la parole. Il expliqua, de manière quelque peu superflue, qu'une partie de leurs conclusions se basaient sur le propre témoignage d'Arne, mais que comme elles étaient confirmées par des preuves scientifiques, le groupe spécial avait accepté son explication.

— En plus de ton témoignage, on dispose de quatre éléments scientifiques et circonstanciels solides qui prouvent qu'Irene Gallagher a installé deux portes sur ce placard dans le but de t'incriminer avant de les retirer. La première preuve, c'est le guidon du pistolet qui a été limé. Ce n'est pas un hasard si Irene Gallagher a choisi un modèle aussi rare et avec un si petit calibre. Il lui fallait un canon rond et pas trop large. Le Ruger Mark I 22LR correspond parfaitement, et elle a aussi limé le guidon pour pouvoir passer plus facilement le canon à travers la porte du placard. Mais surtout, un examen au microscope électronique a révélé deux traces de pression sur le canon, ce qui indique que des colliers de serrage en acier ont été utilisés pour maintenir le pistolet en place derrière la porte du placard.

L'agent du PET intervint à nouveau, encore une fois sans y avoir été invité. C'était manifestement un homme impatient, ce qui convenait tout à fait à Arne Pedersen.

— Les deux autres preuves sont très techniques, tu n'auras qu'à lire le rapport plus tard. Pour finir, on a le jeune homme et sa petite amie rom mariée qui, le 14 septembre, ont photographié Irene Gallagher dans la forêt de Lorup avec une caisse à outils et deux planches grises sous le bras. La date correspond, tout comme les planches, quand on évalue leur taille d'après les photos et qu'on les compare aux dimensions des portes de placard. Et même si le technicien de la Scientifique qui a procédé aux calculs a précisé qu'il y avait une marge d'erreur de 4 %.

— Mais est-ce qu'Irene Gallagher a vraiment pu fabriquer un placard comme ça toute seule ? demanda Arne Pedersen. Ça me paraît un peu simpliste comme théorie.

Il s'adressa à l'agent du PET afin d'éviter de nouvelles explications interminables de la part de Klavs Arnold, mais c'est quand même le Jutlandais qui lui répondit.

— Ça ne fait aucun doute. Quand elle était jeune, elle a aidé pendant des années dans l'entreprise de charpente de son grand-père. Et ce n'était pas non plus un retable qu'elle devait fabriquer. Au contraire, ce n'était pas un problème si ce placard semblait avoir été bricolé.

Un des hommes du PET avait apporté quatre bouteilles de bière. Il les ouvrit toutes et les hommes trinquèrent. Ils étaient satisfaits des résultats obtenus. Ensuite, un des enquêteurs glissa prudemment qu'il avait un petit service à demander aux deux membres de la Crim, et ils ne devaient pas se méprendre, mais…

Ce fut une introduction bien longue pour une question somme toute assez simple.

— Ça vous dérange si on présente ça comme une découverte du groupe d'enquête ? Je n'ai pas l'intention de m'attribuer le mérite de votre travail, j'espère que vous le savez, mais ça fera meilleure impression si la solution vient de nous plutôt que de vous. Plus tard, disons dans six mois, on vous promet qu'on révélera la vérité à nos collègues.

Ni Arne Pedersen ni Klavs Arnold n'y voyaient d'inconvénient. En réalité, cela leur parut même sage. Un des agents du PET vida sa bouteille et mit fin à la visite en s'adressant à Arne Pedersen :

— Je vais parler au procureur qui s'occupe du dossier et lui demander d'abandonner les charges qui pèsent sur toi. Tu peux t'attendre à être libéré d'ici une heure tout au plus. Mais si tu veux te rendre à ton bureau dès maintenant, j'en prends l'entière responsabilité. Je te demanderai juste de ne pas quitter la préfecture.

Mais Arne Pedersen déclina l'offre. Il n'avait pas de couchette dans son bureau et toute cette conversation l'avait assommé, alors il allait profiter de ses dernières minutes derrière les barreaux pour faire une sieste.

## 67

*La maison en Bosnie,*
*mercredi 17 novembre 2010*

Ils mirent un certain temps à débarrasser le Land Rover de tous les éclats de verre et des plombs. Pendant qu'ils s'affairaient, ils parlèrent de tout sauf du coup de feu. Konrad Simonsen avait décidé de considérer cet incident comme une blague puérile, aussi n'y avait-il pas vraiment grand-chose à ajouter. *Idem* pour la lettre haineuse retrouvée dans la nuit sur le lit d'Anica Buch. Ce n'était qu'une mauvaise plaisanterie de plus qui ne méritait pas qu'ils s'y intéressent, ils avaient des choses bien plus importantes à faire. Le directeur de la Crim avait appuyé ses paroles en abattant bruyamment la main sur le toit de la voiture. Il avait fait une pause. Il avait mal aux lombaires et il était temps que quelqu'un le relève. Anica, par exemple. En tant que plus jeune membre du groupe, et donc aussi la plus souple, elle avait la responsabilité d'aider. C'est ce que lui avaient dit les hommes. Sa demande de la nuit, selon laquelle ils devaient tous rentrer immédiatement au Danemark, était oubliée.

Lorsqu'ils eurent terminé, ils montèrent en voiture, mais, dans un premier temps, ils n'allèrent pas plus loin que l'emplacement de l'ancien poste d'observation. Simonsen voulait vérifier quelque chose, mais il ne leur dit pas de quoi il s'agissait. Il descendit, tandis que les autres restèrent assis dans la voiture, et ils le virent observer longuement le paysage, d'abord sans jumelles, puis avec. Après ce qui leur avait paru une éternité, il sortit son téléphone satellite, passa un bref appel et retourna à la voiture.

— Qu'est-ce que vous avez appris et à qui vous avez parlé ? demanda Anica Buch, avec intérêt, au moment de redémarrer.

Mais le directeur de la Crim l'ignora.

— Il y a quelque chose qui ne colle pas, ici.

Il n'en dit pas plus et elle ne réitéra pas sa question.

Anica Buch suivit la route jusqu'à l'endroit où il y avait autrefois eu une ferme. C'était le même chemin qu'avaient emprunté Bjørn Lauritzen et Ole Nysted à bord de leur char Leopard et Irene Gallagher dans sa jeep quinze ans plus tôt. Le temps était froid et gris comme la veille, mais il ne pleuvait pas et il n'y avait pas non plus de vent.

— On ne peut pas aller plus loin, annonça Anica Buch.

Comme tous pouvaient le constater, ils étaient arrivés au bout du chemin et la forêt se dressait devant eux. Ils descendirent et regardèrent autour d'eux. Une zone dégagée – de la taille de six terrains de football, estima Kurt Melsing – s'étendait des deux côtés de la route, bordée à l'est et au nord par la forêt, et au sud par un cours d'eau, tandis qu'à l'ouest elle se fondait graduellement dans la toundra, où un arbuste rabougri émergeait çà et là parmi les herbes d'un gris brunâtre. Le terrain qu'ils étaient censés examiner était plus luxuriant. Des chardons, des herbes, de l'oseille, des buissons bas, des plantes vivaces aux fleurs flétries et de petits chênes. Au printemps, les fleurs devaient pulluler, songea Simonsen, qui regrettait de ne pas avoir mis ses bottes en caoutchouc. La Comtesse l'avait pourtant forcé à les emporter, mais il les avait laissées dans sa chambre. Qu'est-ce qu'il pouvait être bête, parfois.

John Tyler les rejoignit. Ils ne l'avaient pas remarqué jusqu'à maintenant, mais il les avait attendus à l'orée de la forêt. Il avait longé le cours d'eau, comme convenu la veille, et leur confirma qu'il était possible de passer avec un char, surtout en juillet, quand le niveau de l'eau était au plus bas. Il avait l'air en forme, et Konrad Simonsen se dit avec envie qu'il avait probablement dormi dans un hôtel cinq étoiles de Sarajevo et qu'il était revenu en hélicoptère. Les Américains savaient soigner les leurs. Il emmena Tyler à l'écart et l'informa rapidement des événements de la nuit. Le jeune homme hocha la tête, mais ne fit aucun commentaire.

Kurt Melsing prit naturellement la direction des recherches. Les scènes de crime, c'était sa spécialité. Il expliqua aux autres que le terrain qu'ils s'apprêtaient à fouiller était vaste et que l'opération risquait d'être longue à cause de la végétation, mais qu'il était primordial qu'ils progressent lentement, sans se précipiter. Pour commencer, ils allaient devoir se munir de bons bâtons pour scruter le sol. Puis il attribua à chacun une zone bien définie et leur remit un sifflet et un paquet de drapeaux de marquage – de petites banderoles rouges attachées à des tiges en aluminium d'une cinquantaine de centimètres pointues à leur base.

— Il y avait une maison, ici, autrefois, déclara Melsing, donc nous recherchons en priorité des fondations, pas des gravats. Vous pouvez éventuellement les marquer s'ils vous semblent intéressants, mais concentrez-vous sur les fondations. Ne sifflez que si vous les trouvez. Si vous n'avez plus de drapeaux, vous pouvez retourner en chercher dans la voiture, mais avant ça, n'oubliez pas d'indiquer l'endroit où vous vous êtes arrêtés avec deux drapeaux. Même si c'est juste provisoire. Ne touchez à rien de ce que vous trouvez. Marquez, mais ne touchez pas. C'est important. Et j'insiste : prenez tout votre temps. Mieux vaut aller trop lentement que trop vite.

Ils se dirigèrent vers la forêt en quête de bâtons, mais ils avaient parcouru seulement quelques mètres quand Christoffer Brinch s'immobilisa et les appela en pointant du doigt un groupe de chardons.

Le crâne reposait sur le côté. Il était d'un brun marbré et le sommet et le front étaient couverts de mousse. De l'herbe avait poussé à travers une des orbites et la mâchoire pendait dans un sourire grotesque.

Ils l'observèrent en silence. Kurt Melsing s'empara d'un des drapeaux de marquage de Christoffer Brinch et le planta dans le sol, à quelques centimètres du crâne. Puis il s'éloigna et tout le monde le suivit, pensif, la mine grave, comme s'ils avaient enfin pris la mesure de ce qui s'était passé ici. Cinquante mètres plus loin, juste avant d'arriver à la forêt, John Tyler planta le deuxième drapeau. Simonsen, qui marchait quelques mètres derrière lui, passa sans regarder sa trouvaille.

Un coup de sifflet retentit une bonne trentaine de minutes plus tard. C'était Kurt Melsing. Les autres le rejoignirent et constatèrent qu'il avait trouvé ce qu'ils cherchaient :

des fondations en brique rouge et noir, de vingt-cinq à cinquante centimètres de haut, irrégulières, comme si le reste de la bâtisse avait été arraché par une main géante. Melsing était en train de prendre des photos quand ils arrivèrent. Il les arrêta et dit :

— Il y avait une maison, ici, comme vous pouvez le voir. La surface au sol devait être d'environ cent cinquante mètres carrés, et il y avait une cour pavée, sur laquelle nous nous trouvons en ce moment, et probablement d'autres bâtiments en bois, là-bas. Une grange, j'imagine, et peut-être aussi une étable. Dites-moi, est-ce que quelqu'un aurait trouvé des briques, par hasard – grandes ou petites, ça n'a pas d'importance ?

Christoffer Brinch et Konrad Simonsen furent les seuls à lever la main. Ils avaient ratissé le terrain plus loin des fondations que les autres.

— Au début, je les ai marquées, puis j'ai laissé tomber. Il y en a beaucoup trop.

Kurt Melsing opina, "c'est cohérent", puis il sortit un paquet de cotons-tiges et un rouleau de sacs plastique de la poche de son anorak. Il se pencha et frotta l'extrémité d'un coton-tige contre le côté d'une brique, après quoi il arracha un sac plastique et jeta le coton-tige dedans, délicatement. Puis il répéta l'opération.

— Qu'est-ce que vous faites ? demanda Anica Buch.

Kurt la regarda. Il était en train de préparer un troisième coton-tige.

— Je suis convaincu que cette ferme a été détruite par une explosion. Mais je vais quand même procéder à une recherche de résidus d'explosifs, histoire d'être sûr. Et, si j'ai de la chance, il se pourrait même que je parvienne à déterminer de quel type d'explosif il s'agit. Sinon, on devra attendre d'être de retour au Danemark pour le savoir.

— Ce ne sera pas nécessaire, intervint John Tyler. L'explosif est du PBXN-7 ou PBXN-107. C'est un mélange de 14 % de polyacrylate et de 86 % de RDX. Ce dernier est plus connu en Europe sous l'appellation T4.

Tous les regards se tournèrent vers l'Américain.

— Des bombes serbes ? demanda Brinch.

— Non, trois missiles de croisière Tomahawk tirés depuis la mer Adriatique, au large de la Bosnie, par l'*USS Utah*, le jeudi 13 juillet 1995. Le premier a été lancé à 13 h 02, les deux suivants à trente secondes d'intervalle.

Tout le monde garda le silence. La description technique claire et précise de l'Américain ne collait pas vraiment avec l'image des nombreux drapeaux qu'ils venaient de planter un peu partout dans le sol. Pourtant, c'étaient deux manières différentes de décrire le même événement. Ils mirent du temps à les digérer. Un oiseau passa au-dessus de leurs têtes en criant, comme pour les réprimander, mais ils ne le remarquèrent même pas. Pas plus qu'ils ne remarquèrent les premières gouttes de pluie, pourtant grosses et lourdes.

— C'est juste une averse, finit par dire Kurt Melsing. On va aller se mettre à l'abri dans la voiture en attendant qu'elle passe.

Une fois dans la voiture, Simonsen dit, ce qui était en partie une constatation et en partie une question :

— Donc, la maison a été bombardée.

— Oui, malheureusement, confirma Tyler.

— Pourquoi ?

— Ça, je ne le sais pas encore.

— Quand est-ce que vous le saurez ?

— Bientôt. Quand on aura vérifié quelque chose.

Lorsque l'averse fut passée, Tyler dit :

— Allez jusqu'à la limite du terrain, peut-être même un peu plus loin, et voyez si vous trouvez des débris… des restes d'un véhicule, un pare-boue, des pièces métalliques, des sièges, des pneus… n'importe quoi. De gros objets, plutôt en métal, sans doute.

— Pourquoi est-ce qu'on cherche des voitures ici ? demanda Anica Buch à l'Américain.

Mais c'est Simonsen qui répondit :

— On ne cherche pas des véhicules, enfin pas seulement. Ce qu'on cherche, surtout, c'est une batterie mobile de missiles sol-air.

— Pas juste une, mais sept, rectifia John Tyler. Elle a signalé qu'il y en avait sept.

— C'était ça que vous cherchiez dans les bois quand on est arrivés ? demanda Simonsen.

— Oui.

— Et vous avez trouvé quelque chose ?

— Non.

Au bout d'une demi-heure, les recherches étaient terminées, et elles étaient aussi infructueuses que celles qu'avait entreprises John Tyler.

— Elle vous a trompés, dit Simonsen.

L'Américain fit la grimace.

— En effet. Elle a contacté directement le commandant du groupe aéronaval. Elle avait servi sous ses ordres en tant que conseillère juridique et il lui vouait une confiance aveugle. Sept batteries sol-air rassemblées en un seul endroit, c'était une aubaine. Normalement, on n'envoie pas un missile de croisière comme ça, ces choses-là coûtent une fortune. Les gros, comme ceux qui ont été utilisés ici, valent deux millions de dollars pièce.

— Vous n'avez pas conservé les coordonnées qu'elle vous a transmises ?

— Ça ne s'est pas passé exactement comme ça. Elle avait un téléphone satellite, un des tout premiers à être utilisés sur le terrain. Elle l'a posé par terre, le premier missile s'est verrouillé sur son signal, et les deux autres missiles ont tout simplement suivi la trajectoire du premier. Donc, oui, on avait des coordonnées. Ou plutôt, on a pu capter ses coordonnées, lesquelles ont été transmises à une unité de reconnaissance qui a photographié la zone le lendemain, comme le veut la procédure. Mais personne n'a regardé les clichés ou, s'ils l'ont fait, ils n'ont jamais remarqué l'absence de restes de batteries de missiles sol-air. Aujourd'hui, les photos et les coordonnées sont conservées quelque part, dans des archives, mais on a tellement de documents de ce genre, on a même des millions de photos, alors retrouver celles-ci en particulier est presque impossible, ou alors ça demanderait tellement de ressources que le coût de l'opération serait prohibitif, même pour une affaire aussi grave que celle-ci. Et je peux vous assurer que Washington prend l'affaire très au sérieux.

— Donc, personne à l'époque ne s'est préoccupé de ces sept batteries ?

— En réalité, si. Certains ont trouvé étrange que les Serbes les cachent toutes au même endroit. Ils ne l'avaient encore jamais fait, pour des raisons évidentes. Mais personne ne s'est jamais penché sérieusement sur le cas. Jusqu'à maintenant.

— Et ce que vous voulez savoir, c'est pourquoi Irene Gallagher a fait tirer ces missiles ?

— Oui, et je suis sûr que vous pouvez me le dire.

— C'est exact, mais il vaut mieux qu'on attende Kurt. J'ai l'impression qu'il a quelque chose à nous montrer.

Ils regardèrent tous les deux Kurt Melsing. Il se déplaçait de drapeau en drapeau avec son appareil photo.

Quand il eut terminé, il indiqua à Tyler et Simonsen trois emplacements qu'il avait marqués avec des drapeaux. Anica Buch et Christoffer Brinch n'avaient aucune envie de voir ses découvertes, aussi continuèrent-ils leurs recherches dans une zone qui n'avait pas encore été inspectée. C'était une chose de planter un drapeau dans le sol à côté d'ossements, mais c'en était une autre d'examiner en détail des restes humains.

Kurt Melsing leur montra la première découverte. Il s'agissait de deux os, les moitiés supérieures d'un péroné et d'un tibia, tous les deux parfaitement propres, sans le moindre résidu de tissus. Les fractures étaient irrégulières et anguleuses. Melsing enfila une paire de gants en caoutchouc, ramassa les os avec précaution, les leva et expliqua :

— Ces os ont été brisés à trente centimètres au-dessus du niveau du talon, et ça s'est produit avant l'explosion. Jamais une explosion ne causerait ce type de fractures.

— Est-ce que tu as fait le même genre de constatations aux deux autres endroits que tu as marqués ?

— Oui, c'est bien le même schéma. Il y a un pied dans une botte écrasée et un fémur avec un genou broyé. Bien sûr, des tas d'animaux sont passés par là depuis l'incident, et les os ont été éparpillés sur une vaste zone. Certains ont même dû être emportés dans la forêt, mais…

ce qui est clair, c'est que Bjørn Lauritzen a roulé avec son char sur les jambes de ses prisonniers après les avoir ligotés ensemble et allongés dans la cour.

— Ça expliquerait pourquoi Ole Nysted était hanté par des cris, ajouta Simonsen. Ça colle parfaitement. Ce n'étaient pas ceux des femmes dans la maison, à supposer qu'il y en ait encore eu à l'intérieur à ce moment-là. Non, c'étaient ceux des hommes qui le tourmentaient après son retour au pays. Et c'est sans doute aussi pour cette raison que Bjørn Lauritzen a conduit son char jusqu'au cours d'eau…

Kurt Melsing termina la phrase à sa place :

— C'était pour nettoyer ses chenilles pleines de chair et de sang.

Simonsen acquiesça. C'était exactement ce que Lauritzen avait fait.

Les deux Danois se relayèrent pour expliquer l'incident à Tyler, qui n'était pas au courant du témoignage du vétéran.

— Irene Gallagher a veillé d'une manière aussi efficace qu'abominable à faire disparaître les preuves du crime commis par son amant, conclut l'Américain. Et elle a fait pareil avec les témoins.

— Oui, mais elle a aussi veillé à ce que le Danemark ne se retrouve pas dans une situation extrêmement délicate, il faut le préciser. Ni l'opinion publique danoise, ni l'armée serbe n'auraient apprécié le comportement de Bjørn Lauritzen et d'Ole Nysted, pour dire ça gentiment. Ça aurait fait un scandale au Danemark, et les Serbes se seraient probablement vengés sur nos soldats qui étaient déployés en Bosnie.

— Mais alors pourquoi est-ce qu'Irene Gallagher a rapporté l'incident à sa hiérarchie à Copenhague ?

— Elle y était obligée. Il fallait que Bjørn Lauritzen et Ole Nysted quittent immédiatement la Bosnie, ça va de soi. Une fois au pays, ils ont sans doute dû signer un accord de confidentialité, en contrepartie de quoi ils ont continué de recevoir leur solde avec les primes de déploiement bien après leur retour. Ils ont aussi pu conserver leurs promotions respectives aux grades de capitaine et de lieutenant acquises sur le terrain. Donc, ils n'ont rien dit à personne. Pourquoi l'auraient-ils fait ? Quant à la poignée de hauts gradés du renseignement et de l'armée qui étaient au courant de l'affaire, ils n'avaient pas juste une, mais plusieurs bonnes raisons de garder le secret, même quinze ans après.

Kurt Melsing résuma la pensée de Konrad Simonsen :

— Les Danois ne sont pas habitués à ce que nos soldats déployés à l'étranger commettent des crimes de guerre. Et là, on en avait deux d'un coup… S'ils l'avaient appris, ils auraient arrêté de soutenir notre présence en Afghanistan. Sans parler des conséquences que ça aurait eu sur les carrières de certains dirigeants de nos forces armées. Du point de vue des FE, il y a toujours de bonnes raisons de garder ça secret.

— Qu'est-ce qu'on sait ? demanda Simonsen. Est-ce qu'on continue de fouiller le secteur ?

— Non, on s'arrête là, dit Tyler. Je vais veiller à ce qu'on reçoive le renfort d'experts dès demain.

Les trois hommes se dirigèrent lentement vers le Land Rover. Il y avait toujours des questions sans réponse : le mobile d'Irene Gallagher et de Bjørn Lauritzen dans l'affaire de la tuerie du bateau-mouche, par exemple. Il semblait peu plausible qu'elle ait commis quatre meurtres simplement pour couvrir un double massacre. C'était une chose de connaître la vérité – et il était possible que Pauline Berg l'ait découverte, c'était du moins ce qu'ils supposaient –, c'en était une autre de la prouver sans éléments tangibles. Pauline était tout au plus un problème pour l'armée dans son ensemble, pas pour Irene Gallagher et Bjørn Lauritzen personnellement. Ça ne tenait pas debout.

Konrad Simonsen repoussa les arguments de Tyler.

— Il est impossible d'attribuer à Bjørn Lauritzen quelque mobile rationnel que ce soit. Après son retour au Danemark, son monde s'est écroulé. Son respect pour sa propre vie et celles des autres avait été complètement annihilé par l'expérience qu'il avait vécue ici. Ce n'est pas le premier vétéran à qui c'est arrivé. Il était habitué à la violence et aurait probablement liquidé tous ceux qu'Irene Gallagher lui aurait demandé de tuer. Il n'avait pas besoin d'autre raison.

— Et son mobile à elle ?

— Il était totalement différent, beaucoup plus terre à terre et personnel, je pense.

John Tyler tapa dans le mille avec sa réponse.

— Bjørn Lauritzen et Ole Nysted n'étaient pas au courant pour les missiles de croisière ! Ils étaient dans un char en pleine forêt à plusieurs kilomètres de là, et même s'ils avaient entendu les explosions alors qu'ils diffusaient leurs sons de cloches à plein volume, ils n'auraient pas pu dire d'où elles venaient, ni ce qui les avait causées. Et personne ne le leur a dit plus tard… Ça aurait été extrêmement dangereux de divulguer cette information, alors personne ne l'a jamais fait.

— Exactement, confirma Simonsen. Bjørn Lauritzen ignorait que sa maîtresse avait tué les femmes qu'il avait justement essayé de sauver, et je suis convaincu qu'Irene Gallagher n'avait aucune envie qu'il l'apprenne. Mais il nous manque toujours une pièce du puzzle, quelque chose qui importait tellement pour Bjørn Lauritzen que même Irene Gallagher n'avait pas d'emprise dessus. Et puis on n'a toujours pas la moindre idée de ce que Pauline Berg savait ou ignorait, et c'est bien dommage parce que, à mon avis, c'est une donnée essentielle.

Konrad Simonsen fut interrompu par Christoffer Brinch qui venait de les rejoindre en courant. L'expression de son visage indiquait clairement qu'il y avait un problème.

— Qu'est-ce qui s'est passé ? Pourquoi vous courez ?

L'avocat était à bout de souffle, sa condition physique était manifestement loin d'être optimale. Puis il dit :

— Anica a disparu.

# 68

*La maison en Bosnie,*
*jeudi 18 novembre 2010*

John Tyler n'avait pas exagéré, la veille, quand il leur avait promis des renforts. Le terrain autour des ruines de la ferme, qui avait été abandonné à la nature pendant des années, était maintenant le théâtre d'une intense activité humaine. Konrad Simonsen se dit que c'était un énorme avantage d'être une superpuissance – si vous vouliez vraiment accomplir quelque chose, vous aviez toujours les ressources pour le faire. Quatre immenses tentes avaient été dressées en face de lui, à l'extrémité de la route, et une dizaine d'hommes étaient occupés à en monter deux autres. Six conteneurs étaient aussi arrivés et constituaient à présent une sorte de petit village, de l'autre côté du terrain. Des toilettes, des douches et des bureaux y avaient été installés avec une rapidité impressionnante. Sur la scène de crime proprement dite travaillaient au moins douze médecins légistes et leurs assistants. Ils étaient tous vêtus de blanc et bénéficiaient d'un libre accès à la zone, tandis que tous les autres devaient emprunter uniquement les chemins qu'ils avaient délimités avec des bandelettes en plastique jaune fluo attachées à des piquets en métal plantés dans le sol. Ces chemins s'entrecroisaient. Certains étaient assez larges pour laisser passer de grosses pelleteuses, d'autres n'étaient que des sentiers étroits où l'on ne pouvait circuler qu'en file indienne. Chaque fois que les légistes découvraient des restes humains, ils les répertoriaient, les photographiaient et les plaçaient dans des sacs mortuaires avant de les emporter dans une des deux plus grandes tentes, où des dizaines de tables avaient été placées pour permettre aux experts de procéder aux analyses ADN et de déterminer le sexe et l'âge de chaque individu. Les transports de sacs mortuaires avaient la priorité absolue. Même les plus gros camions et les pelleteuses devaient s'arrêter pour les laisser passer, et les conducteurs devaient même couper leur moteur et ôter leur casquette ou leur bonnet s'ils en portaient. Tout était extrêmement bien organisé, des policiers locaux qui étaient déployés plus loin sur la route pour tenir à distance les personnes qui n'avaient rien à faire là, aux deux jeunes hommes qui parcouraient en permanence la zone pour ravitailler le personnel en bouteilles d'eau fraîche.

Kurt Melsing se tenait à côté de Simonsen, tandis qu'ils contemplaient la scène qui se déroulait sous leurs yeux. Ils n'avaient rien d'autre à faire, leur présence était devenue superflue.

— Et tout ça en moins de trente heures, commenta Melsing. C'est très impressionnant. Ils ont même remplacé votre vitre de portière par le modèle d'origine, pas une simple copie. Elle a été envoyée de Belgrade et deux mécanos l'ont installée en dix minutes. Je suis sûr que ce sont des troupes du génie, mais à chaque fois que je leur demande d'où ils viennent, ils se contentent de sourire et secouer la tête, quand ils ne me tournent pas tout simplement le dos. Et aucun d'eux ne porte d'uniforme.

Simonsen indiqua les ruines, où un groupe de soldats s'affairaient avec des marteaux-piqueurs, des pelleteuses et des camions pour emporter les gravats.

— Ils sont en train d'évacuer complètement les fondations, il ne restera pas la moindre pierre. Tu as aussi remarqué qu'avant d'ouvrir un nouveau chemin, ils passaient le sol au peigne fin et emportaient les éventuels débris de la maison ? Ils sont vraiment très méticuleux.

— Toutes les preuves doivent disparaître, c'est ça ?

— Oui, c'est ce que je crois.

— J'ai visité une des morgues. Leur manière de travailler est extrêmement professionnelle, ça ne fait aucun doute. Je pouvais me déplacer comme je voulais, mais pas prendre de photos. Ils retirent tous les objets qui pourraient permettre l'identification des hommes – pas des femmes, seulement des hommes. Principalement leurs vêtements et leurs chaussures. Ils brûlent tout, là-bas, derrière. Tu vois cette fumée, après la dernière tente ? Et regarde un peu ce que j'ai réussi à chiper.

Il montra à Konrad Simonsen un authentique badge des Loups de la Drina. Il était rond et représentait un loup noir aux yeux rouges en train de hurler.

— Qu'est-ce que tu vas faire de ce truc ?

— Rien, c'est juste un souvenir. Au fait, tu as des nouvelles d'Anica ?

— Non, toujours pas, mais j'ai passé une demi-heure, ce matin, à rassurer Christoffer Brinch. Il est très inquiet. Peut-être que tu devrais lui parler, toi aussi ? Tu as un tel effet apaisant sur les gens. Bon, maintenant, pourquoi on n'irait pas à la cantine manger quelque chose avant d'avoir une conversation avec John ? On risque de mettre un quart d'heure à arriver jusqu'aux conteneurs, c'est un vrai labyrinthe. Ou peut-être qu'on ferait mieux de faire le tour, c'est sûrement plus rapide.

Mais non, ils ne feraient pas le tour, expliqua Kurt Melsing. Les alentours étaient une zone interdite. Il y avait des panneaux et des gardes certes amicaux mais fermes. Alors, ce n'était pas une solution.

Ils prirent place à une table dans le conteneur IV, avec une tasse de café fraîchement moulu, le meilleur qu'ils aient bu depuis des jours. Konrad Simonsen, Kurt Melsing et Christoffer Brinch étaient assis d'un côté, John Tyler de l'autre. Simonsen entama la discussion et alla droit au but avec l'Américain.

— Vous êtes en train de détruire des preuves. Vous pourriez nous expliquer ce qui se passe ?

Tyler n'essaya même pas d'éluder la question.

— Nous construisons une colonie de vacances. Un lieu de refuge pittoresque pour les enfants croates, serbes et bosniaques, avec des aires de jeux, un terrain de football, des courts de tennis, un parcours d'obstacles et, bien entendu, des dortoirs, une cuisine, un réfectoire, des salles communes, et tout ce qu'il faut. C'est un cadeau de mon pays à la Bosnie-Herzégovine et à la République serbe de Bosnie. En étant un peu pompeux, on pourrait dire que c'est notre façon de reconnaître le travail de démocratisation entrepris par les Serbes ces dernières années, à la fois ici et de l'autre côté de la frontière. Et en ce qui concerne la destruction de preuves, vous avez totalement raison – c'est le véritable objectif de toute cette opération, mais nous sommes très peu nombreux à le savoir.

— Espèce d'enfoiré ! gronda Kurt Melsing.

L'Américain ne se laissa pas impressionner. Il expliqua en toute franchise que ce n'était pas dans l'intérêt des États-Unis que le monde apprenne ce qui s'était passé ici. Et il était persuadé que ce n'était pas non plus dans l'intérêt du Danemark.

— OK, jouons cartes sur table. Imaginons que vous ayez votre mot à dire dans cette affaire. Vous pensez que ce serait bon pour votre pays si cette bavure était rendue publique ? C'est une question simple, alors répondez-moi simplement. Oui ou non ?

Les trois Danois mirent quelques secondes à comprendre qu'il attendait une réponse de chacun d'eux. Ils prirent le temps de la réflexion. Simonsen fut le premier à répondre. Non. Puis ce fut Kurt Mesling. Il semblait amer, mais dit tout de même non. Pour finir, Christoffer Brinch dit :

— Tout bien considéré, hélas, ce sera un non pour moi aussi.

Tyler s'abstint de fanfaronner, ce qui était tout à son honneur. Au lieu de cela, il se déclara prêt à les écouter et les aider, dans la mesure du possible. Christoffer Brinch fut le premier à exprimer son mécontentement :

— Je trouve intolérable qu'Irene Gallagher s'en sorte encore une fois. J'en ai la nausée. Maintenant, on n'a plus la moindre preuve contre elle, et elle ne sera jamais condamnée pour les crimes qu'elle a commis au Danemark. Dans un mois, elle sera à Wellington, où elle se fera tranquillement dorer la pilule, alors qu'elle a je ne sais combien de morts sur la conscience.

John Tyler était tout à fait d'accord. Tout à coup, ils le virent pâlir de rage, et ce n'était pas du cinéma, se dit Simonsen. L'Américain peina d'ailleurs à articuler sa réponse, mais Christoffer Brinch avait raison, elle ne serait pas condamnée. Il leur confia que rien ne plairait plus aux autorités américaines que de la faire extrader, mais qu'elles n'en feraient jamais la demande puisqu'il n'y avait pas l'ombre d'une chance que la démarche soit validée par un tribunal danois, pour la simple raison que, aux États-Unis, Irene Gallagher serait jugée en cour martiale, selon le code juridique de l'US Navy, à huis clos. Par conséquent, elle ne serait jamais condamnée à la peine d'emprisonnement à vie que lui aurait sans aucun doute infligé un tribunal civil.

— Vous n'avez pas peur qu'un jour elle parle à la presse ?

Tyler secoua la tête.

— Pas du tout. Et on n'a pas non plus peur que vous le fassiez. On en a déjà discuté. L'histoire en elle-même ne suffit pas. Alors, à moins que vous n'ayez des preuves irréfutables qui viennent la soutenir, aucun journal ni aucune chaîne de télé ne prendra le risque de la divulguer. Mais à part ça, il est évident que le Danemark, et plus particulièrement le haut commandement des forces armées danoises, souhaite qu'Irene Gallagher parte le plus loin possible. Pas seulement à cause de ce qui s'est passé il y a quinze ans, mais surtout à cause du scandale qu'engendrerait son procès. Par ailleurs, j'imagine que certaines personnes à Copenhague ne sont pas très fières de nous avoir caché la vérité pendant toutes ces années.

— Dites-moi, que comptez-vous faire des restes humains qui ont été découverts ici ?

— On va tenter d'identifier les femmes, mais on prétendra qu'elles ont été victimes des bombardements serbes. Les hommes auront droit à un enterrement anonyme dans un cimetière chrétien. Et, malheureusement, ce n'est pas négociable.

Ce fut au tour de Simonsen de prendre la parole. Il commença prudemment, en reconnaissant qu'il ne rapporterait pas de preuves de ces événements au Danemark. Bien sûr, cela n'avait pas d'importance, il en était conscient, étant donné qu'il n'aurait de toute façon pas pu les produire.

— Mais ça me chagrine quand même un peu. Dans les semaines à venir, moi et d'autres personnes, on va devoir… comment dire ?… clôturer cette affaire. Et c'est pourquoi j'aimerais beaucoup avoir des documents officiels…

Il mima des guillemets.

— … dans ma manche, n'importe quoi, quelque chose que la partie adverse ne voudrait à aucun prix…

John Tyler l'interrompit en riant. Il avait saisi le message.

— Quand est-ce que vous rentrez chez vous ? demanda-t-il.

— Demain, si possible.

— D'accord, je vais faire en sorte que vous repartiez avec un dossier contenant une belle petite sélection de preuves. Mais je vous préviens – ces preuves vous exploseront à la figure si vous les rendez publiques. Elles devront juste vous aider à bluffer, c'est tout.

Contre toute attente, c'est Christoffer Brinch qui fit une suggestion pleine de pertinence :

— Ce ne ferait pas de mal non plus si notre grand allié laissait entendre, par l'intermédiaire de canaux non officiels, qu'après avoir fait le ménage derrière nous en Bosnie, Washington attend du Danemark qu'il s'assure que son linge sale ne sera jamais lavé en public. Quelque chose de ce style, mais dans un langage plus diplomatique.

L'idée plut à John Tyler. Cela ne manquerait pas de mettre la pression sur… certaines des personnes qui contribueront à "clôturer" l'affaire. Cette demande était pleinement légitime. Il leur promit qu'il en parlerait à un de ses supérieurs. Ensuite, ils verraient bien ce que cela donnait.

Konrad Simonsen avait une dernière question à régler. Il en avait déjà discuté avec les deux autres et leur avait demandé de le soutenir, si l'occasion se présentait. D'après lui, c'était une question essentielle.

— Le jeune musulman qui a été enlevé à Sarajevo à la suite des fausses accusations d'Irene Gallagher et envoyé se faire torturer dans un pays où – selon vos propres mots – les autorités sont moins regardantes en ce qui concerne les méthodes d'interrogatoire. Serait-il possible que ce jeune ait été une jeune femme, et qu'elle se soit appelée Jelena Khrobic ?

On aurait dit que John Tyler venait de recevoir un uppercut à l'estomac. Cela n'échappa à aucun des trois Danois. Il ne fit d'ailleurs aucun effort pour tenter de le cacher, mais il évita le regard de Simonsen et se mit à fixer le plafond, tandis qu'il luttait intérieurement. Ils lui laissèrent quelques secondes de répit, puis Christoffer Brinch dit à voix basse :

— Jeune homme. Tout à l'heure, vous nous avez posé une question très simple, bien que très compliquée, à laquelle nous nous sommes efforcés de répondre franchement. Maintenant, c'est à votre tour. Les États-Unis qui enlèvent et torturent des gens sans autre forme de procès, est-ce que ce sont ces États-Unis que vous représentez ?

Tyler prit une profonde inspiration. Après quoi il dit, d'une voix déterminée :

— Non, ce ne sont pas ces États-Unis que je représente. Et oui, elle s'appelait bien Jelena Khrobic.

# 69

*Préfecture,*
*jeudi 18 novembre 2010*

La Comtesse ne prenait aucun plaisir à faire ce qu'elle faisait. Ce n'était jamais agréable de devoir enquêter sur un collègue, et cela l'était encore moins quand les soupçons qui pesaient sur ce collègue se trouvaient confirmés. La veille, alors qu'elle se rendait au travail, Simon l'avait appelée à propos d'une affaire qui le perturbait depuis longtemps.

Cela concernait les femmes musulmanes de la ferme – elle voyait de quelle ferme il voulait parler, n'est-ce pas ? D'après l'article paru dans *Dnevni avaz*, ces femmes fuyaient vers Tuzla, le 13 juillet 1995, pour échapper aux Serbes. C'était ce qui était indiqué dans l'article de journal qu'Anica leur avait traduit et présenté lors d'une réunion dans le bureau de Simonsen, un mois plus tôt… Mais pour lui, quelque chose clochait.

Il avait alors confié ses doutes à sa femme qui, à son tour, avait été troublée. Tout comme l'avait été Klavs Arnold, quand elle lui avait exposé le problème.

— Pourquoi aucun des soldats danois qui étaient en poste au Petit Dannevirke ne nous a parlé de ces femmes ?

La ferme où elles avaient été violées n'était reliée au reste du monde que par une seule route, et cette route passait juste à côté du poste d'observation danois.

Klavs Arnold avait tenté de trouver une explication rationnelle :

— À ce moment-là, Bjørn Lauritzen était parti avec son char et les soldats restés au poste d'observation avaient reçu l'ordre d'embarquer à bord des deux derniers tanks. Les moteurs tournaient et ils se tenaient prêts à partir. Leur capitaine est revenu au bout d'une heure, d'après ce qu'on sait. Mais la question que je me pose, c'est : qu'est-ce qu'on voit quand on est dans un char ? Aucun des soldats n'a jamais mentionné non plus que la maison qui se trouvait dans la vallée, juste en dessous d'eux, avait été bombardée, par exemple.

La Comtesse avait rejeté son argument.

— Je reconnais que les témoignages varient considérablement. Certains mentionnent des canons et des mortiers serbes, d'autres seulement des salves d'armes automatiques dans les bois, et quelques-uns parlent d'attaques aériennes. Mais quinze à vingt femmes ne passent pas devant deux chars en plein jour sur une route de trois mètres de large sans que personne ne les voie. Et pourquoi est-ce qu'elles n'auraient pas demandé la protection des soldats ? Après tout, ils étaient là-bas pour ça.

Bien sûr, les soldats auraient pu être victimes d'amnésie collective quand on les avait interrogés, un phénomène que les deux enquêteurs de la Criminelle avaient déjà constaté à plusieurs reprises par le passé, mais aucun d'eux ne croyait vraiment que c'était le cas cette fois. Ils avaient décidé d'appeler tous les témoins qui pouvaient être contactés par téléphone et de les interroger à propos des femmes. Deux heures plus tard, ils étaient parvenus à une conclusion sans ambiguïté : aucune femme n'était passée sur la route ce jour-là. Peu de temps après, Simonsen les avait rappelés pour leur fournir de nouvelles informations – des informations qui rendaient leurs récents efforts superflus, mais qui, d'un autre côté, venaient confirmer leur découverte. La ferme avait été détruite par trois missiles de croisière américains, et toutes les femmes qui s'y trouvaient avaient été tuées.

— Ça soulève plusieurs questions intéressantes à propos de l'article de presse d'Anica Buch, avait dit Klavs Arnold.

La Comtesse était déjà en train de relire le rapport d'Anica Buch, mais elle avait constaté qu'il ne contenait que la traduction de l'article et pas l'original.

— Ça va être compliqué de le retrouver, avait déclaré la Comtesse. Tu as une idée ?

Et, en effet, le Jutlandais en avait une. C'était Malte Borup qui avait géré le diaporama d'Anica quand elle avait présenté le résultat de ses recherches aux enquêteurs. Peut-être que… Mais la Comtesse avait déjà mis le cap sur son bureau. Dix minutes plus tard, elle était revenue avec une copie dans les mains.

— Voilà l'article, ou plus exactement une copie d'écran de l'article, et j'ai demandé à Malte de l'examiner. Maintenant, tout ce qu'il nous manque, c'est un interprète. Serbe, croate, peu importe, mais il faut qu'on l'ait rapidement. Tu veux bien t'en charger, Klavs ? Je déjeune en ville avec quelqu'un, ce midi, mais je serai de retour avant 14 heures.

L'interprète était une jeune femme, et ils avaient dû s'y reprendre à deux fois avant qu'elle ne comprenne ce qu'ils attendaient d'elle. Même alors, elle était toujours un peu embrouillée puisqu'elle avait répété :

— Vous voulez que je vous dise si le texte du journal correspond au texte danois ?

La Comtesse avait confirmé. Oui, c'était tout ce qu'ils voulaient savoir.

— L'article parle d'une grève des éboueurs à Mostar, avait dit l'interprète. Ce qui est bizarre, c'est que le nom Jelena Khrobic revient trois fois à des endroits où ça n'a aucun sens. La légende dit que les ordures s'entassent dans les rues de Mostar, mais… oui, enfin, vous pouvez le voir vous-mêmes.

Klavs Arnold l'avait remerciée. Puis, l'interprète avait annoncé :

— Je sais bien que ça n'a pris qu'une minute, mais je vais quand même devoir vous facturer une heure de travail, sinon ce ne serait pas rentable pour moi, avec le transport et tout le reste.

Les deux policiers avaient admis que c'était totalement justifié.

Tout cela s'était déroulé la veille. À présent, la Comtesse et Klavs Arnold devaient découvrir ce qui était réellement arrivé à Jelena Khrobic, étant donné qu'elle n'avait pas été mortellement blessée le 13 juillet 1995 au sud de Cerska après avoir été atteinte par des balles de soldats serbes.

Ils allèrent trouver Malte Borup dès qu'il arriva au travail. Il s'excusa en les voyant :

— Je suis désolé, mais je n'ai pas eu le temps d'examiner l'article avant-hier soir. J'avais promis d'aller récupérer Emil de bonne heure, il était un peu malade et… Bref, c'est comme ça. En tout cas, l'image a été modifiée, et c'est même du travail d'amateur. Si vous regardez de plus près, vous verrez facilement les endroits où elle a été retouchée.

Klavs Arnold l'interrompit. Ce n'était plus très important, mais ils voulaient en savoir plus sur Anica Buch. Après tout, Malte et elle partageaient le même bureau et ils se posaient des questions auxquelles il devrait être en mesure de répondre.

— Est-ce qu'Anica t'a raconté comment elle était remontée jusqu'à Jelena Khrobic ? demanda la Comtesse pour commencer.

— Vous voulez bien arrêter de faire les cent pas ? Je ne sais même pas auquel de vous deux je suis censé répondre. Si vous voulez que je vous aide, alors dites-moi clairement ce qui se passe.

La Comtesse regarda Klavs Arnold en souriant. Puis elle dit :

— Anica Buch nous a roulés, comme tu l'as sans doute compris, maintenant. Elle s'est donné du mal pour inventer de fausses informations sur Jelena Khrobic. Ce qu'on ne comprend pas, c'est pourquoi elle ne nous a pas juste dit qu'elle n'avait rien trouvé sur cette fille ? Ça aurait été beaucoup plus simple. Elle t'a tenu au courant de l'avancée de ses recherches pendant qu'elle enquêtait ? C'est ce que font généralement les gens qui partagent le même bureau.

Malte Borup confirma qu'Anica Buch l'avait tenu informé de ses découvertes, majeures ou mineures, jour après jour, et il y avait même eu des moments où il avait trouvé cela passionnant.

La Comtesse était satisfaite, c'était la réponse à laquelle elle s'était attendue. Elle demanda :

— Tu te souviens de la dernière fois où Anica t'a parlé de ses recherches avant de mentionner l'article de journal ?

— Pas très bien. Il faut dire que moi aussi j'avais du travail. Mais je crois que c'était quand elle a appris le nom de la fille et où elle avait été scolarisée. Je me rappelle qu'elle m'a montré une photo de classe.

— Est-ce que tu peux te connecter à nos ordinateurs sans connaître nos mots de passe ?

— Je ne ferais jamais ça. Simon péterait un câble, s'il l'apprenait.

— Mais si tu le voulais, tu le pourrais ?

— Pas sans mot de passe, c'est impossible.

— Est-ce que tu peux retrouver un mot de passe, dans ce cas ?

— Vous ne pouvez pas faire ça, c'est interdit.

Klavs Arnold inspira un grand coup et reformula sa question.

— Je vais essayer d'une autre manière. Combien de temps il te faudrait pour nous donner accès à l'ordinateur d'Anica Buch ?

— Dix minutes. Si vous m'en donnez l'ordre, bien sûr. Et si Simon sait que vous en assumez l'entière responsabilité.

La Comtesse passait en revue les fichiers contenus dans l'ordinateur d'Anica Buch, pendant que Klavs Arnold examinait une pile de papiers qui trônait sur son bureau. Le Jutlandais fut le premier à obtenir un résultat.

— Tiens, Comtesse, est-ce que ça t'évoque quelque chose ?

Il brandit une feuille sur laquelle deux codes avaient été écrits à la main : Bx204GLO et Bx231GLO. Elle y jeta un coup d'œil et déclara :

— On dirait des numéros de rapports Bx en provenance de Glostrup.

Quand la police retrouvait des personnes qui étaient portées disparues, ils ne remplissaient pas de rapport, à moins qu'un crime n'ait eu lieu. La seule exception à cette règle concernait les patients disparus des hôpitaux psychiatriques. Ils faisaient l'objet de ce qu'on appelait un rapport Bx, pour des raisons purement pratiques, du fait que c'étaient souvent les mêmes patients qui fuguaient et qu'ils avaient tendance à retourner au même endroit d'une fois sur l'autre. Ainsi, en consultant le registre Bx, les policiers pouvaient avoir une idée d'où chercher pour les localiser.

— Exact, dit Klavs Arnold. Et cette feuille se trouvait juste en dessous d'une copie de sa fausse traduction. Ça vaudrait la peine qu'on se penche sur ces rapports, tu ne crois pas ?

Les rapports avaient été rédigés par la police de Vestegnen, tous les deux au même sujet, mais à des dates différentes. Le 17 avril 2007, une patiente portée disparue, Jelena Khrobic, avait été retrouvée par la police dans le centre commercial de Glostrup. Le 2 août 2007, le même scénario s'était répété, exactement au même endroit. Les deux fois, la femme, qui était totalement inoffensive mais incapable de se débrouiller toute seule, avait été reconduite à l'hôpital psychiatrique de Glostrup.

La Comtesse appela un professeur qui appartenait à l'équipe de direction de l'hôpital. Elle le connaissait et savait qu'il avait une démarche pragmatique dans ses rapports avec la police. S'il estimait que c'était dans l'intérêt de son patient, il n'hésitait pas à leur communiquer des renseignements qui étaient pourtant censés être strictement confidentiels. Dans le cas contraire, il ne leur donnait rien, quelle que soit la solidité de leurs arguments.

La Comtesse fut mise en communication avec le professeur après un petit temps d'attente. Elle lui parla de Jelena Khrobic et lui expliqua pour quelle raison elle s'intéressait à elle. Il l'écouta sans l'interrompre, puis lui dit qu'il fallait qu'il réfléchisse. Il ne savait pas si cela bénéficierait à sa patiente s'il parlait à la police, or il devait d'abord s'en assurer. Il lui promit qu'il la rappellerait dès que possible. Et c'est ce que se passa, même si ce n'est pas le professeur lui-même qui appela, mais une femme. Celle-ci informa la Comtesse qu'elle devait contacter le service des victimes de tortures de l'hôpital de Gentofte, et qu'ils attendaient son appel.

## 70

*Ljubičevac,*
*jeudi 18 novembre 2010*

Le Land Rover était chargé, prêt pour le départ. Christoffer Brinch était au volant, Kurt Melsing à l'arrière, en chaussettes, les jambes étendues sur la banquette. Simonsen était à l'extérieur, avec Tyler. L'Américain tenait un paquet.

— Combien de temps vous allez encore rester ici ? lui demanda Simonsen. Et est-ce que vous allez retourner au Danemark, après, pour poursuivre votre… travail culturel ?

— Je resterai jusqu'à ce qu'on ait retrouvé tous les restes humains, ce qui peut aussi bien prendre deux jours que dix, c'est impossible à dire. Et oui, je retournerai au Danemark, mais avant ça, j'espère que je pourrai rentrer passer quelques jours à la maison.

Il remit le paquet à Konrad Simonsen. À l'intérieur, il y avait tout ce dont il aurait besoin, et Tyler y avait aussi joint une traduction danoise, au cas où. Ses patrons avaient bien accueilli l'excellente suggestion de Christoffer et avaient déjà pris leurs dispositions pour faire passer le message à Copenhague.

Tyler serra la main des deux hommes qui attendaient dans la voiture. Il leur dit que cela avait été un plaisir de travailler avec eux, et il avait l'air de le penser sincèrement. Puis il se tourna vers Simonsen.

— Bon, eh bien, je vais y aller avant que la situation ne devienne embarrassante. Je sais que ce ne sont pas mes affaires, mais vous êtes décidément un cœur tendre. À votre place, j'aurais filé directement et je l'aurais abandonnée là.

— Quand j'étais jeune, j'ai fait une très grosse bêtise, mais personne ne s'en est jamais aperçu. Si ça avait été le cas, ma vie aurait pris une tournure radicalement différente, répliqua Simonsen, énigmatique.

L'Américain éclata de rire.

— Je n'y crois pas un instant ! Vous, les Danois, vous donnez tout le temps une seconde chance aux gens. Vous y auriez sans doute eu droit vous aussi. En tout cas, au revoir, Simon. J'espère qu'on se reverra.

— Au revoir, John, je l'espère aussi.

Simonsen tendit la main, mais l'autre le serra dans ses bras. Il trouva cela étrange, il n'était pas de cette génération.

Une fois l'Américain parti, Simonsen descendit la rue et s'arrêta devant une maison abandonnée. Puis il cria :

— Tu viens avec nous ou tu comptes passer l'hiver ici ?

Il patienta une dizaine de secondes. Comme il n'avait pas obtenu de réponse, il cria à nouveau.

— On va attendre une minute, ensuite on déchargera tes bagages.

Anica Buch finit par émerger de la maison. Son visage était figé, comme un masque inexpressif, et elle fixait le sol, évitant tout contact visuel. Simonsen lui ouvrit la portière et Kurt Melsing replia ses jambes pour lui faire de la place. Sans se retourner, Christoffer Brinch dit sur un ton sec :

— Si j'étais ton avocat, Anica, je te conseillerais de garder le silence jusqu'à ce qu'on arrive à Kastrup.

## 71

*Service des victimes de torture, hôpital de Gentofte,*
*vendredi 19 novembre 2010*

— Vous êtes la femme qu'ils appellent la Comtesse ?

Elle confirma et réprima un désir naturel de lui demander comment il le savait. Mieux valait le laisser parler à son rythme. Elle était assise dans la cantine du personnel de l'hôpital de Gentofte, à une table à l'écart des autres, comme si elle avait été placée là pour faciliter une conversation privée. L'homme en face était un psychiatre, chef du service des victimes de torture, et on ne pouvait pas dire qu'il avait un physique avantageux. Il était petit et mal fichu, avec un corps en forme de poire, et il s'exprimait d'une voix âpre, comme s'il crachait ses mots. Il avait le visage bouffi, le teint blafard et ses cheveux pleins d'épis et gominés pendaient sur son front, quasiment jusqu'à ses sourcils. Mais, malgré son apparence ingrate, quelque chose en lui inspirait confiance. C'était difficile de déterminer de quoi il s'agissait, mais c'était ce qui ressortait le plus de sa personnalité une fois qu'on avait passé quelques instants en sa compagnie.

— C'est curieux, dit-il. J'ai à ma disposition cinq pièces spécialement aménagées pour que les gens s'y sentent à l'aise et, pourtant, je m'obstine à emmener mes visiteurs à la cantine chaque fois que je le peux. Dites-moi, que savez-vous à propos de ce service ?

La Comtesse ne savait pas grand-chose. Le psychiatre lui fit un petit résumé de l'histoire de son service, puis il dit :

— Donc, vous souhaiteriez parler à une de mes anciennes patientes, Jelena Khrobic ? Je suis surpris. Quand j'ai entendu que vous étiez de la Criminelle, j'ai cru que vous appeliez pour tout autre chose. Quoi qu'il en soit, voici la procédure : d'abord, vous m'expliquez pourquoi vous voulez parler à Jelena et quels sujets vous comptez aborder. En fonction de ce que vous direz, j'évaluerai si c'est une bonne idée. Si c'est le cas, je la contacterai, puis ce sera à elle de décider si elle souhaite ou non vous rencontrer. Ça peut vous sembler excessivement contraignant mais, croyez-moi, je n'ai pas mis en place cette procédure pour vous déranger, mais exclusivement dans le but de protéger mes patients. Vous voulez un autre café ? Ils ont aussi d'excellentes viennoiseries.

Il alla chercher du café et de quoi manger, puis la Comtesse lui raconta en détail l'histoire de Bjørn Lauritzen, Ole Nysted et Irene Gallagher en Bosnie en 1995 et à Copenhague en 2010. Elle omit volontairement de mentionner les miliciens serbes qui avaient eu les jambes broyées et les trois missiles de croisière que l'US Navy avait lancés depuis l'Adriatique.

— Je suis au courant de ce qui s'est passé en Bosnie, dit le psychiatre, du moins, je connais la version que Jelena nous en a donnée. Mais elle vous racontera tout ça elle-même, si jamais elle consent à vous parler. Ole Nysted est venu ici deux fois pour discuter avec Jelena. Ça faisait partie de sa thérapie. Les deux fois, je suis allé le chercher et l'ai ramené chez lui, dans la forêt. C'était très aimable de sa part de venir, d'autant que lui-même souffrait gravement de trouble de stress post-traumatique. Jelena voulait aussi parler à Irene Gallagher, mais elle a refusé. Mais ce que Jelena souhaitait plus que tout, c'était revoir Bjørn Lauritzen, elle se sentait très proche de lui, mais je n'ai jamais réussi à retrouver sa trace.

— Vous permettez que je vous pose quelques questions ?

— Non, vous allez devoir attendre. Il y a deux conditions préalables dont il faut que vous ayez connaissance et que vous allez devoir promettre de respecter, si vous souhaitez rencontrer Jelena.

La Comtesse acquiesça. Elle était tout ouïe.

— Sous bien des aspects, Jelena est une de mes grandes réussites. Elle a subi des atrocités d'une cruauté inimaginable, ce qui l'a complètement brisée mentalement. Aujourd'hui, pourtant, elle mène une vie presque normale. Elle va bien et je pense même qu'elle est heureuse. C'est vraiment rare chez mes patients, et c'est surtout dû au fait que Jelena est un des êtres humains les plus forts que j'aie jamais rencontrés. Cependant, elle souffre de graves séquelles. Il y a notamment des trous dans sa vie, et il ne faut surtout pas que vous lui en parliez car on ne sait pas ce qui se produirait si… Peu importe – ne lui en parlez pas, c'est tout.

Le psychiatre expliqua comment, en 2003, Jelena Khrobic avait été enlevée et emmenée par avion de Sarajevo à

Minsk, en Biélorussie. Là-bas, elle avait été torturée pendant des mois jusqu'à ce qu'elle fasse une dépression nerveuse. Trois ans plus tard, elle avait été retrouvée enchaînée à un lit dans une institution psychiatrique de Kiev, en Ukraine, à plus de quatre cents kilomètres de Minsk, et personne – pas même Jelena elle-même – ne savait comment elle avait échoué là-bas. Elle avait été découverte purement par hasard par quatre médecins danois. Ils s'étaient rendus à Kiev dans le cadre d'un programme d'aide danois en faveur des services psychiatriques ukrainiens, qui avaient été longtemps négligés par manque de moyens. Jelena avait entendu les médecins parler en danois et s'était mise spontanément à fredonner une berceuse danoise. Le personnel avait déclaré que c'était la première fois qu'ils entendaient sa voix. À ce moment-là, personne ne savait qui elle était, mais les médecins danois avaient fait en sorte qu'elle soit rapatriée au Danemark, où elle avait été admise dans le service psychiatrique de l'hôpital de Glostrup. Peu à peu, elle avait commencé à progresser et avait partiellement recouvré la mémoire. Au printemps 2007, elle était devenue sa patiente et avait suivi un programme de traitement qui avait abouti à l'été 2008.

Pour une raison étrange – personne ne savait pourquoi –, les souvenirs de Jelena Khrobic allant du mois d'août 1995 jusqu'à son enlèvement en 2003 avaient disparu, ou presque. Apparemment, elle avait été scolarisée durant la période en question, et elle avait aussi travaillé comme serveuse à un certain moment, mais c'était à peu près tout ce dont elle se souvenait.

— Normalement, c'est l'événement qui a causé leur traumatisme que mes patients oublient, ou dont ils n'arrivent pas à parler, mais avec Jelena, c'est l'inverse. Son trou de mémoire correspond à une période relativement calme et normale de sa vie, il me semble, du moins si on la compare à certains événements qu'elle a vécus. C'est la première fois que je vois ça, mais j'ai lu des articles sur des cas similaires, alors je suppose qu'elle n'est pas un cas unique.

Il fit une pause, finit son café et regarda la Comtesse comme s'il attendait qu'elle lui fasse signe de continuer. Elle sourit d'un air d'encouragement, et il se remit à parler :

— L'autre chose que vous devez respecter, c'est que Jelena mène aujourd'hui une vie banale. Elle est mariée, a un enfant et en attend un deuxième. Sa famille, c'est tout ce qui compte pour elle. Elle ignore le reste du monde. Elle ne regarde jamais la télé, pas plus qu'elle ne lit les journaux ou qu'elle écoute la radio. Par conséquent, elle ignore qu'un massacre a été perpétré sur un bateau-mouche, que Bjørn Lauritzen et Ole Nysted ont été tués et qu'Irene Gallagher a été jugée, et vous ne devez pas la mettre au courant. Sa famille, son potager et son piano, c'est toute sa vie, et elle est heureuse comme ça. De plus, elle a décidé que le monde était un endroit où il fait bon vivre. Elle a pardonné à tous ceux qui lui ont fait du mal et décrété que les trois Danois qu'elle a rencontrés en Bosnie en 1995 l'avaient tous aidée et qu'ils étaient ses amis. Mais ça va plus loin que ça. Si quoi que ce soit… comment dire ?… de négatif lui arrive, si quelqu'un se comporte mal… alors elle le tourne immédiatement en quelque chose de positif. On peut dire que tout est constamment rose dans son monde, et j'aimerais bien que ça continue, même si ça implique qu'on doive lui raconter des mensonges, de temps en temps. C'est comme ça qu'elle survit, alors vous n'avez pas d'autre choix que de l'accepter. J'ai posé exactement les mêmes conditions à Pauline.

Ce n'est qu'après être restée quelques instants bouche bée sous l'effet de la stupéfaction, que la Comtesse comprit qu'il avait volontairement lâché le nom de Pauline Berg comme une bombe.

Il lui sourit, d'un sourire qui n'était pas dénué d'un certain charme.

— Excusez-moi, je n'ai pas pu m'en empêcher.

— J'espère que vous avez tout votre temps, dit-elle.

C'était le cas. Il commença à expliquer que Pauline Berg l'avait contacté l'automne précédent pour les mêmes raisons que la Comtesse, à savoir pour parler à Jelena Khrobic. Dans un premier temps, toutefois, il avait repoussé sa demande.

— Pauline Berg était mentalement instable, et je trouvais que ce n'était pas une bonne idée qu'elle rencontre Jelena. La première fois qu'on s'est vus, on en a discuté – enfin, disons plutôt qu'on s'est disputés.

Pauline Berg s'était levée d'un bond et était partie en claquant la porte, furieuse et indignée. Mais elle était revenue quelques semaines plus tard, et ils étaient convenus qu'elle aurait plusieurs conversations avec lui – pas dans l'intérêt de Jelena, mais dans le sien.

— Vous avez traité Pauline ? s'exclama la Comtesse.

— Non, je ne qualifierais pas ça de traitement. On a juste parlé quatre ou cinq fois en octobre et en novembre, l'année dernière. Parfois, il ne faut pas grand-chose pour que quelqu'un commence à se sentir mieux, mais un véritable protocole de traitement – non, ce n'était pas envisageable. Même si son enlèvement et sa séquestration avaient été des événements traumatisants, j'avais déjà une longue liste de patients qui souffraient de maux bien plus graves. Dans un monde parfait, sans aucune limite de moyens, je l'aurais admise, mais comme vous le savez, ce n'est pas comme ça que fonctionne le monde réel.

La Comtesse ne tarda pas à constater que la brigade criminelle n'avait aucun secret pour le psychiatre, et qu'il connaissait tout de l'obsession de Pauline Berg pour la non-affaire Juli Denissen, qui s'était finalement révélée être une véritable affaire – et une affaire qui avait eu tout un tas de répercussions.

— Comment Pauline vous a-t-elle trouvés, vous et Jelena Khrobic ? Vous le savez ?

— Oui, je le sais. C'est arrivé tout à fait par hasard.

Un an plus tôt, Pauline Berg avait été contactée par une femme, une ex-petite amie de Jonas Ziegler, le vendeur et ancien forestier qui constituait l'unique piste de Pauline dans son enquête sur la mort de Juli Denissen, mais aussi une piste qui refusait de lui parler. La petite amie en question, furieuse d'avoir été plaquée pour une autre, était déterminée à faire le plus de mal possible à son ex. C'est pourquoi elle avait révélé à Pauline Berg ce qu'il lui avait confié dans l'intimité à l'époque où ils étaient encore ensemble. Quand Juli Denissen avait été attaquée par Bjørn Lauritzen sur la lande de Melby, Jonas Ziegler l'avait entendue crier. Caché derrière une dune, il avait assisté à la scène. Il avait reconnu son agresseur, un homme qu'il avait déjà croisé dans la forêt, un ermite qui, par périodes, habitait dans l'ancien dépôt de munitions, à quelques kilomètres de distance, sur la côte. Trois jours plus tard, ayant rassemblé tout son courage, Jonas Ziegler était allé voir l'homme dans le bunker, mais ce jour-là, l'autre avait de la visite. Ziegler ne les avait pas directement menacés ni fait chanter, néanmoins la femme lui avait offert un travail de vendeur, assorti d'un salaire supérieur à celui qu'il touchait à l'époque, dans une boutique à Tune, en échange de son silence sur ce qu'il avait vu sur la lande. Plus tard, Ziegler avait appris que la femme s'appelait Irene Gallagher et que son mari était le propriétaire de la chaîne de magasins pour laquelle il travaillait désormais.

— Pour Pauline, ça a été une découverte capitale, expliqua le psychiatre. Elle s'est rendue au bunker où vivait Bjørn Lauritzen, mais il n'était plus là. En revanche, elle a trouvé une photo sur le mur, une page arrachée dans un magazine militaire norvégien, où on voyait le char de Bjørn Lauritzen arrivant à Tuzla, à l'été 1995, avec huit réfugiés musulmans. Le nom et le grade de Bjørn Lauritzen étaient indiqués, même si lui-même n'apparaissait pas sur la photo puisqu'il était à l'intérieur, aux commandes du char. L'article parlait également d'une jeune fille dano-bosniaque, Jelena Khrobic, qui avait été secourue, arrachée à l'enfer de la guerre. Pauline a emporté la photo.

Puis, le psychiatre raconta comment Pauline Berg avait ensuite recherché sur le Net des soldats danois qui avaient été déployés en Bosnie. C'est ainsi qu'elle avait retrouvé le deuxième soldat qui était à bord du char, ce jour-là, Ole Nysted. Contrairement à Bjørn Lauritzen, Ole Nysted avait été facile à localiser. Il avait une adresse fixe, une cabane primitive.

— Pauline lui a rendu visite trois fois, l'année dernière, avant Noël, jusqu'à ce qu'Irene Gallagher en entende parler et interdise à Ole Nysted de la revoir. C'est ce qu'il lui a expliqué la dernière fois qu'elle est passée chez lui, mais à ce moment-là, il lui avait déjà parlé des conversations qu'il avait eues avec Jelena Khrobic, ici, dans notre service. Mais Ole Nysted ne savait pas où habitait Bjørn Lauritzen, ce qui était l'obsession de Pauline Berg.

— Tout ça est extrêmement intéressant, dit la Comtesse. Alors pourquoi vous ne nous avez pas contactés plus tôt pour nous en parler ?

— Mais c'est ce que j'ai fait, à trois reprises, figurez-vous, puis j'en ai eu marre. Le directeur de la Crim lui-même m'a promis qu'il me rappellerait quand il aurait le temps, mais il ne l'a jamais fait.

La Comtesse ne fit aucun commentaire, bien qu'elle eût une idée assez claire de ce qui s'était passé. Cela expliquait peut-être aussi pourquoi l'ex-petite amie de Jonas Ziegler ne les avait jamais contactés.

— Et vous avez fini par autoriser Pauline à rencontrer Jelena Khrobic ?

— Seulement en ma présence, pour commencer, mais elles se sont rapidement bien entendues, toutes les deux. Pauline Berg s'est montrée exceptionnellement prévenante envers Jelena, faisant constamment preuve d'empathie et de prudence. Plus tard, elles se sont rencontrées en privé, assez souvent, je crois, mais je ne sais pas combien de fois.

— Vous avez une idée de la raison pour laquelle Pauline n'a jamais parlé de sa découverte à personne, à la brigade criminelle ?

— Oh oui, j'en suis même absolument certain puisqu'elle me l'a dit elle-même. Depuis des années, personne ne l'avait prise au sérieux, alors elle avait décidé de résoudre cette affaire toute seule et de vous servir Bjørn

Lauritzen sur un plateau. Pour votre information, j'ai bien tenté de la faire changer d'avis et de la convaincre de vous informer, mais en vain. Elle voulait se débrouiller seule. Mais je crois qu'on va s'arrêter là pour aujourd'hui.

— Comme vous voulez. Je vais encore avoir beaucoup de questions à vous poser, surtout si je ne peux pas rencontrer Jelena.

Le psychiatre se leva et ils rapportèrent leurs plateaux.

— Vous pouvez me rappeler quand vous voulez. Je vais réfléchir et je vous tiendrai au courant de ma décision. Est-ce que vous avez une dernière question avant de partir ?

— Oui. Vous savez ce que Pauline voulait à Jelena Khrobic, au juste ?

— Eh bien, elles avaient un objectif commun, bien que pour des motifs différents.

— Retrouver Bjørn Lauritzen ?

— Exactement.

# 72

*Rødovre,*
*samedi 20 novembre 2010*

L'appartement était vide. Il était situé entre les gares de Rødovre et de Brøndbyøster, au sein d'un quartier paisible, dans un immeuble moderne à huit entrées et deux étages. Une surface de cent dix mètres carrés, comprenant un séjour, deux chambres à coucher, une salle de bains et un couloir.

— Qu'est-ce que tu en penses ? Ce ne serait pas parfait pour nous ?

Arne Pedersen s'éloigna de la fenêtre d'où il avait observé une mère qui poussait prudemment son enfant sur une balançoire, sur une aire de jeux.

— Je le trouve vraiment chouette, il est parfait.

— Il n'est pas plus cher que celui de Pauline parce que le sien était plus près du centre-ville et légèrement plus grand, mais je pense que celui-ci nous conviendrait mieux. On aura juste à payer pour les papiers, et d'après la banque, ça ne devrait pas être un problème car les mensualités et les charges sont moins élevées ici, alors le prêt sera vite remboursé. Et puis on est deux, maintenant, même si je sais que tu devras verser une pension pour tes enfants, et peut-être même un petit supplément pour leur permettre de rester dans leur maison. Je le comprends et je le respecte.

Arne Pedersen appréciait la manière dont Louise voyait les choses, mais elle se trompait.

— Leur mère est comptable et gagne au moins trois fois plus que moi. Ils ont largement les moyens de rester là où ils sont.

— Tu ne m'avais jamais dit que tes fils étaient des petits bourges ?

Elle le taquinait et il le savait, mais il ressentit tout de même une boule au ventre. Les jumeaux n'allaient pas tarder à arriver et il était crucial que Louise s'entende bien avec eux. Les enfants de cet âge pouvaient être extrêmement difficiles, quoi qu'on fasse pour tenter de les satisfaire.

— Alors, qu'est-ce que tu en penses ? On devrait l'acheter ?

Il garda le silence. Des milliers de pensées fusaient dans son cerveau, et il ne comprenait pas pourquoi il n'arrivait pas à prononcer ce simple petit mot : oui. Cela aurait suffi et il avait sincèrement envie de le dire. Elle devint sérieuse, comme si elle pouvait lire dans ses pensées, et lui caressa la joue.

— Je te taquine juste. Prends ton temps, Arne. Tu n'es pas obligé de me répondre maintenant, tu peux y réfléchir. Mais si tu veux bien me dire ce qui te tracasse, alors, s'il te plaît, fais-le, qu'on puisse en discuter.

Qu'aurait-il pu lui dire ? Que, de temps en temps, il avait peur de ne plus être, d'ici un mois ou deux, qu'un ex de plus dans la longue liste de ses petits copains, et qu'alors il se maudirait d'avoir été assez stupide pour croire qu'il pourrait faire définitivement partie de la vie d'une jeune femme insouciante ?

— Je sais que je ne devrais pas dire ça, mais…

Elle posa une main sur sa bouche. "Tu ne vas pas recommencer." Oui, il était plus vieux qu'elle, et oui, c'était quelque chose qu'il ne pouvait ignorer, elle le comprenait, mais elle n'avait pas l'énergie suffisante pour l'entendre maintenant. Une autre fois, mais pas aujourd'hui.

— Toi et moi, c'est du sérieux. Je le sens et je suis de plus en plus sûre de moi, si tu vois ce que je veux dire. Alors tu ne dois pas douter, lui dit-elle.

— Oui !

— Pardon ?

— Ma réponse est oui. On va emménager ensemble et on verra bien comment ça se passe.

Elle sourit tendrement, tandis que, en partie sérieusement, en partie pour plaisanter, elle commença à compter sur ses doigts : lève l'abattant quand tu vas aux toilettes, on partage les tâches ménagères, ne t'avise pas de me tromper, et un jour je voudrais avoir deux enfants. Puis elle consulta sa montre et dit :

— Ils seront là dans vingt minutes. Tu as juste assez de temps pour me parler d'Anica, comme tu me l'as promis. Elle avait l'air franchement sympa, mais j'imagine qu'elle jouait la comédie.

Ils s'assirent par terre et s'adossèrent au mur. Arne Pedersen lui raconta tout. Anica Buch avait déposé une lettre de menace dans sa propre chambre, à Paris – dans laquelle on leur déconseillait de se rendre en Bosnie. Elle l'avait écrite elle-même, mais s'était arrangée pour faire croire qu'elle était l'œuvre d'une organisation paramilitaire réputée pour sa barbarie. Toutefois, cette organisation n'était plus active depuis une quinzaine d'années et, par ailleurs, elle n'avait jamais opéré en dehors des frontières de la Bosnie, si bien que Simonsen avait commencé à soupçonner Anica.

Arne poursuivit :

— D'autant plus que cette lettre agressive avait été rédigée au stylo rouge, dans une jolie écriture très féminine. Elle a refait le même coup en Bosnie, sauf que, cette fois, la lettre était beaucoup plus vulgaire et qu'elle disait qu'elle serait violée et assassinée, rien que ça. Elle avait même planté dedans un poignard ridicule qu'elle avait acheté dans une boutique de souvenirs, à Paris. Elle a aussi payé un habitant du village pour qu'il tire dans une des vitres de leur voiture au milieu de la nuit.

— Mais pourquoi ? Elle agissait pour le compte des FE ?

— Oui, j'en suis certain. Mais ils étaient beaucoup trop malins pour la rencontrer. Elle a seulement parlé à une voix à quelques reprises. Je ne pense pas qu'ils aient vraiment cru en elle, mais sa mission consistait juste à convaincre Simon et les autres de rentrer.

— Pour quelle raison est-ce qu'elle a fait ça ?

— Par ambition, j'imagine… par cupidité. Elle croyait aux rumeurs qui disaient que les FE promettaient une brillante carrière dans le renseignement à tous ceux qui les aideraient. Elle a été d'une naïveté incroyable. Mais elle est allée de plus en plus loin, si bien qu'à la fin elle n'a plus eu d'autre solution que de disparaître. Alors, elle s'est planquée pendant vingt-quatre heures dans une maison abandonnée, sans eau ni nourriture, jusqu'à ce que Simon la prévienne qu'ils s'apprêtaient à rentrer au Danemark. Et elle est sortie de sa cachette la queue entre les jambes.

— Qu'est-ce qui va lui arriver, maintenant ?

— Je ne sais pas. Ce sera à Simon d'en décider.

— C'est tout le temps lui qui décide pour vous tous ?

— Eh bien, il fait un peu ce qu'il veut.

— Il a un côté effrayant, mais c'est aussi… quelqu'un que tu respectes. Pauline aussi le respectait. C'était la seule personne qui l'avait soutenue chaque fois qu'elle avait dépassé les bornes. Et elle lui en était reconnaissante. Tu penses qu'il va donner à Anica une seconde chance ?

Pour Arne Pedersen, cela dépendrait de ce qu'elle avait fait d'autre. Il y avait un fichier sonore qu'ils allaient devoir examiner, entre autres.

— Mais elle a le potentiel pour devenir une excellente enquêtrice, je dois bien l'admettre.

Les jumeaux arrivèrent, et les dix minutes que leurs parents avaient jugées suffisantes pour leur première rencontre avec Louise se transformèrent rapidement en une heure. Elle accueillit les garçons avec simplicité et les prit aussitôt en charge d'une manière tout à fait naturelle et spontanée. Tout d'abord, elle leur présenta leur future chambre, en leur disant que, oui, ils allaient devoir la partager parce qu'elle et leur père n'avaient pas les moyens de s'offrir un appartement plus grand, c'était comme ça. Mais elle leur laisserait son ordinateur pour qu'ils puissent jouer dessus. Il était équipé d'un écran de trente-six pouces et d'un processeur multi-core extrêmement rapide, mais s'ils voulaient jouer à des super-jeux, il faudrait qu'ils investissent dans une nouvelle carte vidéo. Dans ce cas, elle paierait la moitié et eux se cotiseraient pour régler le reste. C'était une affaire très sérieuse et, tandis qu'ils négociaient, Arne Pedersen les écoutait, enchanté. "Tu vas devoir te trouver un job de livreur de journaux, mon jeune ami. Quel âge tu as, déjà ? Dix ans, c'est ça ?" Et un peu plus tard : "C'est comme ça et pas autrement."

Ensuite, ils firent une partie de squash dans le séjour. Elle avait apporté dans son sac quatre petites raquettes et une balle rebondissante en caoutchouc. Tout le monde voulait gagner et la compétition était féroce. Louise provoquait les garçons pour prendre l'ascendant psychologique sur eux : "Vous êtes nuls, nuls, j'arrive pas à croire que vous soyez aussi mauvais." De leur côté, ils donnaient le meilleur d'eux-mêmes, la traitant de "pouffiasse" – Où diable avaient-ils appris ce mot ? – et la surnommant Louise la Ratée. La partie se solda par un match nul lorsque Arne Pedersen fit exploser la fenêtre du séjour en faisant passer la balle au travers. Cette fois, tout le monde était d'accord : ils allaient devoir acheter cet appartement.

Pedersen était aux anges quand ses fils rentrèrent enfin chez eux, et il ne fit aucun effort pour le cacher.

— J'ai toujours été douée avec les enfants, lui dit Louise, surtout avec les garçons. Bon, allons prendre une douche, je transpire comme une truie. Ensuite, je veux que tu me prennes, pour la première fois dans notre nouvel appartement.

— Et la serviette, tu y as pensé ?

— Elle est dans mon sac. Allez, maintenant, viens.

Après cela, ils s'assirent sur le sol, adossés au mur, comme ils l'avaient fait plus tôt, sauf que, cette fois, ils étaient nus. Il la regarda.

— Tu es tellement belle.

Elle lui pinça la peau du ventre.

— Merci, mon gros. Un peu après, elle dit : Mon Dieu, qu'est-ce que je me sens bien, maintenant. Je le savais !

— Quoi ? Qu'est-ce que tu savais ?

— Que si je ne parlais à personne de tout ce que Pauline m'avait raconté sur la Bosnie, sur ces pauvres miliciens et les missiles de croisière, sur Irene Gallagher, Jelena Khrobic et Bjørn Lauritzen – au fait, tu étais au courant qu'ils le surnommaient le Polonais fou ? Enfin bref, que si je me taisais et que je vous faisais confiance, à vous, les flics, pour découvrir la vérité, quelque chose de bon finirait par m'arriver, quelque chose de vraiment fantastique. J'ai ressenti ça en permanence depuis la mort de Pauline. Je suis comme ça, des fois, et c'est très rare que je me trompe.

Elle l'embrassa longuement, et il lui rendit son baiser. Ensuite, il resta assis sans bouger pendant un moment, perdu dans ses pensées, avant de dire, d'une voix calme :

— Louise, tu veux bien répéter ?

# 73

*Birkerød,*
*dimanche 21 novembre 2010*

Sa mère et son père avaient économisé pendant des années, et elle et son grand frère attendaient ce moment depuis si longtemps. Ce serait le premier voyage de Jelena Khrobic à l'étranger, à l'exception d'une excursion scolaire à Flensburg, en Allemagne, une ville qui s'était révélée très semblable à Randers, et où il avait plu tout le temps. Le matin où la famille était partie, le soleil brillait et la rue principale de Randers était en train d'être décorée de drapeaux danois en vue de la fête de la ville, qui devait avoir lieu le soir même. L'image de ces quatre employés municipaux à la stature imposante, avec leurs tenues bleues et leurs gestes assurés, tandis qu'ils déchargeaient les mâts blancs du camion et qu'ils les emportaient jusqu'aux logements prévus à cet effet dans le sol, où ils les plantaient ensemble, s'était gravée dans sa mémoire, et elle y repenserait souvent au cours des onze longues années qui allaient s'écouler avant qu'elle ne rentre à la maison. Pour elle, cette image deviendrait celle du Danemark lui-même.

Ils avaient fait le trajet en car, c'était moins cher. Hambourg, Berlin, Vienne, Zagreb, Tuzla – une série fascinante de villes, de paysages étrangers, de langues qu'elle ne comprenait pas, de cuisines différentes. Elle avait tout enregistré et était impatiente de le raconter à ses amies quand elle rentrerait au Danemark. De Tuzla, ils s'étaient rendus à Bratunac, leur destination finale, où vivaient ses grands-parents. En chemin, ils avaient croisé de nombreux soldats, et ses parents avaient commencé à s'inquiéter. Au Danemark, ils s'étaient souvent demandé s'il était bien raisonnable d'entreprendre ce voyage, si c'était sûr, mais d'autres Bosniaques étaient allés au pays malgré les troubles, et ils leur avaient dit que, tant qu'ils ne s'en mêlaient pas ou qu'ils ne cherchaient pas les problèmes, ils n'avaient rien à craindre. De plus, une fois dans le village, ils seraient en sécurité. Ses parents étaient nés et avaient grandi là-bas, ils étaient allés à l'école avec des Serbes et des Croates, et ils avaient toujours beaucoup d'amis dans les deux communautés. Il ne pouvait rien leur arriver à Bratunac.

Ils avaient apporté des cadeaux pour ses grands-parents, des bibelots qui avaient suscité un grand enthousiasme, et sa grand-mère l'avait emmenée au marché. Dans une semaine aurait lieu un mariage, celui d'un de ses cousins, et les femmes étaient très occupées par les préparatifs. Jelena Khrobic les avait aidées. Puis, une nuit, la guerre s'était invitée à Bratunac : deux familles musulmanes avaient été brûlées vives chez elles. Le lendemain, un autre de ses cousins et une poignée de jeunes hommes s'étaient emparés d'un enseignant serbe. Ils l'avaient pendu par une fenêtre de sa maison, tandis que son épouse et ses filles hurlaient et les suppliaient de l'épargner. Le mariage avait été annulé, cela avait été une explosion de haine, tout le monde était terrifié.

Jelena Khrobic fit une pause. Elle plongea un bras dans le landau, où sa fille était endormie, et remonta le duvet sous son menton, puis elle prit la tétine qui pendait au coin de la bouche de la petite et la fourra dans sa poche. La Comtesse profita de l'occasion pour se repérer. Elles marchaient dans Bistrup Hegn, un quartier au nord de Copenhague qu'elle connaissait très bien, même si elle n'y avait pas mis les pieds depuis des années. Elle lança un regard furtif à Jelena Khrobic, comme si elle n'osait pas la regarder directement.

C'était une femme petite, à la taille et aux épaules fines, à la poitrine peu développée et aux mouvements vifs, qui évoquait à la Comtesse un oiseau picorant des graines. Elle avait un nez proéminent et légèrement crochu, comme c'était souvent le cas des femmes des Balkans, ses yeux étaient enfoncés et sombres, ses traits délicats. Ses longs cheveux bruns étaient attachés en un chignon désordonné par une pince à cheveux argentée. Jelena Khrobic reprit son récit. Sa voix était cristalline et un peu plaintive, comme si elle était en train d'expliquer à une amie pourquoi elle était arrivée en retard à leur rendez-vous.

Ils avaient fui à Srebrenica. *Sigurna zona, slobodna zona, tampon zonaalle* – un pays dans le pays, les zones de sécurité, tout le monde parlait des zones de sécurité, et Srebrenica en était une. Là-bas, les forces des Nations unies assureraient leur sécurité, les soldats néerlandais les protégeraient. Deux jours plus tard, l'armée serbe avait pris le contrôle de la ville. Son frère, ses parents et elle avaient été rassemblés dans un atelier d'usine avec des dizaines d'autres familles musulmanes. Peu de temps après, les soldats étaient venus chercher son frère et son père. Elle ne les avait jamais revus. Sa mère et elle avaient dormi dans l'atelier, blotties l'une contre l'autre sur le sol en béton. La jeune fille avait faim, mais n'osait pas réclamer à manger. Ni demander ce qu'étaient devenus son père et son frère. Qu'est-ce que sa mère aurait bien pu dire ou faire ? Le lendemain matin, un groupe d'hommes avait débarqué et sélectionné quelques femmes, entre quinze et vingt, qui avaient été embarquées à bord de deux camions. Elle et sa mère étaient montées dans l'un d'eux. Les hommes étaient négligés, leurs uniformes étaient disparates, certains n'en portaient même pas, et ils étaient bien plus effrayants que les soldats de la veille. Ils avaient roulé pendant une heure, jusqu'à une ferme désertée en lisière de forêt, où d'autres hommes du même genre attendaient.

Elle avait été jetée sur une table et les hommes avaient commencé à la violer les uns après les autres. Pendant ce temps, d'autres hommes maintenaient sa mère, qui criait et se débattait. Ensuite, cela avait été au tour de sa mère et, quand ils en avaient eu fini avec elle, ils l'avaient tuée. Le meurtrier de sa mère était un forgeron. Il avait des mains puissantes avec des doigts osseux, déformés par des années de dur labeur. Il l'avait étranglée à mains nues juste pour montrer à ses camarades qu'il pouvait le faire. Les autres hommes avaient ri aux éclats, le forgeron était décidément un marrant, puis ils s'étaient attaqués au reste des femmes et, quand ils en avaient eu assez de les violer, ils avaient commencé à les torturer avec leurs couteaux.

Bjørn Lauritzen avait fait voler la porte avec tellement de force qu'un de ses gonds s'était rompu et qu'elle s'était mise à pendre. Son char était garé juste devant, menaçant, et les hommes avaient pris peur. Ils avaient tenté de cacher les femmes dans une chambre et d'étendre un tapis sur les mares de sang, mais ils n'en eurent pas le temps. Il était déjà là, parmi eux, dans le séjour. De sa voix tonitruante, il avait demandé qui était leur chef. *Leader, boss, who ?* Dix index avaient alors désigné un homme d'âge mûr, chef cuisinier à l'Hôtel Royal, à Srebrenica, mari modèle, père de quatre enfants et chrétien pratiquant. Bjørn Lauritzen l'avait éventré et avait balancé ses intestins sur le sol, devant lui. S'il y avait eu la moindre volonté de rébellion parmi les hommes, elle était désormais totalement éteinte. Il les avait conduits dans la cour de la ferme et avait rossé le plus jeune avant de le renvoyer dans la forêt, puis il avait ligoté les autres et les avait forcés à s'asseoir sur les pavés, adossés au mur de la maison, les yeux aveuglés par des gravillons.

Jelena Khrobic poursuivit :

— Il est retourné dans la maison et a parlé plusieurs fois aux femmes, mais elles refusaient de sortir, elles avaient peur de lui. C'était stupide de leur part, mais elles ne comprenaient pas. Je suis restée dans la cour. Je ne voulais pas aller dans la maison parce que c'était là-bas qu'était le cadavre de ma mère.

— Vous avez parlé à Bjørn Lauritzen ?

— Oui, un peu. Il n'a pas dit grand-chose, juste quelques mots, mais il m'a trouvé des sous-vêtements dans la maison, je ne sais pas comment, et il m'a portée derrière la maison pour que je puisse me laver. Ça me faisait mal quand je marchais, mais il m'a promis que ça irait mieux. Ensuite, il a tenté une dernière fois de faire sortir les femmes de la maison, mais elles ont encore refusé.

Alors qu'il s'éloignait de la maison, le char a soudain fait demi-tour et a roulé à toute vitesse sur les jambes des hommes. Tout s'est passé très vite, en quelques secondes, après quoi le char avait gravi une petite côte et disparu dans la forêt. Un peu plus tard, les cloches de l'hôtel de ville de Copenhague avaient retenti de manière inquiétante parmi les arbres. À la ferme, les hommes hurlaient, poussaient d'effroyables gémissements de douleur en se roulant par terre autant que le leur permettaient leurs entraves. Peu après, Irene Gallagher avait débarqué dans la cour au volant de sa jeep. Le véhicule portait le drapeau du Danemark et Jelena Khrobic lui avait parlé en danois. Elle avait demandé si les hommes allaient mourir et si quelqu'un viendrait aider les femmes.

— Irene Gallagher a appelé une ambulance et m'a dit qu'elle ne tarderait pas. Et aussi que je devais attendre à l'intérieur de la maison et que tout allait s'arranger. Elle m'a donné son collier. Elle l'a d'abord placé dans la paume de ma main, puis elle me l'a passé autour du cou. Je l'ai perdu plus tard dans un avion, mais il m'a été renvoyé par la poste quand j'étais hospitalisée à Glostrup. Je ne sais pas qui me l'a envoyé, mais je le porte constamment, maintenant.

Elle montra fièrement son collier à la Comtesse. Il s'agissait d'une chaîne dorée avec un pendentif en forme de papillon stylisé. Puis elle prit sa fille dans ses bras. Le bébé s'était réveillé. Elles s'assirent sur un banc et Jelena Khrobic lui donna le sein tandis qu'elle parlait.

Elle était retournée dans la maison, comme Irene Gallagher lui avait demandé de le faire, puis, par la fenêtre, elle l'avait vue faire demi-tour et partir avec sa jeep.

Seulement, elle avait oublié son téléphone. Jelena Khrobic était sortie et lui avait crié de s'arrêter, mais la jeep était déjà loin. Malgré tout, Jelena l'avait suivie, lentement à cause de ses douleurs. Elle ne savait pourquoi elle faisait cela, seulement qu'elle avait envie de s'éloigner, partir loin de ces hommes et de leurs cris insupportables, loin de cette maison de malheur. Elle boitillait sous le soleil. Dix minutes plus tard, les Serbes avaient détruit la ferme. Elle avait vu leurs missiles survoler les cimes des arbres, l'un après l'autre, et avait pensé que c'était une bonne chose que sa mère soit déjà morte. Après avoir marché un moment, elle était arrivée à un bâtiment constitué de sacs de sable et où se trouvaient des soldats danois. Ils lui avaient donné de l'eau et des comprimés blancs. Ils avaient dû insister pour qu'elle les avale. Plus tard, Bjørn Lauritzen les avait rejoints, et tous les soldats, ainsi que quelques réfugiés, avaient mis le cap sur Tuzla. Elle avait fait une partie du trajet à l'intérieur du char avec Bjørn Lauritzen. Il l'avait embrassée sur la tête et s'était efforcé de lui cacher qu'il pleurait.

— Vous lui avez dit que la maison avait été bombardée ? demanda la Comtesse.

— Non, je lui ai menti. Il ne méritait pas d'entendre ce qui s'était passé. Je lui ai dit que les femmes étaient parties en direction de Tuzla. Beaucoup de gens sont allés là-bas, ce jour-là, mais moi, j'avais de la chance, je n'avais pas besoin de marcher. C'est ce que j'ai continué de penser au cours des semaines suivantes, que j'avais de la chance, que je ne pouvais pas me plaindre. J'avais Bjørn, Ole et Irene, alors que tant de gens n'avaient personne, et si vous alliez dans les bois, vous tombiez toujours sur des jeunes filles comme moi, qui s'étaient pendues avec leurs écharpes. Elles étaient pendues là, au milieu de toute cette verdure, mais moi, je ne voulais pas me pendre, je n'avais pas le droit, après ce qu'ils avaient fait pour moi, pour me sauver.

Jelena reposa sa fille dans le landau, elle la cala en position assise à l'aide du duvet et de l'oreiller. Elle se mit à chercher la tétine. La Comtesse pointa sa poche du doigt, et elle sourit, suça la tétine pour la nettoyer et la plaça dans la bouche de l'enfant. Puis elles reprirent leur promenade sur le trottoir et Jelena Khrobic poursuivit son histoire.

Elle avait été enlevée en pleine rue à Sarajevo. Deux hommes avaient surgi et l'avaient entraînée dans un véhicule sorti de nulle part. Cela s'était passé tellement vite que le véhicule avait déjà redémarré avant qu'elle ait eu le temps de comprendre ce qui lui arrivait. On lui avait enfoncé un mouchoir dans la bouche et mis un sac en tissu noir sur la tête, après quoi ils l'avaient forcée à s'allonger par terre, entre les deux rangées de sièges.

Puis ils l'avaient conduite dans un appartement – elle ignorait où exactement – où trois Américains l'avaient interrogée pendant toute une nuit. Sur des gens qu'elle ne connaissait pas et des événements dont elle n'avait jamais entendu parler. Au petit matin, elle avait décidé de ne plus répondre à leurs questions. Les trois hommes avaient discuté de ce qu'ils allaient faire d'elle comme si elle n'était même pas présente. Les deux plus jeunes étaient réticents à passer à l'étape suivante, notamment parce que leur captive était une femme. Mais le plus vieux s'était montré plus persuasif. Cinq semaines plus tôt, quatre marines avaient été tués dans la ville de Jbala, au sud de Bagdad. Une des victimes était le frère cadet de l'homme, et le kamikaze était une femme, si bien qu'il n'allait pas se laisser attendrir par une petite salope de terroriste arabe qui croyait qu'elle pourrait s'en tirer simplement en niant tout en bloc. Ses arguments avaient fini par convaincre les deux autres. Le 4 janvier 2003 au matin, on l'avait mise dans un avion spécial à l'aéroport de Sarajevo. L'avion était un modèle Gulfstream III immatriculé N829MG. Il était surnommé *The Torture Jet*.

Elle avait de nouveau été interrogée dès son arrivée à Minsk, en Biélorussie. Les questions étaient les mêmes que celles qu'on lui avait posées à Sarajevo. Quatre hommes étaient présents. Ils parlaient anglais, arabe, russe et biélorusse, mais leur bosniaque était très mauvais, et elle devait faire des efforts pour les comprendre. Puis ils s'étaient mis à la frapper sans que cela n'améliore ses compétences linguistiques. Un meneur d'interrogatoire germanophone avait été appelé, et les coups avaient repris de plus belle. Elle avait crié, pleuré, tandis qu'ils riaient et continuaient. Pendant deux heures, elle avait été alternativement frappée et interrogée. Pour finir, ils l'avaient déshabillée et agressée sexuellement avec leurs matraques, principalement pour s'amuser. Puis ils l'avaient jetée dans une cellule, et elle avait passé plusieurs heures allongée sur le sol en béton, à trembler de froid, à écouter les hurlements de ses malheureux codétenus, en état de choc, incapable de comprendre ce qui lui était arrivé. Ils étaient venus la chercher pour un nouvel interrogatoire, mené cette fois par un homme qui parlait le serbe, petit et amical, avec une moustache élégante et un regard glacial. Elle avait tout confessé, signé tous les documents qu'ils avaient placés devant elle et sangloté chaque fois qu'elle n'arrivait pas à fournir de réponse rationnelle à ses nombreuses questions. Ils l'avaient suspendue par les poignets, aspergée d'eau et des électrodes avaient été placées sur son corps. La douleur avait explosé en elle, tandis que ses membres étaient secoués par des spasmes, telle une marionnette folle. L'enfer s'était déchaîné. Elle l'avait imploré, supplié d'arrêter, elle avait même inventé des histoires ridicules pour tenter de le satisfaire. Mais cela ne lui avait fourni qu'un bref répit. Ses mensonges avaient rapidement été découverts. L'homme à la mine amicale avait secoué la tête d'un air navré et avait augmenté le voltage. Au bout d'un moment, son corps avait fini par lâcher, elle avait perdu connaissance, et ils l'avaient traînée dans sa cellule.

Son calvaire s'était poursuivi pendant des semaines, jusqu'à un certain interrogatoire où son cerveau avait craqué. Elle était incapable de communiquer et un médecin avait été appelé. Il l'avait examinée et avait déclaré, en écartant les bras et en secouant la tête, qu'elle avait perdu l'esprit et que ses tortionnaires perdaient leur temps.

La Comtesse se força à regarder Jelena Khrobic.

Il émanait de la jeune femme une joie enfantine, une gratitude sincère d'être là, en train de pousser sa fille dans un landau d'occasion tout rouillé. C'était un bonheur simple, mais qui lui suffisait. En même temps, elle racontait, avec précision et dans les moindres détails, les horreurs inimaginables qu'elle avait vues et vécues, le mal absolu, et la Comtesse se sentait de plus en plus mal à l'aise. Le contraste était tellement énorme entre ce qu'elle entendait et ce qu'elle voyait qu'elle avait du mal à concilier les deux. La Comtesse détourna le regard et se concentra sur la rue, une rue résidentielle danoise tout à fait ordinaire. C'était une vision tellement réelle et concrète, tellement banale, avec ces dalles en béton, ces trottoirs, ce bitume et… Oh, une borne d'incendie fraîchement repeinte en rouge ! C'était comme quand elle était enfant et qu'elle cachait son visage derrière un coussin lorsqu'elle voyait quelque chose d'effrayant à la télé.

Jelena Khrobic lui raconta ensuite comment elle s'était peu à peu rétablie dans le service psychiatrique de l'hôpital de Glostrup, où des gens adorables et dévoués l'avaient aidée. Cela avait pris du temps, mais c'était arrivé. Puis elle s'était mariée et, désormais, elle ne s'appelait plus Khrobic, mais Sørensen. Elle avait donné naissance à une fille, bientôt elle aurait un autre enfant, et elle avait des projets pour eux. Si ses enfants étaient intelligents et qu'elle en avait les moyens, ils pourraient faire des études, obtenir des diplômes, c'était ce qu'elle espérait, et peut-être qu'un jour elle serait capable de travailler, et alors ils auraient un peu plus d'argent. Son mari était fatigué et elle avait envie de l'aider, ce serait tellement chouette si elle pouvait.

— Je suis certaine que ce sera bientôt possible, dit-elle. Peut-être dès l'année prochaine, oui, c'est sûr, l'année prochaine je me trouverai un travail.

La Comtesse en était convaincue.

— Je vous ai apporté un cadeau de la part de Pauline.

Elle avait préparé une histoire comme quoi Pauline Berg s'était mariée et qu'elle était partie habiter très loin, quelque part où elle ne pouvait ni envoyer de lettres ni téléphoner, mais elle était heureuse et avait demandé à la Comtesse de saluer Jelena. Cette histoire n'avait ni queue ni tête, mais Jelena Sørensen l'avala en entier. Elle était contente pour Pauline, son amie méritait d'être heureuse, c'était si bon de savoir que tout allait bien pour elle.

— Peut-être qu'elle viendra me voir, un jour.

— Oui, peut-être.

— Ça me ferait tellement plaisir.

Elles s'assirent de nouveau sur un banc. Jelena était impatiente d'ouvrir son cadeau. Elle le déballa et fut ravie. C'était une magnifique boîte de Duplo pour sa fille. Elle pourrait jouer avec quand elle serait un peu plus grande. Il y avait aussi un coûteux flacon de vernis à ongles violet de chez Chanel. Comme c'était gentil de la part de Pauline, d'autant qu'elle savait que son amie n'avait jamais eu d'argent. Elle ôta son collier et le tendit à la Comtesse.

— Vous voulez bien le donner à Pauline ? Je suis certaine que vous la verrez un jour ou l'autre.

La Comtesse promit de le faire. Puis elle se ressaisit, elle avait encore quelques questions à poser.

— Jelena, est-ce que vous avez parlé à Pauline des missiles serbes ?

— Oui, et quand on s'est vues, la fois d'après, on a regardé des photos sur son ordinateur, et on les a retrouvés.

— Vous lui avez aussi dit qu'Irene Gallagher avait oublié son téléphone quand elle a quitté la ferme ?

— Je vois que vous connaissez très bien Pauline. Oui, je lui ai dit, et ça l'a beaucoup intéressée. Pauline veut toujours tout comprendre, elle est si intelligente.

La Comtesse n'avait plus besoin que d'une information.

— Et vous voudriez retrouver Bjørn Lauritzen, toutes les deux ?

— Oh oui, on aimerait tellement le revoir. Il habite vers Præstø, mais on ne sait pas où exactement. Pauline a parlé à des gens qui sont capables de localiser tous ceux qui ont un téléphone portable.

— Et est-ce que Bjørn Lauritzen en a un ?

— Non, je ne crois pas, mais Irene si, alors quand elle l'a appelé… Non, c'est n'importe quoi. Je ne sais pas vraiment. Peut-être que Pauline pouvait voir où Irene allait avec sa voiture… je crois que c'est comme ça que ça s'est passé.

— Qu'est-ce que vous avez fait, à ce moment-là ?

— J'ai appelé Irene et je lui ai demandé si elle voulait bien me donner l'adresse de Bjørn, mais elle m'a dit qu'il était très occupé.

— C'était quand ? Vous vous en souvenez ?

— Oui, c'est facile. C'était le 20 juillet, la veille de l'anniversaire de mon mari.

— Et alors vous avez laissé tomber ?

— Non, Pauline lui a parlé aussi, mais elles se sont disputées.

— À propos de quoi ?

— Pauline a crié qu'on finirait bien par retrouver Bjørn, que ce n'était qu'une question de temps. Mais je sais pourquoi elles se sont disputées, en réalité.

— Ah bon ? Et pourquoi ?

— C'est juste parce qu'elles ne se connaissent pas encore.

## 74

*Ministère des Finances,*
*mercredi 24 novembre 2010*

Le lundi matin, Konrad Simonsen avait reçu un appel du directeur général de la police, qui, plus nerveux que ravi, avait annoncé à son commissaire divisionnaire, toujours suspendu, qu'il avait d'excellentes nouvelles. D'après lui, il y avait de fortes chances que Konrad Simonsen soit de nouveau autorisé à travailler très prochainement. Mais d'abord, quelques points devaient être clarifiés, c'était la raison pour laquelle il était convoqué à une réunion avec des représentants du ministère de la Justice dans le bureau du directeur général de la police, plus tard dans la matinée.

Konrad Simonsen lui avait répondu froidement qu'il leur ferait savoir quand il serait disposé à le rencontrer et en présence de qui. Le directeur général de la police avait paniqué et protesté. Il ne pouvait tout de même pas dire ça au ministère de la Justice. Simonsen lui avait alors suggéré de charger sa secrétaire de le faire à sa place et avait raccroché.

Un quart d'heure plus tard, il avait été appelé par un fonctionnaire du ministère de la Justice furieux, qui voulait savoir pour qui il se prenait. Simonsen lui avait répondu sur le même ton qu'il était quelqu'un qui n'avait pas le temps pour une réunion actuellement. Il était occupé à préparer une conférence de presse sur les découvertes qu'il avait faites en Bosnie. Puis il avait raccroché brutalement le combiné.

Une heure s'était écoulée et Simonsen commençait à se dire que l'administration centrale danoise était réellement en train de perdre de sa superbe. Puis, le chef de cabinet du ministre de la Justice en personne l'avait appelé. Il s'était montré obséquieux, lui demandant, sur un ton mielleux, comment cela allait et quand ils pourraient se rencontrer. Konrad Simonsen avait maintenu sa ligne ferme. C'était tout de même incroyable, par deux fois, déjà, il avait fourni une réponse simple et claire aux juristes les plus haut placés du pays et, pourtant, ils semblaient n'avoir toujours pas compris. Alors, il allait faire une troisième tentative, en s'exprimant très lentement, puisque son message était si compliqué à comprendre. Il leur dirait quand et où il souhaitait les voir et qui serait présent. Cette fois, il n'avait pas raccroché, mais s'était contenté de poser le combiné et de sourire, tandis que le téléphone continuait d'émettre des *Monsieur le commissaire divisionnaire* et *Allô, vous êtes là, commissaire Simonsen ?*

Après cette démonstration d'insolence, il avait eu la paix pendant vingt-quatre heures, jusqu'à ce que Helmer Hammer lui rende une visite surprise. Hammer était d'excellente humeur. Konrad Simonsen avait mis le feu à l'administration centrale, sans parler du ministère de la Défense, qui redoutait qu'un nouveau scandale ne vienne s'ajouter à une liste déjà longue. En bref, il avait rendu folles de rage un certain nombre de personnes puissantes et en avait inquiété encore plus, et lui, Helmer, le suppliait à genoux, au nom de leur vieille amitié, de bien vouloir l'autoriser à diriger cette réunion dont tout le monde parlait, et qui – comme il le savait parfaitement – n'avait pas encore été organisée. Il ne pouvait tout simplement pas rater ça.

Konrad Simonsen était tombé dans le panneau. Il lui avait promis qu'il pourrait diriger la réunion. Mais il avait oublié que Hammer avait donné sa démission et qu'il quitterait bientôt ses fonctions. Cela lui laissait à peine une semaine pour caler la réunion et, en tenant compte du week-end et des jours où Hammer était déjà pris, les possibilités étaient particulièrement limitées.

— D'accord, avait dit Hammer, alors on fait ça demain à 13 heures au ministère des Finances.

Il voulait qu'il y ait le moins de participants possible. Y avait-il quelqu'un que Konrad Simonsen souhaitait inviter ? Oui, au moins trois personnes, peut-être quatre, avait-il répondu, s'il parvenait à convaincre la quatrième. Il y aurait donc Simonsen, la Comtesse et un ou deux conseillers spéciaux.

— Pourquoi le ministère des Finances ? avait-il demandé.

Helmer Hammer avait eu un petit rire au moment de lui expliquer.

Le cas de Konrad Simonsen avait fait l'objet de discussions au cœur même du pouvoir. Le puissant Comité de coordination du gouvernement avait passé presque un quart d'heure à débattre de la question, et le Premier ministre avait fini par dire au ministre des Finances – l'homme fort du gouvernement – que l'affaire devait être enterrée une bonne fois pour toutes, et le plus tôt possible. C'étaient ses propres termes, Helmer Hammer le savait car c'était lui-même qui avait rédigé le procès-verbal, sauf que cela n'avait été noté nulle part, au contraire il avait bien été spécifié que…

À ce moment précis, Konrad Simonsen, qui ne voulait pas en entendre davantage, avait plaqué ses mains contre ses oreilles.

La table avait été dressée avec d'élégantes cafetières en argent, de délicieux biscuits faits par un artisan pâtissier – les cochonneries de supermarché n'avaient pas leur place ici –, et le café était fort et servi dans d'authentiques tasses en porcelaine de Chine avec leurs soucoupes et des petites cuillères qui étaient toutes frappées du logo du ministère des Finances – où, naturellement, on n'utilisait pas de vilains mugs produits à la chaîne, et encore moins des gobelets en plastique ou en carton. Alors qu'il s'asseyait à la grande table de conférences de design finlandais, Konrad Simonsen en conclut que les employés du ministère des Finances étaient clairement plus malhonnêtes que le reste de la population – sinon, pourquoi diable appliqueraient-ils leur logo sur des tasses et des petites cuillères ? Mais il garda sa remarque pour lui. Il avait promis à la Comtesse d'être sage.

Il y avait dix personnes autour de la table. Outre Simonsen, la Comtesse et leurs deux invités spéciaux, le ministère de la Justice était représenté par le ministre en personne, qui, courageusement – mais cela n'avait rien d'étonnant venant de lui –, était venu sans aucun fonctionnaire pour l'assister, tandis que le ministère de la Défense était représenté par le chef d'État-Major des armées et le directeur des FE, tous deux en uniforme, ainsi que par son chef de cabinet. Il fallait encore ajouter Helmer Hammer et le directeur général de la police. Quant au ministre des Finances, il n'était pas encore arrivé. Ainsi, le ministre de la Défense brillait par son absence, mais c'était dû au fait que le ministre des Finances avait préféré se passer de lui. En effet, il était connu pour son caractère imprévisible, or la situation était déjà assez compliquée comme cela. C'est pourquoi le ministre des Finances lui avait *ordonné* de venir, ce que l'autre, contrarié, avait bien évidemment refusé de faire.

Les participants à la réunion burent du café en attendant leur hôte. L'ambiance était particulièrement maussade. Seul Helmer Hammer, au bout de la table, semblait en forme, tout comme le ministre de la Justice, dont c'était l'état normal, quelles que soient les circonstances.

Le ministre des Finances finit par arriver. Il salua tout le monde d'un geste de la main, les pria de l'excuser pour son retard, sans toutefois fournir d'explications, et fit signe à Helmer Hammer d'ouvrir la réunion. Hammer commença par quelques banalités parfaitement tournées et consensuelles, après quoi il passa la parole à la Comtesse. À la grande surprise de la plupart des participants, elle poursuivit dans le même esprit : au cours des dernières semaines, la brigade criminelle avait eu connaissance d'une série d'événements de nature si inquiétante qu'ils n'avaient pas eu d'autre choix que d'organiser cette réunion peu conventionnelle, afin de demander conseil sur la façon dont traiter les informations en question. Elle continua ainsi pendant quelques minutes, puis elle changea radicalement de ton. D'une voix tranchante, elle décrivit précisément les événements qui avaient eu lieu en Bosnie en 1995. Elle expliqua comment ceux-ci avaient interféré avec l'enquête policière sur la tuerie du bateau-mouche. Ensuite, elle s'adressa directement au directeur des FE, produisant toute une suite de documents extrêmement convaincants pour accréditer ses allégations. Des originaux de photos américaines prises en Bosnie le 14 juillet 1995 ; une liste avec des noms de femmes musulmanes assassinées et une autre avec des noms de miliciens serbes, eux aussi assassinés ; une retranscription des échanges entre Irene Gallagher et le porte-avions américain *USS Theodore Roosevelt* le 13 juillet 1995, quand elle leur avait demandé d'envoyer des missiles de croisière aux coordonnées fournies ; quelques photos d'os brisés ainsi que le témoignage d'une femme qui avait assisté aux événements.

— C'est loin d'être terminé, conclut-elle. Tout à l'heure, je passerai en revue les points principaux du rapport de la brigade criminelle sur la manière dont les FE ont systématiquement saboté notre enquête dans le but d'obtenir l'acquittement du colonel Irene Gallagher, un objectif qui, comme vous le savez, a été atteint. Mais nous y reviendrons plus tard.

Le ministre des Finances regarda le chef d'État-Major des armées et lui dit sur un ton ferme :

— Il me semble que ça mérite un commentaire.

Mais le ministre de la Justice fut le plus prompt à répondre.

— Si le but de tout ça est de demander qu'Irene Gallagher soit de nouveau jugée, alors vous pouvez oublier cette idée. Tout simplement parce que nous n'en avons pas le pouvoir, et nos conseillers juridiques disent – ça m'a encore été confirmé aujourd'hui – qu'elle ne fera l'objet d'aucune nouvelle charge.

La Comtesse déclara d'un air sombre qu'elle ne le contestait pas, qu'elle le savait déjà et qu'elle l'avait accepté, même si c'était dur à avaler.

Puis, ce fut au tour du directeur des FE, et il se montra glacial. Il réfuta vigoureusement toutes les allégations selon lesquelles les FE auraient délibérément saboté quelque procès ou quelque enquête criminelle que ce soit. Par ailleurs, il n'accordait aucun crédit aux accusations absurdes dont Irene Gallagher faisait l'objet. Cette femme venait d'être acquittée et, autant qu'il sache, c'était parce qu'elle était innocente. Mais peut-être que la brigade criminelle souhaitait la création de tribunaux fantoches et qu'elle condamnait les gens sur la base de rumeurs et d'hypothèses ? Il ajouta :

— La brigade criminelle est complètement sortie de ses attributions et a gaspillé l'argent des contribuables pour se procurer des informations qui ne peuvent être utilisées comme pièces à conviction pour la simple et bonne raison qu'elles sont classifiées. Si elles étaient divulguées, puisque c'est ce dont vous semblez nous menacer de manière à peine voilée, ça pourrait compromettre la sécurité nationale. Et je ne peux m'empêcher de signaler que certaines… puissances étrangères… nous ont clairement fait comprendre quelle serait leur position si jamais ces informations venaient à être rendues publiques. Si ça arrivait, elles le prendraient extrêmement mal.

Puis il s'adressa directement à la Comtesse, de la même façon qu'elle s'était elle-même adressée à lui un peu plus tôt :

— Chacune des tentatives que vous ferez pour divulguer vos informations, que ce soit dans les journaux, à la télé ou sur internet, fera immédiatement l'objet d'une ordonnance de justice.

La Comtesse le gratifia d'un large sourire, puis fit un signe de tête en direction de la jeune femme assise à côté d'elle, qui n'avait pas encore parlé. Celle-ci se pencha en avant et dévisagea le directeur des FE d'un air contrarié avant de dire calmement en suédois :

— Je suis Alva Axelsson, de *Dagens Nyheter*. Et mon éditrice en chef m'a chargée de vous dire qu'elle n'en a rien à carrer des ordonnances de justice danoises.

Elle essaya de dire *ordonnances de justice* en danois, mais avec son accent suédois à couper au couteau, ce qui donna à ses mots quelque chose d'amusant. Pourtant, aucune des personnes qui étaient assises autour de la table ne douta un seul instant qu'elle fût sérieuse. Le directeur des FE garda le silence.

— Qu'est-ce que vous voulez, monsieur le commissaire divisionnaire ? demanda le ministre des Finances en lançant un regard noir à Konrad Simonsen. Parce que j'imagine que si vous le voulez vraiment, vous arriverez à raisonner notre amie suédoise.

Mais Konrad Simonsen se contenta de secouer la tête, comme s'il était gêné que l'on s'adresse à lui, si bien que c'est la Comtesse qui répondit à sa place :

— Pour commencer, nous voulons que vous écoutiez ce qui est arrivé à une jeune femme qui s'appelle Jelena Khrobic.

C'était le signal pour le psychiatre. Il se leva, alla se placer juste derrière Helmer Hammer et, calmement, leur raconta l'histoire de Jelena Khrobic, sans oublier de décrire en détail le traitement qu'elle avait subi à Minsk en 2003. C'était difficile à entendre et franchement déplaisant. Ensuite, il y eut un long moment de silence, puis Helmer Hammer dit à la Comtesse :

— Je suppose que vous avez des souhaits à formuler, que ce soit en termes de moyens financiers, d'administration ou de ressources humaines. Le moment est venu d'en discuter.

Le chef d'État-Major des armées se raidit sur sa chaise.

— Qu'est-ce que vous voulez dire par ressources humaines ?

Cette fois, le directeur général de la police intervint :

— J'ai seulement suivi les ordres. Ça ne peut pas être considéré comme une faute.

Helmer Hammer leur expliqua à tous les deux que, d'après son expérience, il y avait deux choses qui pouvaient facilement faire l'objet d'ajustements quand les politiciens étaient en difficulté : l'argent et les fonctionnaires. Ils pouvaient dépenser le premier et licencier les seconds. Il poursuivit :

— De plus, c'est toujours sain de brouiller les cartes, de temps en temps, et de faire tomber quatre ou cinq têtes... Ça permet de remobiliser les troupes, en quelque sorte.

Le ministre des Finances l'interrompit.

— Je n'ai pas le temps pour ces absurdités, Helmer. Une autre fois, pourquoi pas, mais maintenant. Comtesse ?

Elle se dit qu'il avait dû être bien préparé pour cette réunion, étant donné qu'il connaissait son surnom. Elle commença à énumérer ses demandes sans que personne ne fasse d'objection.

Une compensation pour Jelena Khrobic. La Comtesse proposa que lui soit versée une pension mensuelle de dix mille couronnes, non imposable, jusqu'à la fin de ses jours, ainsi qu'une généreuse enveloppe destinée aux études de ses enfants. Elle était sûre que les FE sauraient inventer une histoire convaincante pour justifier le fait que Jelena Khrobic reçoive cet argent. Après tout, ils étaient tellement imaginatifs. Le ministre des Finances ne cilla même pas. "Accordé. Poursuivez." La Comtesse suggéra ensuite que le Danemark se charge du fonctionnement et de l'entretien de la colonie de vacances que les États-Unis avaient gracieusement offerte… Le ministre des Finances l'interrompit et déclara qu'il accueillerait favorablement cette proposition.

— Vous l'accueillerez favorablement ? demanda-t-elle, sur le ton de la méfiance.

Helmer Hammer traduisit, cela signifiait que la proposition serait validée, et elle continua. Évidemment, Konrad Simonsen serait immédiatement rétabli dans ses fonctions, mais en dédommagement du stress qu'il avait subi, il lui serait accordé trois semaines de congé, ce qui lui semblait être une compensation plus que raisonnable. Tous les regards se tournèrent vers le directeur général de la police, qui grimaça. Cela ne lui plaisait pas. Après qu'il eut longuement hésité, le ministre de la Justice répondit à sa place avec un "oui, bien entendu, et pour vous aussi". La Comtesse le remercia et lui demanda :

— Nous voudrions également avoir votre permission pour… coopérer avec le PET, si l'on peut dire, sur une affaire particulière, dont je préférerais ne pas parler ici. Quoi qu'il en soit, nous aurions besoin de leur aide pour régler deux ou trois points.

Le ministre de la Justice se mit à rire.

— Mais ils vous aident déjà. Vous savez, je ne suis pas complètement dupe de ce qui se passe en coulisses, mais d'accord, à partir de maintenant, c'est officiel. Y a-t-il autre chose que nous puissions faire pour vous ?

Soudain, le directeur des FE pointa du doigt Konrad Simonsen et la Comtesse et demanda, suspicieux :

— Comment pouvons-nous être sûrs que vous ne divulguerez pas vos…

Il n'eut pas le temps d'aller plus loin avant que le ministre des Finances ne laisse libre cours à la rage qu'il avait contenue jusqu'alors.

— *Nous ?* Dites-moi, vous avez perdu l'esprit ? Il n'existe pas de *nous* en ce qui vous concerne. Vous faites votre travail et vous nous laissez les questions importantes, à moi et au ministre de la Justice. Je n'ai jamais vu une telle arrogance, c'est de pire en pire…

Le visage du directeur des FE tourna au rouge vif, mais il maîtrisa sa colère, même quand le ministre de la Justice expliqua sur un ton pédagogique :

— Nous pouvons faire confiance à la brigade criminelle parce que nous n'avons pas d'autre choix.

La réunion était close. Il n'y avait plus rien à ajouter. Helmer Hammer demanda – avant tout par courtoisie – à la Comtesse si elle avait autre chose à dire. Elle secoua la tête, mais elle s'effaça respectueusement devant son mari, afin de lui donner l'opportunité de répondre.

Simonsen était resté très discret durant toute la réunion. La Comtesse avait été la voix de la brigade criminelle et, chaque fois qu'elle avait tenté de l'impliquer, il avait éludé sa question avec un simple "oui, c'est parfait", ou quelque chose du même genre. C'était une attitude qu'il avait adoptée au cours des dernières années : son regard était distant et on se demandait s'il percevait réellement ce qu'il se passait autour de lui. C'était franchement l'impression qu'il donnait quand il était assis comme cela, le regard perdu dans le vide, comme s'il voyait quelque chose dans le lointain, quelque chose que personne d'autre ne pouvait voir. Normalement, la Comtesse l'aurait laissé tranquille jusqu'à ce qu'il réémerge de lui-même, mais c'était un comportement qui ne lui plaisait guère, encore moins quand il y avait d'autres personnes, comme en ce moment.

Les participants à la réunion avaient commencé à rassembler leurs affaires lorsque, tout à coup, Konrad Simonsen prit la parole.

Il parla des visites qu'il avait rendues aux vétérans, à Vesterbro, et de l'état déplorable dans lequel ils se trouvaient. De leurs vies oubliées, des erreurs à répétition des autorités, des trahisons et des injustices qui, pour eux, étaient plus la norme que l'exception, du prix de la guerre, ce prix que le Danemark n'était pas disposé à payer. Les autres l'écoutèrent uniquement par politesse et la situation commença à devenir embarrassante. Où voulait-il en venir avec ce rabâchage sentimental ? Quel intérêt, alors qu'ils étaient déjà parvenus à un accord ? Simonsen continua quand même. Il avait une vision :

— Imaginez si votre engagement dans diverses associations d'anciens combattants ou votre aide aux vétérans favorisait votre carrière militaire ou au ministère de la Défense. Et aussi l'inverse, si ça contrariait vos perspectives de carrière si vous ne le faisiez pas. Imaginez si le commandement et la direction montraient l'exemple.

Ce serait fantastique et il y aurait tellement de façons de venir en aide aux clubs d'anciens combattants.

Konrad Simonsen cita de nombreux exemples d'une voix mal assurée : ils manquaient toujours de monde en cuisine ; chaque jour, ils avaient besoin de choses que les clubs étaient obligés de mendier, cela pouvait aller du papier-toilette à la craie pour le billard ; ils avaient aussi besoin d'aide pour remplir les formulaires et les demandes de soutien physique ou psychologique pour les vétérans ; il y avait tout le travail social auquel ils n'avaient presque jamais le temps de se consacrer et beaucoup, beaucoup d'autres choses d'ordre pratique, des petits riens, certes, mais qui étaient essentiels à la bonne prise en charge des anciens combattants. Malgré tout, ce n'était pas cela le pire. Le plus important, c'était qu'un soutien personnel – il répéta : personnel – massif de la part de l'armée permettrait d'éviter que les vétérans ne soient oubliés comme ils l'étaient actuellement, notamment dans le processus politique quand il s'agit de distribuer de l'argent.

Cette fois, la situation était devenue franchement embarrassante. Qu'auraient-ils pu dire ? Le chef d'État-Major murmura sans grand enthousiasme que c'était une excellente idée, de même que le directeur des FE – qui bâilla en même temps –, et même le chef de cabinet acquiesça vaguement, "vraiment, vraiment une idée intéressante, pleine d'empathie et d'attention".

Et soudain, Konrad Simonsen frappa sans prévenir. Il n'hésitait plus lorsqu'il leur cria presque :

— Je suis ravi que vous soyez de mon avis. Au fait, dites-moi, à combien d'heures de psychothérapie correspond le prix d'un transport de troupes blindé ? À peu près ?

Le chef d'État-Major secoua la tête.

— Qui peut répondre à ça ?

— Eh bien, pas vous, manifestement. Alors, dites-moi plutôt ce qui coûte le plus cher : un fusil-mitrailleur ou une prothèse de jambe ? Et je parle de matériel de qualité, de ce qui se fait de mieux.

Une fois de plus, le ministre des Finances fut le plus prompt à réagir.

— Ça, ça pourrait être une idée, dit-il avec prudence. Proposer au personnel militaire de prendre part à un programme d'aide volontaire aux anciens combattants… volontaire comme dans *Exécution !* Peut-être que ce projet n'est pas si loufoque, après tout, mais reste encore à le concrétiser. En plus, je suis persuadé que l'idée plaira à la population, ce qui ne serait pas une mauvaise chose. Peut-être qu'on devrait proposer la création d'un petit comité au prochain Conseil des ministres ?

Cette dernière suggestion s'adressait au ministre de la Justice, qui n'y vit aucune objection. Konrad Simonsen pointa du doigt le ministre des Finances.

— Ne l'enterrez pas, donnez-moi plutôt un calendrier dont vous vous porterez garant. N'oubliez pas que c'est à tout le monde de donner l'exemple, même aux décideurs, il n'y a pas d'exceptions ! Et plus important, terminé les beaux discours. On en a suffisamment entendu. Allez aider en cuisine, préparez le repas et débarrassez les tables ensuite.

— Fais attention, Simon, dit Helmer Hammer. Il ne faudrait pas que tu dépasses les bornes.

Le ministre des Finances, malgré tout, accepta sa demande.

— Donnez-nous huit mois, ça prend du temps, ces choses-là. Il faut d'abord qu'on obtienne le soutien de l'opposition, sinon ça ne marchera pas. En outre, le projet doit être mené en coopération avec le haut commandement de l'armée et les syndicats concernés. Mais dès que notre proposition sera prête, je vous inviterai à une réunion afin que nous puissions en parler. Vous n'aurez aucun droit d'objection, encore moins de droit de veto, mais je tiendrai ma promesse, et si le résultat ne vous convient pas, vous pourrez toujours me le dire plus tard.

# ÉPILOGUE

*Océan Pacifique, 19° 40' S 169° 04' O,*
*mercredi 1er décembre 2010*

L'homme gémissait. À intervalles réguliers, il émettait des petits cris brefs, comme s'il ne voulait pas gêner les autres passagers, mais que la douleur était telle qu'il ne pouvait se maîtriser.

La Comtesse consulta sa montre. Elle l'avait réglée à l'heure locale quand ils avaient décollé de Vancouver. À présent, elle indiquait presque 4 heures pour la deuxième fois du voyage. Les quinze minutes à venir étaient celles qu'elle avait attendues avec impatience et passé dix jours à préparer avec le PET. Elle porta une bouteille d'eau à sa bouche, but une petite gorgée et constata, satisfaite, que la femme assise à côté d'elle, au milieu de sa rangée, avait ôté son masque de nuit et observait attentivement ce qui se passait à l'avant de l'appareil. Irene Gallagher avait dormi pendant la plus grande partie du voyage, si bien qu'elle et la Comtesse ne s'étaient pas parlé, mais seulement adressé des signes de tête courtois à quelques occasions, comme trois heures plus tôt, quand Irene Gallagher s'était levée pour aller aux toilettes. La Comtesse s'adressa à elle.

— Bonjour.

Irene Gallagher parut déconcertée.

— Vous êtes danoise ?

La Comtesse confirma, "cent pour cent", puis elle dit :

— J'ai lu que, dans les tranchées, pendant la Première Guerre mondiale, les soldats utilisaient de la quinine pour faire croire qu'ils étaient malades. Ça donnait l'impression qu'ils étaient mourants, alors qu'en fait ils étaient en parfaite santé. Aujourd'hui, il existe d'autres méthodes plus efficaces. Je ne sais pas ce qu'a absorbé notre ami, mais il avait certainement l'air d'être au seuil de la mort quand l'hôtesse est allée le chercher. Malheureusement, vous avez raté ça, vous dormiez.

— Mais qui êtes-vous, bon sang ?

— Je suis quelqu'un qui a littéralement fait un demi-tour du monde pour assister à ce qui va suivre. Et, sincèrement, je suis excitée comme une puce. Mais écoutez bien. Notre ami souffrant a répété son rôle, et il est vraiment très fort à ça, mais il faut dire qu'il est diplômé du Théâtre dramatique royal de Stockholm. Au fait, il s'appelle Oskar Svensson.

Les gémissements de l'homme s'intensifièrent. Les intervalles entre chaque élancement semblèrent se raccourcir. À présent, la plupart des passagers étaient réveillés et observaient la scène avec angoisse. Dehors, il faisait encore nuit, le soleil ne se lèverait pas avant plusieurs heures.

— J'avoue que nous avons été très surpris par votre choix d'itinéraire : Copenhague-Londres, Londres-Montréal, Montréal-Vancouver et enfin Vancouver-Auckland. Ça représente un sacré détour quand on sait que vous auriez pu vous contenter de faire Copenhague-Londres-Sydney-Auckland. Mais je crois qu'on a résolu l'énigme. En prenant cet itinéraire, vous étiez sûre de traverser uniquement les territoires ou espaces aériens du Danemark, de la Grande-Bretagne et du Canada, trois pays qui auraient refusé de vous extrader vers les États-Unis sans preuves solides que vous ayez commis un crime. Alors que tous les autres itinéraires auraient été risqués pour vous. Je dois dire que vous êtes une femme prudente qui ne néglige aucun détail. Enfin, presque.

Irene Gallagher ne répliqua pas. Elle regarda juste la Comtesse d'un air haineux, mais elle était manifestement inquiète. La Comtesse poursuivit.

— En réalité, vous n'avez jamais craint la CIA ou les FE, ni que vos sales magouilles en Bosnie en 1995 soient révélées. Vous aviez seulement peur de Bjørn Lauritzen, ou plus exactement qu'il découvre ce que vous aviez fait à ces pauvres femmes, dans cette maison, à Ljubičevac, en Bosnie, parce que s'il l'avait appris, il vous aurait sûrement tuée, peu importe que vous ayez été amis ou amants, même si, pour ça, il avait dû vous poursuivre jusqu'au bout du monde. C'est la raison pour laquelle Pauline Berg et Jelena Khrobic formaient une combinaison mortelle pour vous. Individuellement, elles ne représentaient aucune menace. Tant qu'elle était seule, Pauline, même si elle avait fini par retrouver Bjørn Lauritzen, n'aurait jamais pu le convaincre que vous étiez responsable du tir de missiles de croisière. Pas plus que Jelena Khrobic n'était un problème, de son côté. Elle croyait que les missiles étaient serbes, c'était la réalité à laquelle elle s'accrochait. En plus, elle vous considérait comme son amie. Donc, comme je l'ai dit, toutes seules, elles n'étaient pas un problème, mais ensemble, c'était une tout autre histoire. Ensemble, elles avaient les moyens de convaincre Bjørn Lauritzen de la vérité, ce qui aurait été un gros problème pour vous. Un problème que vous ne pouviez pas résoudre simplement en tuant Lauritzen parce que, dans ce cas, Jonas Ziegler et Pauline Berg auraient fait le rapprochement et compris ce que vous aviez fait. C'était un risque que vous ne pouviez pas vous permettre de prendre, alors vous avez persuadé Ziegler d'organiser une rencontre avec Pauline, qui a opté pour le bateau-mouche. C'était quelque chose qu'elle faisait souvent, c'était sa manière de se détendre. On connaît la suite.

— La curiosité est un vilain défaut, grommela Irene Gallagher.

La Comtesse émit un rire forcé et dit :

— Si vous faites allusion à la mort de Pauline Berg et que vous dites ça pour m'intimider, alors ça ne marche pas. Mais, puisqu'on parle de curiosité : s'il n'y avait pas eu quatre, mais vingt-quatre adultes sur ce bateau-mouche, est-ce que Bjørn Lauritzen aurait dû tous les tuer ?

L'homme souffrant lâcha son premier véritable cri. Peu de temps après, le commandant de bord fit une annonce pour demander aux éventuels médecins présents parmi les passagers de se manifester. Un petit homme d'une soixantaine d'années se précipita dans l'allée jusqu'à l'avant de l'avion. Alors qu'il passait devant la Comtesse, celle-ci glissa un commentaire à Irene Gallagher :

— Quelle chance. En plus, c'est un pro, lui aussi, un vrai médecin. Son nom est Allen Stirling, et il dirige le service de chirurgie rénale du Queen Elizabeth Hospital, à Birmingham, alors il est plus que compétent pour diagnostiquer la crise d'appendicite aiguë dont souffre notre excellent comédien suédois. C'est du sérieux, un appendice perforé. Sans intervention chirurgicale, son contenu risque de se déverser dans la cavité abdominale et le patient peut mourir. D'ailleurs, je suis certaine que c'est ce que M. Stirling est en train d'expliquer au commandant de bord en ce moment même.

— Espèce de salope, je vais te tuer !

La Comtesse demeura imperturbable.

— Je ne crois pas, non. Le combat rapproché n'a jamais été votre point fort, contrairement à moi. En plus, je suis venue avec le jeune homme qui est assis à côté de vous, de l'autre côté. Juste au cas où, comme on dit.

Irene Gallagher tourna la tête. Son voisin du côté du hublot, un jeune homme bien proportionné, s'était aussi réveillé. Il la regarda froidement, sans rien dire.

Le commandant de bord fit une nouvelle annonce à l'intention des passagers. Dans dix minutes, l'avion effectuerait un arrêt d'urgence à l'aéroport de Pago Pago, un des passagers étant tombé malade. Cela signifiait qu'ils auraient une heure de retard par rapport à l'horaire d'arrivée initialement prévue à Auckland.

La Comtesse posa amicalement une main sur l'avant-bras d'Irene Gallagher et jubila lorsque l'autre la repoussa, furieuse.

— Maintenant, vous devez vous demander où se trouve Pago Pago. Et je vais bientôt vous le dire, mais avant ça, j'ai quelque chose pour vous.

Elle sortit un bijou de sa poche, un collier, qu'elle posa sur les genoux d'Irene Gallagher.

— C'est le vôtre, je crois. Il est de très mauvais goût, si vous voulez mon avis. Mais revenons-en à Pago Pago. C'est la capitale des Samoa, ou plutôt, la capitale des Samoa américaines, mais vous l'aviez sans doute déjà deviné. Donc, dans cinq minutes, vous serez sur le sol américain, et j'ai comme l'impression que les autorités voudront profiter de votre visite impromptue pour échanger quelques mots avec vous.

Irene Gallagher s'était mise à trembler, un muscle au-dessus de son œil frémissait nerveusement.

— Ne le prenez pas mal, la consola la Comtesse. On vit, on meurt, on gagne, on perd, on part en vacances – c'est ce que je m'apprête à faire –, on passe le restant de ses jours en prison – c'est ce que vous vous apprêtez à faire –, la vie est ainsi, elle est faite de hauts et de bas, c'est comme ça pour tout le monde. Mais on prend ce qui vient, pas vrai ? Je sais que c'est votre philosophie, c'est Christoffer Brinch qui me l'a dit. Au fait, il vous salue bien chaleureusement, comme toute la brigade criminelle de Copenhague, d'ailleurs.

La Comtesse passa un long moment à observer Irene Gallagher, tandis que deux imposants marines l'escortaient sur le tarmac en direction d'une voiture, garée au bout du terminal de l'aéroport. Il faisait toujours nuit, mais la zone était bien éclairée. Puis, la Comtesse porta son attention sur son mari, qui était arrivé de Copenhague seulement un quart d'heure plus tôt, à bord d'un avion de l'US Navy. Elle l'embrassa et lui reprocha de ne pas avoir mis son manteau. La nuit était froide.

— Comment s'est passé le voyage ? demanda Konrad Simonsen.

— Les seize premières heures ont été ennuyeuses, les dix dernières minutes fantastiques. Mes bagages sont déjà arrivés ? Où est-ce que je dois les récupérer ?

John Tyler, qui se tenait de l'autre côté de Simonsen, lui dit que ses bagages avaient été déchargés, mais qu'elle pouvait oublier toutes les questions pratiques pour les deux semaines à venir. Elle et son époux étaient les invités du gouvernement américain, ce qui signifiait qu'ils devaient se détendre et ne penser à rien d'autre.

— C'est une île magnifique, poursuivit-il. Attendez un peu qu'il fasse jour. Les brochures touristiques ne mentent pas, c'est réellement un petit paradis tropical. On va rejoindre la côte orientale – à peine à dix kilomètres de route – où Deidre nous attend avec le petit-déjeuner. Et ce midi, on aura de la langouste grillée au menu. Bien sûr, vous aurez votre propre maison, à quelques centaines de mètres de la nôtre, et j'imagine que vous voudrez vous installer et faire une sieste après le petit-déjeuner, mais ce sera à vous de décider.

John Tyler les conduisit vers l'endroit où les soldats avaient disparu avec Irene Gallagher. La Comtesse lui demanda, curieuse :

— Alors comme ça, il y a une Deidre Tyler ?

Son "oui" fut presque un "non". Il y avait un petit détail qu'ils devaient d'abord régler.

Ces mots s'adressaient surtout à la Comtesse, mais ils avaient capté toute l'attention de Konrad Simonsen. Un détail, excellent, il adorait ça.

— Enfin, en ce qui concerne ce *Tyler*, dit l'Américain, et en fait même *John*, c'est un nom dont je ne peux pas tout à fait garantir l'exactitude.

OUVRAGE RÉALISÉ
PAR L'ATELIER GRAPHIQUE ACTES SUD
REPRODUIT ET ACHEVÉ D'IMPRIMER
EN DÉCEMBRE 2023
PAR NORMANDIE ROTO IMPRESSION S.A.S.
À LONRAI
POUR LE COMPTE DES ÉDITIONS
ACTES SUD
LE MÉJAN
PLACE NINA BERBEROVA
13200 ARLES

DÉPÔT LÉGAL
1re ÉDITION : JANVIER 2024
N° impr. : 2304256
*(Imprimé en France)*